4

鉄幹晶子全集 別巻

tekkan akiko complete works

勉誠出版

目次

短歌

大正十年（一九二一） 3
大正十一年（一九二二） 80
大正十二年（一九二三） 155
大正十三年（一九二四） 201
大正十四年（一九二五） 281
大正十五年（一九二六） 385

解題（逸見久美） 433

凡　例

一　『鉄幹晶子全集別巻』拾遺篇は全集未収録の詩・短歌を発表年月日順に収録した。

一　表記について

1　漢字の字体（旧字、異体字、俗字など）は適宜改め、仮名遣いは原典通りとした。

2　当時の慣用や著者特有の表記、仮名遣いについては特に注記していない。

例　咀《のろ》ふ　自働車　椽台《ゑんだい》　一週忌

3　誤植、欠字、不明字また判読困難なものについては次の様に示した。短歌の場合は各句(1)～(5)を記し脚註の冒頭で訂正した。

例　罌栗《けし》《ママ》　「□《(欠)》」　「□《(不明)》」　(2)(3)御《み》空《ら》の青《そを》雲《あぐも》→御《み》空《そら》の青《あを》雲《ぐも》　(2)わかの→われの

(3)わが背《せ》《よ》も（ルビママ）　(4)旅のこちす（ママ）

4　「（無題）」は題がない場合を「無題」は作者自身による題名を示す。

5　掲載誌紙名の「昴」（スバル）、「朱欒」（ザンボア）はすべて漢字表記とした。「トキハギ」（常盤木）はカタカナで統一した。

一　本文中の身体・人種・職業・性に関する不適切な表現、語句は原文の歴史性を考慮してそのままにした。

別巻四について

一　本巻は大正期下巻の短歌の拾遺を収録した。
一　本文の組み方は一段に統一した。
一　各作品の下に初（初出作品）、掲載誌紙名、発行年月日、題、署名　再（再出作品—三回まで）、掲載誌紙名、発行年月日を記した。発行同年月日の作品については雑誌、新聞（五十音順）の順とした。但し「明星」、「昴」、「冬柏」は他の雑誌より先に記した。
一　一字欠落しているルビについては脚註を使わず訂正した。
一　無署名の作品で内容から判断できたものについては（与謝野寛）（与謝野晶子）のように示した。
一　署名欄の「選者」は晶子である。
一　歌番号は鉄幹（寛）を1、2、3…、晶子を[1]、[2]、[3]…とした。
一　作品は原則として発表年月日順にしたが、日付が不明のものについてはその月または年の最後に配置した。

大正期　下

大正十年（一九二一）

3614 ももいろの春《はる》の愉楽《ゆらく》の端見《はしみ》ゆる年《とし》あけ方《がた》の東天《とうてん》の雲《くも》

3615 元日《ぐわんじつ》や雪《ゆき》ちりかかり口《くち》づけす極《きは》めて若《わか》き春《はる》の少女《をとめ》に

3616 常磐木《ときはぎ》の二木《ふたぎ》の松《まつ》を春《はる》の道《みち》ここに初《はじ》まるしるしにぞ置《お》く

3617 大海原春《おほうなばらはる》の初日《はつび》を置《お》くごとくわれをもてなすかけ鏡《かがみ》かな

3618 家《や》のうちは白《しろ》きもちひを初《はじ》めとし男《をとこ》をんなも清《きよ》き正　月《しやうぐわつ》

3619 元日《ぐわんじつ》を小雪降《こゆきふ》るこそうれしけれものの匂《にほ》ひのちる心地《こゝち》して

3620 春《はる》の日《ひ》は翅《つばさ》のやうに袂《たもと》振《ふ》り羽子《はね》つく群《むれ》に香料《かうれう》を撒《ま》く

3614 初「女学生」大10・1・1新春《しんしゆん》の歌《うた》—与謝野晶子

3615 初「女学生」大10・1・1新春《しんしゆん》の歌《うた》—与謝野晶子

3616 初「女学生」大10・1・1新春《しんしゆん》の歌《うた》—与謝野晶子

3617 初「女学生」大10・1・1新春《しんしゆん》の歌《うた》—与謝野晶子

3618 初「女学生」大10・1・1新春《しんしゆん》の歌《うた》—与謝野晶子

3619 初「女学生」大10・1・1新春《しんしゆん》の歌《うた》—与謝野晶子

3620 初「女学生」大10・1・1新春《しんしゆん》の歌《うた》—与謝野晶子

3621 正月《しやうぐわつ》の風《かぜ》のほのかに来《き》て触《ふ》るるしろき障子《しやうじ》もめでたかりけれ

3622 ほのかなる春《はる》の匂《にほ》ひの中《なか》にゐていとおほらからに眠《ねむ》る石《いし》かな

3623 なつかしや春《はる》の思《おも》ひに半《なかば》なほ去年《こぞ》のこころの混《まじ》りときめく

3624 われを書《か》く青春《せいしゆん》の巻入滅《まきにふめつ》の巻《まき》のいづれか日《ひ》に似《に》たるべき

3625 地《ち》の上《うへ》の焔《ほのほ》の姿《すがた》したりけんわがありし日《ひ》の恋《こひ》もはかなし

3626 信濃路《しなのぢ》の明星《みやうじやう》の湯《ゆ》に浴《ゆあ》みして悲《かな》しきばかり愛《め》でぬおのれを

3627 吐息《といき》をば若《わか》き思《おも》ひにつく如《ごと》しいみじく白《しろ》きわが朝《あさ》の皿《さら》

3628 十二月緑青をもてこゝちよく水仙の葉を引けど寒かり

3629 山茶花のうすき水色窓掛の南蛮の紅そよぐ夕かぜ

3621 初「女学生」大10・1・1新春《しんしゆん》の歌《うた》――与謝野晶子

3622 (4)いとおほらからに→いとおほらかに 初「女学生」大10・1・1新春《しんしゆん》の歌《うた》――与謝野晶子

3623 初「女学生」大10・1・1新春《しんしゆん》の歌《うた》――与謝野晶子

3624 初「新家庭」大10・1・1西海《さいかい》の日《ひ》――与謝野晶子

3625 初「新家庭」大10・1・1西海《さいかい》の日《ひ》――与謝野晶子

3626 初「新家庭」大10・1・1西海《さいかい》の日《ひ》――与謝野晶子

3627 初「新家庭」大10・1・1西海《さいかい》の日《ひ》――与謝野晶子

3628 初「第一歩」大10・1・1冬の歌十首――与謝野晶子

3629 初「第一歩」大10・1・1冬の歌十首――与謝野晶子

3630
冬の夜の小提灯などすり足をしつゝ歩める加茂川の岸

3631
しかばねとなりて後に運ばれん冬の役者の青きくまどり

3632
木枯しは舞の鼓も大寺の鐃鈸も打つ高きそらにて

3633
冬の空冷き水の中に立つうら悲しさをなげく月かな

3634
山茶花は別離に泣ける人かなど見なすおのれもあはれなりけれ

3635
三階のくらき灯のもと椅子七つ秘密結社に似たる歌会

3636
これのみは少年の目に似たるかな天の助けを歌に恃めり

3637
大空のお納戸色とひと本の赤き椿をうつしたる水

3638
とこしへに開かぬ如く我が前に石の扉の聳えたるかな

3630 初「第一歩」大10・1・1冬の歌十首―与謝野晶子

3631 初「第一歩」大10・1・1冬の歌十首―与謝野晶子

3632 初「第一歩」大10・1・1冬の歌十首―与謝野晶子

3633 初「第一歩」大10・1・1冬の歌十首―与謝野晶子

3634 初「第一歩」大10・1・1冬の歌十首―与謝野晶子

3635 初「第一歩」大10・1・1愁人の歌―与謝野寛「太陽」折々の歌大10・1・1再「明星」大11・1・1

3636 初「第一歩」大10・1・1愁人の歌―与謝野寛

3637 初「第一歩」大10・1・1愁人の歌―与謝野寛

3638 初「第一歩」大10・1・1愁人の歌―与謝野寛

3639 ほの白し我が行く方もこし方も唯だ黄昏の水と云はまし

3640 蘆まじり菊のかれたる石道に馬の蹴りゆく水だまりかな

3641 秋の木を繞りて秋の水青しところどころに小き板橋

3642 世界《せかい》をば光《ひかり》の網《あみ》に入《い》れて引《ひ》く赤《あか》き裸体《はだか》の朝《あさ》の太陽《たいやう》

3643 風《かぜ》今宵《よひ》なやめる如《ごと》し酔《ゑ》ふ如《ごと》し君《きみ》に触《ふ》れしや薔薇《ばら》に触《ふ》れしや

3644 花《はな》の中《なか》のノワイユ夫人《ふじん》太陽《たいやう》を歌《うた》ふ椿《つばき》の紅《あか》きくちびる

3645 ねがはくば若《わか》き木花咲耶姫《このはなさくやひめ》わが命《いのち》をも花《はな》にしたまへ

3646 ほつれたる君《きみ》が髪《かみ》をば弄《もてあそ》び指《ゆび》に挿《はさ》みて小《ちさ》き環《わ》とする

3647 まさぐれば手《て》を滑《すべ》りつゝ砂《すな》の云《い》ふな泣《な》きそな泣《な》きそ忘《わす》れ給《たま》へと

3639 初「第一歩」大10・1・1愁人の歌―与謝野寛

3640 初「第一歩」大10・1・1愁人の歌―与謝野寛

3641 初「第一歩」大10・1・1愁人の歌―与謝野寛

3642 初「太陽」大10・1・1折々の歌―与謝野寛 再「明星」大11・1・1

3643 初「太陽」大10・1・1折々の歌―与謝野寛

3644 初「太陽」大10・1・1折々の歌―与謝野寛

3645 初「太陽」大10・1・1折々の歌―与謝野寛 再「明星」大11・1・1「明星」大14・1・1「函館新聞」昭6・6・6

3646 初「太陽」大10・1・1折々の歌―与謝野寛

3647 初「太陽」大10・1・1折々の歌―与謝野寛

3648
雪《ゆき》の路《みち》くろきころもを頭《かしら》より被《かづ》きて歩《あゆ》む尼《あま》たちのむれ

3649
幼《をさな》くて木馬《もくば》に乗《の》りし其日《そのひ》より今日《けふ》となれども走《わし》る日《ひ》の無《な》き

3650
人間《にんげん》の踏《ふ》みたるよりも快《こゝろよ》し砂《すな》に附《つ》きたる馬《うま》の足《あし》あと

3651
我等《われら》にはにがき涙《なみだ》を打《うち》ながしさびしと云《い》ふも楽《たのし》みの中《うち》

3652
冬枯《ふゆが》れのさびしき沼《ぬま》にくだりきていよ〳〵光《ひか》る白《しろ》き大鳥《おほとり》

3653
傷口《きずぐち》をおさへて泣《な》かぬ枝《えだ》も無《な》し血《ち》を流《なが》さゞる木《こ》の下《もと》も無《な》し

3654
春《はる》の夜《よ》を早《はや》く知《し》りたる綺羅星《きらぼし》は出《い》でて光《ひか》りぬ空《そら》の彼方《かなた》に

3655
海岸《かいがん》にあかゞね色《いろ》の月《つき》のぼりくろ〴〵として並《なら》ぶ起重機《きぢうき》

3656
おなじ世《よ》に人《ひと》と生《うま》れて僕《しもべ》なりいかゞすべきぞ人皆《ひとみな》に問《と》ふ

3648 初「太陽」大10・1・1折々の歌―与謝野寛

3649 初「太陽」大10・1・1折々の歌―与謝野寛 再「明星」大11・1・1

3650 初「太陽」大10・1・1折々の歌―与謝野寛

3651 初「太陽」大10・1・1折々の歌―与謝野寛

3652 初「太陽」大10・1・1折々の歌―与謝野寛

3653 初「太陽」大10・1・1折々の歌―与謝野寛

3654 初「太陽」大10・1・1折々の歌―与謝野寛

3655 初「太陽」大10・1・1折々の歌―与謝野寛

3656 初「太陽」大10・1・1折々の歌―与謝野寛

3657 天鵞絨《ビロオド》の春《はる》の夜《よ》となり我《わ》がおもひ紫水晶《アメチスト》にも似《に》たる優《やさ》しさ

3658 薔薇色《ばらいろ》の春《はる》くる岡《をか》を見上《みあ》げたり細々《ほそぐ》として寒《さむ》き人間《にんげん》

3659 天雲《あまぐも》に光《ひかり》うするゝ星《ほし》よりも淋《さび》しく友《とも》の遠《とほ》ざかりゆく

3660 天《あま》つ星人麻呂《ほしひとまろ》の歌《うた》われを去《さ》るいよ〳〵遠《とほ》しいよ〳〵光《ひか》る

3661 われの指《ゆび》かぼそくなりぬ大空《おほぞら》を支《さゝ》へんとして月《つき》に冷《ひ》えけん

3662 春《はる》の雪《ゆき》あかき煉瓦《れんぐわ》の塀《へい》のうへ椿《つばき》の花《はな》にたわたわと置《お》く

3663 太刀山《たちやま》の掌《てのひら》よりも大《おほ》いなるシヤボテンの葉《は》に積《つも》る白雪《しらゆき》

[3664] 心《こゝろ》いと敏《さと》きもののみ死《し》を歎《なげ》く花園《はなぞの》の薔薇君《ばらきみ》とあるわれ

[3665] 紅《あか》き薔薇君寵《ばらくんちよう》と云《い》ふあさましきもの知《し》らぬ日《ひ》の楊氏《やうし》のむすめ

3657 [初]「太陽」大10・1・1折々の歌—与謝野寛

3658 [初]「太陽」大10・1・1折々の歌—与謝野寛 [再]「明星」大11・1・1

3659 [初]「太陽」大10・1・1折々の歌—与謝野寛

3660 [初]「太陽」大10・1・1折々の歌—与謝野寛

3661 [初]「太陽」大10・1・1折々の歌—与謝野寛 [再]「明星」大11・1・1

3662 [初]「太陽」大10・1・1折々の歌—与謝野寛

3663 [初]「太陽」大10・1・1折々の歌—与謝野寛

3664 [初]「婦人画報」大10・1・1薔薇《ばら》の歌《うた》—与謝野晶子

3665 [初]「婦人画報」大10・1・1薔薇《ばら》の歌《うた》—与謝野晶子

3666
暁《あかつき》の靄《もや》にまろがりたをやかに思《おも》ひ乱《みだ》るる紅《くれなゐ》の薔薇《ばら》

3667
わが薔薇《ばら》のめでたき上《うへ》に返《かへ》りくる日《ひ》の光《ひかり》をばほむる朝々《あさ〱》

3668
あな尊《たふ》と丹塗《にぬり》のやしろ神《かみ》の代《よ》の雪《ゆき》をかづくと見《み》ゆる暁《あかつき》

3669
大神《おほかみ》の長鳴《ながなき》どりが初春《はつはる》のあさを浄《きよ》めの一《ひと》こゑを挙《あ》ぐ

3670
初《はつ》日《ひ》影花《かげはな》うち撒《ま》けば松原《まつばら》に今朝《けさ》は下《お》り立《た》つ住吉《すみよし》の神《かみ》

3671
千年《ねん》の杉《すぎ》に日影《ひかげ》のさし初《そ》むる熊野《くまの》の宮《みや》に船してまゐる

3672
加茂《かも》の宮空《みやそら》の夜明《よあけ》の星清《ほしきよ》く梅《うめ》の匂《にほ》ひも散《ち》るこゝちする

3673
初春《はつはる》のたゞすの森《もり》の暁《あかつき》の靄《もや》にぬれつゝわれ人《ひと》と行《ゆ》く

3674
春日山杉《かすがやますぎ》小《を》ぐらくて曙《あけぼの》の走《は》せも寄《よ》り来《く》るさにぬりの宮《みや》

3666 初「婦人画報」大10・1・1 薔薇《ばら》の歌《うた》―与謝野晶子
3667 初「婦人画報」大10・1・1 薔薇《ばら》の歌《うた》―与謝野晶子
3668 初「国民新聞」大10・1・1 社頭暁―与謝野晶子
3669 初「国民新聞」大10・1・1 社頭暁―与謝野晶子
3670 初「国民新聞」大10・1・1 社頭暁―与謝野晶子
3671 初「国民新聞」大10・1・1 社頭暁―与謝野晶子
3672 初「国民新聞」大10・1・1 社頭暁―与謝野晶子
3673 初「国民新聞」大10・1・1 社頭暁―与謝野晶子
3674 初「国民新聞」大10・1・1 社頭暁―与謝野晶子

3675 初春《はつはる》の御裳裾川《みもすそがは》のしら波《なみ》にほのぼのうつる暁《あかつき》の雲《くも》

3676 五十鈴川《いすゞがは》年《とし》の夜明《よあけ》の瀬《せ》の音《おと》にまた浄《きよ》まらぬ人《ひと》も世《よ》も無《な》し

3677 箱根山宮《はこねやまみや》の鳥居《とりゐ》のあたりより蘆《あし》のみづうみ夜明《よあ》け行《ゆ》くかな

3678 走《はし》り寄《よ》り走《はし》り去《さ》るなる戯《たはむ》れに足《た》らへる波《なみ》をめでて籠《こも》れり

3679 花多《はなおほ》く挿《はさ》める瓶《かめ》をうつしたる寒《さむ》き宿屋《やどや》のかけ鏡《かゞみ》かな

3680 江《え》の島《しま》のともし灯《び》一《ひと》つ盗《ぬす》みこよ海人《あま》よ真珠《しんしゅ》はさぐる要《えう》なし

3681 わが骨《ほね》もかく滑《なめ》らかにあらましとうち見《み》てありぬ木《こ》の下《もと》の雪《ゆき》

3682 夕《ゆふ》ぐれの湯殿《ゆどの》の靄《もや》にうつりたる月《つき》かと思《おも》ふわれは自《みづか》ら

3683 太陽《たいよう》は園生《そのふ》の薔薇《ばら》と我《わ》が上《うへ》におなじ夢《ゆめ》をば贈《おく》り物《もの》する

3675 初「国民新聞」大10・1・1社頭暁―与謝野晶子

3676 初「国民新聞」大10・1・1社頭暁―与謝野晶子

3677 初「国民新聞」大10・1・1社頭暁―与謝野晶子

3678 初「東京朝日新聞」大10・1・1湘南にて―与謝野晶子

3679 初「東京朝日新聞」大10・1・1湘南にて―与謝野晶子

3680 初「東京朝日新聞」大10・1・1湘南にて―与謝野晶子

3681 初「東京朝日新聞」大10・1・1湘南にて―与謝野晶子

3682 初「東京朝日新聞」大10・1・1湘南にて―与謝野晶子

3683 初「大阪毎日新聞」大10・1・2太陽礼拝―与謝野寛

3684 海《うみ》まろく肉附《にくづ》けられて磯《いそ》の上《うへ》にしろき女体《にょたい》の光《ひか》る夕《ゆふ》ぐれ

3685 太陽《たいよう》を讃《ほ》めつゝ薔薇《ばら》をたゝへつゝ若《わか》き命《いのち》の涙《なみだ》する歌《うた》

3686 薔薇《ばら》の上《うへ》にしら露光《つゆひか》るめでたくも遂《と》げし恋《こひ》より出《い》づる涙《なみだ》か

3687 川口《かはぐち》に宝石《ほうせき》をもてちりばめし桃色《もゝいろ》の船春《ふねはる》の日《ひ》の波《なみ》

3688 春《はる》の日《ひ》は北《きた》のも国《くに》に音《おと》づれて香《かを》る葡萄《ぶどう》の酒倉《さかぐら》に射《さ》す

3689 わがたのむ望《のぞみ》の奥《おく》に朝《あさ》ありて羽々《はゞ》たく音《おと》す若《わか》き火《ひ》の鳥《とり》

3690 似《に》たるかな激情《げきぜう》の火《ひ》に燃《も》ゆる人颶風《ひとぐふう》のなかに磨《みが》かるゝ星《ほし》

3691 金髪《きんぱつ》をみだして昇《のぼ》る炬火《たいまつ》を振《ふ》りつゝ昇《のぼ》る春《はる》の太陽《たいよう》

3692 人真似《ひとまね》に強《し》ひて笑顔《ゑがほ》を作《つく》るより泣《な》けと教《をし》へぬ散《ち》りがたの薔薇《ばら》

3684 初「大阪毎日新聞」大10・1・2太陽礼拝──
与謝野寛

3685 初「大阪毎日新聞」大10・1・2太陽礼拝──
与謝野寛

3686 初「大阪毎日新聞」大10・1・2太陽礼拝──
与謝野寛

3687 初「大阪毎日新聞」大10・1・2太陽礼拝──
与謝野寛

3688 (2)北のも国に→北の国にも
初「大阪毎日新聞」大10・1・2太陽礼拝──
与謝野寛

3689 初「大阪毎日新聞」大10・1・2太陽礼拝──
与謝野寛

3690 初「大阪毎日新聞」大10・1・2太陽礼拝──
与謝野寛

3691 初「大阪毎日新聞」大10・1・2太陽礼拝──
与謝野寛

3692 初「大阪毎日新聞」大10・1・2太陽礼拝──
与謝野寛

3693 鐘《かね》鳴《な》りぬオペラ通《とほ》りの横《よこ》にある古《ふる》き細道《ほそみち》その奥《おく》の寺《てら》

3694 曇《くも》りたる薄日《うすび》のもとに泥光《どろひか》る錫《すゞ》より寒《さむ》き冬《ふゆ》の街《まち》かな

3695 一人居《ひとりゐ》て叩《たゝ》けば夜半《よは》の木枯《こがらし》の音《おと》に似通《にかよ》ふわがピヤノかな

3696 紅縞《べにじま》の切《きれ》を被《かぶ》りて愚《おろか》なる田舎娘《ゐなかむすめ》の春《はる》の歩《あゆ》み来《く》

3697 半《なかば》いと誇《ほこ》りかにしてその半羞《なかばはづ》かしげなるあかつきの空《そら》

3698 目《め》の前《まへ》に春《はる》は来《きた》れどおどろかず時《とき》なく恋《こひ》に住《す》めるならひに

3699 春《はる》といふ黄金《こがね》の櫃《ひつ》を今日《けふ》ひらく清《きよ》くいみじきわれの手《て》をもて

3700 万歳《まんざい》の述《の》べに来《きた》りしことほぎのただちともなくうら淋《さび》しけれ

3701 金色《こんじき》の花笠《はながさ》を被《き》て福寿草《ふくじゆさう》踊《をど》りいでたる初春《はつはる》と見《み》ぬ

3693 初「大阪毎日新聞」大10・1・2太陽礼拝―与謝野寛再「明星」大11・1・1

3694 初「大阪毎日新聞」大10・1・2太陽礼拝―与謝野寛

3695 初「大阪毎日新聞」大10・1・2紫影抄―与謝野晶子

3696 初「大阪毎日新聞」大10・1・2紫影抄―与謝野晶子

3697 初「大阪毎日新聞」大10・1・2紫影抄―与謝野晶子

3698 初「大阪朝日新聞」大10・1・3初春―与謝野晶子

3699 初「大阪朝日新聞」大10・1・3初春―与謝野晶子

3700 初「大阪朝日新聞」大10・1・3初春―与謝野晶子

3701 初「大阪朝日新聞」大10・1・3初春―与謝野晶子

3702 初春《はつはる》の写《うつ》す鏡《かゞみ》と名《な》のるなりうす紫《むらさき》の衣《きぬ》着《き》て立《た》てば

3703 くろ髪《かみ》の波《なみ》をうつすや元日《ぐわんじつ》も常《つね》に変《かは》らぬ水晶《すゐしやう》の卓《たく》

3704 君《きみ》とゐてこの朝《あさ》きけば天上《てんじやう》のものゝやうなる羽子《はご》の音《おと》かな

3705 歩《あゆ》み寄《よ》るめでたき春《はる》を抱《いだ》かんとかひなひろぐるわが門《かど》の松《まつ》

3706 わが街《まち》の松《まつ》の中《なか》をば行《ゆ》き通《かよ》ふ少女《をとめ》と見《み》ゆる初春《はつはる》の雪《ゆき》

3707 春《はる》くれば松《まつ》立《た》てわたす玉敷《たましき》の都《みやこ》のみちを祝《いは》はんがため

3708 穀倉《こくぐら》の隅《すみ》に呼吸《いき》する若《わか》き種子《たね》その待《ま》つ春《はる》を人間《にんげん》も待《ま》つ

3709 空高《そらたか》く身《み》を天軍《てんぐん》の旗《はた》として勝《か》ち誇《ほこ》りたるあけぼのゝ雲《くも》

3710 春《はる》のかぜ濃《こ》き薔薇《ばら》色《いろ》の中《なか》に居《ゐ》て真昼《まひる》も夢《ゆめ》を見《み》よと吹《ふ》くかな

3702 〔初〕「大阪朝日新聞」大10・1・3初春―与謝野晶子

3703 〔初〕「大阪朝日新聞」大10・1・3初春―与謝野晶子

3704 〔初〕「大阪朝日新聞」大10・1・3初春―与謝野晶子

3705 〔初〕「大阪朝日新聞」大10・1・3初春―与謝野晶子

3706 〔初〕「大阪朝日新聞」大10・1・3初春―与謝野晶子

3707 〔初〕「大阪朝日新聞」大10・1・3初春―与謝野晶子

3708 〔初〕「大阪毎日新聞」大10・1・6太陽礼拝―与謝野寛〔再〕「明星」大11・1・1

3709 〔初〕「大阪毎日新聞」大10・1・6太陽礼拝―与謝野寛

3710 〔初〕「大阪毎日新聞」大10・1・6太陽礼拝―与謝野寛

3711 よそ人《ひと》の幾人《いくたり》もまた別《わか》れ行《ゆ》く大船駅《おほふなえき》の夜《よる》のともしび

3712 いみじくも思《おも》ひ上《あが》れる水仙《すいせん》は星《ほし》にかはりて啓明《けいめい》に咲《さ》く

3713 目《め》に見《み》えぬ遠《とほ》き天《あま》にも通《つう》じたる不思議《ふしぎ》の路《みち》を歩《あゆ》む人《ひと》われ

3714 びろうどの春《はる》の光《ひかり》のほのさして薔薇《ばら》の匂《にほ》へる身《み》のほとりかな

3715 失《うしな》ひしものことごとく帰《かへ》りこし歓喜《くわんき》を薔薇《ばら》の花《はな》に覚《おぼ》ゆる

3716 薔薇《ばら》を見《み》ていみじきものが地《ち》にひそむ不可思議《ふかしぎ》に泣《な》くはたわれに泣《な》く

3717 霧《きり》の降《ふ》り山彦《やまびこ》の声《こゑ》おもしろき渓《たに》の思《おも》はる旅《たび》にいでまし

3718 彼方《かなた》の灯《ひ》ものを説《と》くごとにじみきぬ春《はる》の雨夜《あまよ》の長《なが》き道《みち》かな

3719 伊豆山《いづやま》の柑子《かうじ》と対《たい》す紅玉《こうぎよく》の色《いろ》してかかる春《はる》の太陽《たいやう》

3711 (初)「東京日日新聞」大10・1・6紅炉集―与謝野晶子
3712 (初)「東京日日新聞」大10・1・6紅炉集―与謝野晶子
3713 (初)「東京日日新聞」大10・1・6紅炉集―与謝野晶子
3714 (初)「大阪毎日新聞」大10・1・7紫影抄―与謝野晶子
3715 (初)「大阪毎日新聞」大10・1・7紫影抄―与謝野晶子
3716 (初)「大阪毎日新聞」大10・1・12紫影抄―与謝野晶子
3717 (初)「大阪毎日新聞」大10・1・12紫影抄―与謝野晶子
3718 (初)「大阪毎日新聞」大10・1・12紫影抄―与謝野晶子
3719 (初)「万朝報」大10・1・13(無題)―選者

3720 一歩《ぽ》づつ進《すゝ》まず春《はる》は翅《つばさ》もて未来《みらい》へ渡《わた》るここちこそすれ

3721 わたつみが高《たか》く上《あ》げたる白玉《しろだま》のかひなと見《み》ゆる夕《ゆふ》ぐれの月《つき》

3722 ふるさとの砂山《すなやま》なども思《おも》はれてうらなつかしき雪《ゆき》のむら消《きえ》

3723 美《うつく》しき雪《ゆき》に根《ね》ざしてあるさます柳《やなぎ》ゆづりは白玉椿《しらたまつばき》

3724 わが心《こゝろ》絶えずも雨《あめ》の降《ふ》るごとし恋《こひ》の煙《けむり》のしめやかに立《た》つ

3725 松原《まつばら》の青《あを》いと深《ふか》きところにてわがうち仰《あふ》ぐ初秋《はつあき》の空《そら》

3726 秋《あき》の家洞《いへほら》にも似《に》たる壁《かべ》に倚《よ》り相模《さがみ》の海《うみ》の波音《なみおと》を聞《き》く

3727 花紅《はなあか》く椿《つばき》のみ立《た》つ島《しま》にきぬことを好《この》むにあらねどもわれ

3728 椿《つばき》の木《き》庭燎《にはび》ばかりの低《ひく》きさへ金《きん》の粉《こ》ちらし太陽《たいやう》を恋《こ》ふ

3720 初「大阪毎日新聞」大10・1・16紫影抄―与謝野晶子

3721 初「大阪毎日新聞」大10・1・16紫影抄―与謝野晶子

3722 初「大阪毎日新聞」大10・1・18紫影抄―与謝野晶子

3723 初「大阪毎日新聞」大10・1・18紫影抄―与謝野晶子

3724 初「大阪毎日新聞」大10・1・18紫影抄―与謝野晶子

3725 初「大阪毎日新聞」大10・1・20（無題）―与謝野晶子

3726 初「大阪毎日新聞」大10・1・20（無題）―与謝野晶子

3727 初「国民新聞」大10・1・21伊豆にありて―与謝野晶子

3728 初「国民新聞」大10・1・21伊豆にありて―与謝野晶子

3729 春《はる》日《ひ》照《て》り椿《つばき》の大《おほ》木《き》立《た》つかぎり水仙《すゐせん》つゞく清《きよ》き道《みち》かな

3730 花紅《はなあか》く燃《も》えたぎるをば抑《おさ》へたり椿《つばき》の青《あを》はめでたかりけれ

3731 わたつみに隋円《だゑん》の日《ひ》なり浴室《よくしつ》の浅葱《あさぎ》の靄《もや》に浮《う》くはまろ肩《がた》

3732 暁《あかつき》の泉《いづみ》に案《あん》ずうつくしき恋《こひ》の姿《すがた》と死《し》のかたちをば

3733 何《なに》ごとの理《ことわり》あるや知《し》らねども都恋《みやここひ》しき雲《くも》のいろかな

3734 あなわりな恋《こひ》の暇《いとま》になすことゝ旅《たび》を思《おも》へど入《い》り混《まじ》りけり

3735 ふるすゝき動《うご》くと見《み》れば蹄《ひづめ》なる悲《かな》しき馬車《ばしや》の過《す》ぐる山《やま》かな

3736 人間《にんげん》の胸《むね》よりくづれ落《お》つるごと椿《つばき》の花《はな》は落《お》ちつもるかな

3737 櫨黄《はぢき》ばみ草《くさ》やゝ枯《か》れて春《はる》くれば伊豆《いづ》の海辺《うみべ》に椿花《つばきはな》咲《さ》く

3729 初「国民新聞」大10・1・21伊豆にありて—
与謝野晶子

3730 初「国民新聞」大10・1・21伊豆にありて—
与謝野晶子

3731 初「国民新聞」大10・1・21伊豆にありて—
与謝野晶子

3732 初「国民新聞」大10・1・21伊豆にありて—
与謝野晶子

3733 初「国民新聞」大10・1・21伊豆にありて—
与謝野晶子

3734 初「国民新聞」大10・1・21伊豆にありて—
与謝野晶子

3735 初「国民新聞」大10・1・21伊豆にありて—
与謝野晶子

3736 初「国民新聞」大10・1・21伊豆にありて—
与謝野晶子

3737 初「国民新聞」大10・1・21伊豆にありて—
与謝野晶子

3738 春《はる》の日《ひ》の明《あか》るき方《かた》に並《なら》びたり薔薇《ばら》と同《おな》じき夢《ゆめ》を見《み》る人《ひと》

3739 心《こゝろ》にも暁《あかつき》ありや漸《やうや》くにこの世楽《よたの》しと我《わ》れに見《み》えきぬ

3740 窓掛《まどかけ》の端《はし》に光《ひか》りぬ春《はる》の日《ひ》も其処《そこ》に坐《すわ》れる君《きみ》を覗《のぞ》けり

3741 同《おな》じ香《か》の心《こゝろ》を撲《う》てば分《わ》き難《がた》し昨《きそ》の日《ひ》の薔薇《ばら》この朝《あさ》の薔薇《ばら》

3742 春《はる》の日《ひ》は諸手《もろで》に摘《つ》みて余《あま》りたる命《いのち》の薔薇《ばら》を撒《ま》き散《ちら》し行《ゆ》く

3743 初春《はつはる》のゆうべの水《みづ》の蒲《かば》の穂《ほ》にうす紫《むらさき》の灯《ひ》をともす雪《ゆき》

3744 くちびるを薔薇《ばら》も尖《とが》らせ諸手《もろで》をば柳《やなぎ》も伸《の》べて太陽《たいよう》に逢《あ》ふ

3745 細長《ほそなが》き枯木《かれき》のなかに切石《きりいし》の散《ち》らばるごとき一《ひと》むらの家《いへ》

3746 人《ひと》の見《み》て砂《すな》の塔《とう》とも云《い》へよかし果敢《はか》なき中《なか》に楽《たの》しみを立《た》つ

3738 初「東京日日新聞」大10・1・31砂の塔―与謝野寛

3739 初「東京日日新聞」大10・1・31砂の塔―与謝野寛

3740 初「東京日日新聞」大10・1・31砂の塔―与謝野寛

3741 初「東京日日新聞」大10・1・31砂の塔―与謝野寛

3742 初「東京日日新聞」大10・1・31砂の塔―与謝野寛

3743 初「東京日日新聞」大10・1・31砂の塔―与謝野寛

3744 初「東京日日新聞」大10・1・31砂の塔―与謝野寛

3745 初「東京日日新聞」大10・1・31砂の塔―与謝野寛

3746 初「東京日日新聞」大10・1・31砂の塔―与謝野寛 再「明星」大11・1・1

3747 雲《くも》を洩《も》る春《はる》の太陽《たいよう》帳《とばり》より薔薇《ばら》を手《て》にして出《い》づる恋人《こひびと》

3748 うねうねと銀泥《ぎんでい》ほどに盛《も》り上《あが》る春《はる》の雪居《ゆきゐ》ぬ磯《いそ》の松原《まつばら》

3749 淡雪《あはゆき》のちりぬあやふき仮橋《かりばし》に二月《にぐわつ》の川《かは》の浅葱《あさぎ》のうへに

3750 江《え》の島《しま》の洞《ほら》の中《なか》よりしら波《なみ》を玉《たま》の塔《たふ》かと驚《おどろ》きて見《み》ぬ

3751 心《こゝろ》にも紅梅《こうばい》なんど植《う》ゑつらん匂《にほ》ひやかなること云《い》ふ少女《をとめ》

3752 半身《はんしん》は崩《くづ》れんとして傾《かたむ》ける椿《つばき》にかへれうぐひすぞ啼《な》く

3753 東海の初日《はつひ》を見んと来て立ちぬ浪の穂しろき伊豆の切厓《きりぎし》

3754 日の昇る路に当りて光明《くわうみやう》の楽《がく》おこるなり東海《とうかい》のはて

3755 薔薇色《ばらいろ》と黄金《きん》と翡翠《ひすゐ》を塗りまぜて太陽を待つ東海の空

3747 初「東京日日新聞」大10・1・31砂の塔―与謝野寛

3748 初「女学生」大10・2・1早春《さうしゆん》―与謝野晶子

3749 初「女学生」大10・2・1早春《さうしゆん》―与謝野晶子

3750 初「女学生」大10・2・1早春《さうしゆん》―与謝野晶子

3751 初「女学生」大10・2・1早春《さうしゆん》―与謝野晶子

3752 初「女学生」大10・2・1早春《さうしゆん》―与謝野晶子

3753 初「第一歩」大10・2・1東海の初日（伊豆山温泉にて）―与謝野寛

3754 初「第一歩」大10・2・1東海の初日（伊豆山温泉にて）―与謝野寛

3755 初「第一歩」大10・2・1東海の初日（伊豆山温泉にて）―与謝野寛

3756 海のはて黄色《こんじき》を塗る路ありて初日と春と並びつつ来る

3757 火の鳥の今はばたくと見るほどに黄金《きん》の灰降る曙《あけぼの》の空

3758 湯槽《ゆぶね》より裸のむれも立ち出でて初日を拝む伊豆の荒磯

3759 伊豆の海の初日《はつひ》の前に斑《まだら》なり千人風呂の人のかたまり

3760 紅玉と琥珀《こはく》と銀をちりばめて初日《はつひ》の海にひろがれる波

3761 元朝《ぐわんてう》の磯の大湯《おほゆ》に浮びたる靄《もや》も裸《はだか》も清《きよ》らなるかな

3762 つつましく大湯の隅にある君も初日に光る鵠《こふ》の如くに

[3763] 大海の上をわたりて日の光黄なる柑子を揺《ゆす》る朝かな

[3764] 初島《はつしま》を枝に隠くして断崖《きりぎし》の大木《おほき》の椿花こぼしけり

3756 (初)「第一歩」大10・2・1東海の初日（伊豆山温泉にて）—与謝野寛

3757 (初)「第一歩」大10・2・1東海の初日（伊豆山温泉にて）—与謝野寛

3758 (初)「第一歩」大10・2・1東海の初日（伊豆山温泉にて）—与謝野寛

3759 (初)「第一歩」大10・2・1東海の初日（伊豆山温泉にて）—与謝野寛

3760 (初)「第一歩」大10・2・1東海の初日（伊豆山温泉にて）—与謝野寛

3761 (初)「第一歩」大10・2・1東海の初日（伊豆山温泉にて）—与謝野寛

3762 (初)「第一歩」大10・2・1東海の初日（伊豆山温泉にて）—与謝野寛

3763 (初)「第一歩」大10・2・1旅にありて—与謝野晶子

3764 (初)「第一歩」大10・2・1旅にありて—与謝野晶子

3765 初島の第一段に立つ椿それより下《した》の菜畑いそ松

3766 かぐはしき春の光と八千代《やちよ》経し椿のつつむ伊豆の初島

3767 太陽も椿も狭《せま》き帯したる島の少女のはらからと見ゆ

3768 この島もなほ冬ありてはだら雪残ると見たる水仙の花

3769 初島の千本《ちもと》の椿朝なぎにわが船寄るをおほらかに待つ

3770 空曇り日かげにじむと大木《たいぼく》の椿の花のもとに惑《まど》ひぬ

3771 清げにも頭《かしら》を上《あ》げて鴨ぞ行く島を離れし船と並びて

3772 百尺の石の湯槽《ゆぶね》は朝の日とわれを加《くは》へて清く輝く

3773 初島《はつしま》へ行《ゆ》く船《ふね》ありや問《と》はんとす伊豆《いづ》の海辺《うみべ》の正 月《しやうぐわつ》の旅《たび》

3765 初「第一歩」大10・2・1旅にありて―与謝野晶子

3766 初「第一歩」大10・2・1旅にありて―与謝野晶子

3767 初「第一歩」大10・2・1旅にありて―与謝野晶子

3768 初「第一歩」大10・2・1旅にありて―与謝野晶子

3769 初「第一歩」大10・2・1旅にありて―与謝野晶子

3770 初「第一歩」大10・2・1旅にありて―与謝野晶子

3771 初「第一歩」大10・2・1旅にありて―与謝野晶子

3772 初「第一歩」大10・2・1旅にありて―与謝野晶子

3773 初「太陽」大10・2・1初島に遊ぶ歌―与謝野寛

3774 初島《はつしま》へ我等《われら》を渡《わた》す船《ふね》の人《ひと》伊豆《いづ》の海辺《うみべ》に櫓《ろ》を立《た》てゝ待《ま》つ

3775 初島《はつしま》へ春《はる》のはじめに船出《ふなで》しぬ神仙譚《しんせんたん》の中《なか》のごとくに

3776 広重《ひろしげ》の版画《はんぐわ》の藍《あゐ》のまんなかに人《ひと》を載《の》せたる伊豆《いづ》の早船《はやぶね》

3777 わが船《ふね》の早櫓《はやろ》の音《おと》の外《ほか》にまた吹《ふ》く風《かぜ》も無《な》し小波《さゞなみ》も無《な》し

3778 古《ふる》き人《ひと》桴《いかだ》に乗《の》りて浮《うか》ばんと言《い》ひし心《こゝろ》も海《うみ》に来《き》て知《し》る

3779 わが船《ふね》は海《うみ》の上《うへ》なる蝸牛《かたつぶり》銀《ぎん》の跡《あと》をば引《ひ》きつゝぞ行《ゆ》く

3780 大空《おほぞら》と海《うみ》のあひだに船《ふね》一つ淋《さび》しからぬも人《ひと》とあるため

3781 大空《おほぞら》と海《うみ》のあひだに遊《あそ》びつゝ笑《わら》ひを載《の》する一葉《えふ》の船《ふね》

3782 うしろなる伊豆《いづ》の山辺《やまべ》は霞《かす》めども春《はる》の光《ひかり》に満《み》つる我船《わがふね》

3774 初「太陽」大10・2・1初島に遊ぶ歌―与謝野寛

3775 初「太陽」大10・2・1初島に遊ぶ歌―与謝野寛

3776 初「太陽」大10・2・1初島に遊ぶ歌―与謝野寛

3777 初「太陽」大10・2・1初島に遊ぶ歌―与謝野寛

3778 初「太陽」大10・2・1初島に遊ぶ歌―与謝野寛

3779 初「太陽」大10・2・1初島に遊ぶ歌―与謝野寛

3780 初「太陽」大10・2・1初島に遊ぶ歌―与謝野寛

3781 初「太陽」大10・2・1初島に遊ぶ歌―与謝野寛

3782 初「太陽」大10・2・1初島に遊ぶ歌―与謝野寛

3783 初島《はつしま》の北《きた》なる磯《いそ》の岩《いは》むらを船《ふね》より降《お》りて先《ま》づ踏《ふ》むも好《よ》し

3784 小船《をぶね》より岩《いは》に架《か》けたる櫓《ろ》の上《うへ》を危《あやふ》く踏《ふ》みて降《お》りしわが妻《つま》

3785 岩《いは》の上《うへ》に竹《たけ》をわたして網《あみ》を干《ほ》すそを潜《くゞ》らずば島《しま》に路《みち》無《な》し

3786 島少女《しまをとめ》磯《いそ》に干《ほ》したる網《あみ》の上《うへ》の切崖《きりぎし》に立《た》ちわが船《ふね》を見る

3787 相寄《あひよ》りぬ漂流譚《へうりうたん》に見《み》るごとき島《しま》の名主《なぬし》の古《ふる》き炉《ろ》のもと

3788 初島《はつしま》の岩井《いはゐ》の上《うへ》に照《て》る椿《つばき》わが見《み》る夢《ゆめ》の花《はな》に似《に》るかな

3789 初島《はつしま》の椿《つばき》さく日《ひ》に逢《あ》へるかな青《あを》き花《はな》をも今《いま》は尋《たづ》ねじ

3790 花《はな》は皆《みな》珊瑚《さんご》の口《くち》を張《は》りながら春《はる》を歌《うた》へる伊豆《いづ》の初島《はつしま》

3791 島《しま》の路《みち》椿《つばき》を蔭《かげ》とせぬも無《な》し水仙《すゐせん》の花《はな》咲《さ》かざるも無《な》し

3783 初「太陽」大10・2・1初島に遊ぶ歌―与謝野寛

3784 初「太陽」大10・2・1初島に遊ぶ歌―与謝野寛

3785 初「太陽」大10・2・1初島に遊ぶ歌―与謝野寛

3786 初「太陽」大10・2・1初島に遊ぶ歌―与謝野寛

3787 初「太陽」大10・2・1初島に遊ぶ歌―与謝野寛

3788 初「太陽」大10・2・1初島に遊ぶ歌―与謝野寛

3789 初「太陽」大10・2・1初島に遊ぶ歌―与謝野寛

3790 初「太陽」大10・2・1初島に遊ぶ歌―与謝野寛

3791 初「太陽」大10・2・1初島に遊ぶ歌―与謝野寛

3792 島《しま》の路高《みちたか》まるところ椿《つばき》咲《さ》き降《くだ》れば細《ほそ》く水仙《すゐせん》に入《い》る

3793 初島《はつしま》の南《みなみ》の岸《きし》に花《はな》をもて涙《なみだ》としたるおち椿《つばき》かな

3794 初島《はつしま》の椿《つばき》の林《はやし》わなゝけば花《はな》に酔《ゑ》はざる微風《そよかぜ》も無《な》し

3795 島人《しまびと》も船《ふね》なる人《わと》も別《わか》れをば惜《をし》みて振《ふ》りぬ水仙《すゐせん》の花《はな》

3796 初島《はつしま》をわが船離《ふねはな》るいにしへの徐福《じよふく》は知《し》らず帰《かへ》る楽《たの》しみ

3797 わが玄耳《げんじ》自《みづか》ら泣《な》ける歌詠《うたよ》みて八《や》とせ淋《さび》しく山東《さんとう》に在《あ》り

3798 わが玄耳《げんじ》酔《ゑ》ひて笑《わら》へど心《こゝろ》には歯《は》を食《く》ひしばり山東《さんとう》に在《あ》り

3799 わが玄耳《げんじ》すこし酒《さけ》をば飲《の》む口《くち》と少《すこ》し歌《うた》をば詠《よ》む口《くち》と持《も》つ

3800 わが玄耳《げんじ》心《こゝろ》に火《ひ》あり真珠《しんじゆ》あり有《あ》りと云《い》へども淋《さび》しきかなや

3792 初「太陽」大10・2・1初島に遊ぶ歌―与謝野寛

3793 初「太陽」大10・2・1初島に遊ぶ歌―与謝野寛

3794 初「太陽」大10・2・1初島に遊ぶ歌―与謝野寛

3795 (2)人《わと》→人《ひと》 初「太陽」大10・2・1初島に遊ぶ歌―与謝野寛

3796 初「太陽」大10・2・1初島に遊ぶ歌―与謝野寛

3797 初「東京日日新聞」大10・2・5玄耳を懐ふ歌―与謝野寛

3798 初「東京日日新聞」大10・2・5玄耳を懐ふ歌―与謝野寛

3799 初「東京日日新聞」大10・2・5玄耳を懐ふ歌―与謝野寛

3800 初「東京日日新聞」大10・2・5玄耳を懐ふ歌―与謝野寛

3801 わが玄耳《げんじ》千里《せんり》の外《ほか》に旅《たび》しつつ恋《こひ》を歎《なげ》けば歌神《うたしん》に入《い》る

3802 わが玄耳《げんじ》山東《さんとう》に居《ゐ》て泰山《たいざん》をわきばさめども為《な》す甲斐《かひ》も無《な》し

3803 わが玄耳《げんじ》蘭《らん》を愛《あい》する歌《うた》よみぬ人《ひと》を思《おも》ひて思《おも》ひ余《あま》れば

3804 わが玄耳《げんじ》行《おこな》ふことも言《い》ふことも片端《かたはし》にして老《お》いんとすらん

3805 わが玄耳《げんじ》君《きみ》とわれとは消息《せうそく》す無事《ぶじ》かと云《い》ひて稀《まれ》にひと言《こと》

3806 川多《かはおほ》き大阪《おほさか》にきて霧《きり》を愛《め》づあかつきの橋黄昏《はしたそがれ》の橋《はし》

3807 葛城《かつらぎ》の二上《がみ》の山《やま》たかだかと晴《は》れたる秋《あき》に群青《ぐんぜう》を盛《も》る

[3808] 松原《まつばら》に海《うみ》の光《ひかり》のほのさしてこほろぎの啼《な》く茅《ち》が崎《さき》の夜《よる》

3809 憎むときつぶてに代へて人に打つ紅き唐紙に書ける歌反古

3801 [初]「東京日日新聞」大10・2・5玄耳を懐ふ歌―与謝野寛

3802 [初]「東京日日新聞」大10・2・5玄耳を懐ふ歌―与謝野寛[再]「明星」大11・1・1

3803 [初]「東京日日新聞」大10・2・5玄耳を懐ふ歌―与謝野寛[再]「明星」大11・1・1

3804 [初]「東京日日新聞」大10・2・5玄耳を懐ふ歌―与謝野寛

3805 [初]「東京日日新聞」大10・2・5玄耳を懐ふ歌―与謝野寛

3806 [初]「大阪毎日新聞」大10・2・15近詠より―与謝野寛

3807 [初]「大阪毎日新聞」大10・2・15近詠より―与謝野寛

3808 [初]「大阪毎日新聞」大10・2・26(無題)―与謝野晶子

3809 [初]「第一歩」大10・3・1近作より―与謝野寛「太陽」大10・3・1折々の歌[再]「明星」大11・1・1

3810 一台の自動車すぎてわが家のうち揺るること船に似るかな

3811 葉はすべて光る掌《てのひら》　花はみなもゆる唇日に向ふ椿

3812 何もなき青き愁の残るなりぺんぺん草《ぐさ》を裂けるならねど

3813 薔薇と薔薇ともに匂へり美くしき目と目と合へる人の如くに

3814 空のはて横に一すぢ朱を引きぬ長安の火に似たる夕焼

3815 目に残る後ろかげをば眺めけり卓の上なる薔薇にまじへて

3816 美くしき序曲を少し弾きさして長き沈黙《しじま》に入れる琴かな

3817 野菜畑ぶたを飼ひたる板がこひ小豆いろする寒菊の花

3818 をりをりに心の渇く病あり蜜にひとしき物を求めて

3810 [初]「第一歩」大10・3・1近作より―与謝野寛

3811 [初]「第一歩」大10・3・1近作より―与謝野寛

3812 [初]「第一歩」大10・3・1近作より―与謝野寛

3813 [初]「第一歩」大10・3・1近作より―与謝野寛

3814 [初]「第一歩」大10・3・1近作より―与謝野寛

3815 [初]「第一歩」大10・3・1近作より―与謝野寛[再]「明星」大11・1・1

3816 [初]「第一歩」大10・3・1近作より―与謝野寛

3817 [初]「第一歩」大10・3・1近作より―与謝野寛

3818 [初]「第一歩」大10・3・1近作より―与謝野寛「太陽」大10・3・1折々の歌

3819 大鳥《おほとり》は籠《かご》を好《この》まずアルプスの氷《こほ》れる峰《みね》の巌角《いはかど》に鳴《な》く

3820 執《と》らんとて逃《に》ぐるを恐《おそ》る美《うつく》しき手《て》は美《うつく》しき小鳥《ことり》ならまし

3821 我《わ》が心《こゝろ》おもく懶《ものう》し踊場《をどりば》に夜《よ》を明《あか》したる後《あと》ならねども

3822 虚無《きょむ》を見《み》て帰《かへ》りし人《ひと》の若《わか》さをば見よと我《わ》れ言《い》ふ太陽《たいやう》の下《もと》

3823 猶《なほ》一《ひと》つ暗《くら》き洞《ほら》ありほのかにも獣《けもの》の呻《うめ》くけはひするかな

3824 この泉《いづみ》エメラウドをば湛《たゝ》へたり若《わか》き瞳《ひとみ》を見《み》る如《ごと》く見《み》よ

3825 若《わか》き身《み》の一人《ひとり》あるだに楽《たの》しきを今日《けふ》は七人《なゝたり》相会《あひあ》へるかな

3826 如何《いか》に見《み》よ小雨《こさめ》の後《のち》の虹《にじ》ぞとも涙《なみだ》に濡《ぬ》れしをり〱の歌《うた》

3827 春《はる》の雪《ゆき》枯《か》れたる木立《こだち》黄《き》ばむ草《くさ》赤《あか》き煉瓦《れんぐわ》の塀《へい》の片《かた》はし

3819 初「太陽」大10・3・1折々の歌―与謝野寛

3820 初「太陽」大10・3・1折々の歌―与謝野寛 再「明星」大11・1・1

3821 初「太陽」大10・3・1折々の歌―与謝野寛

3822 初「太陽」大10・3・1折々の歌―与謝野寛

3823 初「太陽」大10・3・1折々の歌―与謝野寛

3824 初「太陽」大10・3・1折々の歌―与謝野寛

3825 初「太陽」大10・3・1折々の歌―与謝野寛

3826 初「太陽」大10・3・1折々の歌―与謝野寛

3827 初「太陽」大10・3・1折々の歌―与謝野寛

3828
青《あを》ざめて物《もの》おもふこと人《ひと》よりも多《おほ》きに過《す》ぐる黄昏《たそがれ》の薔薇《ばら》

3829
わが上《うへ》に与《あた》へられしは太陽《たいやう》とおなじ心臓《しんざう》薔薇《ばら》に似《に》る口《くち》

3830
四十をば少《すこ》し越《こ》えたる桃青《たうせい》が書《か》けるも淋《さび》し奥《おく》の細道《ほそみち》

3831
地《ち》の上《うへ》に一線《せん》を書《か》きわれ歎《たん》ず人間《にんげん》の行《ゆ》く広《ひろ》き路《みち》無《な》し

3832
心《こゝろ》には淋《さび》しき歌《うた》の上《のぼ》りきぬ風《かぜ》に触《ふ》れたる琴《こと》の緒《を》か我《わ》れ

3833
盛《も》り上《あが》る温泉《いでゆ》を見《み》れば落《をと》すべき垢《あか》なき身《み》をも時《とき》に悲《かな》しむ

3834
杢太郎《もくたらう》父《ちゝ》となれども美《うつ》くしく頬《ほ》の染《そ》む癖《くせ》の残《のこ》りたるかな

3835
江《え》の青《あを》み春《はる》となれども鵠《こう》の鳥《とり》しろき姿《すがた》を泛《ふか》べざるかな

3836
うつくしき八重垣姫《やへがきひめ》の花櫛《はなぐし》をゆふべの桜《さくら》かざさぬも無《な》し

3828 初「太陽」大10・3・1折々の歌—与謝野寛 再「明星」大11・1・1
3829 初「太陽」大10・3・1折々の歌—与謝野寛
3830 初「太陽」大10・3・1折々の歌—与謝野寛
3831 初「太陽」大10・3・1折々の歌—与謝野寛 再「明星」大11・1・1
3832 初「太陽」大10・3・1折々の歌—与謝野寛
3833 初「太陽」大10・3・1折々の歌—与謝野寛
3834 初「太陽」大10・3・1折々の歌—与謝野寛
3835 初「太陽」大10・3・1折々の歌—与謝野寛
3836 初「太陽」大10・3・1折々の歌—与謝野寛

3837 埃及《エヂプト》のタイスの姫《ひめ》のあはれなる木乃伊《ミイラ》に残《のこ》る古《ふる》き朱《しゅ》の色《いろ》

3838 時《とき》として異邦《いはう》に似《に》たる淋《さび》しさを我《わ》れに与《あた》へて重《おも》き東京《とうきやう》

3839 若《わか》くして思《おも》ひ合《あ》ひたる楽《たの》しみを礎石《いしずゑ》とする人間《にんげん》の塔《たふ》

3840 弥生《やよひ》きぬ我《わ》れの愁《うれひ》も喜《よろこ》びもその薔薇《ばら》に染《そ》めかのリラに染《そ》め

3841 わが前《まへ》の川《かは》の半《なかば》を白《しろ》くして帆《ほ》のうつりたる初秋《はつあき》の水《みづ》

3842 埓《らち》もなくみだれて咲《さ》ける菊《きく》ゆゑに頽《くづ》れしも好《よ》く僧院《そうゐん》の壁《かべ》

3843 つぶつぶと朱《しゅ》を打《う》たんとす我歌《わがうた》を自《みづか》ら褒《ほ》めて華《はな》やがんため

3844 散《ち》るならず衣《ころも》を解《と》きて寝《い》ぬるなりたそがれ時《どき》の淡色《うすいろ》の薔薇《ばら》

3845 手《て》を挙《あ》げて末《すゑ》の児《こ》きたる哀《あは》れにも斯《か》ゝる親《おや》さへ頼《たの》みたるかな

3837 初「太陽」大10・3・1折々の歌—与謝野寛

3838 初「太陽」大10・3・1折々の歌—与謝野寛 再「明星」大11・1・1

3839 初「太陽」大10・3・1折々の歌—与謝野寛 再「明星」大11・1・1

3840 初「太陽」大10・3・1折々の歌—与謝野寛

3841 初「大阪毎日新聞」大10・3・10近詠より—与謝野寛 再「明星」大11・1・1「文章倶楽部」大11・2・1

3842 初「大阪毎日新聞」大10・3・10近詠より—与謝野寛

3843 初「大阪毎日新聞」大10・3・10近詠より—与謝野寛

3844 初「万朝報」大10・3・19（無題）—選者 再「第一歩」大10・4・1—与謝野晶子

3845 初「大阪毎日新聞」大10・3・26近詠より—与謝野寛

3846
親《おや》ごゝろ年経《としへ》ていよゝ浄《きよ》まりぬこの感謝《かんしや》をば子等《こら》にしてまし

3847
虫《むし》啼《な》けり頼《たよ》りなさをば思《おも》へとて身《み》を恃《たの》むこと度《ど》に過《す》ぐなとて

3848
山《やま》の上西《うへにし》の渓間《たにま》は夕月《ゆふづき》のほのかにさすと悲《かな》しみぬわれ

3849
片恋《かたこひ》の心細《こゝろぼそ》さを描《ゑが》くごと石《いし》の間《あひだ》を這《は》ひわたる水《みづ》

3850
浴泉記《よくせんき》つくらんとして歎《なげ》かれぬ村雨《むらさめ》のごと山水《やまみづ》鳴《な》れば

3851
堂《だう》が島明星岳《しまみやうじやうだけ》におほはれて静《しづ》かに寝《ね》る子《こ》いねもえぬ人《ひと》

3852
夕月《ゆふづき》の空《そら》と天地《てんち》と半《なかば》分《わ》く箱根《はこね》のおくの明星《みやうぜう》が岳《だけ》

3853
白鳥《はくてう》も田鶴《たづ》も知《し》らざるうつくしき舞《まひ》をするなりあかつきの水《みづ》

3854
おぼつかな靄《もや》ただよふや水行《みづゆ》くや雲《くも》の浮《うか》ぶや山《やま》の浮《うか》ぶや

3846 初「大阪毎日新聞」大10・3・26近詠より――与謝野寛
3847 初「大阪毎日新聞」大10・3・26近詠より――与謝野寛
3848 初「国民新聞」大10・3・31箱根にて―与謝野晶子
3849 初「国民新聞」大10・3・31箱根にて―与謝野晶子
3850 初「国民新聞」大10・3・31箱根にて―与謝野晶子
3851 初「国民新聞」大10・3・31箱根にて―与謝野晶子
3852 初「国民新聞」大10・3・31箱根にて―与謝野晶子
3853 初「国民新聞」大10・3・31箱根にて―与謝野晶子
3854 初「国民新聞」大10・3・31箱根にて―与謝野晶子

3855
静《しづ》かなり朧月《おぼろづき》よりやや明《あか》き春日《はるひ》のこもる蘆《あし》の湖《みづうみ》

3856
あたたかし炉《ろ》なるさざえの鳴《な》るを聞《き》くうすくらがりの海人《あま》どもの顔《かほ》

3857
いつしかと夢《ゆめ》より醒《さ》めしここちしぬ赤《あか》き椿《つばき》の島《しま》をわれ踏《ふ》む

3858
恋人《こひびと》が流《なが》す涙《なみだ》のいろと見《み》ゆいと美《うつ》くしき海《うみ》の太陽《たいやう》

3859
山辺《やまべ》より海《うみ》の方《かた》へと渡《わた》りきぬ石《いし》の浴槽《ゆぶね》の朝《あさ》のあかりに

3860
湯《ゆ》にあれば千《ち》とせ一時《ひととき》知《し》りがたし思《おも》ふことはた恋《こひ》にとどまる

3861
膝《ひざ》つきて祈《いの》る岬《みさき》も中空《なかぞら》に日《ひ》のぼり行《ゆ》けば若《わか》やかに笑《ゑ》む

3862
なよりなる淡丹《うすに》の雲《くも》に乗《の》るものは上《うへ》なく清《きよ》き日輪《にちりん》の雛《ひな》

3863
思《おも》へるはわが事なればまぼろしにあらでいみじき朱《しゆ》の柱立つ

3855 初「国民新聞」大10・3・31箱根にて―与謝野晶子
3856 初「国粋」大10・4・1伊豆に遊びて―与謝野晶子
3857 初「国粋」大10・4・1伊豆に遊びて―与謝野晶子
3858 初「国粋」大10・4・1伊豆に遊びて―与謝野晶子
3859 初「国粋」大10・4・1伊豆に遊びて―与謝野晶子
3860 初「国粋」大10・4・1伊豆に遊びて―与謝野晶子
3861 初「国粋」大10・4・1伊豆に遊びて―与謝野晶子
3862 初「国粋」大10・4・1伊豆に遊びて―与謝野晶子
3863 初「人間」大10・4・1対花篇―与謝野晶子

3864 天地のいまだ裂けぬはこの思ひ抑ふることを忘れぬがため

3865 萩の株薄の根かと侮《あなど》りをうくる書斎にうぐひすをきく

3866 かたはらにわがあることを漸くに見出でて梅の涙ぐむかな

3867 こともなく忍びはつべしつつましく生きんならひの人の子なれば

3868 行き戻りすると見ゆれどいつしかもあらぬ境の旅人となる

3869 目に見えぬ真白き塔を立てて行くわがかたはらに雪降り出でぬ

3870 桐の木は実の重げなり十字架のキリストよりも哀れなりけれ

3871 薔薇の園われをかこめるわが思ひ嗅ぐとて居たり黄昏どきに

3872 いと淡き愁の上に春の雪紫をして降り出でしかな

3864 初「人間」大10・4・1対花篇―与謝野晶子

3865 初「人間」大10・4・1対花篇―与謝野晶子

3866 初「人間」大10・4・1対花篇―与謝野晶子

3867 初「人間」大10・4・1対花篇―与謝野晶子

3868 初「人間」大10・4・1対花篇―与謝野晶子

3869 初「人間」大10・4・1対花篇―与謝野晶子

3870 初「人間」大10・4・1対花篇―与謝野晶子

3871 初「人間」大10・4・1対花篇―与謝野晶子

3872 初「人間」大10・4・1対花篇―与謝野晶子

3873 明星の黄なる輪くぐり夕かぜのあてやかに吹く春のたそがれ

3874 金屋《きんおく》に住む明星のめでたさよわがごとあてに人を恋ふらん

3875 かぐはしき匂ひの身より散りしくとおのれ覚えぬ物を思へば

3876 孔雀の尾一つちりぬと大空の流星を見る春の夜半《やはん》に

3877 恋するに初めもはてもあるべしや大空のごと君をたのまん

3878 甘さをば恋のはてにも覚ゆなり心おごりをしたる味ひ

3879 追はるるや追ふや焔と焔とはそのたちどさへ知りがたきかな

3880 人と人因縁和合すると云ふことも悲しきつかのつかのま

3881 心の戸かたく閉すは人の見てゆるさぬこともわれ思ふため

3873 初「人間」大10・4・1対花篇—与謝野晶子

3874 初「人間」大10・4・1対花篇—与謝野晶子

3875 初「人間」大10・4・1対花篇—与謝野晶子

3876 初「人間」大10・4・1対花篇—与謝野晶子

3877 初「人間」大10・4・1対花篇—与謝野晶子

3878 初「人間」大10・4・1対花篇—与謝野晶子

3879 初「人間」大10・4・1対花篇—与謝野晶子

3880 初「人間」大10・4・1対花篇—与謝野晶子

3881 初「人間」大10・4・1対花篇—与謝野晶子

3882 歩むこと遅く飛ぶことといと速しいみじき天の大鳥なれば

3883 風おこり礫《こいし》の走る心にもあはれ翡翠《ひすゐ》のいろぞ漂ふ

3884 おほらかに花をばあまた落したる椿と云ひて許されんわれ

3885 朝まだき伊豆の小島の椿さく道も見知れる風来り吹く

3886 水鳥の羽のやうなる夕月をさそひて見せぬめでたき子らに

3887 あられ降るひとへに寒き日ならずて若草そよぎ人を思ふ日

3888 梢より音しておちぬ何ごとかたのみ居たりし昨日《さくじつ》の雪

3889 春来ればいとすなほなる心をば小草も風も見せて苦しき

3890 さとること遅かりしなど明日と云ふ日をもつ人は思はざるかな

3882 初「人間」大10・4・1対花篇―与謝野晶子
3883 初「人間」大10・4・1対花篇―与謝野晶子
3884 初「人間」大10・4・1対花篇―与謝野晶子
3885 初「人間」大10・4・1対花篇―与謝野晶子
3886 初「人間」大10・4・1対花篇―与謝野晶子
3887 初「人間」大10・4・1対花篇―与謝野晶子
3888 初「人間」大10・4・1対花篇―与謝野晶子
3889 初「人間」大10・4・1対花篇―与謝野晶子
3890 初「人間」大10・4・1対花篇―与謝野晶子

3891 自らをわれは正しく見んとせず太陽もまた薔薇もしからん

3892 この頃は折ふし淋し心をば常世の花とたのめる人も

3893 めでたきは愚かなるわれ悲しきは人より少しさかしかるわれ

3894 かたはらの白きアネモネ物思ふ肩つきしたる白きアネモネ

3895 梅咲けば絶えて逢はざる人もまた見る日あるごと頼まるるかな

3896 心からあらぬわが身となりぬなど云ふ時あらばをかしからまし

3897 梅ちりて蛾のなきがらと見ゆるなりいとあぢきなき我心かな

3898 自らをかがやく身とし思はねど盛《さか》りの薔薇の花園に置く

3899 薔薇の花国師大師《こくしたいし》の教へより正《ただ》しくわれを訓《いまし》めぞする

3891 初「人間」大10・4・1対花篇―与謝野晶子

3892 初「人間」大10・4・1対花篇―与謝野晶子

3893 初「人間」大10・4・1対花篇―与謝野晶子

3894 初「人間」大10・4・1対花篇―与謝野晶子

3895 初「人間」大10・4・1対花篇―与謝野晶子

3896 初「人間」大10・4・1対花篇―与謝野晶子

3897 初「人間」大10・4・1対花篇―与謝野晶子

3898 初「第一歩」大10・4・1薔薇の歌―与謝野晶子

3899 初「第一歩」大10・4・1薔薇の歌―与謝野晶子

3900 しらじらと薔薇散りしけばわが心もの哀れにもなりにけるかな

3901 紅《あか》き薔薇わがはぐくみし根ならねど同じ血潮をもつ如く咲く

3902 微風《そよかぜ》に歌ふがごとく七《なな》つ八《や》つ手をとりて咲く薔薇の花かな

3903 薔薇の帯いとあでやかにめでたけれ弥生ばかりの春の装《よそほ》ひ

3904 二三本《ぼん》もみぢ紅《あか》めり東大寺《とうだいじ》仁王《におう》の門《もん》をやはらかにして

3905 時雨《しぐれ》ふり浮足《うきあし》したる人中《ひとなか》に我《わ》が混《まじ》れるもおもしろきかな

3906 秋更《あきふ》けぬ日《ひ》の蝕《しよく》したる如《ごと》くにも向日葵《ひまはり》の実《み》の黒々《くろぐ》と立《た》つ

3907 影《かげ》よりも猶《なほ》あはれなり黄昏《たそがれ》にはかなく靡《なび》くコスモスの花《はな》

3908 こちたくも白《しろ》き燈台《とうだい》死《し》の門《かど》を見《み》るここちしてその下《もと》を逃《に》ぐ

3900 初「第一歩」大10・4・1薔薇の歌―与謝野晶子

3901 初「第一歩」大10・4・1薔薇の歌―与謝野晶子

3902 初「第一歩」大10・4・1薔薇の歌―与謝野晶子

3903 初「第一歩」大10・4・1薔薇の歌―与謝野晶子

3904 初「大阪毎日新聞」大10・4・7近詠より―与謝野寛

3905 初「大阪毎日新聞」大10・4・7近詠より―与謝野寛

3906 初「大阪毎日新聞」大10・4・7近詠より―与謝野寛

3907 初「大阪毎日新聞」大10・4・19近詠より―与謝野寛

3908 初「国民新聞」大10・4・24銚子に遊びて―与謝野晶子

3909 面《おもて》打《う》つ犬吠岬《いぬばうざき》の飛沫《しぶき》より冷《つめた》きものを知《し》るもはかなし

3910 人《ひと》ありて磯《いそ》の石負《いしお》ひ坂行《さかゆ》きぬ銚子《てうし》も似《に》たり鬼界《きかい》が島《しま》に

3911 この国《くに》のひがしのはてと呼《よ》ばれたる犬吠岬《いぬばうざき》に立《た》てば悲《かな》しき

3912 或日《あるひ》には銚子《てうし》の海《うみ》の青《あを》さへも濁《にご》ると岩《いは》に寄《よ》りて歎《なげ》きぬ

3913 紫《むらさき》の髪《かみ》を曳《ひ》きつゝ羞《はぢ》らひて波《なみ》にかくるるなのりその花《はな》

3914 物哀《ものあは》れ知《し》る人々《ひとぐ》の集《あつま》りて海見《うみみ》るなれど巌《いはほ》めくかな

3915 空曇《そらくも》り濁《にご》れる海《うみ》に立《た》つ波《なみ》の白《しろ》くもだゆる百尺《しやく》の前《まへ》

3916 あぢきなし犬吠岬《いぬばうざき》の燈台《とうだい》もわれの小指《こゆび》に多《おほ》く変《かは》らず

3917 岬《みさき》をば中《なか》にしたれば川口《かはぐち》の昔《むかし》の蘆《あし》の葉《は》の見《み》えぬかな

3909 初「国民新聞」大10・4・24銚子に遊びて―
与謝野晶子

3910 初「国民新聞」大10・4・24銚子に遊びて―
与謝野晶子

3911 初「国民新聞」大10・4・24銚子に遊びて―
与謝野晶子

3912 初「国民新聞」大10・4・24銚子に遊びて―
与謝野晶子

3913 初「国民新聞」大10・4・24銚子に遊びて―
与謝野晶子

3914 初「国民新聞」大10・4・24銚子に遊びて―
与謝野晶子

3915 初「国民新聞」大10・4・24銚子に遊びて―
与謝野晶子

3916 初「国民新聞」大10・4・24銚子に遊びて―
与謝野晶子

3917 初「国民新聞」大10・4・24銚子に遊びて―
与謝野晶子

3918 浅《あさ》みどり籠《かご》のやうにも枝垂《えだた》るる柳《やなぎ》の下《もと》をめづる人々《ひと〴〵》

3919 云《い》はずとも思《おも》へることは皆聞《みなき》くとおびやかすなりパンジイの耳《みゝ》

3920 菜《な》の花《はな》を翡翠《ひすゐ》の針《はり》に突《つ》くものは海《うみ》の方《かた》より走《はし》りくる雨《あめ》

3921 春《はる》の潮満《しほみ》つる退《しりぞ》くけぢめさへ覚《おぼ》えぬほどに思《おも》ひ疲《つか》れぬ

3922 紫《むらさき》の初元結《はつもとゆひ》の若《わか》き子《こ》の皐月《さつき》の夏《なつ》となりにけるかな

3923 春風《はるかぜ》の木立《こだち》をわたる中《なか》に居《ゐ》ぬ波《なみ》の上行《うへゆ》く帆《ほ》に似《に》たる滝《たき》

3924 堂《だう》が島仰《しまあふ》ぎ見《み》る時暗《ときくら》き山夕《やまゆふ》あかりする空《そら》もかなしき

3925 心《こゝろ》をば渓《たに》の流《ながれ》の啄《ついば》むと旅寝《たびね》の夜《よる》をなげく人《ひと》かな

3926 半時《はんとき》を浴室《よくしつ》に居《ゐ》て心《こゝろ》ややおのれを愛《め》づることに傾《かたぶ》く

3918 初「万朝報」大10・4・28行く春―与謝野晶子

3919 初「万朝報」大10・4・28行く春―与謝野晶子

3920 初「万朝報」大10・4・28行く春―与謝野晶子

3921 初「万朝報」大10・4・28行く春―与謝野晶子

3922 初「万朝報」大10・4・30(無題)―選者

3923 初「野依雑誌」大10・5・1渓の宿にて―与謝野晶子

3924 初「野依雑誌」大10・5・1渓の宿にて―与謝野晶子

3925 初「野依雑誌」大10・5・1渓の宿にて―与謝野晶子

3926 初「野依雑誌」大10・5・1渓の宿にて―与謝野晶子

3927 鶯《うぐひす》を高山《たかやま》に来《き》てきけどなほ春《はる》の人《ひと》とはさとられずわれ

3928 この八人《やたり》ものてらひなどするも無《な》く山《やま》の夜《よ》怖《おそ》れ瀬《せ》の音《おと》に泣《な》く

3929 山《やま》に咲《さ》く入日《いりひ》の花《はな》はほろほろと散《ち》る桜《さくら》より淋《さび》しかりけれ

3930 美《うつ》くしくおのれに代《かは》り遊《あそ》べりと渓《たに》の水《みづ》見《み》ぬはらからの如《ごと》

3931 下総《しもふさ》の牧《まき》の道芝《みちしば》しづかにも踏《ふ》み行《ゆ》く春《はる》の雨《あめ》を見《み》るかな

3932 わが街《まち》も古駅《こえき》の如《ごと》し時雨《しぐれ》ふり自動車《じどうしや》一つ過《す》ぎて消《き》ゆれば

3933 冬《ふゆ》となりしら菊《ぎく》さきぬ衰《おとろ》へて淋《さび》しき後《のち》に得《え》し友《とも》の如《ごと》

3934 朱欒《ぢやぼん》をば皿《さら》に盛《も》りつゝ君《きみ》云《い》ひぬ約翰《よはね》の口《くち》を吸《す》ふに倣《なら》はん

3935 秋《あき》更《ふ》けて空《そら》の曇《くも》れば我《わ》れもまた自《みづか》ら顔《かほ》を掩《おほ》はんとする

3927 初「野依雑誌」大10・5・1渓の宿にて―与謝野晶子

3928 初「野依雑誌」大10・5・1渓の宿にて―与謝野晶子

3929 初「野依雑誌」大10・5・1渓の宿にて―与謝野晶子

3930 初「野依雑誌」大10・5・1渓の宿にて―与謝野晶子

3931 初「万朝報」大10・5・2草まくり―与謝野晶子

3932 初「大阪毎日新聞」大10・5・7近詠より―与謝野寛

3933 初「大阪毎日新聞」大10・5・7近詠より―与謝野寛

3934 初「大阪毎日新聞」大10・5・7近詠より―与謝野寛

3935 初「大阪毎日新聞」大10・5・11近詠より―与謝野寛

3936
歎《なげ》くらく地《ち》とよぶ所《ところ》いと狭《せま》しわが驕慢《けうまん》に超《こ》ゆるものなし

3937
魚もまたかかる遊びを知らずとてわれ百尺の浴槽《よくそう》に居ぬ

3938
柑子《かうじ》の木椿の花の奥に居ぬ櫛笥《くしげ》ばかりの伊豆の初島

3939
恋をして伊豆の走り湯若やかに尽きず湧くにも似たる人かな

3940
垂天《ずゐてん》の雲さわやかに白きかな靄は恋する胸のみを巻く

3941
清水《きよみづ》の音羽《おとは》の滝《たき》に似《に》たる藤岩《ふぢいは》にかゝりて靡《なび》く道《みち》かな

3942
われ歎《なげ》く罌粟《けし》の乱《みだ》れて咲《さ》く上《うへ》に夕月《ゆふづき》させば異国《いこく》めくとて

3943
昨日《きのふ》よりよく活《い》くること覚《おぼ》えたる今日《けふ》とは誰《たれ》も思《おも》ふなれども

3944
筆《ふで》おけばさすがに心《こゝろ》静《しづ》まりて硯《すゞり》にかけぬ黒漆《こくしつ》の蓋《ふた》

3936 初「万朝報」大10・5・14（無題）―選者
3937 初『旅の歌』大10・5・15伊豆山温泉―与謝野晶子
3938 初『旅の歌』大10・5・15伊豆山温泉―与謝野晶子
3939 初『旅の歌』大10・5・15伊豆山温泉―与謝野晶子
3940 初『旅の歌』大10・5・15熱海―与謝野晶子
3941 初「国民新聞」大10・5・28初《しょ》夏《か》―与謝野晶子
3942 初「国民新聞」大10・5・28初《しょ》夏《か》―与謝野晶子
3943 初「国民新聞」大10・5・28初《しょ》夏《か》―与謝野晶子
3944 初「国民新聞」大10・5・28初《しょ》夏《か》―与謝野晶子

3945 いみじかる淡紅《うすべに》の身《み》を投《な》げいだし雨《あめ》に打《う》たるる薔薇《ばら》の花《はな》かな

3946 わが指《ゆび》に薔薇《ばら》の影《かげ》おつ蝶《てう》のごと花《はな》と親《したし》む身《み》ぞと覚《おぼ》ゆる

3947 卓上《たくじやう》の薔薇《ばら》に灯火《ともしび》かがやけば都《みやこ》の人《ひと》は物《もの》をこそ思《おも》へ

3948 天地《あめつち》がわがために吹《ふ》く笛《ふえ》の声折《こゑをり》ふし聞《き》けど今《いま》は踊《をど》らず

3949 初夏《はつなつ》を迎《むか》へて咲《さ》ける紫陽花《あぢさゐ》と同《おな》じ衣《きぬ》きて立《た》ちまじるわれ

3950 後《うしろ》よりわれを濡《ぬ》らしぬかんばしき皐月《さつき》の夏《なつ》の黄昏《たそがれ》の雨《あめ》

3951 薔薇《ばら》に似《に》る盛《さか》りの人《ひと》ははかなげに物云《ものい》ふことを装《よそほ》ひとする

3952 わが岩《いは》の三尺低《じやくひく》きところにて思《おも》ひ歎《なげ》けるわたつみの波《なみ》

3953 手《て》を組《く》みて空《そら》を眺《なが》むる白《しろ》き薔薇《ばら》痩《や》せたる薔薇《ばら》もあはれなりけり

3945 初「国民新聞」大10・5・28初《しょ》夏《か》—与謝野晶子

3946 初「国民新聞」大10・5・28初《しょ》夏《か》—与謝野晶子

3947 初「国民新聞」大10・5・28初《しょ》夏《か》—与謝野晶子

3948 初「国民新聞」大10・5・28初《しょ》夏《か》—与謝野晶子

3949 初「国民新聞」大10・5・28初《しょ》夏《か》—与謝野晶子

3950 初「国民新聞」大10・5・28初《しょ》夏《か》—与謝野晶子

3951 初「万朝報」大10・5・28（無題）—選者

3952 初「大阪毎日新聞」大10・5・29（無題）—与謝野晶子

3953 初「大阪毎日新聞」大10・5・29（無題）—与謝野晶子

3954（囲み）
何《なに》により支《さゝ》へられたるものもなく俄《にはか》に心《こゝろ》くづされて泣《な》く

3955
光《ひか》りたる薔薇《ばら》を抱《いだ》いて願《ねが》ひけり一時《ひととき》をだに美《うつ》くしくせん

3956
その髪《かみ》にたわゝなるまで薔薇《ばら》を巻《ま》け人《ひと》は弥生《やよひ》も淋《さび》しきものを

3957
尖《とが》る薔薇《ばら》はげしき気息《いき》をつける薔薇《ばら》太陽《たいやう》を見《み》て眩暈《めまひ》する薔薇《ばら》

3958
つや〳〵と黒《くろ》き毛皮《けがは》を著《き》る人《ひと》の白《しろ》き手《て》にある紅《くれな》ゐの薔薇《ばら》

3959
口《くち》づけて眩暈《めまひ》するまでいと甘《あま》し薔薇《ばら》の味《あぢは》ひ恋《こひ》の味《あぢは》ひ

3960
黒髪《くろかみ》のめでたき房《ふさ》に結《むす》ばれて月《つき》より白《しろ》く光《ひか》る薔薇《ばら》かな

3961
薔薇《ばら》の花硯《はなすゞり》のうへに頽《くづ》れきぬ淋《さび》しき歌《うた》を書《か》く勿《なか》れとて

3962
薔薇《ばら》と人《ひと》よき黄昏《たそがれ》に並《なら》びたりうすむらさきの陰影《いんえい》の中《うち》

3954 初「大阪毎日新聞」大10・5・29（無題）―与謝野晶子
3955 初「太陽」大10・6・1薔薇の歌―与謝野寛
3956 初「太陽」大10・6・1薔薇の歌―与謝野寛
3957 初「太陽」大10・6・1薔薇の歌―与謝野寛
3958 初「太陽」大10・6・1薔薇の歌―与謝野寛
3959 初「太陽」大10・6・1薔薇の歌―与謝野寛 再「明星」大11・1・1
3960 初「太陽」大10・6・1薔薇の歌―与謝野寛 再「明星」大10・12・1
3961 初「太陽」大10・6・1薔薇の歌―与謝野寛
3962 初「太陽」大10・6・1薔薇の歌―与謝野寛

3963 薔薇《ばら》の花思《はなおも》ひ余《あま》れる喜《よろこ》びをいみじき香《か》もて春風《はるかぜ》に言《い》ふ

3964 嗅《か》ぐたびに天《あめ》のマナより何《なに》よりも我《われ》を活《い》かしむ君《きみ》が手《て》の薔薇《ばら》

3965 水晶《すゐしやう》の鉢《はち》に盛《も》りたる薔薇《ばら》の花君《はなきみ》に取《と》られて薬玉《くすだま》となる

3966 薔薇《ばら》もまた泣《な》きたき色《いろ》を忍《しの》びつゝ朝《あさ》の園《その》より君《きみ》を見送《みおく》る

3967 あな淋《さび》し薔薇《ばら》の頽《くづ》れて落《お》つる音《おと》はかなき灰《はひ》に異《こと》ならぬかな

3968 ひと時《とき》は胸《むね》に抱《だ》かれて其後《そののち》は人《ひと》かへりみず青枯《あをが》れし薔薇《ばら》

3969 長安《ちやうあん》と名《な》に呼《よ》ばれたる都《みやこ》より来《きた》れる如《ごと》き薔薇《ばら》の色《いろ》かな

3970 薔薇《ばら》をもて土偶《どぐう》を飾《かざ》る君《きみ》をもて久《ひさ》しく冷《ひ》えし命《いのち》を飾《かざ》る

3971 今《いま》の世《よ》に薔薇《ばら》と歌《うた》とに埋《うづ》もれて死《し》を思《おも》ふこそ不覚《ふかく》なりけれ

3963 初「太陽」大10・6・1薔薇の歌―与謝野寛

3964 初「太陽」大10・6・1薔薇の歌―与謝野寛

3965 初「太陽」大10・6・1薔薇の歌―与謝野寛

3966 初「太陽」大10・6・1薔薇の歌―与謝野寛

3967 初「太陽」大10・6・1薔薇の歌―与謝野寛

3968 初「太陽」大10・6・1薔薇の歌―与謝野寛

3969 初「太陽」大10・6・1薔薇の歌―与謝野寛

3970 初「太陽」大10・6・1薔薇の歌―与謝野寛

3971 初「太陽」大10・6・1薔薇の歌―与謝野寛

3972
太陽《たいやう》の断末魔《だんまつま》にも似《に》たる声《こゑ》きこゆ真紅《しんく》の薔薇《ばら》の底《そこ》より

3973
薔薇《ばら》の花《はな》われに媚《こ》びつゝ主《しゆ》の命《いのち》今盛《いまさか》りぞと言《い》はざるは無《な》し

3974
薔薇《ばら》黄《き》なりまた真紅《しんく》なり太陽《たいやう》と人《ひと》の間《あひだ》に打匂《うちにほ》ひつゝ

3975
来《こ》し方《かた》も明日《あす》も光《ひか》れる路《みち》ひとつ薔薇《ばら》さく中《なか》に靡《なび》きたるかな

3976
薔薇《ばら》の花《はな》くづるゝ時《とき》も酔《ゑ》ふ時《とき》も廿歳《はたち》ばかりの姿《すがた》なるかな

3977
同じ君、わが消息を掛物にして、箱に名を書けよとありければ
そぞろ言云へる証《あかし》を自らすあはれめでたき心ならひに

3978
同じく、経正の琵琶弾きたるところへ
琵琶の音に龍王の女も初夏の月も寄りくる竹生島かな

3979
同じく、扇の的のところへ
つかの間も名と享楽の忘られぬ人間の身はわりなかりけり

3980
悲《かな》しくも此頃目《このごろめ》には見《み》ぬ人《ひと》の思《おも》ひとりなす薔薇《ばら》の花《はな》かな

3972 初「太陽」大10・6・1薔薇の歌―与謝野寛
3973 初「太陽」大10・6・1薔薇の歌―与謝野寛
3974 初「太陽」大10・6・1薔薇の歌―与謝野寛
3975 初「太陽」大10・6・1薔薇の歌―与謝野寛
3976 初「太陽」大10・6・1薔薇の歌―与謝野寛
3977 初「人間」大10・6・1をりをりの歌―与謝野晶子
3978 初「人間」大10・6・1をりをりの歌―与謝野晶子
3979 初「人間」大10・6・1をりをりの歌―与謝野晶子
3980 初「万朝報」大10・6・11（無題）―選者

3981 やはらかき緑《みどり》の繻子《しゆす》に似《に》る息《いき》をほとつくわれと思《おも》ひけるかな

3982 蔵《くら》と蔵《くら》その中《なか》ほどに浮《うか》べるは利根《とね》の口《くち》なる百艘《ひやくさう》の船《ふね》

3983 遠近《をちこち》のさかひも知《し》らず曇《くも》る日《ひ》の船《ふね》は御空《みそら》を漕《こ》ぎ行《ゆ》くと見《み》ゆ

3984 ものの音近《おとちか》き港《みなと》の方《かた》にして雨《あめ》も止《や》まねど静《しづ》かなりけれ

3985 海《うみ》に入《い》る大利根《おほとね》川《がは》のみんなみの岸《きし》の宿屋《やどや》の春雨《はるさめ》の音《おと》

3986 この後のいかがなるべきかにかくにわれ華《はな》めける落日を負ふ

3987 自らの血の滴りを聞く如き五月雨降りて身の痩せぞする

3988 わが肱をいと美くしとめて痴《し》れてあるやはたまた物を思ふや

3989 おのれをば知るやと薔薇にささやきぬ驕《たが》ることのいまだしきため

3981 初「万朝報」大10・6・25（無題）―選者再「第一歩」大10・7・1―与謝野晶子

3982 初「現代」大10・7・1旅《たび》の歌《たう》―与謝野晶子

3983 初「現代」大10・7・1旅《たび》の歌《たう》―与謝野晶子

3984 初「現代」大10・7・1旅《たび》の歌《たう》―与謝野晶子

3985 初「現代」大10・7・1旅《たび》の歌《たう》―与謝野晶子

3986 初「第一歩」大10・7・1雨の日―与謝野晶子

3987 初「第一歩」大10・7・1雨の日―与謝野晶子

3988 初「第一歩」大10・7・1雨の日―与謝野晶子

3989 初「第一歩」大10・7・1雨の日―与謝野晶子

3990 わがならひ百のこと執《と》るそれよりも一事《いちじ》に心引かれて疲《つか》る

3991 五日《いつか》ほど坂の上をば滑らかに塗りて疲れし五月雨の手よ

3992 感激をわづかに保つ譬ふれば遠き地平の夕焼の如

3993 新しき光さし添ふ天地を君まさきくて次々に見よ

3994 古き月しろく冷たし日を受けて光ると云へど白く冷たし

3995 みやび男の若き心とさわやかに匂ひ合ひたる芍薬の花

3996 我家も杉の花ちる日となれば御寺の廊の心地するかな

3997 片時《かたとき》はむつび合へども人と人みな異るが淋しかりけれ

3998 光りつつ笑むに似たれど憂鬱と不安の陰影《かげ》を曳かざるは無し

3990 初「第一歩」大10・7・1雨の日―与謝野晶子
3991 初「第一歩」大10・7・1雨の日―与謝野晶子
3992 初「第一歩」大10・7・1雑詠より―与謝野寛
3993 初「第一歩」大10・7・1雑詠より―与謝野寛
3994 初「第一歩」大10・7・1雑詠より―与謝野寛
3995 初「第一歩」大10・7・1雑詠より―与謝野寛
3996 初「第一歩」大10・7・1雑詠より―与謝野寛
3997 初「第一歩」大10・7・1雑詠より―与謝野寛
3998 初「第一歩」大10・7・1雑詠より―与謝野寛

3999 わが飼ふは夢の鳥なり馴れ難し唯だ現在を逃《のが》れんとする

4000 何事かつぶつぶ物を云ふならん手に鍬執らず汗せざる人

4001 前の池の睡蓮の花ほのぼのと薄明りして暁となる

4002 工場《こうぢやう》に汽笛は鳴れど我を喚《よ》ぶ声にはあらず行く方も無し

4003 悲しきは片端《かたはし》を見て逸早《いちはや》くすべてを満たず思ふわが癖

4004 みづからの中に住みつつ戦ひぬ恃《たの》むこころと破る心と

4005 今日となり唯だ残れるは口あきて痴人《ちじん》の如く　　　　のみ

4006 心《こころ》より昇《のぼ》る煙《けぶり》もしかめやと思《おも》ひ上《あが》れるわが煙草《たばこ》かな

4007 天変《てんぺん》か何《なに》かしらねど愛慾《あいよく》の颱風《たいふう》おこり身《み》の危《あやふ》けれ

3999 寛 初「第一歩」大10・7・1雑詠より―与謝野

4000 寛 初「第一歩」大10・7・1雑詠より―与謝野

4001 寛 初「第一歩」大10・7・1雑詠より―与謝野

4002 寛 初「第一歩」大10・7・1雑詠より―与謝野 再「明星」大11・1・1

4003 寛 初「第一歩」大10・7・1雑詠より―与謝野

4004 寛 初「第一歩」大10・7・1雑詠より―与謝野

4005 寛 初(5)（4字分欠）のみ 「第一歩」大10・7・1雑詠より―与謝野

4006 初「大阪毎日新聞」大10・7・2（無題）―与謝野晶子

4007 初「大阪毎日新聞」大10・7・2（無題）―与謝野晶子

4008 花《はな》多《おほ》き少女《をとめ》 椿《つばき》は南国《なんごく》の鳥《とり》よりあてに身《み》をもてなしぬ

4009 あて人《びと》は漫《みだ》りに心《こゝろ》うごかさず唯《たゞ》 涙《なみだ》のみ流《なが》るゝと見《み》よ

4010 心《こゝろ》をば真《ま》白《しろ》き龍《れう》の如《ごと》く見《み》て自《みづか》らおそれ近《ちか》づかぬ時《とき》

4011 陳《の》べて行《ゆ》く心《こゝろ》とも見《み》ず戯《たはむ》れに書《か》くともなさぬ文通《ふみかよ》はせぬ

4012 暑《あつ》き日《ひ》とものの身《み》に沁《し》む日並《ひなら》べば夏痩《なつやせ》をせであるよしもなし

4013 侘《わび》しさの極《きは》まりぬれば唯事《たゞごと》の一言《ひとこと》をだに聞《き》かんとぞ思《おも》ふ

4014 銚子《てうし》なる江月楼《かうげつろう》の中庭《なかには》に二尺《しやく》のびたる蘆《あし》の葉《は》の青《あを》

4015 利根川《とねがは》の宿屋《やどや》の桜《さくら》 川口《かはぐち》の汽笛《きてき》の音《おと》に泣《な》ける夕《ゆふ》ぐれ

4016 春雨《はるさめ》を眺《なが》めて泣《な》けとつくうれし広《ひろ》き廊下《らうか》にその如《ごと》くする

4008 初「大阪毎日新聞」大10・7・2（無題）—与謝野晶子
4009 初「大阪毎日新聞」大10・7・5（無題）—与謝野晶子
4010 初「大阪毎日新聞」大10・7・5（無題）—与謝野晶子
4011 初「大阪毎日新聞」大10・7・5（無題）—与謝野晶子
4012 初「万朝報」大10・7・9（無題）—選者
4013 初「万朝報」大10・7・23（無題）—選者
4014 初「現代」大10・8・1旅《たび》の歌《うた》—与謝野晶子
4015 初「現代」大10・8・1旅《たび》の歌《うた》—与謝野晶子
4016 初「現代」大10・8・1旅《たび》の歌《うた》—与謝野晶子

4017 空《そら》と水鳩《みづはと》の羽色《はいろ》の衣《ころも》着《き》てわれを囲《かこ》みて身《み》じろぎもせず

4018 煙《けぶり》より淡《あは》き常陸《ひたち》の砂浜《すなはま》の尽《つ》くる所《ところ》は他界《たかい》ななまし

4019 頭《かしら》をば布《ぬの》もて包《つゝ》むあらびやの男《をとこ》にならふ海《うみ》の石《いし》かな

4020 誇《ほこ》らしく流《なが》れも行《ゆ》くか末《すゑ》つひに御空《みそら》に続《つゞ》く大川《おほかは》の水《みづ》

4021 町娘《まちむすめ》われはこの名《な》の恋《こひ》しけれこの名附《なつ》きたる草《くさ》もあれかし

4022 栄《さかえ》をば極《きは》めんとして生《うま》れしにあらずと言《い》ふも例《れい》の唯《たゞ》ごと

4023 帰《かへ》りたし若《わか》き心《こゝろ》はそれながら少《すこ》しうなだれ淋《さび》しげに見《み》ゆ

4024 天地《あめつち》のもの皆《みな》われに謎《なぞ》を聞《き》くおのれのみ知《し》り行《おこな》ふと見《み》て

4025 忘《わす》れんとすれば祈《いの》りの形《かたち》出《い》づ神《かみ》にまかせじ苦《くる》しかりとも

4017 初「現代」大10・8・1旅《たび》の歌《うた》—与謝野晶子

4018 (5)他界《たかい》ななまし(ママ) 初「現代」大10・8・1旅《たび》の歌《うた》—与謝野晶子

4019 初「現代」大10・8・1旅《たび》の歌《うた》—与謝野晶子

4020 初「現代」大10・8・1旅《たび》の歌《うた》—与謝野晶子

4021 初「婦人倶楽部」大10・8・1心の像—与謝野晶子

4022 初「婦人倶楽部」大10・8・1心の像—与謝野晶子

4023 初「婦人倶楽部」大10・8・1心の像—与謝野晶子

4024 初「婦人倶楽部」大10・8・1心の像—与謝野晶子

4025 初「婦人倶楽部」大10・8・1心の像—与謝野晶子

4026
人多《ひとおほ》く口《くち》にしたりし新約書《しんやくしょ》げにをかしけれユダヤ風俗《ふうぞく》

4027
あぢきなき大路《おほぢ》の並木《なみき》身《み》のほどの似《に》たる限《かぎ》りの友《とも》を見《み》るのみ

4028
母《はゝ》のごと今日《けふ》は我子《わがこ》を見《み》るならん伊豆《いづ》の海《うみ》なる初島《はつしま》の灯《ひ》よ

4029
七瀬等《せら》の旅《たび》に出《い》でつるその日《ひ》よりわが踏《ふ》む縁《えん》も淋《さび》しげに泣《な》く

4030
伊豆《いづ》の湯《ゆ》の広《ひろ》き浴槽《ゆぶね》の片隅《かたすみ》に貝《かひ》の葉《は》のごとひたりてあらん

4031
温泉《おんせん》の石《いし》の階段《きざはし》手《て》をとりて下《くだ》る四人《たり》はわれの思《おも》ひ子《ご》

4032
子等《こら》が見《み》ん東《ひがし》の海《うみ》に日《ひ》の昇《のぼ》れわが身《み》は百日《もゝか》雨《あめ》に逢《あ》ふとも

4033
アウギユスト海描《うみゑが》くらん恋《こひ》しさにそが妹《いもうと》の顔《かほ》を描《か》くらん

4034
子《こ》の一人《ひとり》海《うみ》にとられん禍《わざはひ》の迫《せま》るを覚《おぼ》えやがて忘《わす》るゝ

4026 初「婦人倶楽部」大10・8・1心の像―与謝野晶子
4027 初「婦人倶楽部」大10・8・1心の像―与謝野晶子
4028 初「国民新聞」大10・8・2子を思ひて―与謝野晶子
4029 初「国民新聞」大10・8・2子を思ひて―与謝野晶子
4030 初「国民新聞」大10・8・2子を思ひて―与謝野晶子
4031 初「国民新聞」大10・8・2子を思ひて―与謝野晶子
4032 初「国民新聞」大10・8・2子を思ひて―与謝野晶子
4033 初「国民新聞」大10・8・2子を思ひて―与謝野晶子
4034 初「国民新聞」大10・8・2子を思ひて―与謝野晶子

4035 侘《わび》しげに子等《こら》の眺《なが》むる海《うみ》と見《み》ゆ夕立《ゆふだち》が打《う》つ木立草《こだちくさ》の葉《は》

4036 アウギユストその小《ちさ》き手《て》が鳴《なら》すなるピヤノの音《おと》は立《た》たずわが手《て》に

4037 夜《よ》の十時《じ》初島《はつしま》の灯《ひ》はいねずとも旅《たび》の我子等《わがこら》皆眠《みなねむ》るべし

4038 伊豆《いづ》の海波《うみなみ》の荒《あら》しと子等《こら》は云《い》ふ世《よ》の荒《あら》さなど知《し》らぬものから

4039 新《あらた》しき愁《うれひ》なれども白玉《しらたま》の古《ふる》きに似《に》たる曇《くもり》をぞもつ

4040 名《な》を聞《き》きて応《おう》と直《たゞち》に云《い》ふすべも忘《わす》れしさまの近《ちか》き幾日《いくじつ》

4041 わが力《ちから》滅《ほろ》び初《そ》めぬと恋《こひ》をして先《ま》づ戯《たはむ》れを思《おも》ひけらしな

4042 俳諧寺一茶の国の信濃にて百年の後望月を見る

4043 恋《こひ》をしてもてる思《おも》ひのさまざまに定《さだ》まらぬをば楽《たのし》めりわれ

4035 初「国民新聞」大10・8・2子を思ひて—与謝野晶子

4036 初「国民新聞」大10・8・2子を思ひて—与謝野晶子

4037 初「国民新聞」大10・8・2子を思ひて—与謝野晶子

4038 初「国民新聞」大10・8・2子を思ひて—与謝野晶子

4039 初「万朝報」大10・8・6（無題）—選者

4040 初「万朝報」大10・8・19（無題）—選者

4041 初「大阪毎日新聞」大10・8・20（無題）—与謝野晶子

4042 初「読売新聞」大10・8・23上林温泉にて—与謝野寛 再「大観」大10・12・1

4043 初「大阪毎日新聞」大10・8・26（無題）—与謝野晶子

4044 わが世《よ》をば全《また》くまどかに思《おも》ふなどすべていみじき不具《かたは》なりけり

4045 恋人《こひびと》が死《し》かと求《もと》むるものとへど否《いな》とのみ云《い》ふ木枯《こがら》しの風《かぜ》

4046 自《みづか》らを矯《た》めんと荒《あら》き布着《ぬのき》れば巴里《パリー》の宿《やど》のマリイめくかな

4047 思《おも》ひ出《で》が菱形《ひしがた》となり立体《りつたい》となればうつつの今《いま》に変《かは》らず

4048 理《ことわり》と云《い》ふ獄《ごく》に墜《お》つ永久《とこしへ》にこのくろがねの床《ゆか》にあるべき

4049 乞食《かたゐ》すら衰《おとろ》へはてし人《ひと》と見《み》ずましておのれを卑《いやし》めずわれ

4050 海《うみ》の月《つき》遠《とき》き島《しま》より恋人《こひびと》をうかがひにこし若人《わかうど》と見《み》ゆ

4051 何《なに》の木《き》がわれに代《かは》りしかかること人《ひと》も思《おも》ふや森《もり》に入《い》る時《とき》

4052 涼《すゞ》しけれかの大海《おほうみ》を渡《わた》り行《ゆ》く船《ふね》の如《ごと》くに歩《あゆ》むしら雲《くも》

4044 初「大阪毎日新聞」大10・8・26（無題）―与謝野晶子

4045 初「大阪毎日新聞」大10・8・26（無題）―与謝野晶子

4046 初「婦人倶楽部」大10・9・1思《おも》ひ出《で》―与謝野晶子

4047 初「婦人倶楽部」大10・9・1思《おも》ひ出《で》―与謝野晶子

4048 初「婦人倶楽部」大10・9・1思《おも》ひ出《で》―与謝野晶子

4049 初「婦人倶楽部」大10・9・1思《おも》ひ出《で》―与謝野晶子

4050 (2)遠《とき》き→遠《とほ》き
初「婦人倶楽部」大10・9・1思《おも》ひ出《で》―与謝野晶子

4051 初「婦人倶楽部」大10・9・1思《おも》ひ出《で》―与謝野晶子

4052 初「婦人倶楽部」大10・9・1思《おも》ひ出《で》―与謝野晶子

4053 地《ち》にはまた登《のぼ》らんとする塔《たふ》もなし眠《ねむ》りてあらん花園《はなぞの》にわれ

4054 わが半君《なかばきみ》に化《くわ》したるもの、ごと相見《あひみ》ぬ日《ひ》さへ物語《ものがたり》する

4055 おん船《ふね》の港《みなと》に着《つ》くを初《はじ》めにて金字《きんじ》に書《かゝ》んこの国《くに》のこと

4056 新《あたら》しき西《にし》の国見《くにみ》て君《きみ》かへるかしこけれども夢《ゆめ》かとぞおもふ

4057 人間《にんげん》の道《みち》に進《すゝ》まんあてやかに君《きみ》を乗《の》せつる大船《おほふね》のごと

4058 ここちよき銀河《ぎんが》の下《もと》を秋《あき》の日《ひ》の錦《にしき》の下《もと》をかへりこし船《ふね》

4059 大皇子《おほみこ》の御供《みとも》の臣《おみ》の名《な》に次《つ》ぎて今日《けふ》はほむべきわだつみの神《かみ》

4060 国人《くにびと》の今日《けふ》の思《おも》ひを現《あらは》してありとある花皆咲《はなみなさ》けよかし

4061 新《あたら》しき白玉《しらたま》を皆御《みなみ》冠《かむり》の玉《たま》としたまふ君《きみ》はめでたし

4053 初「婦人倶楽部」大10・9・1思《おも》ひ出《で》—与謝野晶子

4054 初「大阪毎日新聞」大10・9・2(無題)—与謝野晶子

4055 初「万朝報」大10・9・3東宮を迎へ奉る歌—与謝野晶子

4056 初「万朝報」大10・9・3東宮を迎へ奉る歌—与謝野晶子

4057 初「万朝報」大10・9・3東宮を迎へ奉る歌—与謝野晶子

4058 初「万朝報」大10・9・3東宮を迎へ奉る歌—与謝野晶子

4059 初「万朝報」大10・9・3東宮を迎へ奉る歌—与謝野晶子

4060 初「万朝報」大10・9・3東宮を迎へ奉る歌—与謝野晶子

4061 初「万朝報」大10・9・3東宮を迎へ奉る歌—与謝野晶子

4062
わがどちが新《あたら》しき世《よ》のもの見《み》てはあぢきなきのみ君《きみ》は然《しか》らず

4063
初秋《はつあき》や蒼海《あをうみ》越《こ》えてうら若《わか》きわが大皇子《おほみこ》の船《ふね》のかへる日《ひ》

4064
なほいまだ醒《さ》めぬ人《ひと》あるこの国《くに》を見《み》そなはすことあやにかしこし

4065
唯今《たゞいま》を終《をは》りとすなる流星《りうせい》にやや近《ちか》き身《み》を宇宙《うちう》にぞ置《お》く

4066
恋《こひ》するに限《かぎ》りを作《つく》りあなくやし忘《わす》れんことに限《かぎ》り設《もう》けず

4067
冬《ふゆ》の夜《よ》の鋭《と》き月光《げつこう》の端《はし》に居《ゐ》て消《け》ぬべきものと見《み》ゆる白菊《しらぎく》

4068
山上《さんじやう》の垂訓《すいくん》のぬしそがやうに真白《ましろ》き秋《あき》の薔薇《ばら》の立《た》つかな

4069
わが見《み》るは窓《まど》の枠《わく》もて限《かぎ》らるゝ山河《さんが》にあらず幻《まぼろし》の国《くに》

4070
秋風《あきかぜ》の指《ゆび》のつまめる美《うつく》しき湖水《こすゐ》の波《なみ》と思《おも》ひけるかな

4062 初「万朝報」大10・9・3東宮を迎へ奉る歌—与謝野晶子
4063 初「万朝報」大10・9・3東宮を迎へ奉る歌—与謝野晶子
4064 初「万朝報」大10・9・3東宮を迎へ奉る歌—与謝野晶子
4065 初「万朝報」大10・9・10（無題）—選者
4066 初「大阪毎日新聞」大10・9・16（無題）—与謝野晶子
4067 初「大阪毎日新聞」大10・9・16（無題）—与謝野晶子
4068 初「国民新聞」大10・9・28机上一燈—与謝野晶子
4069 初「国民新聞」大10・9・28机上一燈—与謝野晶子
4070 初「国民新聞」大10・9・28机上一燈—与謝野晶子

4071 わが心《こゝろ》小《ちさ》き書斎《しよさい》に突《つ》き入《い》りし秋風《あきかぜ》に舞《ま》ふ恋《こひ》を忘《わす》れて

4072 また外《ほか》のものも混《まじ》へず一《ひと》すぢに身《み》に沁《し》むことを思《おも》ふ日《ひ》もがな

4073 あやつりの三番《ば》叟《そう》をば踊《をど》るなり気違《きちが》ひ宿《やど》の講社《こうしや》手《て》ぬぐひ

4074 なほ籐《とう》を編《あ》みたる椅子《いす》に人恋《ひとこ》ふる女《をんな》もありと憎《にく》む秋風《あきかぜ》

4075 過《す》ぎ去《さ》りて帰《かへ》らぬことを思《おも》ふ時《とき》ありて未来《みらい》の命《いのち》かゞやく

4076 真如《しんによ》の世近《よちか》づくと云《い》ふことに由《よ》り雑念《ざうねん》しげくなりもこそすれ

4077 清《きよ》らにも玉《たま》の車《くるま》を列《つら》ねたり簾《すだれ》の外《そと》を走《はし》るむらさめ

4078 物思《ものおも》ふ初《はじ》めに就《つ》くとわがことをこほろぎの云《い》ふ内房《ないばう》の窓《まど》

4079 自動車《じどうしや》に零《こぼ》れて乗《の》れば花束《はなたば》のダリヤのやうに見《み》ゆるものかな

4071 初「国民新聞」大10・9・28机上一燈―与謝野晶子
4072 初「国民新聞」大10・9・28机上一燈―与謝野晶子
4073 初「国民新聞」大10・9・28机上一燈―与謝野晶子
4074 初「国民新聞」大10・9・28机上一燈―与謝野晶子
4075 初「国民新聞」大10・9・28机上一燈―与謝野晶子
4076 初「国民新聞」大10・9・28机上一燈―与謝野晶子
4077 初「国民新聞」大10・9・28机上一燈―与謝野晶子
4078 初「国民新聞」大10・9・28机上一燈―与謝野晶子
4079 初「国民新聞」大10・9・28机上一燈―与謝野晶子

4080 見《み》も知《し》らぬ獣《けもの》の首《くび》の転《ころ》ぶなり二時《ふたとき》倚《よ》れる玉案《ぎよくあん》の上《うへ》

4081 生《い》きて足《た》り死《し》にて足《た》らはん理《ことはり》もわれにはありて苦《くる》しかりけれ

4082 君《きみ》のごと火《ひ》の唇《くちびる》をふるはせて君《きみ》が最後《さいご》の審判《しんぱん》を待《ま》つ

4083 蛭《ひる》の背《せ》の紺《こん》の光《ひかり》に似《に》て悲《かな》し遠《とほ》く並《なら》べる落葉松《からまつ》の幹《みき》

4084 細糸《ほそいと》のあるが中《なか》にも細《ほそ》き糸《いと》それが暫《しばら》くつなぎしものを

4085 雲多くわが傍にあり有らず言ひがたき日の妙高の山

4086 あぢきなく巴の雲のふくれ行くわが山にまで北海《ほくかい》にまで

4087 雲深しおのころ島や湧き出でん山に眺むる頸城の郡

4088 信濃にて約束もせぬ笛の声赤倉の湯にわが聴く夜かな

4080 初「国民新聞」大10・9・28机上一燈―与謝野晶子

4081 初「国民新聞」大10・9・28机上一燈―与謝野晶子

4082 初「万朝報」大10・10・1（無題）―選者

4083 初「万朝報」大10・10・15（無題）―選者

4084 初「万朝報」大10・10・29（無題）―選者

4085 初「明星」大10・11・1草枕―与謝野晶子

4086 初「明星」大10・11・1草枕―与謝野晶子

4087 初「明星」大10・11・1草枕―与謝野晶子

4088 初「明星」大10・11・1草枕―与謝野晶子

4089 くつわ虫機織虫の論議をば赤倉の湯の街歩み聞く

4090 常夏《とこなつ》をいたりあ船の三角の帆と見るすこし低く眺めて

4091 風吹くや我があなうらも山に居る雲の一つと見なす如くに

4092 山の雨いく重の峰をかきくらし降る一瞬に次ぎて日昇る

4093 腕《かひな》をば月のひろぐる中《なか》に消ゆわが旅寝する湯どころの靄

4094 わが万里《ばんり》湖畔《こはん》もいまだうら若し戸隠《とがくし》の神客人《まろうど》とせよ

4095 わが思ひ浅間が岳の麓《ふもと》なる落葉松《からまつ》の木が知るよしも無し

4096 旅の日は身を省《かへりみ》る要もなし相行く友も雲と思へり

4097 いかづちに半身捨てし木の株はこれぞと覗く昼の雲かな

4089 初「明星」大10・11・1草枕―与謝野晶子

4090 初「明星」大10・11・1草枕―与謝野晶子

4091 初「明星」大10・11・1草枕―与謝野晶子

4092 初「明星」大10・11・1草枕―与謝野晶子

4093 初「明星」大10・11・1草枕―与謝野晶子

4094 初「明星」大10・11・1草枕―与謝野晶子

4095 初「明星」大10・11・1草枕―与謝野晶子

4096 初「明星」大10・11・1草枕―与謝野晶子

4097 初「明星」大10・11・1草枕―与謝野晶子

4098 わが倚れば身の小きこと天地《あめつち》の大《だい》なることを知《し》らしむる窓

4099 恋を手に捉へんとしぬ三昧《さんまい》と云ふ境《さかひ》には遠きなるべし

4100 片恋を今捨つるとていみじかる逆《さかさ》まごとをする心地しぬ

4101 あぢきなし毛剃《けぞり》の前《まへ》の宗七《そうしち》の不覚《ふかく》をつづく半生《はんせい》にわれ

4102 恋人《こひびと》を刺《さ》せる貢《みつぎ》の来《き》て立《た》てば気《き》ちがひの日《ひ》の昇《のぼ》りくるかな

4103 浪華《なには》にていびしの紋《もん》の羽子板《はごいた》をわが抱《いだ》きしも神代《かみよ》の昔《むかし》

4104 上《のぼ》りきぬ宗之助《そうのすけ》より二《ふた》つ三《み》つ老《ふ》けたる顔《かほ》の初夏《はつなつ》の月《つき》

4105 一時《ひとゝき》はわが暴逆《ばうぎやく》も斯《か》かれかし長七郎《ちやうしちらう》が馬引《うまひ》きて去《さ》る

4106 弁慶《べんけい》は恐《こは》し富樫《とがし》はさがなけれ心《こゝろ》をひくは強力《がうりき》の笠《かさ》

4098 初「明星」大10・11・1草枕—与謝野晶子

4099 初「明星」大10・11・1草枕—与謝野晶子

4100 初「明星」大10・11・1草枕—与謝野晶子

4101 初「演芸画報」大10・11・1観《くわん》戯《ぎ》雑《ざつ》詠《えい》—与謝野晶子

4102 初「演芸画報」大10・11・1観《くわん》戯《ぎ》雑《ざつ》詠《えい》—与謝野晶子

4103 初「演芸画報」大10・11・1観《くわん》戯《ぎ》雑《ざつ》詠《えい》—与謝野晶子

4104 初「演芸画報」大10・11・1観《くわん》戯《ぎ》雑《ざつ》詠《えい》—与謝野晶子

4105 初「演芸画報」大10・11・1観《くわん》戯《ぎ》雑《ざつ》詠《えい》—与謝野晶子

4106 初「演芸画報」大10・11・1観《くわん》戯《ぎ》雑《ざつ》詠《えい》—与謝野晶子

4107 二日三日《ふつかみか》卯月曇《うづきくも》れば音羽屋《おとはや》の萌葱《もえぎ》の幕《まく》を見《み》んと家出《いへい》づ

4108 お染《そめ》よりまたお光《みつ》より物思《ものおも》ひ深《ふか》げに見《み》えて憎《にく》き久松《ひさまつ》

4109 羽左《うざ》が出《い》で待《ま》てと云《い》ひなばとどまらん三月《さんぐわつ》、尽くる洛陽《らくやう》の春《はる》

4110 うらがなし芝居《しばゐ》の薄《すゝき》なびくなり三更《さんかう》と云《い》ふ鐘《かね》のひびきに

4111 断《た》ち繋《つな》ぎすると思《おも》へどまさにこれ初《はじ》めのままの美《うつく》しき糸《いと》

4112 白菊《しらぎく》は斧《をの》の形《かたち》にくねりたる枝《えだ》に咲《さ》けども君《きみ》が香《か》を立《た》つ

4113 秋《あき》と云《い》ふ冷《つめた》き床《とこ》に死《し》の際《きは》と珠玉《しゆぎよく》の夢《ゆめ》を見《み》て楽《たのし》みぬ

4114 恋《こひ》こそは苦《くる》しかりけれ自《みづか》らの恋《こひ》を妨《さまた》げ死《し》をばさまたぐ

4115 暁《あかつき》の丘《をか》の櫨《はぢ》の木《き》疎《まば》らなる葉《は》をわななかす丘《をか》の櫨《はぢ》の木《き》

4107 [初]「演芸画報」大10・11・1観《くわん》戯《ぎ》雑《ざつ》詠《えい》—与謝野晶子

4108 [初]「演芸画報」大10・11・1観《くわん》戯《ぎ》雑《ざつ》詠《えい》—与謝野晶子

4109 [初]「演芸画報」大10・11・1観《くわん》戯《ぎ》雑《ざつ》詠《えい》—与謝野晶子

4110 [初]「演芸画報」大10・11・1観《くわん》戯《ぎ》雑《ざつ》詠《えい》—与謝野晶子

4111 [初]「万朝報」大10・11・12(無題)—選者

4112 [初]「大阪朝日新聞」大10・11・13天馬—与謝野晶子

4113 [初]「大阪朝日新聞」大10・11・13天馬—与謝野晶子

4114 [初]「大阪朝日新聞」大10・11・13天馬—与謝野晶子

4115 [初]「大阪朝日新聞」大10・11・13天馬—与謝野晶子

4116
既《すで》に今日《けふ》心《こゝろ》をどらず雑草《ざつさう》の一本《ひともと》よりも身《み》の哀《あは》れなり

4117
われもして苦《くる》しかりけり近《ちか》き日《ひ》を遠《とほ》いにしへと思《おも》ひなすこと

4118
うす色《いろ》の霧《きり》を纏《まと》ふと心《こゝろ》をばしみじみ眺《なが》め思《おも》ひけるかな

4119
温室《をんしつ》に草《くさ》の芽《め》を置《お》くその昔《むかし》若《わか》き望《のぞ》みをかしこみしごと

4120
悲《かな》しみの身《み》を噛《か》むことを覚《おぼ》えたるその世《よ》ばかりに子《こ》は大人《おとな》びぬ

4121
波《なみ》寄《よ》るや磯《いそ》の宿屋《やどや》の電燈《でんとう》の消《き》えやすきをばうす笑《わら》ひして

4122
波《なみ》の音《おと》北《きた》の窓《まど》より入《い》りくるとわが見上《みあ》ぐれば人《ひと》も見上《みあ》ぐる

4123
白浜《しらはま》の砂《すな》の坂《さか》をば下《くだ》ること波《なみ》の如《ごと》くす速《はや》くなよらに

4124
白浜《しらはま》の東《ひがし》の磯《いそ》に居《ゐ》る小牛《こうし》綱《つな》ひかゆれば耳《みゝ》振《ふ》りて鳴《な》く

4116 初「大阪朝日新聞」大10・11・13天馬―与謝野晶子
4117 初「大阪朝日新聞」大10・11・13天馬―与謝野晶子
4118 初「大阪朝日新聞」大10・11・13天馬―与謝野晶子
4119 初「大阪朝日新聞」大10・11・13天馬―与謝野晶子
4120 初「大阪朝日新聞」大10・11・13天馬―与謝野晶子
4121 初「国民新聞」大10・11・30安房に遊びて―与謝野晶子
4122 初「国民新聞」大10・11・30安房に遊びて―与謝野晶子
4123 初「国民新聞」大10・11・30安房に遊びて―与謝野晶子
4124 初「国民新聞」大10・11・30安房に遊びて―与謝野晶子

4125 わたつみの宮《みや》より此処《ここ》に来《き》て住《す》める人々《ひと〲》の家《いへ》のどやかに見《み》ゆ

4126 紫《むらさき》も銀糸《ぎんし》も混《まじ》る穂《ほ》薄《すゝき》のうすら衣《ごろも》を上《うへ》にす山《やま》は

4127 館山《たてやま》の入江《いりえ》の橋《はし》の崩《くづ》れやう新《あたら》しき身《み》のこの崩《くづ》れやう

4128 あてやかに月《つき》の光《ひかり》を広《ひろ》げ行《ゆ》く潮《うしほ》の音《おと》と思《おも》ひけるかな

4129 撫子《なでしこ》を競《きそ》ひて摘《つ》みぬ霜月《しもつき》のもの故《ゆゑ》ならず美《うつ》くしきため

4130 海《うみ》と山《やま》普《あまね》く明《あ》くるものかとて朝《あさ》を驚《おどろ》く階上《かいじやう》のひと

4131 やや暫し沈吟《ちんぎん》したる我を見て柘榴《ざくろ》を噛みぬ少年の書記

4132 みづからを思ひ上《あが》りし天の罰いまいちじるし頂《いたゞき》にゐる

4133 此処にして誰に逢へるや今こそは漸く言はめ吾に逢へると

4125 初「国民新聞」大10・11・30安房に遊びて―与謝野晶子

4126 初「国民新聞」大10・11・30安房に遊びて―与謝野晶子

4127 初「国民新聞」大10・11・30安房に遊びて―与謝野晶子

4128 初「国民新聞」大10・11・30安房に遊びて―与謝野晶子

4129 初「国民新聞」大10・11・30安房に遊びて―与謝野晶子

4130 初「国民新聞」大10・11・30安房に遊びて―与謝野晶子

4131 初「明星」大10・12・1石榴集―与謝野寛

4132 初「明星」大10・12・1石榴集―与謝野寛

4133 初「明星」大10・12・1石榴集―与謝野寛

4134 淡《あは》き月やや大人《おとな》びて水色の涙をこぼす夕月となる

4135 朴の花恃むかたなき自らを投げ出したる我が如く落つ

4136 射し入りて白き薔薇をば撒きちらす寝台の前の秋の夜の月

4137 巧みにも同じ舞台をめぐるとて痩せし曲馬の受くる喝采

4138 いと闊《ひろ》く建てたる堂も猶いまだ柱の多し人を遮る

4139 うら寒く細細《ほそぼそ》として筮竹《ぜいちく》と相似たるかな支那の竹箸《たけばし》

4140 虎杖《いたどり》の灰むらさきの愁の芽《め》土より出でず心より出づ

4141 今一度長安の子の春の夜の噂のなかにある身ともがな

4142 この路を行くこと勿れ女面《にょめん》にて謎をば投ぐるあやかしの住む

4134 初「明星」大10・12・1石榴集―与謝野寛

4135 初「明星」大10・12・1石榴集―与謝野寛

4136 初「明星」大10・12・1石榴集―与謝野寛

4137 初「明星」大10・12・1石榴集―与謝野寛

4138 初「明星」大10・12・1石榴集―与謝野寛

4139 初「明星」大10・12・1石榴集―与謝野寛再「文章倶楽部」大11・1・1

4140 初「明星」大10・12・1石榴集―与謝野寛

4141 初「明星」大10・12・1石榴集―与謝野寛再「明星」大14・1・1

4142 初「明星」大10・12・1石榴集―与謝野寛

4143 ポンペイの廃墟に立てる柱廊《ちうらう》も我に比べて寒からぬかな

4144 春の夜に腕輪の玉の話などするも淋しや男のみにて

4145 目に見えぬ丹塗《にぬり》の矢をば断えず射て我より老《おい》を遠ざくる君

4146 四十をば過ぎて学徒にうちまじり物読む窓の落葉《らくえふ》のおと

4147 手を挙げて天《てん》を拝すと見るよりも天を拒むと見ゆる冬の木

4148 いと淋し誰か認めん新しき星雲《せいうん》の舞ここにあれども

4149 地獄をば覗かんとして一筋のあやふき糸に垂れ下がる蜘蛛

4150 ゆくりなく諸手《もろで》を拡げ立つときに十字の形《かたち》人に現はる

4151 怨女《ゑんによ》をばうすむらさきの帳中《ちやうちう》に閉ぢ籠めんとて把る煙草かな

4143 [初]「明星」大10・12・1石榴集―与謝野寛

4144 [初]「明星」大10・12・1石榴集―与謝野寛

4145 [初]「明星」大10・12・1石榴集―与謝野寛

4146 [初]「明星」大10・12・1石榴集―与謝野寛[再]「文章倶楽部」大11・1・1

4147 [初]「明星」大10・12・1石榴集―与謝野寛

4148 [初]「明星」大10・12・1石榴集―与謝野寛

4149 [初]「明星」大10・12・1石榴集―与謝野寛

4150 [初]「明星」大10・12・1石榴集―与謝野寛

4151 [初]「明星」大10・12・1石榴集―与謝野寛

4152 支那襦子の青き上衣《うはぎ》の襟あけて白き乳房をあらはせる月

4153 秋の人山に住まねど心にはほのかに苦《にが》き菊の香ぞする

4154 貴妃のため実《まこと》の貴妃は肥えたりと云ふ考証《かうしよう》は関《かゝは》りも無し

4155 凡骨《ぼんこつ》は稲妻に似る手附《てつき》しぬ否と云ふにも好しと云ふにも

4156 言訳《いひわけ》の手紙は長し恋人の短き文に似るべくも無し

4157 若き日は始もあらず涯《はて》も無しわれ手繰《たぐ》るなり念珠《ロザリヨ》の如

4158 年わかき男同志が肱を把り入日に来る黒き影かな

4159 忘れたる話をするも忘れ得ぬ涙ながすも似たる若人《わかうど》

4160 いつ見ても同じ印をば坐して組むわが仏こそ哀れなりけれ

4152 [初]「明星」大10・12・1石榴集―与謝野寛[再]「文章倶楽部」大11・1・1

4153 [初]「明星」大10・12・1石榴集―与謝野寛

4154 [初]「明星」大10・12・1石榴集―与謝野寛

4155 [初]「明星」大10・12・1石榴集―与謝野寛「大観」大10・12・1浴泉雑詠[再]「日米」大11・1・23

4156 [初]「明星」大10・12・1石榴集―与謝野寛

4157 [初]「明星」大10・12・1石榴集―与謝野寛

4158 [初]「明星」大10・12・1石榴集―与謝野寛

4159 [初]「明星」大10・12・1石榴集―与謝野寛

4160 [初]「明星」大10・12・1石榴集―与謝野寛

4161 折々は薔薇に対してささやきぬ君に告ぐべき思なれども

4162 人間のわかき盛りを後《あと》にして見れども飽かぬ薔薇の花かな

4163 心には四十九年を愧づれども頬《ほ》はまた紅く染むべくも無し

4164 尋ねられ尋ねて今は慰まず共に知らざる悲しみの本《もと》

4165 脣を少し触れたるばかりにて火の薔薇なりと驚きしかな

4166 子供らが蝙蝠を追ふ帚《はうき》もて掃ひやしけん空に星無し

4167 あさましく自ら歎くことに由り身の痩せゆくも哀れなりけれ

4168 雑草も或ところまで空《そら》に伸び七月にして早くうなだる

4169 秋の日を正面《まとも》に受くる木立にも薔薇にも見ゆる泣笑ひかな

4161 初「明星」大10・12・1石榴集―与謝野寛

4162 初「明星」大10・12・1石榴集―与謝野寛

4163 初「明星」大10・12・1石榴集―与謝野寛再「明星」大12・4・1

4164 初「明星」大10・12・1石榴集―与謝野寛

4165 初「明星」大10・12・1石榴集―与謝野寛

4166 初「明星」大10・12・1石榴集―与謝野寛

4167 初「明星」大10・12・1石榴集―与謝野寛

4168 初「明星」大10・12・1石榴集―与謝野寛

4169 初「明星」大10・12・1石榴集―与謝野寛

4170 船の絵を描けば必ずをさな児は舳先《へさき》に置きぬ紅き太陽

4171 かなしみの林の奥にほととぎす若き五月を恋ひつつぞ啼く

4172 老水夫よろけて人をかき分けて海の日の出を諸共に喚ぶ

4173 楽まずはた悲まぬ日に見れば世の常の人世の常の薔薇

4174 百ほどの歌を端《はし》より消しゆけば残り寡《すくな》しわが命ほど

4175 流るるに到らで終る涙にもわが好しとする味ひのある

4176 青き日の空にありとも明日《あす》あさてわが見んものをこれと思はず

4177 傍らにある限りをば映《うつ》すなる目と其れならぬものを見る目と

4178 一つ家《や》に旅寝する如《ごと》冬に逢ふことも興《きよう》ぜしわれならぬかは

4170 初「明星」大10・12・1石榴集—与謝野寛

4171 初「明星」大10・12・1石榴集—与謝野寛

4172 初「明星」大10・12・1石榴集—与謝野寛

4173 初「明星」大10・12・1石榴集—与謝野寛

4174 初「明星」大10・12・1石榴集—与謝野寛

4175 初「明星」大10・12・1錦木—与謝野晶子

4176 初「明星」大10・12・1錦木—与謝野晶子

4177 初「明星」大10・12・1錦木—与謝野晶子

4178 初「明星」大10・12・1錦木—与謝野晶子

4179 神田川岸の窪みの停車場に君と朝聞く木の葉ちる音

4180 山をわれいたづらに出づ人の子を忘るることを恐るるごとく

4181 隔てゝふものを作りてたまさかに相見ることも無きに勝れり

4182 いとかたく我と人とを結ぶなり脆き身を持つ薔薇の香ながら

4183 人間の巣のめでたさを世の中の誰よりもよく悟りけるかな

4184 その訳《わけ》はこのわけはなど言はねども皆うなづきて涙し給ふ

4185 寛闊に生くと今日しも何人を見ても涙のこぼれこそすれ

4186 太陽の裂かれて海に投げらるる夕ならねど血流《ちなが》す波は

4187 人知れず恥づる心と人知れず怒る心とむつまじきかな

4179 初『明星』大10・12・1錦木―与謝野晶子

4180 初『明星』大10・12・1錦木―与謝野晶子

4181 初『明星』大10・12・1錦木―与謝野晶子

4182 初『明星』大10・12・1錦木―与謝野晶子

4183 初『明星』大10・12・1錦木―与謝野晶子

4184 初『明星』大10・12・1錦木―与謝野晶子

4185 初『明星』大10・12・1錦木―与謝野晶子

4186 初『明星』大10・12・1錦木―与謝野晶子

4187 初『明星』大10・12・1錦木―与謝野晶子

4188 昨日より今日にうつりて驚かず過ぎしは夢に見んと頼めば

4189 夕風はわれの涙も掃き去りぬ落葉《おちは》枯葉《かれは》のたぐひならぬに

4190 烈しくも濁れる水の湧く山を見てこし秋にわが思ふこと

4191 山蔭にわれ自らの匂ひもて都をつくり住める白菊

4192 わたつみの小島守《こじまもり》とも云ふやうに淋しくわれと居給へる人

4193 わが見れば真鶴崎《まなづるざき》のしら波も若き心をもてあますかな

4194 靡くなり草より弱き雑木などうす紫のこごめの実など

4195 百あまり太陽のごと盛んなる柿を盛りたる支那の皿かな

4196 暮れてなほ相摸ざかひの杉むらと白き薄《すゝき》の見えぬ車窓《しやそう》に

4188 初「明星」大10・12・1錦木―与謝野晶子

4189 初「明星」大10・12・1錦木―与謝野晶子

4190 初「明星」大10・12・1錦木―与謝野晶子

4191 初「明星」大10・12・1錦木―与謝野晶子

4192 初「明星」大10・12・1錦木―与謝野晶子

4193 初「明星」大10・12・1錦木―与謝野晶子

4194 初「明星」大10・12・1錦木―与謝野晶子

4195 初「明星」大10・12・1錦木―与謝野晶子

4196 初「明星」大10・12・1錦木―与謝野晶子

4197 濁れる灯車窓にうつり横浜の街の上には夕月も無し

一、星野温泉にて

4198 折々に内の焰をもて余し浅間の山も動かんとする

4199 一枚の草葉の如く揺れにけり旅の心も秋に親しみ

4200 蜂下りぬひともと紅き撫子に能ふかぎりのよき形して

4201 しばらくは浅間の岳を炉としつつ自らを焼く秋のしら雲

二、赤倉温泉にて

4202 棗とも云ふべく小きあはれなる大和林檎を越後にて買ふ

4203 折るときに山の桔梗の根を抜きぬ言ひ解き難き過ちに似て

4204 一瞬に妙高おろし霧を吹き一瞬にわれ山と抱き合ふ

4205 妙高の山かぜ涼し心をも空にぞ放つその風に乗れ

4197 初「明星」大10・12・1錦木—与謝野晶子

4198 初「大観」大10・12・1浴泉雑詠—与謝野寛

4199 初「大観」大10・12・1浴泉雑詠—与謝野寛

4200 初「大観」大10・12・1浴泉雑詠—与謝野寛

4201 初「大観」大10・12・1浴泉雑詠—与謝野寛

4202 初「大観」大10・12・1浴泉雑詠—与謝野寛

4203 初「大観」大10・12・1浴泉雑詠—与謝野寛

4204 初「大観」大10・12・1浴泉雑詠—与謝野寛

4205 初「大観」大10・12・1浴泉雑詠—与謝野寛

4206 四五本の杉黒く立つよき坂のよき夕月夜よき水の音

4207 妙高の裾野の端に露を置く高田の街の秋のともしび

4208 山上の古駅に似たるわが思ひ秋かぜ吹きて杉の立ちたる

4209 日中の妙高の山ただ少し杉と家とを草原に置く

4210 妙高のふところ母にひとしきか我よく眠る此処に抱かれて

4211 何を摘む勿忘草は此処に無し愁に似たる雑草を摘む

4212 妙高を離れて天馬いま飛べりあとに渦巻く萱原の風

4213 二三人湯ぶねにあれば妙高の山ほととぎす夕風に啼く

4214 赤倉の山の外湯は戸を立てず行くも帰るも見ゆる真裸

4206 初「大観」大10・12・1浴泉雑詠―与謝野寛
4207 初「大観」大10・12・1浴泉雑詠―与謝野寛
4208 初「大観」大10・12・1浴泉雑詠―与謝野寛
4209 初「大観」大10・12・1浴泉雑詠―与謝野寛
4210 初「大観」大10・12・1浴泉雑詠―与謝野寛
4211 初「大観」大10・12・1浴泉雑詠―与謝野寛
4212 初「大観」大10・12・1浴泉雑詠―与謝野寛
4213 初「大観」大10・12・1浴泉雑詠―与謝野寛
4214 初「大観」大10・12・1浴泉雑詠―与謝野寛

4215 蹠《あなうら》に踏むには痛きかや草も心に上り山あはれなり

4216 妙高の山の湯ぶねに雲湧けり人間の来て仙女を覗く

4217 沙羅《しやら》咲きて光るとぞ思ふ羅衣《うすもの》を山の湯ぶねに君の脱ぐ時

4218 妙高の平に見れば秋の月野じりの水に浴《ゆあ》みて光る

4219 風吹けば雲の中なる妙高をとりまきながら戦ぐ草むら

4220 別れをば山に惜みて妙高の秋の夜深く猶歌ふ人

4221 赤倉にしよぼ〳〵と立つ杉の木も帰る日となり我を見送る

三、上林温泉にて

4222 旅ごころ千曲の川の船橋を踏みし頃より又新たなり

4223 信濃路の空に雲湧きその雲の青き絶間に山盛り上る

4215 初「大観」大10・12・1浴泉雑詠―与謝野寛

4216 初「大観」大10・12・1浴泉雑詠―与謝野寛

4217 初「大観」大10・12・1浴泉雑詠―与謝野寛

4218 初「大観」大10・12・1浴泉雑詠―与謝野寛

4219 初「大観」大10・12・1浴泉雑詠―与謝野寛

4220 初「大観」大10・12・1浴泉雑詠―与謝野寛

4221 初「大観」大10・12・1浴泉雑詠―与謝野寛

4222 初「大観」大10・12・1浴泉雑詠―与謝野寛

4223 初「大観」大10・12・1浴泉雑詠―与謝野寛

4224 雲深く戸隠山を隠したるあとの信濃の夕ばえの山

4225 あさましく山の皮をば剝ぎたるや杉立つ上の赤き切厓

4226 昨夜《よべ》見しは野尻の水を出でし月今宵は琵琶の池より昇る

4227 山の雨庇を打てば慌てたる虻ぞ入りくる温泉の窓

4228 四方をば山もろともに掻き消せる雲の中なる雨の音かな

4229 雲の中に遠山は皆かくされぬ纔かに青し妙高の肩

4230 水濁るわが在る宿は渋の奥地獄と云へる谷に近くて

4231 夜もすがら我閨にきて明方の山の小雨に消え去れる月

4232 雲変る雲に従ひ山変る大地の上に旧きもの無し

4224 〔初〕「大観」大10・12・1浴泉雑詠―与謝野寛

4225 〔初〕「大観」大10・12・1浴泉雑詠―与謝野寛

4226 〔初〕「大観」大10・12・1浴泉雑詠―与謝野寛

4227 〔初〕「大観」大10・12・1浴泉雑詠―与謝野寛

4228 〔初〕「大観」大10・12・1浴泉雑詠―与謝野寛

4229 〔初〕「大観」大10・12・1浴泉雑詠―与謝野寛

4230 〔初〕「大観」大10・12・1浴泉雑詠―与謝野寛

4231 〔初〕「大観」大10・12・1浴泉雑詠―与謝野寛

4232 〔初〕「大観」大10・12・1浴泉雑詠―与謝野寛

4233 近く立ちて山と我とを隔てたり秋に黄ばめるひと本柳

4234 上林人皆足を空にして自動車に在り阪の急なる

4235 嚏して山の湯宿の廊下なる寒暖計をさし覗く人

4236 雲深き岩菅山の境なる切厓を行き雨に打たるる

4237 山山も腰を伸ばして空高く立去りぬべき雲のさまかな

4238 信濃にも越後にも見つ屋根の上に更に屋根ある方形の風呂

4239 湯の宿の竈に煙る木の香にも秋ごこちして山夕なる

4240 湯の宿の二階も洞《ほら》として坐しぬ岩菅山の雲のふさげば

4241 荷の如く心を縛るよしも無し山の葛《かつら》は此処にあれども

4233 [初]「大観」大10・12・1浴泉雑詠―与謝野寛

4234 [初]「大観」大10・12・1浴泉雑詠―与謝野寛

4235 [初]「大観」大10・12・1浴泉雑詠―与謝野寛

4236 [初]「大観」大10・12・1浴泉雑詠―与謝野寛

4237 [初]「大観」大10・12・1浴泉雑詠―与謝野寛

4238 [初]「大観」大10・12・1浴泉雑詠―与謝野寛

4239 [初]「大観」大10・12・1浴泉雑詠―与謝野寛

4240 [初]「大観」大10・12・1浴泉雑詠―与謝野寛

4241 [初]「大観」大10・12・1浴泉雑詠―与謝野寛

4242 泰山を脇ばさむとは山に来て我等の如く歌ふ喩か

四、高尾山にて

4243 狂人の遊べる谷に我も来ぬ呟くことを少しせんとて

4244 気ちがひの一人が壁にひたと向き何か語りて山暮れて行く

4245 しばらくは玩具に似たる汽車過ぎて野を広くする秋の夕暮

4246 此日われ甲斐と武蔵の境にて滝を浴びつつ物を悲む

4247 草の穂も細き筆かと手にとりぬ打乱れつつ物を思へば

4248 秋の蚊の稀に唸るが哀れなり我の肱つく物の片隅

4249 秋たちて少し悩める所あり心は草の葉末ならねど

4250 凡骨は絵に描く前に跳ね上り唐黍の寸法を取る

4242 初「大観」大10・12・1浴泉雑詠―与謝野寛
4243 初「大観」大10・12・1浴泉雑詠―与謝野寛
4244 初「大観」大10・12・1浴泉雑詠―与謝野寛
4245 初「大観」大10・12・1浴泉雑詠―与謝野寛
4246 初「大観」大10・12・1浴泉雑詠―与謝野寛
4247 初「大観」大10・12・1浴泉雑詠―与謝野寛
4248 初「大観」大10・12・1浴泉雑詠―与謝野寛
4249 初「大観」大10・12・1浴泉雑詠―与謝野寛
4250 初「大観」大10・12・1浴泉雑詠―与謝野寛

五、上野原にて

4251 小仏の洞門を出てかつら川見ゆる所に山われを待つ

4252 大木の欅の枝の間より桂の川を見おろして坐す

4253 櫓に依らず綱をたぐりて急流を渡す此船もの足らぬかな

4254 霧まじり大粒の雨三尺の前に爆ぜつつ山の影消ゆ

4255 越の布また甲斐の絹わが旅も涼しき夢を山国に織る

4256 美くしき甲斐の少女の姉妹《おとゞひ》が機を織るおと前の川のおと

4257 秋の雲甲州に来てむら山の青き頂まづ雨に濡る

4258 ひと本の大樹の蔭のまろき卓かつらの川の鮎の早鮨

4259 山深き上野原にて日の落ちぬ心ぼそきは秋のならはし

4251 初「大観」大10・12・1 浴泉雑詠—与謝野寛 再「日米」大11・1・8

4252 初「大観」大10・12・1 浴泉雑詠—与謝野寛 再「日米」大11・1・8

4253 初「大観」大10・12・1 浴泉雑詠—与謝野寛 再「日米」大11・1・8

4254 初「大観」大10・12・1 浴泉雑詠—与謝野寛 再「日米」大11・1・8

4255 初「大観」大10・12・1 浴泉雑詠—与謝野寛 再「日米」大11・1・8

4256 初「大観」大10・12・1 浴泉雑詠—与謝野寛 再「日米」大11・1・23

4257 初「大観」大10・12・1 浴泉雑詠—与謝野寛 再「日米」大11・1・23

4258 初「大観」大10・12・1 浴泉雑詠—与謝野寛

4259 初「大観」大10・12・1 浴泉雑詠—与謝野寛 再「日米」大11・1・23

4260 谷清しニンフの群がその脛を浸すと見ゆる切圧の石

4261 渡し船直ちに帰りまた来るこれには似ざる人の子の中

4262 川渡る暴雨の技の涼しさをここは晴れたる山より覗く

4263 うちつけに海の潮と通ひたる音を立つるも大河のつね

4264 秋寒し布を相撲に引きて行く甲斐の桂の川のべに立つ

4265 撫子は甲斐絹の機を織るもまた河原に立つもなべて美くし

4266 この山に鮎ずしつけてあらんなど思へるもなし酔ひ痴れたれば

4267 かつら川浅瀬に立ちて思ふなりアンリイ四世の王宮の床

4268 凡骨を率て来にければ宿の刀自我等にすすむ仙人の食

4260 初「大観」大10・12・1浴泉雑詠—与謝野寛 再「日米」大11・1・23

4261 初「表現」大10・12・1秋日行歌—与謝野晶子

4262 初「表現」大10・12・1秋日行歌—与謝野晶子

4263 初「表現」大10・12・1秋日行歌—与謝野晶子

4264 初「表現」大10・12・1秋日行歌—与謝野晶子

4265 初「表現」大10・12・1秋日行歌—与謝野晶子

4266 初「表現」大10・12・1秋日行歌—与謝野晶子

4267 初「表現」大10・12・1秋日行歌—与謝野晶子

4268 初「表現」大10・12・1秋日行歌—与謝野晶子

4269 凡骨のやうに遊べど凡骨の足らへる如く足ると思はず

4270 凡骨が刀を手にせず筆をもて黍を描く時秋の風吹く

4271 凡骨がもの声高に語らぬ日それもあるべし常なき世ゆゑ

4272 北海の氷も裂かん声音して女にものな云ひそ凡骨

4273 凡骨と山を行くなり神代をばいまだ昨日にもつ人のごと

4274 凡骨が唐筆をもて塗りし夜と覚ゆる中の滝の音かな

4275 蟬の声雨にまがへばうら淋し山の宿屋のバルコンの客

4276 雑草《ざつさう》とひとしなみには枯《か》れねども秋《あき》の女《をんな》は哀《あは》れなりけれ

4277 十悪《じふあく》の数《かず》の中《なか》なる一《ひと》つとはなさねど逢《あ》へば心《こゝろ》おちゐず

4269 初「表現」大10・12・1秋日行歌—与謝野晶子

4270 初「表現」大10・12・1秋日行歌—与謝野晶子

4271 初「表現」大10・12・1秋日行歌—与謝野晶子

4272 初「表現」大10・12・1秋日行歌—与謝野晶子

4273 初「表現」大10・12・1秋日行歌—与謝野晶子

4274 初「表現」大10・12・1秋日行歌—与謝野晶子

4275 初「表現」大10・12・1秋日行歌—与謝野晶子

4276 初「婦人倶楽部」大10・12・1雑草《ざつさう》と女《をんな》—与謝野晶子

4277 初「婦人倶楽部」大10・12・1雑草《ざつさう》と女《をんな》—与謝野晶子

4278 唯《たゞ》逢《あ》ひて夢《ゆめ》の話《はなし》をすることに過《す》ぎずと蔑《なみ》すわが欲心《よくしん》を

4279 くれなゐの書箋《しよせん》の色《いろ》にしかずとて云《い》ひやることを思《おも》ひ留《とま》りぬ

4280 長安《ちやうあん》を発《はつ》する馬《うま》の悲《かなし》みもすといつはりぬ老《お》いずと知《し》れど

4281 たわやめと王《わう》の御座《おんざ》は南面《なんめん》すつねにめでたき日影《ひかげ》の射《さ》せる

4282 浪形《なみかた》の氷《こほり》を知《し》るやシベリヤの湖《みづうみ》ならずわが胸《むね》のこと

4283 秋更《あきふ》けし都《みやこ》の街《まち》の朝《あさ》じめり山《やま》を踏《ふ》むより悲《かな》しかりけれ

4284 心《こゝろ》より出《い》でし出《い》でぬもうち混《まじ》りうらなつかしき文《ふみ》と思《おも》ひぬ

4285 美《うつ》くしきわが世《よ》に秋《あき》の来《こ》しことをさらにめでたく思《おも》ほゆるかな

4286 しろき帆の靡けるままに船一つ浅瀬にありて夕汐を待つ

4278 初「婦人倶楽部」大10・12・1雑草《ざつさう》と女《をんな》—与謝野晶子

4279 初「婦人倶楽部」大10・12・1雑草《ざつさう》と女《をんな》—与謝野晶子

4280 初「婦人倶楽部」大10・12・1雑草《ざつさう》と女《をんな》—与謝野晶子

4281 初「婦人倶楽部」大10・12・1雑草《ざつさう》と女《をんな》—与謝野晶子

4282 初「婦人倶楽部」大10・12・1雑草《ざつさう》と女《をんな》—与謝野晶子

4283 初「婦人倶楽部」大10・12・1雑草《ざつさう》と女《をんな》—与謝野晶子

4284 初「婦人倶楽部」大10・12・1雑草《ざつさう》と女《をんな》—与謝野晶子

4285 初「婦人倶楽部」大10・12・1雑草《ざつさう》と女《をんな》—与謝野晶子

4286 初「文章倶楽部」大10・12・1歌壇晶玉抄—与謝野寛

4287 わたつみの潮《うしほ》の色《いろ》を上《うへ》に着《き》て風流男達《みやびをたち》へもの云《い》ひてまし

4288 あてやかに咲《さ》ける銀糸《ぎんし》の白蘭《びやくらん》の花《はな》を抑《おさ》へし錦繍《きんしう》の鳥《とり》

4289 うす茜 少女《あかねをとめ》の夢《ゆめ》の色《いろ》ならん見《み》れば心《こゝろ》の酔《ゑ》ひもこそすれ

4290 ああ弥生人《やよひひと》の子《こ》よりもいちはやく嫩草色《わかくさいろ》の袖振《そでふ》りて来《こ》し

4291 この春《はる》のをとめつばきの総模様誰《そうもようたれ》着《き》て練《ね》るぞ都 大路《みやこおほぢ》を

4292 友染《いうぜん》は柳《やなぎ》の枝《えだ》の靡《なび》くより更《さら》にやさしき波《なみ》つくるかな

4293 野《の》の草《くさ》を裾《すそ》におく時《とき》うす藍《あゐ》の今《いま》やう色《いろ》はなまめかしけれ

4294 春《はる》の衣 京《きぬきやう》の工人色糸《こうじんいろいと》にたそがれを織《お》り暁《あかつき》を織《お》る

4295 藍《あゐ》を着《き》ん春《はる》の潮《うしほ》の湧《わ》くごとく人《ひと》よりおのれ思《おも》はれんため

4287 初〔第17回春の百選会・百選会御案内〕大10・春 春の歌（高島屋の百選会を見て）—与謝野晶子

4288 初〔第17回春の百選会・百選会御案内〕大10・春 春の歌（高島屋の百選会を見て）—与謝野晶子

4289 初〔第17回春の百選会・百選会御案内〕大10・春 春の歌（高島屋の百選会を見て）—与謝野晶子

4290 初〔第17回春の百選会・百選会御案内〕大10・春 春の歌（高島屋の百選会を見て）—与謝野晶子

4291 初〔第17回春の百選会・百選会御案内〕大10・春 春の歌（高島屋の百選会を見て）—与謝野晶子

4292 初〔第17回春の百選会・百選会御案内〕大10・春 春の歌（高島屋の百選会を見て）—与謝野晶子

4293 初〔第17回春の百選会・百選会御案内〕大10・春 春の歌（高島屋の百選会を見て）—与謝野晶子

4294 初〔第17回春の百選会・百選会御案内〕大10・春 春の歌（高島屋の百選会を見て）—与謝野晶子

4295 初〔第17回春の百選会・百選会御案内〕大10・春 春の歌（高島屋の百選会を見て）—与謝野晶子

4296
都《みやこ》の子《こ》桜《さくら》をつつむ曙《あけぼの》の霞《かすみ》のいろを織《お》らせてぞ着《き》る

4297
銀糸《ぎんし》もて倭《やまと》模様《もよう》を衣《きぬ》に置《お》く楊家《やうか》の女《ぢよ》さへ知《し》らぬことかな

4298
かぐはしさ春《はる》の夕《ゆうべ》のしめやかさ皆とり入れし花《はな》ぞめ衣《ころも》

4299
曙《あけぼの》の色《いろ》する帯《をび》の地《ぢ》を這《は》ひぬ銀糸《ぎんし》ほのかに残月《ざんげつ》のごと

4300
仏蘭西《ふらんす》座《ざ》夜《よる》の廊下《らうか》をまぼろしに見《み》よやと染《そ》めしレエスの模様《もやう》

4301
時《とき》の色《いろ》わたつみいろに重《かさ》ねまし加賀友染《かゞいうぜん》も若《わか》き心も

4302
飽《あ》く知《し》りぬ心《こころ》なれどもほのかなる曙　染《あけぼのぞめ》をわすれかねつも

4303
散《ち》らぬ花《はな》まだ衰《おとろ》へぬ春《はる》ぞとて加賀友染《かがいうぜん》を愛《め》でしれぬわれ

4304
人《ひと》よりも華奢《くわしや》をこのむに似《に》たるかな薄藍《うすあゐ》を染《そ》め草色《くさいろ》を染《そ》め

4296　初〔第17回春の百選会・百選会御案内〕大10・春　春の歌（その二）―与謝野晶子

4297　初〔第17回春の百選会・百選会御案内〕大10・春　春の歌（その二）―与謝野晶子

4298　初〔第17回春の百選会・百選会御案内〕大10・春　春の歌（その二）―与謝野晶子

4299　初〔第17回春の百選会・百選会御案内〕大10・春　春の歌（その二）―与謝野晶子

4300　初〔第17回春の百選会・百選会御案内〕大10・春　春の歌（その二）―与謝野晶子

4301　初〔第17回春の百選会・百選会御案内〕大10・春　春の歌（その二）―与謝野晶子

4302　初〔第17回春の百選会・百選会御案内〕大10・春　春の歌（その二）―与謝野晶子

4303　初〔第17回春の百選会・百選会御案内〕大10・春　春の歌（その二）―与謝野晶子

4304　初〔第17回春の百選会・百選会御案内〕大10・春　春の歌（その二）―与謝野晶子

大正十一年（一九二二）

4305 海が織る縞ははかなし彼の筋もその筋も無し瞬くひまに

4306 いと軽き雲の一つと見ゆるゆゑ富士をめでたく安房に思ひぬ

4307 帆柱へ赤き灯上ぐる観測所いちじるけれど見えず宿屋は

4308 わがつれの十《じふ》が一《いつ》にも当らねど燈台の灯は頼もしきかな

4309 大空へ海は真白き網を投ぐ星を捉へて語らはんため

4310 疾風《はやち》来ぬ海上《かいてう》よりも稚児《ちご》よりも悲しげに泣く岩の声かな

4311 恋するに飽くと来りて海を見る心地なんども仮に思ひぬ

4305 初「明星」大11・1・1海藻集―与謝野晶子
4306 初「明星」大11・1・1海藻集―与謝野晶子
4307 初「明星」大11・1・1海藻集―与謝野晶子
4308 初「明星」大11・1・1海藻集―与謝野晶子
4309 初「明星」大11・1・1海藻集―与謝野晶子
4310 初「明星」大11・1・1海藻集―与謝野晶子
4311 初「明星」大11・1・1海藻集―与謝野晶子

4312 青草の少し靡けばやや嬉しこの世の海の風心地《ごこち》して

4313 拝むより楽むことの過ぎたるを巡礼として受けず御仏《みほとけ》

4314 炉の上の雪と題せりこの集のはかなき事は作者先づ知る

4315 太陽よおなじ処に留まれと云ふに等しき願ひなるかな

4316 空《うつ》ろなるわが谷にきて淋しくも耳をば澄ます谺《こだま》の少女《をとめ》

4317 やうやくに自らを知るかく云へば人あやまりて驕慢と聞く

4318 人の身の淋しき時は空を見て梢《こずゑ》も物を待つけしきかな

4319 不思議さよわが新しく切りて読む本のなかにも笑める君が目

4320 狂ほしき恋の最後に誘《さそ》はずば止まじとすなる麝香撫子《じやかうなでしこ》

4312 初「明星」大11・1・1海藻集―与謝野晶子

4313 初「明星」大11・1・1海藻集―与謝野晶子

4314 初「明星」大11・1・1炉上の雪―与謝野寛

4315 初「明星」大11・1・1炉上の雪―与謝野寛
再「サンデー毎日」大11・5・14

4316 初「明星」大11・1・1炉上の雪―与謝野寛

4317 初「明星」大11・1・1炉上の雪―与謝野寛

4318 初「明星」大11・1・1炉上の雪―与謝野寛

4319 初「明星」大11・1・1炉上の雪―与謝野寛

4320 初「明星」大11・1・1炉上の雪―与謝野寛

4321 べにがらと黄土《わうど》を塗りて手軽くも楊貴妃とする支那の人形

4322 風のあと藤棚よりも棕梠よりも砂のこぼれてあぢきなきかな

4323 仙女《せんによ》あり牡丹のごとき肌をして我を捉へて密室に置く

4324 大いなる救ひ主には遇はねども独り淋しく泣けば慰む

4325 君の今踏みつつ来るは日の出前《まへ》薔薇もて飾る海のきざはし

4326 巴里にて夜遊びしつつ覚えたる善からぬ癖の嗅ぎ煙草かな

4327 てのひらを力士の如く拡げたるシャボテンの樹に積る白雪《しらゆき》

4328 風の後に芥を満たす河のごと怒りの後に悔もて満たす

4329 乾漆《かんしつ》か木彫《もくてう》かとて役人が指もて弾《はぢ》く如意輪の像

4321 初「明星」大11・1・1炉上の雪—与謝野寛
4322 初「明星」大11・1・1炉上の雪—与謝野寛
4323 初「明星」大11・1・1炉上の雪—与謝野寛
4324 初「明星」大11・1・1炉上の雪—与謝野寛
4325 初「明星」大11・1・1炉上の雪—与謝野寛
4326 初「明星」大11・1・1炉上の雪—与謝野寛
4327 初「明星」大11・1・1炉上の雪—与謝野寛
4328 初「明星」大11・1・1炉上の雪—与謝野寛
4329 初「明星」大11・1・1炉上の雪—与謝野寛 再「サンデー毎日」大11・5・14

4330 その人にわれ代らんと叫べども同じ重荷を負へば甲斐無し

4331 美くしき太陽七つ出づと云ふ予言は無きやわが明日のため

4332 香りつつ花をはなれぬ微風《そよかぜ》か君にかかはる年頃の歌

4333 薔薇の散るひくき音にもわななきぬ恋の心は臆せると似る

4334 恥をのみ先づ世に思ふ哀れなる四十男となりにけるかな

4335 磨かんとして砕きたる其後は玉の屑《くず》ぞと言ふ人も無し

4336 手に摘みて壺に据うれば夕月も薔薇の香をもて匂ひこそすれ

4337 旅路より友がつくれる薔薇の園思ひて帰る東京を指し

4338 はてに咲く薔薇のいまはを浄《きよ》めんと翅を振りて雪くだりきぬ

4330 初「明星」大11・1・1炉上の雪―与謝野寛

4331 初「明星」大11・1・1炉上の雪―与謝野寛

4332 初「明星」大11・1・1炉上の雪―与謝野寛

4333 初「明星」大11・1・1炉上の雪―与謝野寛

4334 初「明星」大11・1・1炉上の雪―与謝野寛

4335 初「明星」大11・1・1炉上の雪―与謝野寛

4336 初「第一歩」大11・1・1冬の薔薇―与謝野晶子

4337 初「第一歩」大11・1・1冬の薔薇―与謝野晶子

4338 初「第一歩」大11・1・1冬の薔薇―与謝野晶子

4339 菊のでと痩せても心薔薇の香を上なきものと愛づるなりけり

4340 薔薇の花十日《とうか》も贈り給はずば死ぬべきものを厳寒に入る

4341 天竺《てんじく》の閻浮檀金《えんぶだんごん》に勝《まさ》りたり春立《はるた》つ朝《あさ》の海上《かいじやう》の霧《きり》

4342 かがやかにはたつつましき元日《ぐわんじつ》の朝《あさ》の思《おも》ひに似《に》る心地《こゝち》なし

4343 春立《はるた》てば倍《ばい》の厚《あつ》さの青雲《あをぐも》に居《ゐ》る太陽《たいやう》と仰《あほ》がるるかな

4344 山草《やまぐさ》の裏白《うらじろ》の葉《は》の先乾《さきかは》き巻毛《まきげ》のごとし春《はる》のはしらに

4345 朝《あさ》の日《ひ》が薔薇《ばら》の花《はな》びら浮《うか》べたるそのひまひまの海《うみ》の紺青《こんじやう》

4346 元朝《ぐわんてう》の波朗《なみほが》らかに大海《おほうみ》の春《はる》の心《こゝろ》をつたへてぞ来《く》る

4347 玄関《げんくわん》の猿《えん》の舞《まひ》をば覗《のぞ》くなりわが六尺《しやく》の正月《しやうぐわつ》の笹《さゝ》

4339 (1)菊のでと(ママ) 初「第一歩」大11・1・1冬の薔薇―与謝野晶子

4340 初「第一歩」大11・1・1冬の薔薇―与謝野晶子

4341 初「国民新聞」大11・1・1正月の歌―与謝野晶子

4342 初「国民新聞」大11・1・1正月の歌―与謝野晶子

4343 初「国民新聞」大11・1・1正月の歌―与謝野晶子

4344 初「国民新聞」大11・1・1正月の歌―与謝野晶子

4345 初「国民新聞」大11・1・1正月の歌―与謝野晶子

4346 初「国民新聞」大11・1・1正月の歌―与謝野晶子

4347 初「国民新聞」大11・1・1正月の歌―与謝野晶子

4348 君《きみ》とわが作《つく》りいでたる心地《こゝち》する春《はる》の世界《せかい》に羽子《はご》の音立《おとた》つ

4349 数知《かずし》らず紅《くれなゐ》の馬躍《うまをど》るなり沖《おき》はるかにも日《ひ》の出《い》でぬとて

4350 春来《はるこ》しとつまびらかにも述《の》ぶるなり都《みやこ》の朝《あさ》の遣羽子《やりはご》の音《おと》

4351 万歳《まんざい》の奴《やつこ》がもてる袋《ふくろ》より小《ちいさ》き犬《いぬ》のたはぶるる松《まつ》

4352 屠蘇《とそ》汲《く》めば聞《きこ》えこそすれいにしへの奈良《なら》の大路《おほぢ》を人《ひと》の踏《ふ》む音《おと》

4353 わが子《こ》らの常《つね》に見《み》るより丈高《たけたか》く清《きよ》らなりけり正月《しやうぐわつ》の家《いへ》

4354 目《め》に見《み》えぬ天稚彦《あめわかひこ》をめぐるごと七少女《なゝをとめ》立《た》つ春《はる》の道《みち》かな

4355 春立《はるた》てど年月《としつき》と云《い》ふ大蛇《おろち》居《ゐ》て呑《の》みたるものゝ数《かず》を思《おも》へり

4356 正月《しやうぐわつ》の薄雪《うすゆき》をめづ山国《やまぐに》に白樺《しらかば》の木《き》を見出《みい》でし如《ごと》く

4348 初「国民新聞」大11・1・1正月の歌—与謝野晶子

4349 初「国民新聞」大11・1・1正月の歌—与謝野晶子

4350 初「国民新聞」大11・1・1正月の歌—与謝野晶子

4351 初「国民新聞」大11・1・1正月の歌—与謝野晶子

4352 初「国民新聞」大11・1・1正月の歌—与謝野晶子

4353 初「国民新聞」大11・1・1正月の歌—与謝野晶子

4354 初「国民新聞」大11・1・1正月の歌—与謝野晶子

4355 初「東京朝日新聞」大11・1・2春の歌—与謝野晶子

4356 初「東京朝日新聞」大11・1・2春の歌—与謝野晶子

4357
こし方《かた》は顧《かへり》みれども続《つゞ》き来《こ》ずかゝる歎《なげ》きのまさる正　月《しやうぐわつ》

4358
物思《ものおも》ふ肩《かた》つきをして白梅《しらうめ》の肱《ひぢ》を曲《ま》げたる黒檀《こくだん》の床《とこ》

4359
かにかくに憂《う》き夢醒《ゆめさ》めし暁《あかつき》の心地《こゝち》おぼゆれ正　月人《しやうぐわつひと》は

4360
見《み》るところ冬《ふゆ》ごもりとは異《ことな》らぬ心《こゝろ》は春《はる》に移《うつ》りけらしな

4361
少女子《をとめご》の羽子《はご》が調《しら》ぶる玉敷《たましき》の都《みやこ》の春《はる》の歌《うた》とおもひぬ

4362
桜間《さくらま》の稽古《けいこ》舞台《ぶたい》の謡《うた》ひ声《こゑ》をりふし混《ま》ぜてうす雪《ゆき》ぞ降《ふ》る

4363
南天《なんてん》を首輪《くびわ》に欲《ほ》しと思《おも》ふらし少女《をとめ》と見《み》ゆる初春《はつはる》の鳥《とり》

4364
山《やま》のごと家《いへ》しづかにて湯《ゆ》の釜《かま》のめでたく見《み》ゆる元　日《ぐわんじつ》の昼《ひる》

4365
温室《おんしつ》の外《ほか》に置《お》かれて急《いそ》がねど必《かなら》ず春《はる》のおとづるる薔薇《ばら》

4357 初「東京朝日新聞」大11・1・2春の歌―与謝野晶子

4358 初「東京朝日新聞」大11・1・2春の歌―与謝野晶子

4359 初「東京朝日新聞」大11・1・2春の歌―与謝野晶子

4360 初「東京朝日新聞」大11・1・2春の歌―与謝野晶子

4361 初「東京朝日新聞」大11・1・2春の歌―与謝野晶子

4362 初「東京朝日新聞」大11・1・2春の歌―与謝野晶子

4363 初「東京朝日新聞」大11・1・2春の歌―与謝野晶子

4364 初「東京朝日新聞」大11・1・2春の歌―与謝野晶子

4365 初「東京日日新聞」大11・1・4愁人雑詠―与謝野寛

4366 洪水《こうずい》の後《のち》の世界《せかい》を見《み》んとして我《わ》れも危《あやふ》き方舟《はこぶね》に乗《の》る

4367 この像《ぞう》を造《つく》れる人《ひと》の逞《たくま》しき愛《あい》のちからを示《しめ》す指《ゆび》あと

4368 里《さと》の路《みち》やや坂《さか》となり裸木《はだかぎ》を越《こ》えて彼方《かなた》に光《ひか》れる運河《うんが》

4369 船《ふね》のひと櫂《かひ》を停《とゞ》めて物云《ものい》へば冬《ふゆ》ものどけき水《みづ》の上《うへ》かな

4370 春立《はるた》つや匂《にほ》へる薔薇《ばら》をかき抱《いだ》き軽車《けいしや》に乗《の》りぬ今日《けふ》の心《こゝろ》は

4371 しら壁《かべ》の倉《くら》を背《せ》にして梅紅《うめあか》し南《みなみ》へ低《ひく》き茶《ちや》の木原《きはら》かな

4372 美《うつ》くしき序曲《じよきよく》の果《は》ててワグネルを待《ま》つ少時《しばらく》のあまき溜息《ためいき》

4373 かなしみて独《ひと》り造《つく》れる土《つち》の像《ざう》世《よ》の人《ひと》の目《め》に淋《さび》しかるべし

4374 女《をんな》たち男《をとこ》の臂《ひぢ》に倚《よ》りながら軽《かろ》く輪《わ》を描《か》き楽《がく》の海湧《うみわ》く

4366 (初)「東京日日新聞」大11・1・4愁人雑詠―与謝野寛
4367 (初)「東京日日新聞」大11・1・4愁人雑詠―与謝野寛
4368 (初)「東京日日新聞」大11・1・4愁人雑詠―与謝野寛
4369 (初)「東京日日新聞」大11・1・4愁人雑詠―与謝野寛
4370 (初)「東京日日新聞」大11・1・4愁人雑詠―与謝野寛
4371 (初)「東京日日新聞」大11・1・4愁人雑詠―与謝野寛
4372 (初)「東京日日新聞」大11・1・4愁人雑詠―与謝野寛
4373 (初)「東京日日新聞」大11・1・4愁人雑詠―与謝野寛
4374 (初)「東京日日新聞」大11・1・4愁人雑詠―与謝野寛

4375 朝《あした》より正月《せうぐわつ》の賀《が》は受《う》けたれど忘《わす》れず人《ひと》の恨《うら》めしきこと

4376 梅花香熊《ばいくわこうくま》の肝《きも》など贈物《おくりもの》かたづかぬまに春立《はるた》ちしかな

4377 天地《あめつち》のしろがね色《いろ》の初春《はつはる》にわれは朱泥《しゆでい》の心《こゝろ》をば置《お》く

4378 一月《いちぐわつ》や藁《わら》の下《した》より酒粕《さかがす》のにほひを立《た》つる寒牡丹《かんぼたん》かな

4379 かわうけく葉《は》なき木立《こだち》の七八本《なゝやもと》抱《いだ》きかかへて日《ひ》の上《のぼ》りけり

4380 徒《いたづら》に旅《たび》より旅《たび》にうつるなり死《し》もこの如《ごと》く思《おも》ひなされん

4381 燃《も》えながら入日《いりひ》の落《おち》し山《やま》の裏峰《うらみね》の此方《こなた》の青墨《あをすみ》のいろ

4382 人《ひと》の子《こ》は憩《いこ》へる時《とき》も花《はな》に居《ゐ》る蝶《てふ》の心《こゝろ》に似《に》ざるなりけり

4383 我等《われら》皆人《みなひと》柱《はしら》にはあらねども重《おも》さに堪《た》へず苦《くる》しみて生《い》く

4375 初「東京日日新聞」大11・1・5雑詠十首―
与謝野晶子

4376 初「東京日日新聞」大11・1・5雑詠十首―
与謝野晶子

4377 初「東京日日新聞」大11・1・5雑詠十首―
与謝野晶子

4378 初「東京日日新聞」大11・1・5雑詠十首―
与謝野晶子

4379 初「東京日日新聞」大11・1・5雑詠十首―
与謝野晶子

4380 初「東京日日新聞」大11・1・5雑詠十首―
与謝野晶子

4381 初「東京日日新聞」大11・1・5雑詠十首―
与謝野晶子

4382 初「東京日日新聞」大11・1・5雑詠十首―
与謝野晶子

4383 初「東京日日新聞」大11・1・5雑詠十首―
与謝野晶子

4384
東京《とうけう》に春《はる》の雪《ゆき》ふり真白《ましろ》なる中《なか》に悲《かな》しや君《きみ》が死《し》の床《とこ》

4385
しら梅《うめ》の清《きよ》く優《やさ》しき心《こゝろ》もて匂《にほ》ひつる人俄《ひとには》かにも亡《な》し

4386
やはらかに清《きよ》かりしかど目《め》に見《み》えぬ雪解《ゆきげ》の水《みづ》となりにけるかな

4387
春《はる》の雪家《ゆきいへ》の軒《のき》より木《こ》の葉《は》より涙澪《なみだこぼ》しぬ人《ひと》にならひて

4388
形無き海の姿のおそろしさ美くしさをば人間は持つ

4389
魚見崎くらき洞より運びきぬわれを第二の世界の前に

4390
淋しくも奥に進めばいや近く海の見えくる板のわたどの

4391
差別の世それも忘れぬ湯の宿に透頂香《とうちんかう》を含みて寝ねて

4392
山行きて柑子《かうじ》見るなる吉兆《きつてう》にをどりし心をどらずなりぬ

4384 初「東京日日新聞」大11・1・17池松迂巷君を悼む―与謝野寛

4385 初「東京日日新聞」大11・1・17池松迂巷君を悼む―与謝野寛

4386 初「東京日日新聞」大11・1・17池松迂巷君を悼む―与謝野晶子

4387 初「東京日日新聞」大11・1・17池松迂巷君を悼む―与謝野晶子

4388 初「明星」大11・2・1山泉海景 その三―与謝野晶子

4389 初「明星」大11・2・1山泉海景 その三―与謝野晶子

4390 初「明星」大11・2・1山泉海景 その三―与謝野晶子

4391 初「明星」大11・2・1山泉海景 その三―与謝野晶子

4392 初「明星」大11・2・1山泉海景 その三―与謝野晶子

4393 山川《やまかは》の石の列否《れついな》水の列うらみの列《れつ》にひたと向へる

4394 里人は恋に換ふべき浴泉《よくせん》の楽みとせず橋の下にて

4395 山深くわが跡つけんこと易し人の心はこれに似ぬかな

4396 牢獄か倫敦塔か天井《てんじやう》の際《きは》に窓あるかなしき湯殿

4397 渓の石われ徒らに浴《ゆあ》むごと悲みもなく水に打たるる

4398 出でこしは三日月なりき藤木川水の響は急《きふ》なりしかど

4399 噴泉《ふんせん》の飛沫《しぶき》に凍る木の枝の端《はし》と見たりし湯河原の月

4400 夕明《ゆふあか》り空にあれども黒漆《こくしつ》に松の塗られし日金山かな

4401 山上《さんじやう》に朝日射すなる心地せず鉄《かな》さびしたる椎の本の皮

4393 初「明星」大11・2・1山泉海景 その三―
与謝野晶子

4394 初「明星」大11・2・1山泉海景 その三―
与謝野晶子

4395 初「明星」大11・2・1山泉海景 その三―
与謝野晶子

4396 初「明星」大11・2・1山泉海景 その三―
与謝野晶子

4397 初「明星」大11・2・1山泉海景 その三―
与謝野晶子

4398 初「明星」大11・2・1山泉海景 その三―
与謝野晶子

4399 初「明星」大11・2・1山泉海景 その三―
与謝野晶子

4400 初「明星」大11・2・1山泉海景 その三―
与謝野晶子

4401 (5)椎の本の皮（ママ）
初「明星」大11・2・1山泉海景 その三―
与謝野晶子

4402 土肥《どひ》の里藤木の渓の湯けぶりに親《した》しむ月のももいろの笠

4403 撫肩《なでがた》とまろき乳とを思はせて箱根につづく伊豆のむら山
以下伊豆山温泉にて

4404 伊豆の山つばきの花と柑子《かうじ》とが光りて照す初春の土

4405 椿ちる伊豆の磯湯のきりぎしの竹の間の長き石段

4406 貝の見る夢の如くに家立ちて湯の靄なびく伊豆の切崖

4407 この宿のてすりの下《もと》の浪のおと心は沖の楼船《ろうせん》に在る

4408 鰭を振る魚の遊びを人もしぬ伊豆の大湯の海に並べば

4409 浪きたり近く裂くるも憎からず驚くことの欲しき此頃

4410 椿さく伊豆の磯村屋根よりも角窓《かくまど》よりも昇る湯けぶり

4402 初「明星」大11・2・1山泉海景 その三―
与謝野晶子

4403 初「明星」大11・2・1山泉海景 その六―
与謝野寛

4404 初「明星」大11・2・1山泉海景 その六―
与謝野寛

4405 初「明星」大11・2・1山泉海景 その六―
与謝野寛

4406 初「明星」大11・2・1山泉海景 その六―
与謝野寛

4407 初「明星」大11・2・1山泉海景 その六―
与謝野寛

4408 初「明星」大11・2・1山泉海景 その六―
与謝野寛

4409 初「明星」大11・2・1山泉海景 その六―
与謝野寛

4410 初「明星」大11・2・1山泉海景 その六―
与謝野寛

4411 目を覚し打しわぶけば暫くはひそまる如し磯の浪音

4412 やはらかに岬《みさき》 々《〳〵》が手を伸べて伊豆の海辺の夕靄を抱く

4413 わが夢を海が優しき腕《かひな》もてゆすると見つつ明けし伊豆の夜

4414 一点のしろき帆出でて朝の海たちまち動く絵に変りゆく

4415 冷熱を併せて知れる人よりも唯だ一心の赤椿《あかつばき》かな

4416 身じろけば湯ぶねの波も人に媚び女のごとき掌《てのひら》を伸ぶ

4417 湯に入ると緑の羽を脱ぎ放ち孔雀なりしがしら鳥となる

4418 磯の湯に躍り入るとき女みな海の魔性に還らぬは無し

4419 湯あみするパンの毛脛《けずね》に触れしとて笑ひくづる水の精たち

4411 初「明星」大11・2・1山泉海景 その六—
与謝野寛

4412 初「明星」大11・2・1山泉海景 その六—
与謝野寛

4413 初「明星」大11・2・1山泉海景 その六—
与謝野寛

4414 初「明星」大11・2・1山泉海景 その六—
与謝野寛

4415 初「明星」大11・2・1山泉海景 その六—
与謝野寛

4416 初「明星」大11・2・1山泉海景 その六—
与謝野寛

4417 初「明星」大11・2・1山泉海景 その六—
与謝野寛

4418 初「明星」大11・2・1山泉海景 その六—
与謝野寛

4419 初「明星」大11・2・1山泉海景 その六—
与謝野寛

4420
龍を絵に描く人も無し今の世は龍に喩へんものを失ひ

4421
海高し白菜《はくさい》の畑蜜柑畑つばきの花の上を行く船

4422
一体としては愛せず石の角《かど》われを打つとき憎みぬるかな

4423
湯浴みすとアマゾンのむれ生温《なまぬる》き紅き嵐を立てて布《ぬの》解く

4424
襟あしの白きが一人立つ隅に明暗《めいあん》の差を見する湯煙《ゆけぶり》

4425
片隅に小き桶もて湯を浴びぬわざとならざるつつましき人

4426
ほのかなり網代《あじろ》の街の珊瑚の灯くろき入江の天鵞絨《びろうど》の上

4427
磯の宿かたき枕の上に聴く石をまろばす近き浪おと

4428
隣室のまろうど達がつつしまぬバッカス祭に似たる夜話《よばなし》

4420
初「明星」大11・2・1山泉海景 その六―与謝野寛

4421
初「明星」大11・2・1山泉海景 その六―与謝野寛

4422
初「明星」大11・2・1山泉海景 その六―与謝野寛

4423
初「明星」大11・2・1山泉海景 その六―与謝野寛

4424
初「明星」大11・2・1山泉海景 その六―与謝野寛

4425
初「明星」大11・2・1山泉海景 その六―与謝野寛

4426
初「明星」大11・2・1山泉海景 その六―与謝野寛

4427
初「明星」大11・2・1山泉海景 その六―与謝野寛

4428
初「明星」大11・2・1山泉海景 その六―与謝野寛

4429 われ眠る今は隣の歯軋りを百里あなたの雁がねと聞き

4430 こし方を非なりとするは世の常の愚かさなれど己む由も無し

4431 雲と雲浪と浪さへ追ふ如し若き心を春かぜに得て

4432 片膝を立てし形に羞ぢたると誇れるとあり泉の女

4433 ひろき湯に一つ浮べるわが首を夜更けて守るくらき電燈

4434 折々に海嘯《つなみ》に似たる浪起り我を洗へば古き夢無し

4435 土赤きだんだん畑が街を抱《だ》き街は遥かに海を抱ける

以下熱海にて

4436 異邦より来れるごとく徘徊す湯の雲しろく聳えたる街

4437 地鳴《ぢな》りして熱海の洞《ほら》に立つ煙ダンテの書きし物語めく

4429 初「明星」大11・2・1山泉海景 その六―与謝野寛

4430 (5)己む由も無し→已む由も無し 初「明星」大11・2・1山泉海景 その六―与謝野寛

4431 初「明星」大11・2・1山泉海景 その六―与謝野寛

4432 初「明星」大11・2・1山泉海景 その六―与謝野寛

4433 初「明星」大11・2・1山泉海景 その六―与謝野寛

4434 初「明星」大11・2・1山泉海景 その六―与謝野寛

4435 初「明星」大11・2・1山泉海景 その六―与謝野寛

4436 初「明星」大11・2・1山泉海景 その六―与謝野寛

4437 初「明星」大11・2・1山泉海景 その六―与謝野寛

4438 やや老いて今は堪へ得ぬ人間の涙の如きしら梅の花

4439 新しき丹那《たんな》の山の洞門《とうもん》も人間の世もふさがれるかな

4440 巡礼の心となりて吸はれ入る魚見が崎の洞門の口

4441 わが腹に鬼ある如しまづかりし熱海ホテルの中食《ちゆうじき》の後《のち》

4442 眠らんとして桃色の羽二重を海のおもてが被《かづ》く夕暮

4443 大島を根とする雲に日の当り陰《かげ》となりゆく真鶴が崎

4444 手を伸べて我等と呼ばん春の日は独り離れし何物も無し

4445 ナポリより去り難くせし片端の痛さを感ず熱海をば過ぎ

4446 やうやくに長篇を読む怠屈を我に与ふる磯の浪おと

4438 初「明星」大11・2・1山泉海景　その六―与謝野寛

4439 初「明星」大11・2・1山泉海景　その六―与謝野寛

4440 初「明星」大11・2・1山泉海景　その六―与謝野寛

4441 初「明星」大11・2・1山泉海景　その六―与謝野寛

4442 初「明星」大11・2・1山泉海景　その六―与謝野寛

4443 初「明星」大11・2・1山泉海景　その六―与謝野寛

4444 初「明星」大11・2・1山泉海景　その六―与謝野寛

4445 初「明星」大11・2・1山泉海景　その六―与謝野寛

4446 初「明星」大11・2・1山泉海景　その六―与謝野寛

4447 おほかたは否と云はざる強情を一つ破らん伊豆の自動車

以下湯河原にて

4448 草山《くさやま》の太き襞《ひだ》をば積み上げて空にせまれる十国峠《じつこくたうげ》

4449 藤木川伊豆の磯ほど音立てず半《なかば》夢みる人の聞くべく

4450 湯河原の滝は此世を喜べり身をわななかせ人間に落つ

4451 湯河原の山の公園五歩毎に人を教ふる立札《たてふだ》の指

4452 椎《しゐ》の木の蔭のかなたに一所《ひとところ》あかき漆を盛りあげし土

4453 何となく淋しきなかに尊かり冬籠りする蜜蜂の箱

4454 蜜作る蜂《はち》の奇しさ人間は命を搾《しぼ》り猶足らねども

4455 山に立つ春の噴水わが胸の左に鳴れる其れに及ばず

4447 初「明星」大11・2・1山泉海景 その六―与謝野寛

4448 初「明星」大11・2・1山泉海景 その六―与謝野寛

4449 初「明星」大11・2・1山泉海景 その六―与謝野寛

4450 初「明星」大11・2・1山泉海景 その六―与謝野寛

4451 初「明星」大11・2・1山泉海景 その六―与謝野寛

4452 初「明星」大11・2・1山泉海景 その六―与謝野寛

4453 初「明星」大11・2・1山泉海景 その六―与謝野寛

4454 初「明星」大11・2・1山泉海景 その六―与謝野寛

4455 初「明星」大11・2・1山泉海景 その六―与謝野寛

4456 軽々と山の湯ぶねに身を浸し淋しきことは思はじとする

4457 おのづから打棄てられし如くにて石の咽べる渓の奥かな

4458 朝霜の路は涙を有《も》つ如く君と踏みゆく跡ににじめる

4459 何よりも熱き地心《ちしん》に触れてこしその喜びを失はぬ水

4460 素足して少女《をとめ》が水に立つ如き小橋ならべる夕ぐれの渓

4461 漸くに驚く世界われに減り知らざる世界拡がりて行く

4462 臼をつく手つきに独り工人が山に湯を掘る百尺の槌

4463 石を穿ち湯を掘る人に尊きはその技《わざ》ならず疑はぬこと

4464 石を踏み根を踏み山をめぐる路これも続けば物憂くなりぬ

4456 初「明星」大11・2・1山泉海景 その六― 与謝野寛

4457 初「明星」大11・2・1山泉海景 その六― 与謝野寛

4458 初「明星」大11・2・1山泉海景 その六― 与謝野寛

4459 初「明星」大11・2・1山泉海景 その六― 与謝野寛

4460 初「明星」大11・2・1山泉海景 その六― 与謝野寛

4461 初「明星」大11・2・1山泉海景 その六― 与謝野寛

4462 初「明星」大11・2・1山泉海景 その六― 与謝野寛

4463 初「明星」大11・2・1山泉海景 その六― 与謝野寛

4464 初「明星」大11・2・1山泉海景 その六― 与謝野寛

4465 感激を間なくつづけて岩間ゆく水の如しと言ふよしもがな

4466 太陽が少し下《くだ》れば淋しとて急に抱き合ふ山の影かな

4467 意地悪るき木精《こだま》の栖める山の洞《ほら》わが物言へば嗄《か》れて響きぬ

4468 人間の心をはじめ一切が置きかはるべき新しき春

4469 つつましく人も己れも敢てせし苦吟のなかの伊豆の詠草

4470 泥踏《どろふ》めばダンテが見《み》たる地獄《ぢごく》の世《よ》ここより続《つゞ》く心地《こゝち》こそすれ

4471 若松《わかまつ》がうなゐ少女《をとめ》を囲《かこ》めりと都《みやこ》を見《み》つゝわれ山《やま》に行《ゆ》く

4472 春《はる》の賀《が》に大方人《おほかたひと》と文交《ふみかは》すこと繁《しげ》けれどわが問《と》はぬ君《きみ》

4473 春《はる》のため養《やしな》はれたる人《ひと》のごと歌《うた》へと人《ひと》の来《き》ては云《い》ふかな

4465 初「明星」大11・2・1山泉海景 その六―与謝野寛

4466 初「明星」大11・2・1山泉海景 その六―与謝野寛

4467 初「明星」大11・2・1山泉海景 その六―与謝野寛

4468 初「明星」大11・2・1山泉海景 その六―与謝野寛

4469 初「明星」大11・2・1山泉海景 その六―与謝野寛

4470 初「万朝報」大11・2・4（無題）―選者

4471 初「大阪毎日新聞」大11・2・27（無題）―与謝野晶子

4472 初「大阪毎日新聞」大11・2・27（無題）―与謝野晶子

4473 初「大阪毎日新聞」大11・2・27（無題）―与謝野晶子

4474 年たけて身を責むるにも限りあり心の行くに任せて遊ぶ

4475 浮びつつ動く田あるを怪まず己が心も伊豆の田と似る

4476 心をば破れて鳴らぬ鼓《つづみ》とし静かに在りぬ畑毛《はたげ》のひと夜

4477 楽みを極めんとして上も無き淋しさにゐる富士のしら雪

4478 空霞むこのひまにとて午過《ひるすぎ》の富士も暫く横に臥しけん

4479 板よりも薄くなりつつ富士聳ゆそれを讃むべき言葉あらんや

4480 富士の嶺《ね》を愛づる心の減りゆきぬ万葉集にあきたらぬ人

4481 雲は皆ころもの如く解き去られ真白き富士の曝《さら》さるる空

4482 少年と老との如くたそがれの富士を見捨てて散り去れる雲

4474 初「明星」大11・3・1続山泉海景 その三―与謝野寛

4475 初「明星」大11・3・1続山泉海景 その三―与謝野寛

4476 初「明星」大11・3・1続山泉海景 その三―与謝野寛

4477 初「明星」大11・3・1続山泉海景 その三―与謝野寛

4478 初「明星」大11・3・1続山泉海景 その三―与謝野寛

4479 初「明星」大11・3・1続山泉海景 その三―与謝野寛

4480 初「明星」大11・3・1続山泉海景 その三―与謝野寛

4481 初「明星」大11・3・1続山泉海景 その三―与謝野寛

4482 初「明星」大11・3・1続山泉海景 その三―与謝野寛

4483 天地の開けはじめのまろ柱ひとつ残りて白き富士かな

4484 アラビヤの幕舎《ばくしや》の如く桃色に朝日を浴びて並ぶ藁塚

4485 島国の八州の将早雲《さううん》の遂げつる事もあはれなるかな

4486 熊などと知慧のかはらぬ原人《げんじん》が雪を避けたる山の土穴

4487 原人が石を削りし手の痕に我も手を触る伊豆の百穴《ひやくあな》

4488 原人の臥処《ふしど》となりし百穴《ひやくあな》の並べる山の春がすみかな

4489 いにしへも頬《ほ》を寄せ股《もも》を伸べにけん春日さし入る百穴《ひやくあな》の口

4490 溝を越え畔《あぜ》を踏めども少年の日は草の葉に嗅ぐべくも無し

4491 あさましく沼田《ぬまだ》に落ちて沈めよと人咀へるや馬車の傾く

4483 初「明星」大11・3・1続山泉海景　その三
—与謝野寛

4484 初「明星」大11・3・1続山泉海景　その三
—与謝野寛

4485 初「明星」大11・3・1続山泉海景　その三
—与謝野寛

4486 初「明星」大11・3・1続山泉海景　その三
—与謝野寛

4487 初「明星」大11・3・1続山泉海景　その三
—与謝野寛

4488 初「明星」大11・3・1続山泉海景　その三
—与謝野寛

4489 初「明星」大11・3・1続山泉海景　その三
—与謝野寛

4490 初「明星」大11・3・1続山泉海景　その三
—与謝野寛

4491 初「明星」大11・3・1続山泉海景　その三
—与謝野寛

4492 何の木ぞ二月に赤き肌をして酒の如くに芽の迸《ほとばし》る

4493 韮山《にらやま》や紅梅さきて小板橋かかるあたりの細き水おと

4494 和蘭陀の絵図を便りに坦庵《たんあん》が築《つ》きしものとは見えぬ反射炉

4495 馬鹿者が蔦に埋れし反射炉を磨き出だして鉄柵を置く

4496 反射炉の蔦刈り除き銃身をもて柵とする軍人の趣味

4497 臼に似る古き柱の立つ上に足場の如き屋根組の家

4498 頼朝を護り立てたる東人《あづまど》の大気《たいき》を示す円柱《まろばしら》かな

4499 大木の生へたるままを中心に柱としたる千年の家

4500 かかるをば大昔には宮柱太しき立つと讃《たゝ》へたりけん

4492 初「明星」大11・3・1続山泉海景 その三 —与謝野寛

4493 初「明星」大11・3・1続山泉海景 その三 —与謝野寛

4494 初「明星」大11・3・1続山泉海景 その三 —与謝野寛

4495 初「明星」大11・3・1続山泉海景 その三 —与謝野寛

4496 初「明星」大11・3・1続山泉海景 その三 —与謝野寛

4497 初「明星」大11・3・1続山泉海景 その三 —与謝野寛

4498 初「明星」大11・3・1続山泉海景 その三 —与謝野寛

4499 初「明星」大11・3・1続山泉海景 その三 —与謝野寛

4500 初「明星」大11・3・1続山泉海景 その三 —与謝野寛

4501 雀の子暗き蛇腹《じやばら》にまぎれ入り保元の世の煤《すゝ》こぼれまぬ

4502 まなじりの吊り上りたる坦庵の絵像を買ひて韮山《にらやま》を去る

4503 韮山の村をはなれて我が馬車はいま正面に富士と向へる

4504 枯草に緑をすこし打まぜて二月の土のふくらめる畑

4505 二月田《にぐわつだ》の芹をも踏まじ屈《かゞ》まりて痛さを忍ぶ同じ身なれば

4506 西伊豆に我等を載せて奈古谷《なこだに》の険しき坂に進まざる馬

4507 昼の月大仙山《だいせんやま》のうしろなる浅葱《あさぎ》の空の一片の綿

4508 湯の上の糸より細き小波も円くもつれて楽めるかな

4509 友は垂るルイ十四世の様式のひろき浴衣《よくい》のくれなゐの紐

4501 初「明星」大11・3・1続山泉海景 その三
—与謝野寛

4502 初「明星」大11・3・1続山泉海景 その三
—与謝野寛再「文章倶楽部」大11・4・1

4503 初「明星」大11・3・1続山泉海景 その三
—与謝野寛再「文章倶楽部」大11・4・1

4504 初「明星」大11・3・1続山泉海景 その三
—与謝野寛

4505 初「明星」大11・3・1続山泉海景 その三
—与謝野寛

4506 初「明星」大11・3・1続山泉海景 その三
—与謝野寛

4507 初「明星」大11・3・1続山泉海景 その三
—与謝野寛

4508 初「明星」大11・3・1続山泉海景 その三
—与謝野寛

4509 初「明星」大11・3・1続山泉海景 その三
—与謝野寛

4510 恋人に捧ぐる口と皆なりぬ湯ぶねの波のやはらかにして

4511 心には蓋ある如し若やかに湯の泉こそ溢れたれども

4512 かへりみる畑毛の岡に霞むなり我が残しつる半の心

4513 淋しくも伊豆を逃れて去る如し影を引かざる曇り日の馬車

4514 真二つに塩屑山《しほくづやま》を切り下げて石の屏風に曲り入る路

4515 路せまり駿河となりて切厓の間を縫ひぬ城門の如

4516 石門《せきもん》を多比《たひ》に出づれば海の景にはかに動く我が夢に触れ

4517 江の浦のふか紫の海の目とわが目と合へる美くしき時

4518 みぎはまで紺青《らんじやう》の海ふかふかとせまりて石の山立つ処

4510 初「明星」大11・3・1続山泉海景 その三 ―与謝野寛

4511 初「明星」大11・3・1続山泉海景 その三 ―与謝野寛

4512 初「明星」大11・3・1続山泉海景 その三 ―与謝野寛

4513 初「明星」大11・3・1続山泉海景 その三 ―与謝野寛

4514 初「明星」大11・3・1続山泉海景 その三 ―与謝野寛

4515 初「明星」大11・3・1続山泉海景 その三 ―与謝野寛

4516 初「明星」大11・3・1続山泉海景 その三 ―与謝野寛

4517 初「明星」大11・3・1続山泉海景 その三 ―与謝野寛

4518 (2)紺青《らんじやう》→紺青《こんじやう》 初「明星」大11・3・1続山泉海景 その三 ―与謝野寛

4519 石の門《もん》石の真柱《まばしら》石の棚それをめぐれる江の浦の水

4520 江の浦に馬車の着くとき心には瑞西《スイス》の街に入ると思へり

4521 美くしき夢の世界の片端を人間に置く江の浦の水

4522 洞門を出るたび毎に少年の驚きをしぬ江の浦の路

4523 たてよこに山を開きて棚にある物の如くに石を採る人

4524 たそがれが塗りあましたるほの白き多比の汀《みぎは》の石の切跡

4525 石山に松をば植ゑて苦しむを眺むることも天意なるらん

4526 命をば賭くる恋とは異れど江の浦を見る楽しさは似る

4527 洞門を一つ過ぐれば多比の海裏《うら》となれるもあぢきなきかな

4519 初「明星」大11・3・1 続山泉海景 その三
—与謝野寛

4520 初「明星」大11・3・1 続山泉海景 その三
—与謝野寛

4521 初「明星」大11・3・1 続山泉海景 その三
—与謝野寛

4522 初「明星」大11・3・1 続山泉海景 その三
—与謝野寛

4523 初「明星」大11・3・1 続山泉海景 その三
—与謝野寛

4524 初「明星」大11・3・1 続山泉海景 その三
—与謝野寛

4525 初「明星」大11・3・1 続山泉海景 その三
—与謝野寛

4526 初「明星」大11・3・1 続山泉海景 その三
—与謝野寛

4527 初「明星」大11・3・1 続山泉海景 その三
—与謝野寛

4528 江の浦に宿らで過ぎぬ或人のなさけの端《はし》を見て止みし如

4529 江の浦の春の夕に覚えたるこの喜びも束の間ならん

4530 牛臥《うしぶせ》の浜に宿れば牛よりも黒き夜となり海うなり出づ

4531 夜を通《とほ》し暴雨《ばうう》を潜《かづ》く海の音海も新たにならんとすらん

4532 大海《おほうみ》が暴雨のなかに傷つきて闇に呻《うな》れば寝ねがたきかな

4533 発車前《はつしやぜん》あわただしくも別れんとして接吻《くちづけ》に代へし歌かな

4534 江川氏は東《あづま》の土豪《どがう》厨房《ちゆうばう》の口をひらきて客人《まろうど》を待つ

4535 そぞろにも恋を失ひ山を踏む春の初めの昼の月《つき》かな

4536 春風を囚へんとして柏谷《かしはだに》百の穴をば南面《なんめん》におく

4528 初「明星」大11・3・1 続山泉海景 その三 —与謝野寛

4529 初「明星」大11・3・1 続山泉海景 その三 —与謝野寛

4530 初「明星」大11・3・1 続山泉海景 その三 —与謝野寛

4531 初「明星」大11・3・1 続山泉海景 その三 —与謝野寛

4532 初「明星」大11・3・1 続山泉海景 その三 —与謝野寛

4533 初「明星」大11・3・1 続山泉海景 その三 —与謝野寛

4534 初「明星」大11・3・1 続山泉海景 その七 —与謝野晶子

4535 初「明星」大11・3・1 続山泉海景 その七 —与謝野晶子

4536 初「明星」大11・3・1 続山泉海景 その七 —与謝野晶子

4537 日の光覗くを恐れうつ伏して手紙を書ける足柄の山

4538 泉わく里を訪ねてこしわれの言ひがひもなく散る心かな

4539 天駆り来《く》とも知らざる海景《かいけい》に洞門くぐり馬車の導く

4540 多比に見る海は泉の水に似ぬ清らなること淋しかること

4541 多比の浦桃を含める海と見ゆ好きふくらみが甘き風吹く

4542 いさり火と大船《おほふね》に見ん哀れなる岬の宿の灯のもとのわれ

4543 夜の疾風《はやち》助けの船の来んことを船ごこちして待てるうたたね

4544 朝夕《あさゆふべ》曇《くも》るこころの前《まへ》に居《ゐ》てわが恨《うら》みをば負《お》へる雪《ゆき》かな

4545 いと小《ちさ》き橇《そり》のやうにも走《はし》るなりわがごと雪《ゆき》に倦《う》みし木《こ》の葉《は》は

4537 初「明星」大11・3・1続山泉海景 その七 —与謝野晶子

4538 初「明星」大11・3・1続山泉海景 その七 —与謝野晶子 再「国民新聞」大11・3・1

4539 初「明星」大11・3・1続山泉海景 その七 —与謝野晶子

4540 初「明星」大11・3・1続山泉海景 その七 —与謝野晶子

4541 初「明星」大11・3・1続山泉海景 その七 —与謝野晶子

4542 初「明星」大11・3・1続山泉海景 その七 —与謝野晶子

4543 初「明星」大11・3・1続山泉海景 その七 —与謝野晶子

4544 初「現代」大11・3・1雪《きゆ》—与謝野晶子

4545 初「現代」大11・3・1雪《きゆ》—与謝野晶子

4546 降《ふ》り積《つ》みて城《しろ》づくりをばなさんとす春《はる》の雪《ゆき》とも見《み》えずあさまし

4547 泣《な》くことも恋《こひ》することも忘《わす》れしや七日《なぬか》地上《ちじやう》にとどこほる雪《ゆき》

4548 白雪《しらゆき》の積《つも》れるままに程経《ほどふ》れば玉《たま》と見《み》なして鶯《うぐひす》ぞ啼《な》く

4549 雪《ゆき》をもてあまたの兎《うさぎ》つくりたる夢《ゆめ》おほどかに見《み》たる不思議《ふしぎ》さ

4550 雪降《ゆきふ》れば北《きた》の庭《には》より鶏《とり》の雛部屋《ひなへや》にうつしてかしづく子等《こら》は

4551 伊豆《いづ》の海《うみ》後《うしろ》につゞく山畑《やまばた》の菜《な》の花《はな》のごと日《ひ》の光《ひかり》咲《さ》く

4552 白桃《しらもゝ》の林《はやし》のやうに渚《なぎさ》なる石《いし》をつつめるあかつきの靄《もや》

4553 夕《ゆふべ》ただ真鶴《まなづる》が崎朱《さきしゆ》を置《お》けど山《やま》を負《お》ひたる伊豆《いづ》は小暗《をぐら》し

4554 白象《はくざう》をたやすく作《つく》る渚《なぎさ》なる大湯《おほゆ》の靄《もや》におどろける空《そら》

4546 初「現代」大11・3・1雪《ゆき》—与謝野晶子

4547 初「現代」大11・3・1雪《ゆき》—与謝野晶子

4548 初「現代」大11・3・1雪《ゆき》—与謝野晶子

4549 初「現代」大11・3・1雪《ゆき》—与謝野晶子

4550 初「現代」大11・3・1雪《ゆき》—与謝野晶子

4551 初「婦女界」大11・3・1伊豆山《いづさん》温泉《をんせん》(日本十二名所の三)—与謝野晶子

4552 初「婦女界」大11・3・1伊豆山《いづさん》温泉《をんせん》(日本十二名所の三)—与謝野晶子

4553 初「婦女界」大11・3・1伊豆山《いづさん》温泉《をんせん》(日本十二名所の三)—与謝野晶子

4554 初「婦女界」大11・3・1伊豆山《いづさん》温泉《をんせん》(日本十二名所の三)—与謝野晶子

4555 身《み》を癒《いや》す薬《くすり》はあれど旅《たび》に来《き》ぬこの理《ことわり》の哀《あは》れなりけれ

4556 反射炉《はんしやろ》の煉瓦《れんぐわ》の色《いろ》と韮山《にらやま》と淡《あは》さの通《かよ》ふきさらぎの春《はる》

4557 うら淋《さび》し目《め》の大《おほ》きなる坦庵《たんあん》の似顔《にがほ》を買《か》ひて草《くさ》を歩《あゆ》めば

4558 韮山《にらやま》の奥《おく》をゆかしく思《おも》ひつつ梅花《ばいくわ》のもとの流水《りうすゐ》を越《こ》ゆ

4559 富士《ふじ》白《しろ》き夕《ゆふべ》となりぬ避《さ》けがたき人《ひと》の終《をは》りの悲《かなし》みのごと

4560 月《つき》射《さ》せば駿河《するが》と伊豆《いづ》の山《やま》あひの浮田《うきた》は広《ひろ》き浴槽《ゆぶね》とぞなる

4561 温泉《おんせん》の溢《あふ》るゝ室《しつ》の一隅《ぐう》に鼓《つゞみ》を打《う》てる夜《よ》の山《やま》の怪《くわい》

4562 熱海《あたみ》にて睦月《むつき》に見《み》たる夕月《ゆふづき》と西《にし》の畑毛《はたけ》の温泉《おんせん》に逢《あ》ふ

4563 たをやめは己《おのれ》を責《せ》むること寛《ゆる》く温泉《おんせん》をもて獄《ひとや》に代《か》へぬ

4555 初「国民新聞」大11・3・1草枕—与謝野晶子

4556 初「国民新聞」大11・3・1草枕—与謝野晶子

4557 初「国民新聞」大11・3・1草枕—与謝野晶子

4558 初「国民新聞」大11・3・1草枕—与謝野晶子

4559 初「国民新聞」大11・3・1草枕—与謝野晶子

4560 初「国民新聞」大11・3・1草枕—与謝野晶子

4561 初「国民新聞」大11・3・1草枕—与謝野晶子

4562 初「国民新聞」大11・3・1草枕—与謝野晶子

4563 初「国民新聞」大11・3・1草枕—与謝野晶子

4564
浴槽《ゆぶね》にて横《よこ》に臥《ふ》したる自《みづか》らを見《み》て春《はる》の夜《よ》を足《た》ると思《おも》へる

4565
此処《ここ》に見《み》て聳《そび》えぬ山《やま》もあらずとて人《ひと》ぞ歎《なげ》ける淡霧《うすぎり》の底《そこ》

4566
馬車《ばしや》の人海《ひとうみ》とさとらず大空《おほぞら》に道《みち》のつたふと思《おも》へる夕《ゆふべ》

4567
喜《よろこ》びと恋《こひ》の悲《かな》しみひとときに合《あは》せて感《かん》ず多比《たひ》の浦《うら》見《み》て

4568
よくするは春《はる》のみながき長安《ちやうあん》と云《い》へる都《みやこ》の民《たみ》の歌《うた》のみ

4569
春《はる》二十日《はつか》倚《よ》りてなげきし白壁《しらかべ》に李《すもゝ》の花《はな》のちりかゝるかな

4570
美《うつ》くしき人《ひと》を浪華《なには》に見《み》んと来《こ》し春風《はるかぜ》に逢《あ》ふ大川《おほかは》の橋《はし》

4571
まとふべき軽羅《けいら》も知《し》らずわれの見《み》て哀《あは》れと思《おも》ふ山《やま》ざくら花《ばな》

4572
山《やま》ざくら白蘭《びやくらん》と咲《さ》く天上《てんぜう》と大地《だいち》の春《はる》の重《かさな》るやうに

4564 初「国民新聞」大11・3・1草枕―与謝野晶子

4565 初「国民新聞」大11・3・1草枕―与謝野晶子

4566 初「国民新聞」大11・3・1草枕―与謝野晶子

4567 初「国民新聞」大11・3・1草枕―与謝野晶子

4568 初「万朝報」大11・3・18(無題)―選者

4569 初「令女界」大11・4・1(無題)―与謝野晶子

4570 初「大阪毎日新聞」大11・4・1女性讃仰―与謝野晶子

4571 初「大阪毎日新聞」大11・4・1女性讃仰―与謝野晶子

4572 初「大阪毎日新聞」大11・4・1女性讃仰―与謝野晶子

4573 靄深《もやふか》しなよたけ色《いろ》の長《なが》き帯靡《おびなび》くと見《み》ゆる東山《ひがしやま》かな

4574 山《やま》ざくら春《はる》の盛《さかり》に逢《あ》ひてなほ慰《なぐさ》めがたき物思《ものおも》ひする

4575 わがことをよそに思《おも》はぬ桜《さくら》ぞと散《ち》る木《こ》の下《もと》になげきこそすれ

4576 わがペリコイスパニヨルのものごしに春《はる》の灯《ひ》を見《み》る止《とま》り木《ぎ》の上《うへ》

4577 恋人《こひびと》かわれか桜《さくら》か微風《そよかぜ》かあなおぼつかな春《はる》に酔《ゑ》ひつる

4578 恋《こひ》ゆゑに物《もの》を思《おも》へる人《ひと》なるや桜《さくら》と云《い》へる花《はな》なるやこれ

4579 朝《あさ》あけの鷲巣《わしづ》の山《やま》は雲被《くもかづ》く海《うみ》と岬《みさき》は軽羅《けいら》をかづく

4580 草《くさ》を焼《や》く伊豆《いづ》の裏山《うらやま》たをやめの息《いき》のやうなる煙《けむり》立《た》つかな

4581 春《はる》の道花摘《みちはなつ》む人《ひと》に逢《あ》はねども若《わか》きこころは青海《あをうみ》に足《た》る

4573 初「大阪毎日新聞」大11・4・1女性讃仰―与謝野晶子

4574 初「大阪毎日新聞」大11・4・1女性讃仰―与謝野晶子

4575 初「大阪毎日新聞」大11・4・1女性讃仰―与謝野晶子

4576 初「大阪毎日新聞」大11・4・1女性讃仰―与謝野晶子

4577 初「大阪毎日新聞」大11・4・1女性讃仰―与謝野晶子

4578 初「大阪毎日新聞」大11・4・1女性讃仰―与謝野晶子

4579 初「サンデー毎日」大11・4・9踊の靴―与謝野晶子

4580 初「サンデー毎日」大11・4・9踊の靴―与謝野晶子

4581 初「サンデー毎日」大11・4・9踊の靴―与謝野晶子

4582 われ苦《くる》し駿河《するが》の湾《わん》の一隅《ひとすみ》の波《なみ》のさわぐは数《かず》ならねども

4583 疾風《はやち》吹《ふ》く富士《ふじ》の崩《くづ》れてわが肩《かた》に頭《かしら》の上《うへ》に懸《かゝ》る夜来《よきた》る

4584 朝《あさ》の波往来《なみゆきき》する程《ほど》うごかざり獅子《しし》が浜辺《はまべ》の人間《にんげん》の点《てん》

4585 湖《みづうみ》の中心《ちうしん》にある水《みづ》よりも緩《ゆる》く身《み》じろぐ多比《たひ》の浦波《うらなみ》

4586 夕《ゆふべ》の日松《ひまつ》の林《はやし》の砂踏《すなふ》みて我等《われら》の馬車《ばしや》を引《ひ》きもこそ行《ゆ》け

4587 常磐木《ときはぎ》に桜《さくら》まじれる下総《しもふさ》の松戸《まつど》の荘《しやう》に川越《かはこ》えて行《ゆ》く

4588 天《あま》つ日《ひ》も今朝先《けさま》づ近《ちか》きこの国《くに》に君見《きみみ》ることを悦《よろこ》びとせん

4589 大八洲《おほやしま》夜《よ》は星《ほし》を撒《ま》きしら波《なみ》を朝《あさ》は渚《なぎさ》に敷《し》きて君待《きみま》つ

4590 いみじかる大《だい》ブリテンの一《いち》の花仰《はなあふ》ぎ見《み》てまし春《はる》の盛《さかり》に

4582 初「サンデー毎日」大11・4・9踊の靴―与謝野晶子

4583 初「サンデー毎日」大11・4・9踊の靴―与謝野晶子

4584 初「サンデー毎日」大11・4・9踊の靴―与謝野晶子

4585 初「サンデー毎日」大11・4・9踊の靴―与謝野晶子

4586 初「サンデー毎日」大11・4・9踊の靴―与謝野晶子

4587 初「万朝報」大11・4・9（無題）―選者

4588 初「週刊婦女新聞」大11・4・16紫のつばさ―与謝野晶子

4589 初「週刊婦女新聞」大11・4・16紫のつばさ―与謝野晶子

4590 初「週刊婦女新聞」大11・4・16紫のつばさ―与謝野晶子

4591 君《きみ》が船《ふね》港《みなと》に入《い》ると春風《はるかぜ》の告《つ》げてめでたき日《ひ》となりにけり

4592 君来《きみきた》る神話《しんわ》の中《なか》の島《しま》の民《たみ》さくらを挿《かざ》し歓声《くわんせい》を挙《あ》ぐ

4593 紫《むらさき》のつばさをしたるつばくらめ君《きみ》を護《まも》りて海渡《うみわた》りきぬ

4594 玉《だま》よりも貴《あて》にいみじくうら若《わか》き君《きみ》を桜《さくら》の蔭《かげ》に覗《のぞ》かん

4595 いみじかる皇子《みこ》よ練《ね》りませひんがしの山桜《やまざくら》咲《さ》く夢《ゆめ》の都《みやこ》を

4596 ひんがしの桜《さくら》の国《くに》を訪《と》ひ給《たま》ふ君《きみ》めでたけれ白鳥《はくてう》のごと

4597 白蘭《びやくらん》に雨《あめ》すあてなる心《こゝろ》にも恋《こひ》の涙《なみだ》のにじむ如《ごと》くに

4598 草《くさ》よりもわれの心《こゝろ》に染《し》みつきぬ桃《もゝ》が流《なが》せる紅涙《こうるゐ》の雨《あめ》

4599 夜《よ》のほどに桜《さくら》の枝《えだ》のひろがると恋《こひ》によそへて心《こゝろ》ときめく

4591 初「週刊婦女新聞」大11・4・16紫のつばさ—与謝野晶子

4592 初「週刊婦女新聞」大11・4・16紫のつばさ—与謝野晶子

4593 初「週刊婦女新聞」大11・4・16紫のつばさ—与謝野晶子

4594 初「週刊婦女新聞」大11・4・16紫のつばさ—与謝野晶子

4595 初「週刊婦女新聞」大11・4・16紫のつばさ—与謝野晶子

4596 初「週刊婦女新聞」大11・4・16紫のつばさ—与謝野晶子

4597 初「新家庭」大11・5・1近詠五首—与謝野晶子

4598 初「新家庭」大11・5・1近詠五首—与謝野晶子

4599 初「新家庭」大11・5・1近詠五首—与謝野晶子

4600 桜《さくら》よりはた白蘭《びやくらん》の梢《こずゑ》より雨《あめ》ぞ滴《したゝ》る香油《かうゆ》のやうに

4601 園《その》に出《い》で思《おも》ひしよりも寒《さむ》げなるさくら咲《さ》きぬと欺《なげ》く朝《あさ》かな

4602 捲《ま》き上《あ》げし髪《かみ》のやうなる橄欖《かんらん》と夕焼雲《ゆふやけぐも》の静《しづ》かなる時《とき》

4603 自らを小く醜きものとして嘲る癖の止むよしもがな

4604 薔薇の花日を仰ぎ見て微笑めど黒き影をば傍らに置く

4605 美はしき我を求めて人の世の十重廿重なる習はしを脱ぐ

4606 やうやくに驚くことの少きは一つの夢に足らへるがため

4607 大木のうつぼを出でて蜂のむれ羽鳴らす日の白百合の花

4608 わが在るは今何処とも知り難し愛に近きか狂に近きか

4600 初「新家庭」大11・5・1近詠五首―与謝野晶子

4601 (5)欺《なげ》く(ママ) 初「新家庭」大11・5・1近詠五首―与謝野晶子

4602 初「万朝報」大11・5・6(無題)―選者

4603 初「サンデー毎日」大11・5・14雑草の花―与謝野寛

4604 初「サンデー毎日」大11・5・14雑草の花―与謝野寛

4605 初「サンデー毎日」大11・5・14雑草の花―与謝野寛

4606 初「サンデー毎日」大11・5・14雑草の花―与謝野寛

4607 初「サンデー毎日」大11・5・14雑草の花―与謝野寛

4608 初「サンデー毎日」大11・5・14雑草の花―与謝野寛

4609 物すべて黒き漆を盛り上げて夜天の龕の中に静まる

4610 青黒き大地の精に詛はれて我れ沈めるや淋しきや今日

4611 何気なく引きし葛に涼しくも星の如くに並びたる花

4612 一しきり桐の並木と花畑に夕明りして雨あがり行く

4613 水のごと月に白めり僧堂の畳ひとつを置ける板敷

4614 一語にて我胸くもる一片の雲あらはれて湖くもる

4615 渇くこと更に増さりぬ上も無き甘き酒をば嘗め初めてより

4616 よろこびは環《たまき》のやうにまきこめてたぐりいづべきものならぬ哉《かな》

4617 またもわれ贖罪のごと山を行く伊香保の奥の榛の下みち

4609 初「サンデー毎日」大11・5・14雑草の花―与謝野寛

4610 初「サンデー毎日」大11・5・14雑草の花―与謝野寛

4611 初「サンデー毎日」大11・5・14雑草の花―与謝野寛

4612 初「サンデー毎日」大11・5・14雑草の花―与謝野寛

4613 初「サンデー毎日」大11・5・14雑草の花―与謝野寛

4614 初「サンデー毎日」大11・5・14雑草の花―与謝野寛

4615 初「サンデー毎日」大11・5・14雑草の花―与謝野寛

4616 初「万朝報」大11・5・20（無題）―選者

4617 初「明星」大11・6・1緑蔭細雨抄―与謝野晶子

4618 凡骨が鷹の巣茶屋に博打ちのごと昼寝して閑古鳥鳴く

4619 天地に火を放つより危ふかる消息をのみ自らに書く

4620 何ごとを詮《せん》なしとのみ云ふならん白き姿の五月雨《さみだれ》にして

4621 年月はわれ越えて馳すわれ病みてかくぞ思へる心めでたく

4622 わが罪を十の指もて数へよと云ひぬ懺悔は易きことかな

4623 目の前の海より倍《ばい》の大きさに青を湛《たゝ》ふる五月の心

4624 街々にわれを蔑《さげす》む明るき灯つらなる宵となりにけるかな

4625 石垣の影が怪しき屛風もてわれを巻くなる風の街かな

4626 夕ぐれや地の上のもの煠けゆくさまの何とて涼しかるらん

4618 初「明星」大11・6・1緑蔭細雨抄―与謝野晶子

4619 初「明星」大11・6・1緑蔭細雨抄―与謝野晶子

4620 初「明星」大11・6・1緑蔭細雨抄―与謝野晶子

4621 初「明星」大11・6・1緑蔭細雨抄―与謝野晶子

4622 初「明星」大11・6・1緑蔭細雨抄―与謝野晶子

4623 初「明星」大11・6・1緑蔭細雨抄―与謝野晶子

4624 初「明星」大11・6・1緑蔭細雨抄―与謝野晶子

4625 初「明星」大11・6・1緑蔭細雨抄―与謝野晶子

4626 初「明星」大11・6・1緑蔭細雨抄―与謝野晶子

4627 野に添ひて春の水行くわが恋もこの景色ほどもの哀れなり

4628 野山よりおのれに目をば転じたり身に泌む旅の一時は今

4629 三味線草壁より白しかつしかの野沢の水の溢れし中に

4630 国府の台東の端のきりぎしの下に鵞鳥の餌を食む夕

4631 鴻の巣の主人の絵よりふつつかに市川の春丹朱を置ける

4632 葛飾の野辺にわたりてわが思ひ鳩の羽色をひろげたる春

4633 わがために設けられたる楽音も都を一里離るれば無し

4634 盗人が高き梢に棲みしてふ市川の椎すこし芽を吹く

4635 くぬぎの芽楓の若葉野のうばら皆かんばしく皆やるせなし

4627 初「旅行と文芸」大11・6・1葛飾に遊びて
—与謝野晶子

4628 初「旅行と文芸」大11・6・1葛飾に遊びて
—与謝野晶子

4629 初「旅行と文芸」大11・6・1葛飾に遊びて
—与謝野晶子

4630 初「旅行と文芸」大11・6・1葛飾に遊びて
—与謝野晶子

4631 初「旅行と文芸」大11・6・1葛飾に遊びて
—与謝野晶子

4632 初「旅行と文芸」大11・6・1葛飾に遊びて
—与謝野晶子

4633 初「旅行と文芸」大11・6・1葛飾に遊びて
—与謝野晶子

4634 初「旅行と文芸」大11・6・1葛飾に遊びて
—与謝野晶子

4635 初「旅行と文芸」大11・6・1葛飾に遊びて
—与謝野晶子

4636 葛飾の春の夕はやるせなし水しどけなく草しどけなく

4637 雛罌粟《ひなげし》や茶亭《さてい》の昼《ひる》の卓《たく》に居《ゐ》て見《み》るはいみじき王宮《わうきう》の夢《ゆめ》

4638 おのれをば昨日《きのふ》に捨てて親むは三世の諸仏一切衆生《しゆじやう》

4639 后達《きさきたち》裳《も》をよそほはせ雛《ひいな》をばかがやくほどの大人《おとな》になしぬ

4640 家《や》の棟《むね》に衣《ころも》を振りて招けども尚侍《ないしのかみ》のかへりこぬかな

4641 火の薬白刃《しらは》に生命《いのち》すてぬべき悪心をまた拾はずもがな

4642 猛きをば誇る男の子の日の去ると云ふことは皆うなづきぬべし

4643 平和の日一切のこと己《おのれ》よりいづる証を得たり初めて

4644 昨日《さくじつ》の夢を今さへ見るものはいくさ司《づかさ》が繫ぐ馬のみ

4636 初「旅行と文芸」大11・6・1葛飾に遊びて—与謝野晶子

4637 初「万朝報」大11・6・3（無題）—（選者）

4638 初「太陽」大11・6・15『栄華物語』絵巻に—与謝野晶子

4639 初「太陽」大11・6・15『栄華物語』絵巻に—与謝野晶子

4640 初「太陽」大11・6・15『栄華物語』絵巻に—与謝野晶子

4641 初「中央公論」大11・7・15平和—与謝野晶子

4642 初「中央公論」大11・7・15平和—与謝野晶子

4643 初「中央公論」大11・7・15平和—与謝野晶子

4644 初「中央公論」大11・7・15平和—与謝野晶子

4645 世の中の平和の楽《がく》にとりぬべき竪琴《たてごと》なれどいまだ弾《はぢ》かず

4646 仮初の平和と云ふがあるべしや日も月もまた輝ける世に

4647 露西亜饑う平和はとある人々のうまいの料に敷くむしろのみ

4648 地の上の城もあとなく戦《いくさ》ぶね見がたき日まで生きんとぞ思ふ

4649 いくさ船成り上《のぼ》りたる人よりも罪知る如くくだかれて死ぬ

4650 世の底に行き詰りたる日の本の百姓のため平和の来る

4651 唯いのちうら安きのみ幸ひと女人《によにん》の思ふ平和にあらず

4652 空仰ぎ平和のしるしありやとて日の面《おもて》をば見てあり子等は

4653 わが心平和の御代のかたはしにあるを忘れず思ひ上《あが》れり

4645 子[初]「中央公論」大11・7・15平和—与謝野晶

4646 子[初]「中央公論」大11・7・15平和—与謝野晶

4647 子[初]「中央公論」大11・7・15平和—与謝野晶

4648 子[初]「中央公論」大11・7・15平和—与謝野晶

4649 子[初]「中央公論」大11・7・15平和—与謝野晶

4650 子[初]「中央公論」大11・7・15平和—与謝野晶

4651 子[初]「中央公論」大11・7・15平和—与謝野晶

4652 子[初]「中央公論」大11・7・15平和—与謝野晶

4653 子[初]「中央公論」大11・7・15平和—与謝野晶

4654 藤《ふぢ》の蔓龍《つるたつ》の形《かたち》に頭《かしら》上《あ》げ見《み》つめたれども空《そら》の晴《は》れざる

4655 天地をもとの形と思はぬもいみじき人のいまさぬがため

4656 君なくてうつけし身をば君なくてうつろとなりしこの世にぞ置く

4657 亡き大人《うし》を御火屋《おんひや》にまで送りたる万里を迎ふからきこと是れ

4658 人の子の心うきことどまらず五月《さつき》の雨はすでにつくれど

4659 折ふしに上総の海の白波と浜撫子をめでし君無し

4660 明日ありと思ふ心のあぢきなさいまさずなりし日より初まる

4661 先生の病急なり千駄木へ少年の日の如く馳せきぬ

4662 みづからを知り徹《とほ》したる先生は医をも薬も用無しとする

4654 初「万朝報」大11・7・15（無題）―選者

4655 初「明星」大11・8・1うたかた―与謝野晶子

4656 初「明星」大11・8・1うたかた―与謝野晶子

4657 初「明星」大11・8・1うたかた―与謝野晶子

4658 初「明星」大11・8・1うたかた―与謝野晶子

4659 初「明星」大11・8・1うたかた―与謝野晶子

4660 初「明星」大11・8・1うたかた―与謝野晶子

4661 初「明星」大11・8・1涕涙行―与謝野寛

4662 初「明星」大11・8・1涕涙行―与謝野寛

4663 大いなる天命のまま文書《ふみ》かん死して己むとは先生の事

4664 病むことを告ぐなとあればうから達三四の外は問はぬ御枕《みまくら》

4665 千巻の書を重ねたる壁越しに畏まり聴く先生の咳《せき》

4666 おん顔はいよよ気高しいたましく二夜《ふたよ》のほどに痩せたまへども

4667 先生の病を守《も》れば千駄木の夜霧も泣けり家を繞りて

4668 粛《しゆく》として祈らぬは無し大宮《おほみや》の図書の御寮《みれう》の下《しも》づかさまで

4669 先生は饒《ゆた》かに満ちし生《せい》なれど足らぬ我等を憐みたまへ

4670 侍したまふ夫人の君の啜り泣き俄かに高し如何にすべきぞ

4671 許されてわれと万里とすべり入り拝す最後の先生の顔

4663 (4)己む→已む
初「明星」大11・8・1涕涙行—与謝野寛

4664 初「明星」大11・8・1涕涙行—与謝野寛

4665 初「明星」大11・8・1涕涙行—与謝野寛

4666 初「明星」大11・8・1涕涙行—与謝野寛

4667 初「明星」大11・8・1涕涙行—与謝野寛

4668 初「明星」大11・8・1涕涙行—与謝野寛

4669 初「明星」大11・8・1涕涙行—与謝野寛

4670 初「明星」大11・8・1涕涙行—与謝野寛

4671 初「明星」大11・8・1涕涙行—与謝野寛

4672 東方《とうはう》に稀に鳴りたる大いなるしら玉の琴今ややに消ゆ

4673 双《さう》の手を腋《わき》に載せつつ身ゆるぎもせず四日《よか》ありて果てまししかな

4674 先生の臨終の顔「けだかさ」と「安さ」のなかにまじる「さびしさ」

4675 隅に立ち万里と共にささやきぬ「先生の顔基督と似る」

4676 二十歳《はたち》より先生を見て五十まで見し幸ひも今日に極る

4677 地にしばし巨人の影を投げながら生より死へと行き通る人

4678 寛《ひろし》われ唖ならねどもこの大人《うし》の御前《みまへ》にあれば言葉無かりし

4679 死の面《めん》をとらんと切《せち》にのたまへる夫人の心知りて点頭《うなづ》く

4680 うづだかき書架とピアノと小机とある六畳の臨終の床《とこ》

4672 初「明星」大11・8・1涕涙行—与謝野寛
4673 初「明星」大11・8・1涕涙行—与謝野寛
4674 初「明星」大11・8・1涕涙行—与謝野寛
4675 初「明星」大11・8・1涕涙行—与謝野寛
4676 初「明星」大11・8・1涕涙行—与謝野寛
4677 初「明星」大11・8・1涕涙行—与謝野寛
4678 初「明星」大11・8・1涕涙行—与謝野寛
4679 初「明星」大11・8・1涕涙行—与謝野寛
4680 初「明星」大11・8・1涕涙行—与謝野寛

4681 四日前《よかまへ》の遺文を読めば先生の死もまた偉なる新人《しんじん》の道

4681 初「明星」大11・8・1涕涙行―与謝野寛

4682 「われ死なん」かく書きてあり「今は唯だ一石見人《いちいはみじん》森林太郎」

4682 初「明星」大11・8・1涕涙行―与謝野寛

4683 石一つ余事を題すること勿れ「森林太郎墓《はか》」の五字のみ

4683 初「明星」大11・8・1涕涙行―与謝野寛

4684 “Rintaro Mori”と云ふ名の響さへ高く寒かり清らなれども

4684 初「明星」大11・8・1涕涙行―与謝野寛

4685 弔《とぶら》ひに天子の使きたれども馬車入りがたし先生の門《もん》

4685 初「明星」大11・8・1涕涙行―与謝野寛

4686 御柩《みひつぎ》を広きに遷し素《しろ》をもて装《よそほ》ふなかの一すぢの香

4686 初「明星」大11・8・1涕涙行―与謝野寛

4687 先生の時々《ときどき》を知る老若《らうにやく》が夜霧に濡れて守る御柩《みひつぎ》

4687 初「明星」大11・8・1涕涙行―与謝野寛

4688 先生を語らんとして尊くも鶴所《かくしよ》博士の泣きたまふ声

4688 初「明星」大11・8・1涕涙行―与謝野寛

4689 師と弟子と年を隔てて同じ月同じ日に亡《な》し奇なる偶然

（註、弟子は上田敏博士を云ふ。）

4689 初「明星」大11・8・1涕涙行―与謝野寛

4690 先生の高き処の高さまで到らぬ我の何と讃へん

4691 わが見るは天の一端おふけなく一端を見て先生を説く

4692 高きをも広き庭をも極めたるわが先生の涼しき心

4693 つぎつぎに新しき日を造りたるわが先生の若きたましひ

4694 人間の奇しき強さもはかなさも身一つに兼ね教へたまへり

4695 天人《てんにん》の一万歳《いちまんざい》も先生の六十一の足るに如《し》かんや

4696 先生の御柩《みひつぎ》の前さわやかに七月の夜の白みゆくかな

4697 先生の観潮楼に夜を通しかく語らふも終りなるべし

4698 うちこぞり立ち奔りして大宮《おほみや》の図書寮の人葬《さう》の事執る

4690 初「明星」大11・8・1涕涙行―与謝野寛

4691 初「明星」大11・8・1涕涙行―与謝野寛

4692 初「明星」大11・8・1涕涙行―与謝野寛

4693 初「明星」大11・8・1涕涙行―与謝野寛

4694 初「明星」大11・8・1涕涙行―与謝野寛

4695 初「明星」大11・8・1涕涙行―与謝野寛

4696 初「明星」大11・8・1涕涙行―与謝野寛

4697 初「明星」大11・8・1涕涙行―与謝野寛

4698 初「明星」大11・8・1涕涙行―与謝野寛

4699 泣くべくて泣き心から項根《うなね》つく一千人の送る御柩《みひつぎ》

4700 葬《さう》の事やうやく果てて圧へたる内の涙の迸り出づ

4701 人麻呂が島の宮居に泣きしごと今日《けふ》千駄木に散り別れなん

（以上七月十二日夜作る）

4702 この夏は旅にも出でず先生を炎暑のなかに憶《おも》はんとする

4703 わが如き茅草《かやくさ》の身も先生の道の辺《べ》にゐて知れる日の方《かた》

4704 現れよいましつる世はつらかりき先生を知る最上の評

4705 山早く秋を感じて八月に水晶の気を人間に吹く

4706 わが本《ほん》に蚊《か》のなきがらの押《お》されたりあはれ都《みやこ》の文人《ぶんじん》の夏《なつ》

4707 吾嬬《あがつま》の十二が岳《たけ》の下行《もとゆ》けば茅《かや》の葉鳴《はなり》　淋《さび》しかりけれ

4699 初「明星」大11・8・1涕涙行―与謝野寛

4700 初「明星」大11・8・1涕涙行―与謝野寛

4701 初「明星」大11・8・1涕涙行―与謝野寛

4702 初「明星」大11・8・1涕涙行―与謝野寛

4703 初「明星」大11・8・1涕涙行―与謝野寛

4704 初「明星」大11・8・1涕涙行―与謝野寛

4705 初「読売新聞」大11・8・12四万温泉田村旅館にて―与謝野寛 再「明星」大11・9・1

4706 初「万朝報」大11・8・12（無題）―選者

4707 (4)茅《かや》の葉《は》鳴《な》り（不明） 初「上毛新聞」大11・8・23旅の詠草より―与謝野晶子

4708
日向見《ひなたみ》の明《あか》るき白《しろ》を引《ひ》く川《かは》の楼《ろう》をめぐれる四万《しま》の夕《ゆふ》ぐれ

4709
川霧《かはぎり》は風《かぜ》に引《ひ》かれて流《なが》るれど日《ひ》に戯《たはぶ》るゝ赤《あか》あきつかな

4710
四万《しま》の朝河原《あさかはら》に近《ちか》き牛舎《ぎうしや》より浴《ゆあ》みに出《い》でぬ仔牛白牛《こうししろうし》

4711
牛《うし》の声渓《こゑたに》に響《ひゞ》きてまだ知《し》らぬ悲《かな》しみおぼゆ山《やま》の明方《あけがた》

4712
山川《やまかは》は大《おほ》わたつみへ温泉《おんせん》は女《をんな》の恋《こひ》のこゝろに通《つう》ず

4713
渓《たに》の湯《ゆ》を出《い》でゝわが踏《ふ》む板様《いたよう》の物《もの》を云《い》ふなり身《み》を投《な》げずやと

4714
川添《かはそ》ひの長《なが》き客舎《きやくしや》と列《つらな》りて月《つき》に濡《ぬ》れたる滝《たき》の湯《ゆ》の窓《まど》

4715
四万《しま》の渓砂湯《たにすなゆ》に立《た》てる陽炎《かげらう》の仄《ほの》かに靡《なび》く朝《あさ》ぼらけかな

4716
四万《しま》の馬車《ばしや》五つ列《つらな》り来《きた》れどももたらすものゝあらぬなりけり

4708 初「上毛新聞」大11・8・23旅の詠草より―― 与謝野晶子

4709 初「上毛新聞」大11・8・23旅の詠草より―― 与謝野晶子

4710 初「上毛新聞」大11・8・23旅の詠草より―― 与謝野晶子

4711 初「上毛新聞」大11・8・23旅の詠草より―― 与謝野晶子

4712 初「上毛新聞」大11・8・23旅の詠草より―― 与謝野晶子

4713 初「上毛新聞」大11・8・23旅の詠草より―― 与謝野晶子

4714 初「上毛新聞」大11・8・23旅の詠草より―― 与謝野晶子

4715 初「上毛新聞」大11・8・23旅の詠草より―― 与謝野晶子

4716 初「上毛新聞」大11・8・23旅の詠草より―― 与謝野晶子

4717 たのまねど藤《ふぢ》かづらだに下《さが》れかし岩《いは》　雫《しづく》は冷《つめ》たきものを

4718 山風《やまかぜ》が榛《はん》の葉《は》鳴《な》らす半《なかば》にも及《およ》ばずわれの遊《あそ》びの心《こゝろ》

4719 雁《がん》皮《ひ》草《そう》入《いり》日《ひ》の色《いろ》を草《くさ》むらに濫《みだ》りに置《お》きて初秋《はつあき》に入《い》る
（浴泉雑感第三信）

4720 行き行きて共に帰るを思はざるわりなき遊びするよしもがな

4721 夏の日の四《し》万《ま》の山路のけはしきも汗うち流し人行き通る

4722 山にきて手紙を書かず何事も告ぐべき人と共に来つれば

4723 路急に榛《はん》の木立の上に出ではるかに青し山かげの川

4724 夜の二時に谷の湯ぶねに降《お》りゆきぬ白き月ある石のきざはし

4725 女にもゆるされてあり湯加減を谷に見ること足の先もて

4717 初(4)岩《はい》（欠）雫《しづく》は　初「上毛新聞」大11・8・23旅の詠草より―　与謝野晶子
4718 初「上毛新聞」大11・8・23旅の詠草より―　与謝野晶子
4719 初「上毛新聞」大11・8・23旅の詠草より―　与謝野晶子
4720 初「明星」大11・9・1四万遊草　その一―　与謝野寛
4721 初「明星」大11・9・1四万遊草　その一―　与謝野寛
4722 初「明星」大11・9・1四万遊草　その一―　与謝野寛
4723 初「明星」大11・9・1四万遊草　その一―　与謝野寛
4724 初「明星」大11・9・1四万遊草　その一―　与謝野寛
4725 初「明星」大11・9・1四万遊草　その一―　与謝野寛

4726 をとめにて谷の楓に栖める神翡翠の水を鏡にぞする

4727 浴室の窓を閉づればしめやかに泣く声となる四万《しま》の谷水

4728 山の虻《あぶ》ちかく来るとき心にも我が虻ありてその虻を追ふ

4729 虻きたりその虻よりもけはしきは虻を憎める一瞬の顔

4730 なにと云ふ淋しき虫ぞ音を細く山の月夜の露原《つゆはら》に引く

4731 山の草ふと見つめたる一点に黄なるはかなき女郎花立つ

4732 我を見て会釈《えしやく》し去りぬ川原なる宵の総湯《そうゆ》を出でこし裸

4733 部屋ごとに昼寝の人の足見ゆるその中庭《なかには》の合歓《ねむ》の花かな

4734 山かげの重なる上に月ありて四万《しま》の川原のましろき夕

4726 初「明星」大11・9・1四万遊草 その一―与謝野寛

4727 初「明星」大11・9・1四万遊草 その一―与謝野寛

4728 初「明星」大11・9・1四万遊草 その一―与謝野寛

4729 初「明星」大11・9・1四万遊草 その一―与謝野寛

4730 初「明星」大11・9・1四万遊草 その一―与謝野寛

4731 初「明星」大11・9・1四万遊草 その一―与謝野寛

4732 初「明星」大11・9・1四万遊草 その一―与謝野寛

4733 初「明星」大11・9・1四万遊草 その一―与謝野寛

4734 初「明星」大11・9・1四万遊草 その一―与謝野寛

4735 月もいま前の川原の湯ぶねより出でし裸と見ゆる夕ぐれ

4736 月見橋かく簡単に呼ぶ橋を四万の月夜によしと思ひぬ

4737 月見橋ここに来りて人間も月も泉も融け合へるかな

4738 人間がものに打勝つ僭越は山に来りて持つべくも無し

4739 ここに来て誰かは派手を思ふべき四万の泉は欲を洗へり

4740 石のかど白き土より出でたるに日の斑《まだら》なる木下路《こしたみち》かな

4741 岩を撫で木を抱く山の楽みも人間の子によそふればなり

4742 熱き湯を小き桶もて山に浴ぶ苦行に似たる遊びなるかな

4743 水音と月の入るまま戸を閉《た》てず語り更せば谷白みゆく

4735 与謝野寛 初「明星」大11・9・1四万遊草 その一―

4736 与謝野寛 初「明星」大11・9・1四万遊草 その一―

4737 与謝野寛 初「明星」大11・9・1四万遊草 その一―

4738 与謝野寛 初「明星」大11・9・1四万遊草 その一―

4739 与謝野寛 初「明星」大11・9・1四万遊草 その一―

4740 与謝野寛 初「明星」大11・9・1四万遊草 その一―

4741 与謝野寛 初「明星」大11・9・1四万遊草 その一―

4742 与謝野寛 初「明星」大11・9・1四万遊草 その一―

4743 与謝野寛 初「明星」大11・9・1四万遊草 その一―

4744 あかつきは皮を着んとも思ふかな水晶を採る山の涼しさ

4745 谷のうへ紫摩山荘の赤松の幹《みき》ほほゑみて朝となるかな

4746 山に見るはかなき草の葉末なる紅《べに》の色にも児等の恋しき

4747 赤とんぼ肩にとまりぬ我を見て枯木とするや草と思ふや

4748 山を攀ぢ槌もて切れど悲しかり形をなさぬ水晶の片《へん》

4749 切厓の土に危く落ちんとし造花《ざうくわ》の如き車百合さく

4750 桔梗をば摘みて思ひぬ杯は小さけれどもおのが杯

4751 八月の赤き裸を谷に竪て寒き岩間の水に打たるる

4752 やはらかに翡翠を空に盛り上げし山の底なる谷の水音

4744 初「明星」大11・9・1四万遊草 その一—与謝野寛 再「婦女新聞」大13・8・3

4745 初「明星」大11・9・1四万遊草 その一—与謝野寛

4746 初「明星」大11・9・1四万遊草 その一—与謝野寛

4747 初「明星」大11・9・1四万遊草 その一—与謝野寛

4748 初「明星」大11・9・1四万遊草 その一—与謝野寛

4749 初「明星」大11・9・1四万遊草 その一—与謝野寛

4750 初「明星」大11・9・1四万遊草 その一—与謝野寛

4751 初「明星」大11・9・1四万遊草 その一—与謝野寛

4752 初「明星」大11・9・1四万遊草 その一—与謝野寛

4753 手軽にも髪は束《つか》ねてありぬべし淡《あは》き化粧《けはひ》は湯の後《のち》によし

4754 橋下《はしした》の水の音にもまぎれざる酒屋の土間の隅のこほろぎ

4755 谷の底西ひがしをも知りがたし水の明りか月の射せるか

4756 日中に葉の萎れたる竹煮草《たけにさう》山あぢさゐも皆あはれなり

4757 さかしまに岩を流るる水なくば谷も叫ばず淋しからまし

4758 三尺の芒《すゝき》をまぜてつくりたる山の桔梗の長き花束

4759 廊のもと更に廊あり斜にも谷の湯ぶねに到る涼しさ

4760 荒山のかさなる上の夕雲に剣《つるぎ》を出だしわたるいなづま

4761 水を聞き月の光に吹かれゐる四万の川原の板の仮橋

4753 与謝野寛 初「明星」大11・9・1四万遊草 その一―

4754 与謝野寛 初「明星」大11・9・1四万遊草 その一―

4755 与謝野寛 初「明星」大11・9・1四万遊草 その一―

4756 与謝野寛 初「明星」大11・9・1四万遊草 その一―

4757 与謝野寛 初「明星」大11・9・1四万遊草 その一―

4758 与謝野寛 初「明星」大11・9・1四万遊草 その一―

4759 与謝野寛 初「明星」大11・9・1四万遊草 その一―

4760 与謝野寛 初「明星」大11・9・1四万遊草 その一―

4761 与謝野寛 初「明星」大11・9・1四万遊草 その一―

4762 東京をしばらく忘れ蚊を忘れ山に涼しき浴泉の人

4763 青淵《あをぶち》を覗きて思ひ大岩に居て歌ふ日の足る心かな

4764 手を挙げて呼べば前なる店の妻瓜をもてきぬ湯の宿の縁《えん》

4765 岩の上にきぬを洗へる少女等を前景として青き朝川

4766 日向見《ひなたみ》の湯女《ゆな》のつくれる笹《さゝ》ちまき解く心地にも秋の沁み入る

4767 目をさまし暁がたに及びけりさし入る谷の月を眺めて

4768 山の雨にはかに打てば高きより青葉を落す若かへでかな

4769 渓間より榛《はん》の木立の上を行くひと村雨のしろき足音

4770 渓の奥かへでのなかの岩かげにニンフを隠す青玉の水

4762 初「明星」大11・9・1四万遊草 その一―与謝野寛 再「婦女新聞」大13・8・3

4763 初「明星」大11・9・1四万遊草 その一―与謝野寛

4764 初「明星」大11・9・1四万遊草 その一―与謝野寛

4765 初「明星」大11・9・1四万遊草 その一―与謝野寛

4766 初「明星」大11・9・1四万遊草 その一―与謝野寛

4767 初「明星」大11・9・1四万遊草 その一―与謝野寛

4768 初「明星」大11・9・1四万遊草 その一―与謝野寛

4769 初「明星」大11・9・1四万遊草 その一―与謝野寛

4770 初「明星」大11・9・1四万遊草 その一―与謝野寛

4771 湯に下《くだ》り涙を洗ふ人ありて谷の杜鵑をあけがたに聴く

4772 肩ぬぎて断えず物食ふ女づれ前の二階に人も無げなる

4773 榛《はん》の木の青き明りの蔭となり谷に下りゆく人の襟あし

4774 紫にわかき並木が蔭つくる四万の岡なるよき小路《こみち》かな

4775 谷底の湯ぶねに光る人と月石を載せたる荒屋根のもと

4776 橋の月四万山人《しまさんじん》の髭黒《ひげぐろ》もまじると云へば我も見にゆく

4777 人間の行く境には奥山の水も用なき名を負へるかな

4778 引きしぼる円き力をよろこびぬ弓の遊びを知らざれどわれ

4779 心にもそよかぜ吹きて動くなり錫箔《すゞはく》ほどの一片の秋

4771 与謝野寛 初「明星」大11・9・1四万遊草 その一―

4772 与謝野寛 初「明星」大11・9・1四万遊草 その一―

4773 与謝野寛 初「明星」大11・9・1四万遊草 その一―

4774 与謝野寛 初「明星」大11・9・1四万遊草 その一―

4775 与謝野寛 初「明星」大11・9・1四万遊草 その一―

4776 与謝野寛 初「明星」大11・9・1四万遊草 その一―

4777 与謝野寛 初「明星」大11・9・1四万遊草 その一―

4778 与謝野寛 初「明星」大11・9・1四万遊草 その一―

4779 与謝野寛 初「明星」大11・9・1四万遊草 その一―

4780 生きながら身を埋めたる砂風呂のあさましさをば知らぬ人かな

4781 まろき月かぐや姫とも云ふやうに紫摩山荘の竹にとどまる

4782 山にきて疲るる如しあまりにも清き泉に堪へぬなるべし

4783 岩根にも谷の底にも湯の噴ける煙の上のあかつきの橋

4784 四五本の若木のなかに朽ちながら盲目《めくら》の親と見ゆる幹《みき》かな

4785 青き髪ましろきうなじ岩にゐて月に歌へる泉の少女《をとめ》

4786 岩に凭り素足をひたす清き瀬の前なる岩に鶺鴒の来る

4787 榛《はん》を出で浅瀬に隠れ切厓の岩間を攀づる滝の路かな

4788 大いなる一枚の岩滝を見る十三人をその蔭に抱く

4780 初「明星」大11・9・1四万遊草 その一— 与謝野寛

4781 初「明星」大11・9・1四万遊草 その一— 与謝野寛

4782 初「明星」大11・9・1四万遊草 その一— 与謝野寛

4783 初「明星」大11・9・1四万遊草 その一— 与謝野寛

4784 初「明星」大11・9・1四万遊草 その一— 与謝野寛

4785 初「明星」大11・9・1四万遊草 その一— 与謝野寛

4786 初「明星」大11・9・1四万遊草 その一— 与謝野寛

4787 初「明星」大11・9・1四万遊草 その一— 与謝野寛

4788 初「明星」大11・9・1四万遊草 その一— 与謝野寛

4789 透見《すきみ》せん岩に掛けたる滝の機《はた》天つころもの白き片はし

4790 路絶えし榛《はん》の木蔭の岩角《いはかど》に滝と対する水色の傘

4791 涙ぐみ十五六にて我が知りし感激の目の露草の花

4792 帰る日の前の夜となり抑へ得ぬ涙と見ゆる四万のともしび

4793 寒きまで静かに四万のともしびが水にうつれる秋の十二時

4794 旅ごころ未だ飽かざり馬もあらば草津の湯にも越えまほしけれ

4795 四万の町岩より水へすぢかひに灯を流す夜の誇らしきかな

4796 月ありぬ雑木の中《なか》につり橋を見出でし道の冷たさをして

4797 隣り合ひ渓の浴槽《ゆぶね》に降り行く石段の道板のきざはし

4789 初「明星」大11・9・1四万遊草 その一― 与謝野寛

4790 初「明星」大11・9・1四万遊草 その一― 与謝野寛

4791 初「明星」大11・9・1四万遊草 その一― 与謝野寛

4792 初「明星」大11・9・1四万遊草 その一― 与謝野寛

4793 初「明星」大11・9・1四万遊草 その一― 与謝野寛

4794 初「明星」大11・9・1四万遊草 その一― 与謝野寛

4795 初「明星」大11・9・1四万遊草 その二― 与謝野晶子

4796 初「明星」大11・9・1四万遊草 その二― 与謝野晶子

4797 初「明星」大11・9・1四万遊草 その二― 与謝野晶子

4798 赤倉《あかくら》の山《やま》は夜《よ》となりきはやかに妙高《めうかう》おろし草木《さうもく》を吹《ふ》く

4799 明星《みやうじやう》は高田《たかた》の町《まち》の上《うへ》に居《ゐ》ぬ山《やま》も浴槽《ゆぶね》もうす闇《やみ》にして

4800 草踏《くさふ》めば山《やま》の上《うへ》なる廃湯《はいたう》の窓《まど》より雲《くも》のいづる明方《あけがた》

4801 妙高《めうかう》の裾野《すその》の宿《やど》の浴槽《よくさう》に秋風《あきかぜ》通《かよ》ひ家《いへ》こひしけれ

4802 あはれなる旅《たび》の心《こゝろ》も目《め》におかず簾《すだれ》をちらす妙高《めうかう》おろし

4803 広《ひろ》き道《みち》一町《ちやう》に尽《つ》き山風《やまかぜ》にはても知《し》らざる草《くさ》のうづまく

4804 桑園《さうゑん》の尽《つ》きて碓氷《うすひ》の裏山《うらやま》の見《み》ゆるを一人悲《ひとりかな》しみぬわれ

4805 日向葵《ひまはり》のあまたの中《なか》に唯《た》だひとつ山影《やまかげ》を見《み》て歎《なげ》く日向葵《ひまはり》

4806 かみつけの吾妻郡《あづまごほり》の山《やま》あひの駅《うまや》に掬《むす》ぶ初秋《はつあき》の水《みづ》

4798 初「婦女界」大11・9・1赤倉温泉《あかくらをんせん》（日本十二名所の九）—与謝野晶子

4799 初「婦女界」大11・9・1赤倉温泉《あかくらをんせん》（日本十二名所の九）—与謝野晶子

4800 初「婦女界」大11・9・1赤倉温泉《あかくらをんせん》（日本十二名所の九）—与謝野晶子

4801 初「婦女界」大11・9・1赤倉温泉《あかくらをんせん》（日本十二名所の九）—与謝野晶子

4802 初「婦女界」大11・9・1赤倉温泉《あかくらをんせん》（日本十二名所の九）—与謝野晶子

4803 初「婦女界」大11・9・1赤倉温泉《あかくらをんせん》（日本十二名所の九）—与謝野晶子

4804 初「婦人公論」大11・9・1途上—与謝野晶子

4805 初「婦人公論」大11・9・1途上—与謝野晶子

4806 初「婦人公論」大11・9・1途上—与謝野晶子

4807 中《なか》の条《でう》この山《やま》あひのうまやなる秋《あき》の水《みづ》こそ冷《つめ》たかりけれ

4808 車《くるま》より上《うへ》に吾妻《あづま》の渓合《たにあひ》の茅草靡《かやぐさなび》き秋《あき》かぜぞ吹《ふ》く

4809 来《こ》し方《かた》を霧《きり》ぞ消《け》し行《ゆ》く山《やま》をいでまたたどるべき道《みち》の消《き》え行《ゆ》く

4810 切崖《きりぎし》とつりがね草《さう》と初秋《はつあき》の日《ひ》とあはれなる旅《たび》の心《こゝろ》と

4811 四万川《しまかは》の吾妻《あづま》の水《みづ》に流《なが》れ入《い》るあたりは見《み》えず雑木《ざふき》繁《しげ》れば

4812 山荘《さんさう》の畳《たゝみ》と並《なら》び甲斐《かひ》の山足柄《やまあしがら》の峰秋《みねあき》をつくれる

4813 日暮《ひく》れなばわがごと月《つき》もつたひこん武蔵越《むさしごえ》なる桃色《もゝいろ》の道《みち》

4814 相模川濁《さがみがはにご》れるを見て天地《あめつち》に明日無《あすな》き如《ごと》く悲《かなし》むわれは

4815 相模川千木良《さがみがはちきら》の村《むら》の芋畑《いもばた》の端《はし》にいたれば雨降《あめふ》りいでぬ

4807 (初)「婦人公論」大11・9・1途上―与謝野晶子

4808 (初)「婦人公論」大11・9・1途上―与謝野晶子

4809 (初)「婦人公論」大11・9・1途上―与謝野晶子

4810 (初)「婦人公論」大11・9・1途上―与謝野晶子

4811 (初)「婦人公論」大11・9・1途上―与謝野晶子

4812 (初)「国民新聞」大11・9・27山霧抄―与謝野晶子

4813 (初)「国民新聞」大11・9・27山霧抄―与謝野晶子

4814 (初)「国民新聞」大11・9・27山霧抄―与謝野晶子

4815 (初)「国民新聞」大11・9・27山霧抄―与謝野晶子

4816 水《みづ》と橋松杉《はしまつすぎ》の山描《やまゑが》き上《あ》げて上《うへ》に雲置《くもお》き旅人《たびびと》を置《お》く

4817 軒狭《のきせま》き家《いへ》に坐《ざ》せるを侮《あなど》りて高《たか》く羽《は》ばたく山《やま》の鳥《とり》かな

4818 うたたねの覚《さ》めたる後《のち》に見《み》る月《つき》は凝《こ》りたる夢《ゆめ》の心地《こゝち》こそすれ

4819 頰《ほ》に遺る古き胡粉を落さじと撫でずして已む楊貴妃の像

4820 大牛《おほうし》の長き涎のとろとろと草にとどきて光りたる昼

4821 われを見て邪宗と誇るこゑも無し彼方に去れる若きむれかな

4822 正面を絵にする勿れわが像は横顔ぞよき半ば陰影《かげ》なる

4823 菜を咬みて物読むことの楽みにおちつく我を淋しとぞ思ふ

4824 美くしき酒の器を時に撫づ飲むを廃して久しけれども

4816 初「国民新聞」大11・9・27山霧抄—与謝野晶子

4817 初「国民新聞」大11・9・27山霧抄—与謝野晶子 再「女性」大11・12・1

4818 初「国民新聞」大11・9・27山霧抄—与謝野晶子 再「女性」大11・12・1

4819 初「明星」大11・10・1半面像—与謝野寛

4820 初「明星」大11・10・1半面像—与謝野寛

4821 初「明星」大11・10・1半面像—与謝野寛

4822 初「明星」大11・10・1半面像—与謝野寛

4823 初「明星」大11・10・1半面像—与謝野寛

4824 初「明星」大11・10・1半面像—与謝野寛

4825 われ常に出発前の五分時のあわただしさを家に居て持つ

4826 都会より解かれし人が鉄鎖《くさり》をば猶ひきずれる自動車のおと

4827 幾ときか人みな蝶の気まぐれを心に感じ温室を嗅ぐ

4828 誇りかに人と行きつつ物言ひし若き心をいつ忘れけん

4829 靴底の細きを見せて跪《ひざまづ》き祈るさまにも草を摘む君

4830 美くしき一つ一つの薔薇なれど合されにけり花束として

4831 二十歳《はたち》より今も空ゆくこの人は翅に代へて夢を伴ふ

4832 黍の木の高く秀でて立つことも果敢《はか》なまれつつ淋しき夕

4833 太陽は小き草を見失ひやうやくにしてめぐりこしかな

4825 初「明星」大11・10・1半面像―与謝野寛

4826 初「明星」大11・10・1半面像―与謝野寛

4827 初「明星」大11・10・1半面像―与謝野寛

4828 初「明星」大11・10・1半面像―与謝野寛

4829 初「明星」大11・10・1半面像―与謝野寛

4830 初「明星」大11・10・1半面像―与謝野寛

4831 初「明星」大11・10・1半面像―与謝野寛

4832 初「明星」大11・10・1半面像―与謝野寛

4833 初「明星」大11・10・1半面像―与謝野寛

4834 真昼すら緑の瓶にうなだれて白く淋しく思ひ入る薔薇

4835 あはれただ型のごとくに幕下《くだ》り型のごとくに拍手の起る

4836 十二時に家に帰ればくらがりの書架の上より光る猫の目

4837 二葉より紫しつつ羨まれ切らるる運をもてる草かな

4838 美くしき言葉より成るその歌も聞かずば如何に淋しからまし

4839 物少し恨めしきまま指ほどの蛇を描きぬコルバルトをもて

4840 旅びとが一つ二つを撞く外は打もだしたる大仏の鐘

4841 旅の身も倚りて思へば楽しかりコリント風の石の柱に

4842 石割けて暴雨のあとのいちじるき尾花峠を初秋に行く

（以下相模の尾花峠に宿りて）

4834 初「明星」大11・10・1半面像―与謝野寛
4835 初「明星」大11・10・1半面像―与謝野寛
4836 初「明星」大11・10・1半面像―与謝野寛
4837 初「明星」大11・10・1半面像―与謝野寛
4838 初「明星」大11・10・1半面像―与謝野寛
4839 初「明星」大11・10・1半面像―与謝野寛
4840 初「明星」大11・10・1半面像―与謝野寛
4841 初「明星」大11・10・1半面像―与謝野寛
4842 初「明星」大11・10・1半面像―与謝野寛

4843 秋の朝甲州へ行く旧道を尾花峠に問ふ人や誰れ

4844 菽泉《しゆくせん》が蔦の花もてつくりたる花輪を掛けて山にある月

4845 来らずと知る万里をば猶待ちぬ尾花峠の月明のもと

4846 夜の更けて山の俄かに光りつつ月の車のきたる頂

4847 月の夜の深山《みやま》に聞けばをちかたの梟の音も笛に似るかな

4848 荒山が甲斐と相模の隅に立ちむらがるなかに鳴れる川おと

4849 頂の月のひかりの前にきて白き孔雀の尾を垂るる雲

4850 しばらくは人を離れて目にぞする尾花峠の初秋の雲

4851 大空を蜂の去りたる箱として秋が満たせる太陽の蜜

4843 初「明星」大11・10・1半面像―与謝野寛

4844 初「明星」大11・10・1半面像―与謝野寛

4845 初「明星」大11・10・1半面像―与謝野寛

4846 初「明星」大11・10・1半面像―与謝野寛

4847 初「明星」大11・10・1半面像―与謝野寛

4848 初「明星」大11・10・1半面像―与謝野寛

4849 初「明星」大11・10・1半面像―与謝野寛

4850 初「明星」大11・10・1半面像―与謝野寛

4851 初「明星」大11・10・1半面像―与謝野寛

4852 山に見る虎杖《いたどり》の葉のはねず色曾我の五郎の隈取に似る

4853 秋の日の尾花峠に見おろせる雲のあひだの黄なる山畑

4854 見るうちに雲間となりぬ大空の垂れ下《くだ》れるか山の高きか

4855 赤松の木蔭の路の山の土桃色をして君につづけり

4856 俄かにも大空しろく垂れ下《さが》り尾花峠に雲を吹きつく

4857 夜の更けて尾花峠を走る雲ほのかに白き月を抱けり

4858 うつくしき浄罪界と似る山に遊びて月を頂に観る

4859 むら山と月の明りに護られて尾花峠の秋に見る夢

4860 牛よりも重き夢みるむら山が起きんと動く朝の雲かな

4852 初「明星」大11・10・1半面像―与謝野寛
4853 初「明星」大11・10・1半面像―与謝野寛
4854 初「明星」大11・10・1半面像―与謝野寛
4855 初「明星」大11・10・1半面像―与謝野寛
4856 初「明星」大11・10・1半面像―与謝野寛
4857 初「明星」大11・10・1半面像―与謝野寛
4858 初「明星」大11・10・1半面像―与謝野寛
4859 初「明星」大11・10・1半面像―与謝野寛
4860 初「明星」大11・10・1半面像―与謝野寛

4861 筧ありその下《した》の水うす白《じろ》く濁るあたりに山の萩さく

4862 冷《つめた》くも千歳《ちとせ》坐《ざ》したる岩《いは》の膝《ひざ》涙《なみだ》に濡《ぬ》れて哀《あは》れなりけれ

4863 鳥《とり》の見《み》る籠《かご》の目《め》のごと星《ほし》を見《み》て遠《とほ》き光《ひかり》の世《よ》を思《おも》ふなり

4864 いまだ目《め》の眩《くら》むなど云《い》ふ驚《おどろ》きに逢《あ》はぬ淋《さび》しき御空《みそら》の日《ひ》かな

4865 思《おも》ふ時《とき》忘《わす》るる時《とき》の裏《うら》おもて木《こ》の葉《は》ばかりの差別《けぢめ》も無《な》しや

4866 わが胸《ねむ》とカフエエの椀《わん》は悲《かな》しけれ冷《ひ》え行《ゆ》くものを盛《も》りたるなれば

4867 絹強《きぬつよ》く張《は》りし心《こゝろ》に置《お》き給《たま》ふ刺繍《ぬひ》の針《はり》とも思《おも》ふことかな

4868 わが思《おも》ひ月《つき》が負《お》ひたる暈《かさ》ほどの形《かたち》をなして身《み》に添《そ》ふらんか

4869 われ悲《かな》しものの紛《まぎ》れに浮《うか》ぶなり敬《うやま》ふ人《ひと》をさげすむ笑《ゑみ》も

4861 初「明星」大11・10・1半面像―与謝野寛

4862 初「現代」大11・10・1新《しん》秋《しう》の歌《うた》―与謝野晶子

4863 初「現代」大11・10・1新《しん》秋《しう》の歌《うた》―与謝野晶子

4864 初「現代」大11・10・1新《しん》秋《しう》の歌《うた》―与謝野晶子

4865 初「現代」大11・10・1新《しん》秋《しう》の歌《うた》―与謝野晶子

4866 (1)わが胸《ねむ》→わが胸《むね》 初「現代」大11・10・1新《しん》秋《しう》の歌《うた》―与謝野晶子

4867 初「現代」大11・10・1新《しん》秋《しう》の歌《うた》―与謝野晶子

4868 初「現代」大11・10・1新《しん》秋《しう》の歌《うた》―与謝野晶子

4869 初「現代」大11・10・1新《しん》秋《しう》の歌《うた》―与謝野晶子

4870 山影《やまかげ》をかささぎの羽《は》の如《ごと》くにも濃《こ》く映《うつ》したる朝《あさ》の湖《みづうみ》

4871 君あらで忽ち世人醜しとわれ歎くらくこの頃のこと

4872 名工の焼刃のあまた何ならん君まさぬ世に鋭きものも無し

4873 世をたゞし行かんと君が叫ぶ声今日もわれ聞く諸人も聞く

4874 何時聞かんなすべきこともうち置きて急ぎいにける国の消息

4875 人の手に君が被きし黒き布とりがたけれどなほぞ在ませる

4876 駿河路の富士に別れて湯の香する長尾の渓に再び入りぬ

4877 秋風とわれと眺めぬ山脈《やまなみ》に太陽の背の隠れ去るまで

4878 山蔭のをぐらくさらに洞門の道の暗きを求めてぞこし

4870 初「現代」大11・10・1新《しん》秋《しう》の歌《うた》―与謝野晶子

4871 初『黒岩涙香』大11・10・6黒岩涙香氏の霊に(談話にかへて)―与謝野晶子

4872 初『黒岩涙香』大11・10・6黒岩涙香氏の霊に(談話にかへて)―与謝野晶子

4873 初『黒岩涙香』大11・10・6黒岩涙香氏の霊に(談話にかへて)―与謝野晶子

4874 初『黒岩涙香』大11・10・6黒岩涙香氏の霊に(談話にかへて)―与謝野晶子

4875 初『黒岩涙香』大11・10・6黒岩涙香氏の霊に(談話にかへて)―与謝野晶子

4876 初「明星」大11・11・1靄の塔―与謝野晶子

4877 初「明星」大11・11・1靄の塔―与謝野晶子

4878 初「明星」大11・11・1靄の塔―与謝野晶子

4879 誰も皆片手に物を提げながら電車を降《お》りぬ宮の下《した》にて

4880 箱根にて所の絵図をわれ買ひぬ若き日よりも物に惑へば

4881 君が帽花をばつけて幅《はゞ》ひろし揺るるを恐る山の自動車

4882 先生とたのみなれつる大人《うし》なくて淋しき秋に君と観る山

4883 山の石秋に乾くは安げなり涙のひまのある心地して

4884 十枚のがらす障子にのぼりくる仙石原の秋の夕焼

4885 光りたる硝子の屑が穂すずきの上《うへ》に火となる原の落日

4886 触れにけん秋の入日ぞ血を流すうすく鋭き外輪の山

4887 秋の日は長尾峠のトンネルに早く吸はれて山暗くなる

4879 初「明星」大11・11・1 渓声集―与謝野寛

4880 初「明星」大11・11・1 渓声集―与謝野寛

4881 初「明星」大11・11・1 渓声集―与謝野寛

4882 初「明星」大11・11・1 渓声集―与謝野寛

4883 初「明星」大11・11・1 渓声集―与謝野寛

4884 初「明星」大11・11・1 渓声集―与謝野寛

4885 初「明星」大11・11・1 渓声集―与謝野寛

4886 初「明星」大11・11・1 渓声集―与謝野寛

4887 初「明星」大11・11・1 渓声集―与謝野寛

4888 別荘の棟《むね》とびとびに黒くなり芒《すゝき》の光る星月夜かな

4889 秋の星みな出揃へる夜となりてなまめかしけれ山上《さんじやう》の空

4890 わが常にとり乱したる心をば一点に置く秋のともしび

4891 千人を容るべき宿に客なくてともしび点きぬ秋の夜の山

4892 廊の灯も船の灯に似て秋寒し泉を抱ける凹形《あうけい》の室《しつ》

4893 角帯を袷のうへに巻く朝の奥の箱根の秋の手ざはり

4894 惜気なく硝子と水を用ひたる俵石閣《へうせきかく》の秋に読む書《ふみ》

4895 里の子が投げし小石も秋を告ぐひしと当りて竹に鳴る時

4896 一人の雉を提げたる山番に遇ひつる外は人ゆかぬ谷

4888 初「明星」大11・11・1渓声集―与謝野寛
4889 初「明星」大11・11・1渓声集―与謝野寛
4890 初「明星」大11・11・1渓声集―与謝野寛
4891 初「明星」大11・11・1渓声集―与謝野寛
4892 初「明星」大11・11・1渓声集―与謝野寛
4893 初「明星」大11・11・1渓声集―与謝野寛
4894 初「明星」大11・11・1渓声集―与謝野寛
4895 初「明星」大11・11・1渓声集―与謝野寛
4896 初「明星」大11・11・1渓声集―与謝野寛

4897 山にきて心を放つ彼れに似よ峰わたりする秋の隼《はやぶさ》

4898 橋細し梯子を横にせし如しあらき隙間《すきは》に鳴れる谷おと

4899 怖ろしき大涌谷《おほわくだに》の噴煙もはなれて見れば雑木より立つ

4900 煙草をば山の間に吹く如し閑人《ひまじん》の行く地獄なるべし

4901 大地獄《おほぢごく》その行く道に群れながら鉛を負ひてえ飛ばぬ蜻蛉《とんぼ》

4902 山にきて高きに登り観ることをまたくり返す同じけれども

4903 秋の日も荒山の石あたたかし天馬の蹄ここに触れけん

4904 君あはれ乙女峠の岩坂も我と行くなり細き靴して

4905 根のままに笹龍胆《さゝりんだう》は手にきたる金時山《きんときざん》の赤土を附け

4897 初「明星」大11・11・1渓声集―与謝野寛

4898 (4)隙間《すきは》→隙間《すきま》 初「明星」大11・11・1渓声集―与謝野寛

4899 初「明星」大11・11・1渓声集―与謝野寛

4900 初「明星」大11・11・1渓声集―与謝野寛

4901 初「明星」大11・11・1渓声集―与謝野寛

4902 初「明星」大11・11・1渓声集―与謝野寛

4903 初「明星」大11・11・1渓声集―与謝野寛

4904 初「明星」大11・11・1渓声集―与謝野寛

4905 初「明星」大11・11・1渓声集―与謝野寛

4906 君とわれ無限のなかの一時間乙女峠に富士と向へる

4907 富士を見て乙女峠の掛茶屋に人指させば二人うなづく

4908 雲きたり富士の半を横に切り浮べて天《てん》に還す巓《いただき》

4909 秋寒し青き箱根の頂にわが手をすべる十月の天《てん》

4910 近き木に掛巣のむれの帰りきぬ乙女峠の秋の掛茶屋

4911 裏返し富士と箱根の縫目をば乙女峠に見下ろすも好し

4912 薬売る若者が先づ立上り乙女峠を西へ下りゆく

4913 傾きて赤き毛糸を垂るる草まがひ真珠《しんじゆ》を綴りたる蔓

4914 とりかぶと笹りんだうの外の名は知らでくちをし山の秋草

4906 (初)「明星」大11・11・1渓声集―与謝野寛
4907 (初)「明星」大11・11・1渓声集―与謝野寛
4908 (初)「明星」大11・11・1渓声集―与謝野寛
4909 (初)「明星」大11・11・1渓声集―与謝野寛
4910 (初)「明星」大11・11・1渓声集―与謝野寛
4911 (初)「明星」大11・11・1渓声集―与謝野寛
4912 (初)「明星」大11・11・1渓声集―与謝野寛
4913 (初)「明星」大11・11・1渓声集―与謝野寛
4914 (初)「明星」大11・11・1渓声集―与謝野寛

4915 つつましく山の雑木に朱の色す何の実なるや襟に掛けまし

4916 手に引きし雑木もみぢのひと枝も此時かなし放たんとして

4917 花すすき山になびくは街に見る夕月夜よりなまめかしけれ

4918 美くしと指さし問へど山にても雑草の名は知る人の無し

4919 きはやかに黒と白との層をなし鯨の皮に似たる切厓

4920 宮の下《した》富士屋ホテルの給仕等も目くばせぞする君を見知りて

4921 規則だつ椅子の間に一つある回転椅子の馬に似るかな

4922 山の脚硝子にせまる食堂に一人まじれる薔薇いろのきぬ

4923 山の襞《ひだ》谷にすべるを耐《こら》へたる硬《かた》さなりけり秋に染めども

4915 初「明星」大11・11・1渓声集―与謝野寛

4916 初「明星」大11・11・1渓声集―与謝野寛

4917 初「明星」大11・11・1渓声集―与謝野寛

4918 初「明星」大11・11・1渓声集―与謝野寛

4919 初「明星」大11・11・1渓声集―与謝野寛

4920 初「明星」大11・11・1渓声集―与謝野寛

4921 初「明星」大11・11・1渓声集―与謝野寛

4922 初「明星」大11・11・1渓声集―与謝野寛

4923 初「明星」大11・11・1渓声集―与謝野寛

4924 秋の日の渓の上にてはなやかに芒の銀のうはじろむ山

4925 秋ふけて男の首の一つ浮く山の湯ぶねの昼の淋しさ

4926 やはらかに蜜を塗るとも見ゆるまで秋の日すべる高原《たかはら》の草

4927 奥箱根関所の跡に隣する交番もまた穂すずきの中《なか》

4928 山の草ほのかに染むも身にしみぬ秋のこころか旅の心か

4929 湖尻《うみじり》の光を此処に運ぶやと見ゆる夕のすすき原かな

4930 芒《すゝき》の穂銀の細工の重味をば持ちて動かず原の夕ぐれ

4931 のぼりきて長尾峠とすれすれに湖水を覗く秋の明星

4932 日は落ちて箱根の奥の雑木原水おとまさり寒き夜となる

4924 初「明星」大11・11・1渓声集―与謝野寛

4925 初「明星」大11・11・1渓声集―与謝野寛

4926 初「明星」大11・11・1渓声集―与謝野寛

4927 初「明星」大11・11・1渓声集―与謝野寛

4928 初「明星」大11・11・1渓声集―与謝野寛

4929 初「明星」大11・11・1渓声集―与謝野寛

4930 初「明星」大11・11・1渓声集―与謝野寛

4931 初「明星」大11・11・1渓声集―与謝野寛

4932 初「明星」大11・11・1渓声集―与謝野寛

4933 草の根の白きも人の身も感ず深山《みやま》の夜《よる》の秋の冷たさ

4934 風なぎぬ千石原のやはらかき秋の肌《はだへ》に触れて寝にけん

4935 大いなる外輪山のなかにゐて我れつつましく秋にうなづく

4936 みづからも紙と竹とに造られし人形のごと寒き秋かな

4937 静かなり金時山《きんときざん》ともろともに十月の夜の雲を被《かづ》けば

4938 浴室の板にも踊る山の湯は静かに思ふ人に似ぬかな

4939 しらぎぬの感触をして流れつつ湯の縺《もつ》れ来る湯のほどけ去る

4940 山番の心となりてかがまりぬ奥の箱根の秋の灯のもと

4941 後《のち》来んと云ふ約をせずわれ老いぬまだ見ぬ山を外に尋ねん

4933 初「明星」大11・11・1渓声集―与謝野寛

4934 初「明星」大11・11・1渓声集―与謝野寛

4935 初「明星」大11・11・1渓声集―与謝野寛

4936 初「明星」大11・11・1渓声集―与謝野寛

4937 初「明星」大11・11・1渓声集―与謝野寛

4938 初「明星」大11・11・1渓声集―与謝野寛

4939 初「明星」大11・11・1渓声集―与謝野寛

4940 初「明星」大11・11・1渓声集―与謝野寛

4941 初「明星」大11・11・1渓声集―与謝野寛

4942 旅の日記歌のみ書けり我が心いよよ短くなりまさるらん

4943 山の夜のひしと寒かり歌少し秋の燈下に記るし終れば
（以上箱根にて作る）

4944 この時にわれ若し口を開きなば啞の叫びに似んを恐るる

4945 木立みな十字に尖《とが》り太陽も十字に光る冬枯のうへ

4946 よき歌をよまんとあせる凡心《ぼんしん》を鎮むるほどに時移りゆく

4947 一切に背を向けながら入る如き甘さを感ず劇場の口

4948 象の背の菩薩のごとく群青《ぐんじやう》と白の絵具の古びゆく秋

4949 かの隅になにがし立ちて叫べども振る手のみ見ゆ群衆の上

4950 拳を打つ二人の男たやすげにすべてを拒む形するかな

4942 初「明星」大11・11・1渓声集—与謝野寛
4943 初「明星」大11・11・1渓声集—与謝野寛
4944 初「明星」大11・11・1渓声集—与謝野寛
4945 初「明星」大11・11・1渓声集—与謝野寛
4946 初「明星」大11・11・1渓声集—与謝野寛
4947 初「明星」大11・11・1渓声集—与謝野寛
4948 初「明星」大11・11・1渓声集—与謝野寛
4949 初「明星」大11・11・1渓声集—与謝野寛
4950 初「明星」大11・11・1渓声集—与謝野寛

4951 軽かりし翅のうへに拡がれる大空のいと重き今日かな

4952 赤赤と地獄より吹く風ありて詩人の髪の逆立てる時

4953 夕食の後に芝居を思へども巴里の街の秋ならぬかな

4954 必ずと云ふ約束をたやすげに交して別るうら若き人

4955 山蔭《やまかげ》の大涌谷《おほわくだに》の湯《ゆ》の靄《もや》とともに靡《なび》きてしろき穂薄《ほすゝき》

4956 ほのかにも紅葉《もみぢ》をしたる木立《こだち》には似《に》ざる冷《つめた》き長《なが》き廊《らう》かな

4957 足柄《あしがら》は草山《くさやま》多《おほ》く薄《すゝき》をば被《かつ》がぬも無《な》し秋《あき》の日《ひ》のもと

4958 空明《そらあか》く山《やま》の此方《こなた》は木蔭《こがく》れの路《みち》よりもげにくらき足柄《あしがら》

4959 休《やす》みなき箱根《はこね》の渓《たに》の水音《みづおと》にやがて痩《やせ》たる朝《あさ》の月《つき》かな

4951 初「明星」大11・11・1渓声集—与謝野寛

4952 初「明星」大11・11・1渓声集—与謝野寛

4953 初「明星」大11・11・1渓声集—与謝野寛

4954 初「明星」大11・11・1渓声集—与謝野寛

4955 初「国民新聞」大11・11・6薄—与謝野晶子

4956 初「国民新聞」大11・11・6薄—与謝野晶子

4957 初「国民新聞」大11・11・6薄—与謝野晶子

4958 初「国民新聞」大11・11・6薄—与謝野晶子

4959 初「国民新聞」大11・11・6薄—与謝野晶子

4960 同《おな》じ日《ひ》に穂《ほ》となり長《た》けてこの日《ひ》なほ揃《そろ》ひて靡《なび》く深山《みやま》の薄《すゝき》

4961 目《め》の下《した》に龍胆色《りんだういろ》の富士《ふじ》ありぬ海《うみ》にも勝《まさ》る大《おほ》きさをして

4962 生《い》きたるは空《そら》とわれのみ斯《か》く思《おも》ふ富士《ふじ》の隣《となり》の足柄《あしがら》に立《た》ち

4963 台《だい》ヶ岳小塚《たけこつか》の山《やま》と神山《かみやま》の重《かさ》なるさまに紅葉《もみぢ》かさなる

4964 企《くはだ》てゝ大渦巻《おほうづまき》を高原《たかはら》に描《か》ける薄《すゝき》と思《おも》ひけるかな

4965 仙石《せんごく》のすゝきは恋《こひ》す山々《やま〳〵》の男　姿《をとこすがた》にをんなすがたに

4966 雨《あめ》の音《おと》せまるに似《に》ると悲《かな》しみを思《おも》へる時《とき》に雨《あめ》の降《ふ》り出《い》づ

4967 春秋《はるあき》にはた冬《ふゆ》の日《ひ》に薔薇《ばら》つくる友《とも》あり恋《こひ》を我《わが》つくるごと

4968 秋《あき》の雲《くも》ただ真白《ましろ》くて足柄《あしがら》の額髪《ひたひがみ》のみ見《み》ゆるなりけり

4960 初「国民新聞」大11・11・6薄―与謝野晶子

4961 初「国民新聞」大11・11・6薄―与謝野晶子

4962 初「国民新聞」大11・11・6薄―与謝野晶子

4963 初「国民新聞」大11・11・6薄―与謝野晶子

4964 初「国民新聞」大11・11・6薄―与謝野晶子

4965 初「国民新聞」大11・11・6薄―与謝野晶子

4966 初「万朝報」大11・11・11（無題）―選者

4967 初「万朝報」大11・11・25（無題）―選者

4968 初「女性」大11・12・1近作十首―与謝野晶子

4969 夕月《ゆふづき》と桂《かつら》の川《かは》と曇《くも》りたる鏡《かゞみ》に似《に》たるきりぎしの岩《いは》

4970 われ逢《あ》ひぬ山崩《やまくず》れしてその後《のち》は悪趣《あくしゆ》の態《たい》をなしたる坂《さか》に

4971 からき坂《さか》よぢて登《のぼ》れば濁水《だくすゐ》の池《いけ》あり悲《かな》し許《ゆる》されずわれ

4972 忘《わす》れなば葉《は》を落《おと》したる木《き》の如《ごと》くゆるがぬものと見《み》ゆべきかわれ

4969 初「女性」大11・12・1近作十首―与謝野晶子

4970 初「女性」大11・12・1近作十首―与謝野晶子

4971 初「女性」大11・12・1近作十首―与謝野晶子

4972 初「万朝報」大11・12・9（無題）―選者

大正十二年（一九二三）

4973 プラタヌのちりて田町《たまち》の市場《いちば》なるたなつもの皆鮮《あざや》かに見ゆ

4974 目に見るも淋しと云はず音立てぬかへで銀杏の女のおち葉

4975 赤坂の濠《ほり》に落葉の溜まるころ針の光と灯の見ゆるころ

4976 この年《とし》の初《はじ》めの朝《あさ》に紫《むらさき》の衣《きぬ》着《き》ん人《ひと》を先《ま》づことほがん

4977 万歳《まんざい》の鼓《つづみ》あまりにはやりかに鳴《な》ると憎《にく》める二本《ふたもと》の松《まつ》

4978 新《あたら》しき春《はる》の世界《せかい》に置《お》かれたる少女《をとめ》子《ご》達《たち》は飽《あ》かず羽子《はね》突《つ》く

4979 門松《かどまつ》をうら珍《めづら》しき友《とも》と見《み》て遊《あそ》びにこしや正月《しやうぐわつ》の雪《ゆき》

4973 初「明星」大12・1・1落葉の賦―与謝野晶子

4974 初「明星」大12・1・1落葉の賦―与謝野晶子

4975 初「明星」大12・1・1落葉の賦―与謝野晶子

4976 初「女学生」大12・1・1新春《しんしゅん》（短歌《たんか》）―与謝野晶子

4977 初「女学生」大12・1・1新春《しんしゅん》（短歌《たんか》）―与謝野晶子

4978 初「女学生」大12・1・1新春《しんしゅん》（短歌《たんか》）―与謝野晶子

4979 初「女学生」大12・1・1新春《しんしゅん》（短歌《たんか》）―与謝野晶子

4980 賀《が》を述《の》べに猿《さる》の来《こ》しぞと云《い》ふことの何《なに》ならねども悦《よろこ》ぶ子等《こら》は

4981 羽《は》子《ね》つくと向《むか》へる君《きみ》の六尺《ろくしやく》の中《なか》に舞《ま》ふなる天《あま》の白雪《しらゆき》

4982 元日《ぐわんじつ》のこころもちひを一《いち》の子《こ》も末《すゑ》の娘《むすめ》も知《し》るが嬉《うれ》しき

4983 正月《しやうぐわつ》のそが衣《きぬ》ずれをなつかしと思《おも》ひ知《し》るまでなりぬ娘《むすめ》も

4984 正月《しやうぐわつ》の灯《ほ》かげに心《こゝろ》たかぶりてありし子《こ》なれど眠《ねむ》げになりぬ

4985 物思《ものおも》ひかけても知《し》らぬ少女子《をとめご》と椿《つばき》の花《はな》の初春《はつはる》となる

4986 わが胸《むね》にもの哀《あは》れなること一《ひと》つありても春《はる》は嬉《うれ》しかりけれ

4987 白雲《しらくも》の春《はる》がひろげし羽《はね》のごとうち仰《あふ》がれぬ正月人《しやうぐわつびと》は

4988 春《はる》立《た》ちぬめでたききはに身《み》を置《お》ける人《ひと》ならねども心《こゝろ》ときめく

4980 初「女学生」大12・1・1新《しん》春《しゅん》（短《たん》歌《か》）—与謝野晶子

4981 初「女学生」大12・1・1新《しん》春《しゅん》（短《たん》歌《か》）—与謝野晶子

4982 初「女学生」大12・1・1新《しん》春《しゅん》（短《たん》歌《か》）—与謝野晶子

4983 初「女学生」大12・1・1新《しん》春《しゅん》（短《たん》歌《か》）—与謝野晶子

4984 初「女学生」大12・1・1新《しん》春《しゅん》（短《たん》歌《か》）—与謝野晶子

4985 初「婦人倶楽部」大12・1・1春《はる》の歌《うた》—与謝野晶子

4986 初「婦人倶楽部」大12・1・1春《はる》の歌《うた》—与謝野晶子

4987 初「婦人倶楽部」大12・1・1春《はる》の歌《うた》—与謝野晶子

4988 初「婦人倶楽部」大12・1・1春《はる》の歌《うた》—与謝野晶子

4989
羽子《はね》つくを正月《しやうぐわつ》に鳴《な》く鳥《とり》かなどおとしめ聞《き》けど心《こゝろ》ひかるる

4990
正月《しやうぐわつ》の淋《さび》しとなけれもの読《よ》めば旅《たび》のここちす何《なに》としたるや

4991
わたつみの春《はる》の初《はじ》めの波《なみ》の音聞《おときこ》ゆる道《みち》のべに椿《つばき》かな

4992
初春《はつはる》の伊豆《いづ》の海辺《うみべ》にしら波《なみ》の立《た》ちぬ心《こゝろ》のをどるさまして

4993
温泉《をんせん》の靄厚《もやあつ》やかに立《た》ちこめし廊行《らうゆ》く春《はる》の第《だい》一の朝《あさ》

4994
こしかたも今《いま》も夢《ゆめ》みるこゝちしぬまして明日《あす》をばいかゞいふべき

4995
たなびくは類《たぐひ》も知《し》らぬ初春《はつはる》の横雲《よこぐも》なれど寒《さむ》き山《やま》かな

4996
ひんがしの光《ひかり》をめでて遊《あそ》ぶなり足柄山《あしがらやま》のいただきの雲《くも》

4997
初春《はつはる》のあけぼのの雲足柄《くもあしがら》の明神岳《みやうじんだけ》をへだててぞ見《み》る

4989 初「婦人倶楽部」大12・1・1春《はる》の歌《うた》—与謝野晶子

4990 初「婦人倶楽部」大12・1・1春《はる》の歌《うた》—与謝野晶子

4991 初「婦人倶楽部」大12・1・1春《はる》の歌《うた》—与謝野晶子

4992 初「婦人倶楽部」大12・1・1春《はる》の歌《うた》—与謝野晶子

4993 初「婦人倶楽部」大12・1・1春《はる》の歌《うた》—与謝野晶子

4994 初「東京朝日新聞」大12・1・1大正十二年を迎へて—与謝野晶子

4995 初「国民新聞」大12・1・2暁雲—与謝野晶子

4996 初「国民新聞」大12・1・2暁雲—与謝野晶子

4997 初「国民新聞」大12・1・2暁雲—与謝野晶子

4998 山《やま》なみの深《ふか》き奥《おく》より湧《わ》きいづる日《ひ》を待《ま》つなれど雲《くも》を先《ま》づ愛《め》づ

4999 白波《しらなみ》の遊《あそ》ぶ海《うみ》よりめでたけれ東《ひがし》の山《やま》のあけぼのの雲《くも》

5000 円山《まるやま》の上《うへ》に棚雲《たなぐも》くれなゐす知恩院《ちおゐん》の鐘《かね》 暁《あかつき》を打《う》ち

5001 朝山《あさやま》に日《ひ》をば額《ひたひ》にうつしたる雲《くも》の一つと身《み》をば思《おも》へる

5002 山風《やまかぜ》に渓間《たにま》の雲《くも》のなびくをば湯槽《ゆぶね》にのぞく春《はる》の暁《あかつき》

5003 山頂《さんちやう》を夜明《よあけ》に見《み》ればくれなゐの花輪《はなわ》を被《かづ》き雲遊《くもあそ》ぶかな

5004 しののめの雲《くも》にひとしき紫《むらさき》を著《き》て山《やま》にめづ年《とし》の明《あ》くるを

5005 淡《あは》やかに煙《けむり》めきたる山《やま》の雲《くも》やがて赤《あか》ばみ日《ひ》の出近《でちか》づく

5006 天地《あめつち》は唯《た》た柱《はしら》のみ残《のこ》りたる冬《ふゆ》とし思《おも》ふ林《はやし》 歩《あゆ》みて

4998 初「国民新聞」大12・1・2暁雲―与謝野晶子

4999 初「国民新聞」大12・1・2暁雲―与謝野晶子

5000 初「国民新聞」大12・1・2暁雲―与謝野晶子

5001 初「国民新聞」大12・1・2暁雲―与謝野晶子

5002 初「国民新聞」大12・1・2暁雲―与謝野晶子

5003 初「国民新聞」大12・1・2暁雲―与謝野晶子

5004 初「国民新聞」大12・1・2暁雲―与謝野晶子

5005 初「国民新聞」大12・1・2暁雲―与謝野晶子

5006 初「万朝報」大12・1・6（無題）―選者

5007 天城越《あまぎごえ》湯が野の谷に灯の見えぬ幸といふものの色して

5008 山の月河津の川の勢ひにけおされぬらん退《しりぞ》きて居ぬ

5009 白き身をあなぐらの湯に置くものか月にくらべてからしあさまし

5010 指ざさば破れんほどに薄らかに浮ぶなりけり伊豆の大島

5011 うすものが作れる青の色なれば島は冬なき海に浮べる

5012 解けやらぬ渓間の雹を風来り真砂になれと海へ送りぬ

5013 かこひなき谷津の大湯の上《うへ》通ふ朝の光と天城おろしと

5014 そのかみの源《げん》将軍の威にまさる宿主人《やどあるじ》見て修禅寺《しゆぜんじ》を出づ

5015 抱かんと流れいでくる長岡の湯口の湯をばおそれてぞ退《の》く

5007 初「明星」大12・2・1浴泉雑詠―与謝野晶子

5008 初「明星」大12・2・1浴泉雑詠―与謝野晶子

5009 初「明星」大12・2・1浴泉雑詠―与謝野晶子

5010 初「明星」大12・2・1浴泉雑詠―与謝野晶子

5011 初「明星」大12・2・1浴泉雑詠―与謝野晶子

5012 初「明星」大12・2・1浴泉雑詠―与謝野晶子

5013 初「明星」大12・2・1浴泉雑詠―与謝野晶子

5014 初「明星」大12・2・1浴泉雑詠―与謝野晶子

5015 初「明星」大12・2・1浴泉雑詠―与謝野晶子

5016 わが胸へもつれかかりぬ温泉は朝の光に白糸となり

5017 土《つち》と云《い》ふうらなつかしきもの踏《ふ》みて雪《ゆき》の不思議《ふしぎ》を眺《なが》めこそすれ

5018 夕ぐれに雪もよひすと眺むれば揺れて落ちくるわれの分身

5019 身の終り恋のいやはて思はじとするもせんなし雪の音して

5020 春の雪降りぬ椿のをとどひが分ちて被《かづ》くうすものばかり

5021 春の雪明るき空のもとに降るやや斜かひに機織るやうに

5022 音の無き絹の鼓を雪打ちて飽かぬけしきも夢に似るかな

5023 しら花のうつろひ方の紫を雪もつくりぬ三日目の夕

5024 われは憂し紅《べに》の椿のうつくしき耳輪掛けたる雪を見れども

5016 初「明星」大12・2・1浴泉雑詠—与謝野晶子

5017 初「万朝報」大12・2・11（無題）—選者 再「明星」大12・3・1—与謝野晶子

5018 初「明星」大12・3・1雪—与謝野晶子

5019 初「明星」大12・3・1雪—与謝野晶子

5020 初「明星」大12・3・1雪—与謝野晶子

5021 初「明星」大12・3・1雪—与謝野晶子

5022 初「明星」大12・3・1雪—与謝野晶子

5023 初「明星」大12・3・1雪—与謝野晶子

5024 初「明星」大12・3・1雪—与謝野晶子

5025 雪つみぬかかる明るき冷たさをこの世に見んと思ひかけきや

5026 なつかしき人に似るとも知らぬ世のものとも見ゆるしら雪にして

5027 磯山の小松が被《き》たる雪の笠それより小き夕月の笠

5028 傾きし雪人形よいまはまでものいふ時のあらぬなるべし

5029 雪と云ふ象の眠のしづかなり空晴れわたる甲斐の二月に

5030 音ききて秘むるところの更になき雪解の水と思ひけるかな

5031 なつかしきものに押《お》されて沈《しづ》みたる心《こゝろ》と覚《おぼ》ゆこの二日《ふつか》三日《みか》

5032 心《こゝろ》をば弥生《やよひ》の渦《うづ》の一《ひと》つぞと思《おも》ひしことも遠《とう》きいにしへ

5033 世《よ》の中《なか》の話《はなし》なりしが哀《あは》れなる心《こゝろ》となりぬ恋人《こひびと》持《も》てば

5025 初「明星」大12・3・1雪―与謝野晶子

5026 初「明星」大12・3・1雪―与謝野晶子

5027 初「明星」大12・3・1雪―与謝野晶子

5028 初「明星」大12・3・1雪―与謝野晶子

5029 初「明星」大12・3・1雪―与謝野晶子

5030 初「明星」大12・3・1雪―与謝野晶子

5031 初「女性」大12・3・1奈落の火―与謝野晶子

5032 初「女性」大12・3・1奈落の火―与謝野晶子

5033 初「女性」大12・3・1奈落の火―与謝野晶子

5034 自《みづか》らが知《し》らぬところに開《ひら》かざる窓《まど》あり君《きみ》の来《きた》りうかがふ

5035 冷《つめ》たかる暁方《あかつきかた》のこゝちすれ死《し》に近《ちか》づきし身《み》とは思《おも》はず

5036 心《こゝろ》より立《た》つを煙《けむり》と思《おも》ひしか自《みづか》らを焼《や》く焔《ほのほ》なりけん

5037 いつしかと三月七日《やよひなぬか》となりにけり箱根恋《はこねこひ》しき雲《くも》なびきつゝ

5038 わがために五十の老《おい》をかくさんとバラもて集《つど》ふ若《わか》き友《とも》かな

5039 やうやくに寒き心を知るよはひ五十となりぬ掩ふすべ無し

5040 ユウゴオと同じ月日に生れしも平凡にして五十となりぬ

5041 世の中の新しき人うちつどひ五十の吾に息を吹き入る

5042 たそがれをあけぼのにする宴《うたげ》なり吾を酔はしむ若人のむれ

5034 初「女性」大12・3・1奈落の火—与謝野晶子

5035 初「女性」大12・3・1奈落の火—与謝野晶子

5036 初「女性」大12・3・1奈落の火—与謝野晶子

5037 初「万朝報」大12・3・12（無題）—選者

5038 初「新世界」大12・3・24（無題）—（与謝野寛）再「明星」大12・4・1—与謝野寛「文章倶楽部」大12・5・1

5039 初「明星」大12・4・1春宵賦—与謝野寛再「文章倶楽部」大12・5・1

5040 初「明星」大12・4・1春宵賦—与謝野寛

5041 初「明星」大12・4・1春宵賦—与謝野寛

5042 初「明星」大12・4・1春宵賦—与謝野寛

5043 われもまた美くしけれど悲しきとシユワルサロンの歌へる女

5044 人生の過ぐるにましてのどやかに響くと思ふ船の笛かな

5045 砂原のはてに二もと楊《やなぎ》居ぬ流人《るにん》がやがて木とならぬりん

5046 わが宿の高きところの踊場に今朝一人居ぬ雲のあるごと

5047 わが伴《つれ》のひとり鴻巣山人の描く蘇鉄と大海のおと

5048 夕風に押されて渓に溜りたる温泉《いでゆ》の靄の見ゆる窓かな

5049 わが詩人シユワルサロンの話ゆゑ気あがるさまの夕焼の山

5050 あさましく都の空のおさへたる心を放つ海にきたりて

5051 かなしさに濡るる心とことなれる春のゆふべの磯の雨かな

5043 初「明星」大12・4・1熱海遊草 その一― 与謝野晶子

5044 初「明星」大12・4・1熱海遊草 その一― 与謝野晶子

5045 (5)ならぬりん(ママ) 初「明星」大12・4・1熱海遊草 その一― 与謝野晶子

5046 初「明星」大12・4・1熱海遊草 その一― 与謝野晶子

5047 初「明星」大12・4・1熱海遊草 その一― 与謝野晶子

5048 初「明星」大12・4・1熱海遊草 その一― 与謝野晶子

5049 初「明星」大12・4・1熱海遊草 その一― 与謝野晶子

5050 初「明星」大12・4・1熱海遊草 その五― 与謝野寛

5051 初「明星」大12・4・1熱海遊草 その五― 与謝野寛

5052 くちびるに吸はるる如く春の夜の熱海ホテルの絨緞を踏む

5053 茶の後の肘掛椅子も猶堅し今宵おもへることに比べて

5054 呼鈴のおと浪おとにまじるなり磯のホテルの春の夜の廊

5055 沖にある春の雨夜のいさり火もほのかに濡れし桜かと見る

5056 春雨のしづくの残る星月夜テラスに海を見つつ語りぬ

5057 更けし夜のテラスに残る人人の顔にのぼれる海明りかな

5058 やはらかに小雨を降らす磯の雲春の旅寝の心をも知る

5059 たわたわと椿の花のてる上に黒く寒かり山の杉むら

5060 今はわれ遠き世界もあこがれず東の海のほとりに遊ぶ

5052 初「明星」大12・4・1熱海遊草 その五―
与謝野寛

5053 初「明星」大12・4・1熱海遊草 その五―
与謝野寛

5054 初「明星」大12・4・1熱海遊草 その五―
与謝野寛

5055 初「明星」大12・4・1熱海遊草 その五―
与謝野寛

5056 初「明星」大12・4・1熱海遊草 その五―
与謝野寛

5057 初「明星」大12・4・1熱海遊草 その五―
与謝野寛

5058 初「明星」大12・4・1熱海遊草 その五―
与謝野寛

5059 初「明星」大12・4・1熱海遊草 その五―
与謝野寛

5060 初「明星」大12・4・1熱海遊草 その五―
与謝野寛

5061 いつしかと山の泉に身を浸すよろこびにのみ足らんとすらん

5062 伊豆の春磯のホテルのともしびも椿の花に似る宵となる

5063 春の朝山のホテルのテラスよりやがてつづける入海の青《あを》

5064 山に見る伊豆の入江の美しさ昨日は小雨けふは春の日

5065 入海の青き色よりやや薄く小形の船の引きたる煙

5066 なにゆゑと常にこと問ふ悩みをばすべて忘れし春の日の磯

5067 青海とテラスの間《あひ》のきりぎしに梢を出だす二もとの杉

5068 見下ろして青き入江に驚ける心も春の小波《さざなみ》ぞする

5069 午後となり海のみどりの褪《あ》せゆけば心もすこし曇る旅人

5061 初「明星」大12・4・1熱海遊草 その五―与謝野寛

5062 初「明星」大12・4・1熱海遊草 その五―与謝野寛

5063 初「明星」大12・4・1熱海遊草 その五―与謝野寛

5064 初「明星」大12・4・1熱海遊草 その五―与謝野寛

5065 初「明星」大12・4・1熱海遊草 その五―与謝野寛

5066 初「明星」大12・4・1熱海遊草 その五―与謝野寛

5067 初「明星」大12・4・1熱海遊草 その五―与謝野寛

5068 初「明星」大12・4・1熱海遊草 その五―与謝野寛

5069 初「明星」大12・4・1熱海遊草 その五―与謝野寛

5070 天城をばかしこと覗く三人の顔のあつまる夕焼の窓

5071 梅を出で椿を過ぎぬ伊豆にきて我身も春の風に倣《なら》へり

5072 新しき驚きをして生くること我も渚《なぎさ》の浪に似よかし

5073 二日三日旅に出でつつ思ふことかりそめながら美くしきかな

5074 四五人が海を見下ろすヱランダの白き柱もたそがれとなる

5075 青青と熱海ホテルの大硝子《おほがらす》弥生の海を入るるあかつき

5076 また此処に別れを惜む日となりぬ在りてたのしき伊豆の磯かな

5077 うららかにすべて楽しとする心伊豆の入江の春の日の色

5078 こころよく樋《ひ》をつたひ行《ゆ》く山水《やまみづ》に一時《ひととき》だにもわが世似《よに》よかし

5070 初「明星」大12・4・1熱海遊草　その五―与謝野寛

5071 初「明星」大12・4・1熱海遊草　その五―与謝野寛

5072 初「明星」大12・4・1熱海遊草　その五―与謝野寛

5073 初「明星」大12・4・1熱海遊草　その五―与謝野寛

5074 初「明星」大12・4・1熱海遊草　その五―与謝野寛

5075 初「明星」大12・4・1熱海遊草　その五―与謝野寛

5076 初「明星」大12・4・1熱海遊草　その五―与謝野寛

5077 初「明星」大12・4・1熱海遊草　その五―与謝野寛

5078 初「国民新聞」大12・4・5心の断片―与謝野晶子

5079 太陽《たいやう》を抱《いだ》き得《う》るとは思《おも》はねどものあくがれの止《や》む時《とき》も無《な》し

5080 刺《さ》されまし斬《き》られなましと鶯《うぐひす》が心《こゝろ》得《え》ぬこと云《い》へる明方《あけがた》

5081 何《なん》となく涙《なみだ》流《なが》れぬわがために要《えう》なき春《はる》となりにけるかな

5082 春雨《はるさめ》もわが知《し》らぬ声《こゑ》寄《よ》りくると先《ま》づ思《おも》はれぬ心《こゝろ》細《ぼそ》き夜《よ》

5083 降《ふ》る靄《もや》に海《うみ》の匂《にほひ》す春雨《はるさめ》に鶯《うぐひす》の声《こゑ》まじりたるほど

5084 あらはなり春《はる》のしるしに物思《ものおも》ふ心《こゝろ》に隣《とな》る眠《ねむり》のこころ

5085 何故《なにゆゑ》にきたなき朱印《しゆいん》散《ち》らすぞと木《こ》の間《ま》の屋根《やね》の見《み》ゆる朝霧《あさぎり》

5086 衆人《しうじん》の座《ざ》にあることも忘《わす》るゝは生《い》くる価《あたひ》もあらぬわれかな

5087 ここにまた日稼《ひかせ》ぎの身《み》のここちする雀《すゞめ》子《こ》ありぬ桜《さくら》の落花《らくくわ》

5079 (初)「国民新聞」大12・4・5心の断片―与謝野晶子

5080 (初)「国民新聞」大12・4・5心の断片―与謝野晶子

5081 (初)「国民新聞」大12・4・5心の断片―与謝野晶子(再)「婦人画報」大12・6・1

5082 (初)「国民新聞」大12・4・5心の断片―与謝野晶子(再)「婦人画報」大12・6・1

5083 (初)「国民新聞」大12・4・5心の断片―与謝野晶子

5084 (初)「国民新聞」大12・4・5心の断片―与謝野晶子

5085 (初)「国民新聞」大12・4・5心の断片―与謝野晶子

5086 (初)「国民新聞」大12・4・5心の断片―与謝野晶子

5087 (初)「万朝報」大12・4・7（無題）―選者(再)「婦人画報」大12・6・1―与謝野晶子

5088 濡《ぬ》れつゝも泥《どろ》にまみるゝ心地《こゝち》せずわが涙《なみだ》ゆゑなつかしきかな

5089 いつの日《ひ》か思《おも》ひ捨《す》てたるものなれば心《こゝろ》おかるるひなげしの花《はな》

5090 明暗《めいあん》の二《ふた》おもてをばもつゆゑに皐月《さつき》めでたく思《おも》ほゆるかな

5091 奥山《おくやま》の木《こ》の下《した》みちの冷《つめ》たさに飽《あ》かず恋《こひ》する境《さかひ》に似《に》れば

5092 哀《あは》れにも水《みづ》に渇《かは》ける屋根草《やねぐさ》の人来《ひとき》て踏《ふ》まぬ花瘦《はなや》せて行《ゆ》く

5093 暫《しばら》くは帆《ほ》も大船《おほふね》も隠《かく》さるる太《ふと》きテラスの円柱《まろばしら》かな

5094 この心《こゝろ》　器《うつは》にしたる夏《なつ》の日《ひ》の氷《こほり》なりけりすさまじからず

5095 わが前《まへ》に山《やま》あひの田《た》の光《ひか》るなり天鵞絨《びろうど》に似《に》る陰日向《かげひなた》もち

5096 下《した》の襟《ゑり》何著《なにき》たりとも忘《わす》れつつもの書《か》くことも衰《おとろ》へしため

5088 初「万朝報」大12・4・21（無題）―選者 再「改造」大12・6・1―与謝野晶子
5089 初「万朝報」大12・5・5（無題）―選者
5090 初「万朝報」大12・5・19（無題）―選者
5091 初「国民新聞」大12・5・20紅玉―与謝野晶子
5092 初「国民新聞」大12・5・20紅玉―与謝野晶子
5093 初「国民新聞」大12・5・20紅玉―与謝野晶子
5094 初「国民新聞」大12・5・20紅玉―与謝野晶子
5095 初「国民新聞」大12・5・20紅玉―与謝野晶子
5096 初「国民新聞」大12・5・20紅玉―与謝野晶子

5097 遠《とほ》きよりわが心《こゝろ》をば引《ひ》くものをそれとさとるはあぢきなきかな

5098 鈴蘭《すゞらん》を下草《したくさ》として白樺《しらかば》のつづく林《はやし》に見《み》たる夕月《ゆふづき》

5099 われと云《い》ふ幸《さいはひ》 人《ひと》の行《ゆ》くところ森《もり》を出《い》づれば雛罌粟《ひなげし》の待《ま》つ

5100 朝山《あさやま》や紅《べに》の唐紙《とうし》を貼《は》る空《そら》の一《ひと》ところある杉《すぎ》むらの底《そこ》

5101 外《そと》は森赤《もりあか》き煉瓦《れんが》にてつせんが紋《もん》を置《お》きたるバガテルの隅《すみ》

5102 淡《あは》やかに恋《こひ》の形《かたち》を思《おも》ひしは歎《なげ》きの陰《かげ》を知《し》らざりしほど

5103 きりぎしをつつじの花《はな》の塗《ぬ》りたるは石《いし》の骨《ほね》など立《た》つに勝《まさ》らず

5104 初夏《はつなつ》は犬《いぬ》の並《なら》びて歩《あゆ》むさへ恋人達《こひびとたち》と云《い》はまほしけれ

5105 大《おほ》きなる紅玉《こうぎよく》と云《い》ひ恋《こひ》と云《い》ふ言葉《ことば》に足《た》らぬチユウリツプかな

5097 [初]「国民新聞」大12・5・20紅玉―与謝野晶子

5098 [初]「国民新聞」大12・5・20紅玉―与謝野晶子

5099 [初]「国民新聞」大12・5・20紅玉―与謝野晶子

5100 [初]「国民新聞」大12・5・20紅玉―与謝野晶子

5101 [初]「国民新聞」大12・5・20紅玉―与謝野晶子

5102 [初]「国民新聞」大12・5・20紅玉―与謝野晶子

5103 [初]「国民新聞」大12・5・20紅玉―与謝野晶子

5104 [初]「国民新聞」大12・5・20紅玉―与謝野晶子

5105 [初]「国民新聞」大12・5・20紅玉―与謝野晶子

5106 磯の草ひそかにもてくなつかしき海の彼方の天城おろしを

5107 洞門の彼方の世をばうたがはず覗かんとせず多比に漁《すな》どる

5108 洞門を再び越えて多比の海口野の浦を見る日来りぬ

5109 大空も傘ほど近く見なされぬ夕の浜にわれ一人居て

5110 砂山を走せて下りぬ速かにかく苦しみと離れてましを

5111 海上の闇に生るるいさり火は溜息ほどのひまおきて次ぐ

5112 この人よ地曳の網を引く中にありてものなど思はずと云へ

5113 海の上いさり火多し星の見てもの思ひなどつくるならまし

5114 夜のくらく鷲津の山の裾にあるわれぞと波の音に知るのみ

5106 初「明星」大12・6・1 洞門潮影―与謝野晶子

5107 初「明星」大12・6・1 洞門潮影―与謝野晶子

5108 初「明星」大12・6・1 洞門潮影―与謝野晶子

5109 初「明星」大12・6・1 洞門潮影―与謝野晶子

5110 初「明星」大12・6・1 洞門潮影―与謝野晶子

5111 初「明星」大12・6・1 洞門潮影―与謝野晶子

5112 初「明星」大12・6・1 洞門潮影―与謝野晶子

5113 初「明星」大12・6・1 洞門潮影―与謝野晶子

5114 初「明星」大12・6・1 洞門潮影―与謝野晶子

5115 松風は空いと近きところにて鳴る静浦の松原の朝

5116 浜松の幹の間の青海《あをうみ》のただならぬまで静かなりけれ

5117 獅子浜の海人《あま》の垣根のたわわなる薔薇のうしろに富士現れぬ

5118 やはらかに青をたたへし多比の海見つつ鷲津の山裾を行く

5119 静浦を江の浦に行き多比に行き口野行くなり初夏の馬車

5120 島ありて駿河の海のかたちをば馬車行くままに変ふるなりけり

5121 きはやかに鹿角《かづの》のやうにつつじ咲く切石山《きりいしやま》の真白き上に

5122 傾きて死を覗かんと船はしぬわりなきことに悩むならまし

5123 わが乗れる掌《たなぞこ》のごと浅き船多比の岬を巡りはたすや

5115 初「明星」大12・6・1洞門潮影―与謝野晶子

5116 初「明星」大12・6・1洞門潮影―与謝野晶子

5117 初「明星」大12・6・1洞門潮影―与謝野晶子

5118 初「明星」大12・6・1洞門潮影―与謝野晶子

5119 初「明星」大12・6・1洞門潮影―与謝野晶子

5120 初「明星」大12・6・1洞門潮影―与謝野晶子

5121 初「明星」大12・6・1洞門潮影―与謝野晶子

5122 初「明星」大12・6・1洞門潮影―与謝野晶子

5123 初「明星」大12・6・1洞門潮影―与謝野晶子

5124 人ゆゑにいまだ心の痛き間《ま》は死すらも思ふ恋の続きと

5125 あるがまま小石の道に小石をば拾ふ童の心なりわれ

5126 いつしかと花咲くリラの続くみち夕月夜とはなりにけるかな

5127 快きみちしるべをばせんと云ふ初夏の風頭上《づじやう》にありて

5128 ああ皐月みどりひろがる世の中に若き力の起き上りくる

5129 人の世に初めて花とひらきたる白きひとへの罌粟と思ひぬ

5130 市川や鵞鳥が錠の音に似る鳴き声立てて夕のきたる

5131 人の世の苦しきことと悲しみが稀に醸せる酒ならんわれ

5132 何ごとが貉むじなといふことの混る話と中庭の雨

5124 初「改造」大12・6・1短唱百首—与謝野晶子

5125 初「改造」大12・6・1短唱百首—与謝野晶子

5126 初「改造」大12・6・1短唱百首—与謝野晶子

5127 初「改造」大12・6・1短唱百首—与謝野晶子

5128 初「改造」大12・6・1短唱百首—与謝野晶子

5129 初「改造」大12・6・1短唱百首—与謝野晶子

5130 初「改造」大12・6・1短唱百首—与謝野晶子

5131 初「改造」大12・6・1短唱百首—与謝野晶子

5132 初「改造」大12・6・1短唱百首—与謝野晶子

5133 湯の器これすら白き塔と見えかしこまれけり朝浄くして

5134 わが家の板の廊下のなつかしさ山を踏みつつ思ふ初夏

5135 さびしかる間を置かず楽みのつづくを恋とかつて思はず

5136 内気なる十《とを》の童と白藤を見てしめやかにわが語る窓

5137 わが庭の渋渋夏に入りゆくが外にもましてなまめかしけれ

5138 能役者あまた棟をば並べたる細川邸の石垣の草

5139 悲しめど戯れごとをなすものの類ひに見なす皐月風かな

5140 若葉の木ひろごるところ知りがたしいかなる恋に育つなるらん

5141 真白くて断食したる法師ほど侮《あな》づらはしき一もとの罌粟

5133 初「改造」大12・6・1短唱百首―与謝野晶子

5134 初「改造」大12・6・1短唱百首―与謝野晶子

5135 初「改造」大12・6・1短唱百首―与謝野晶子

5136 初「改造」大12・6・1短唱百首―与謝野晶子

5137 初「改造」大12・6・1短唱百首―与謝野晶子

5138 初「改造」大12・6・1短唱百首―与謝野晶子

5139 初「改造」大12・6・1短唱百首―与謝野晶子

5140 初「改造」大12・6・1短唱百首―与謝野晶子

5141 初「改造」大12・6・1短唱百首―与謝野晶子

5142 華やかにわれを取巻く初夏の大空の雲あをうみの波

5143 わが心変りやすしといひながらさもあらぬをば歎くなりけり

5144 つひに来ん死の静けさも初夏の朝の心に浮びこそすれ

5145 身に沁みぬいつしか街の騒音の退くころの煙草の香ゆゑ

5146 初夏の風に混らず甘にがき自らの夢まもれる煙草

5147 野薔薇ちる森の中ゆく暁の秋にもまさる冷たささを愛づ

5148 大胆に雨降りいでぬたをやめの白き衣とひなげしの上

5149 今日《こんにち》のわれ終りぬと夜更くればわれもはかなきもの怖れする

5150 うるはしき皐月の言葉もつものは雛罌粟か否恋する女

5142 初「改造」大12・6・1短唱百首―与謝野晶子

5143 初「改造」大12・6・1短唱百首―与謝野晶子

5144 初「改造」大12・6・1短唱百首―与謝野晶子

5145 初「改造」大12・6・1短唱百首―与謝野晶子

5146 初「改造」大12・6・1短唱百首―与謝野晶子

5147 初「改造」大12・6・1短唱百首―与謝野晶子

5148 初「改造」大12・6・1短唱百首―与謝野晶子

5149 初「改造」大12・6・1短唱百首―与謝野晶子

5150 初「改造」大12・6・1短唱百首―与謝野晶子

5151 恋しさを云ひかはしたるそれよりも唯ごと多く云ひかはしける

5152 ことよろづ脆きが中にうごかざる思ひを立ててある人は誰

5153 朝はなほ白塗りの家許すべし昼はこちたし夜は凄まじ

5154 大海に勝りてひろき声もてる蛙に心奪はれはてぬ

5155 末の子が猫を見しなど云ひ出でて夜の浴室のややにすさまじ

5156 つばくらの通へる道を低く見てものうち思ふ階上の窓

5157 歎けども女の帯のあざやかに浮べる街のまぼろしも見る

5158 六月や馬と鵞鳥の驚かずあぢさゐいたくふためける雨

5159 はづかしく世におくれゆく人なれど見るところのみ若やかなりや

5151 子初「改造」大12・6・1短唱百首―与謝野晶

5152 子初「改造」大12・6・1短唱百首―与謝野晶

5153 子初「改造」大12・6・1短唱百首―与謝野晶

5154 子初「改造」大12・6・1短唱百首―与謝野晶

5155 子初「改造」大12・6・1短唱百首―与謝野晶

5156 子初「改造」大12・6・1短唱百首―与謝野晶

5157 子初「改造」大12・6・1短唱百首―与謝野晶

5158 子初「改造」大12・6・1短唱百首―与謝野晶

5159 子初「改造」大12・6・1短唱百首―与謝野晶

5160 まぼろしを描《か》けどうつつの成りゆきにひとしきものとなりて歎かる
5160 子初「改造」大12・6・1短唱百首―与謝野晶

5161 なつかしき十年の昔北海に船出したりし皐月となりぬ
5161 子初「改造」大12・6・1短唱百首―与謝野晶

5162 世にあればへりくだりをば強ひられぬ人非人ぞと言ひてあらまし
5162 子初「改造」大12・6・1短唱百首―与謝野晶

5163 雛罌粟の咲く初夏に逢ふことも残りすくなきここちこそすれ
5163 子初「改造」大12・6・1短唱百首―与謝野晶

5164 わがあるにふさはしき世の外《と》の方にあるここちのみする皐月かな
5164 子初「改造」大12・6・1短唱百首―与謝野晶

5165 野の薔薇の真珠の色のつながれる枝を動かす六月の雨
5165 子初「改造」大12・6・1短唱百首―与謝野晶

5166 円形の卓罌粟の花窓掛のしら波のごとうごく部屋かな
5166 子初「改造」大12・6・1短唱百首―与謝野晶

5167 初夏は薬を注げる杯もいみじきものに見なさるるかな
5167 子初「改造」大12・6・1短唱百首―与謝野晶

5168 東京の皐月は怒り易くしてとすれば砂を上ぐる南風《なんぷう》
5168 子初「改造」大12・6・1短唱百首―与謝野晶

5169 薔薇咲くをわがつかさどる世のこととなほ今年のみ思ひなさまし

5170 或時は自らの戒保ちえぬ人とも見えずすこやかに生く

5171 大空がわれをば捨てて逃ぐるやと雲の騒げばまして苦しき

5172 ここちよく長き葉をもつ草となり夏の夜明の風に靡かん

5173 わが書斎書《しょ》ゆゑをぐらく藤棚は日かげ零さず皐月に入れば

5174 盛りの世長きがうちの悲しみを知るはづかなる人数《ひとかず》に入る

5175 知りがたき過去と未来をわれもまた前と後ろに置きて人恋ふ

5176 小さなる羽ある虫の呼吸をして草にある見て物を思はず

5177 われのみはをりふしさびし天地のうたげの五月恋の皐月に

5169 初「改造」大12・6・1短唱百首—与謝野晶子

5170 初「改造」大12・6・1短唱百首—与謝野晶子

5171 初「改造」大12・6・1短唱百首—与謝野晶子

5172 初「改造」大12・6・1短唱百首—与謝野晶子

5173 初「改造」大12・6・1短唱百首—与謝野晶子

5174 初「改造」大12・6・1短唱百首—与謝野晶子

5175 初「改造」大12・6・1短唱百首—与謝野晶子

5176 初「改造」大12・6・1短唱百首—与謝野晶子

5177 初「改造」大12・6・1短唱百首—与謝野晶子

5178 日の照ればつつしみ深き紫陽花のたぐひもあらずさびしかりけれ

5179 奥山のかもめばかりの朴の花薄雲まじり散りかへる時

5180 時経たばよしあし無しと人云へど時無き時を悲しわれ持つ

5181 人がする思ひ出のごと二つ三つ赤き花おくわがつつじかな

5182 初夏のほしいままなる天地とつつましき人向ひて悲し

5183 おのれより推して思ふの外なくて君をいみじき恋人とする

5184 紫の蕊もつ紅のアネモネのうつれる卓のかたへにあれど

5185 チユリップ円《まろ》くめぐりて咲《さ》く鉢《はち》を王冠《わうくわん》と見《み》る昨日《きそ》のならひに

5186 桜《さくら》散《ち》り水《みづ》に浮《うか》べり大海《おほうみ》の人魚《にんぎよ》の肌《はだ》のうろこのやうに

5178 初「改造」大12・6・1短唱百首—与謝野晶子

5179 初「改造」大12・6・1短唱百首—与謝野晶子

5180 初「改造」大12・6・1短唱百首—与謝野晶子

5181 初「改造」大12・6・1短唱百首—与謝野晶子

5182 初「改造」大12・6・1短唱百首—与謝野晶子

5183 初「改造」大12・6・1短唱百首—与謝野晶子

5184 初「改造」大12・6・1短唱百首—与謝野晶子

5185 初「婦人画報」大12・6・1愁《うれ》ひて（短歌）—与謝野晶子

5186 初「婦人画報」大12・6・1愁《うれ》ひて（短歌）—与謝野晶子

5187 人《ひと》の見《み》てわれいかならん夕風《ゆふかぜ》に頭《かしら》もたぐる桜《さくら》の白《しろ》さ

5188 たぐひなく思《おも》ひ上《あが》れる故《ゆゑ》につく吐息《といき》と人《ひと》に知《し》られずもがな

5189 そことなく濡《ぬ》れてめでたし大《おほ》きなる石《いし》のかたへの山吹《やまぶき》の花《はな》

5190 我世《わがよ》とは云《い》へど我世《わがよ》の心地《こゝち》せず苦《くる》しき夢《ゆめ》のかこつべきかな

5191 あやまちて我自らの入り難き呪を貼りたるや帰る方《かた》無し

5192 みづからも我が礼拝に値せず淋しけれども朽ちし偶像

5193 わが内にわれ自らを引く力ありあまれども他を引かぬかな

5194 夢にては匂へる薔薇を襟にして猶うたげにも立ち交る人

5195 はだかにて森に住みたる日の心猶のこりつつ帰らんとする

5187 初「婦人画報」大12・6・1愁《れう》ひて（短歌）—与謝野晶子

5188 初「婦人画報」大12・6・1愁《れう》ひて（短歌）—与謝野晶子

5189 初「婦人画報」大12・6・1愁《れう》ひて（短歌）—与謝野晶子

5190 初「万朝報」大12・6・2（無題）—選者

5191 初「明星」大12・7・1（無題）—与謝野寛

5192 初「明星」大12・7・1（無題）—与謝野寛

5193 初「明星」大12・7・1（無題）—与謝野寛

5194 初「明星」大12・7・1（無題）—与謝野寛

5195 初「明星」大12・7・1（無題）—与謝野寛

5196 いただきの雪を眺めて近く聞く青き林のせせらぎの音

5197 天つ日を懐《ふところ》にしてはらむとは歌の上にも云はまほしけれ

5198 太き手を赤くゆたかに開きたる龍三郎の絵のなかの人

5199 我身こそ北ゆく船のけしきなれ心に近くながるる氷

5200 しら壁と若き柳のうつりたる水田の上の葛飾の春

5201 脂《し》粉《ふん》練《ね》る月《げつ》光《くわう》荘《さう》の主人《あるじ》来《き》て語《かた》れば心《こゝろ》もの哀《あは》れなり

5202 其《その》日《ひ》より身《み》には添《そ》へども面影《おもかげ》のはたちだかには見《み》がたかりけれ

5203 石にしもあらぬ身ゆゑに死ににけん有るも人ゆゑ悲しかりけれ

5204 生死《いきしに》のことなる道をえらべどもなつかしさのみ離れざるかな

5196 初「明星」大12・7・1（無題）―与謝野寛

5197 初「明星」大12・7・1（無題）―与謝野寛

5198 初「明星」大12・7・1（無題）―与謝野寛

5199 初「明星」大12・7・1（無題）―与謝野寛

5200 初「明星」大12・7・1（無題）―与謝野寛

5201 初「万朝報」大12・7・2（無題）―選者

5202 初「万朝報」大12・7・28（無題）―選者

5203 初「泉」大12・8・1悲しみて―与謝野晶子

5204 初「泉」大12・8・1悲しみて―与謝野晶子

5205 さだかにも浮び出でくる面影は反魂香がもたらすに過ぐ

5206 忘れぬは別れし後にわが見たるロオランサンの寒き水色

5207 いにしへの礼記《れいき》に挙げしまじらひにありあらずとも云はんことかは

5208 わりなくも人《ひと》の身《み》ほどの熱《ねつ》もてる富士《ふじ》の精進《しやうじ》の湖《みづうみ》の水《みづ》

5209 美《うつ》くしき西湖《さいこ》に開《ひら》く洞門《どうもん》を出《い》でゝ心《こゝろ》の足《た》ると思《おも》はず

5210 ほとゝぎす青木《あをき》が原《はら》に啼《な》く暮《くれ》は山《やま》のホテルも華《はな》やかにして

5211 いにしへのラバより出《い》でゝ茂《しげ》る木《き》の青木《あをき》が原《はら》は目《め》にはてど無《な》し

5212 樛楓《つがかへで》藻《も》の如《ごと》くにも幹青《みきあを》く細《ほそ》くしげれる富士《ふじ》の深林《しんりん》

5213 藍色《あゐいろ》と相摸《さがみ》の空《そら》の朝《あさ》の日《ひ》の光《ひかり》のけぶる富士《ふじ》の山《やま》かな

5205 初「泉」大12・8・1悲しみて―与謝野晶子

5206 初「泉」大12・8・1悲しみて―与謝野晶子

5207 初「泉」大12・8・1悲しみて―与謝野晶子

5208 初「万朝報」大12・8・11(無題)―選者

5209 初「国民新聞」大12・8・14精進湖より―与謝野晶子

5210 初「国民新聞」大12・8・14精進湖より―与謝野晶子

5211 初「国民新聞」大12・8・14精進湖より―与謝野晶子

5212 初「国民新聞」大12・8・14精進湖より―与謝野晶子

5213 初「国民新聞」大12・8・14精進湖より―与謝野晶子

5214 ほととぎす龍胆色《りんだういろ》の近《ちか》き富士《ふじ》その前《まへ》に立《た》つ赤松《あかまつ》の幹《みき》

5215 山行《やまゆ》きて橅《ぶな》の林《はやし》の夕風《ゆふかぜ》の色《いろ》と思《おも》ひしみづうみの端《はし》

5216 野平《のだひら》も青木《あをき》が原《はら》も一瞬《しゆん》に包《つゝみ》て飽《あ》かぬ雲《くも》の寄《よ》りくる

5217 目《め》に青《あを》う見《み》ゆるがほどの遠方《をちかた》の富士《ふじ》の樹海《じゆかい》の風《かぜ》鳴《な》りいでぬ

5218 湖《みづうみ》を敷《し》けば雑木《ざうき》の靡《なび》くだにいみじき枝《えだ》の振舞《ふるまひ》と見《み》ゆ

5219 地《ち》の底《そこ》の青空《あをぞら》としも本栖湖《もとすこ》を云《い》はん不思議《ふしぎ》は不思議《ふしぎ》のままに

5220 とりいでて人《ひと》とも云《い》はじ夕《ゆふ》ぐれは地《ち》のもの藍《あゐ》の濃淡《のうたん》に尽《つ》く

5221 夜《よ》も閉《と》ぢずないがしろにもてなしぬ富士《ふじ》に向《むか》へる客房《かくばう》の窓《まど》

5222 或室《あるへや》に毒うつぎをば挿してきぬ優《いう》にをぐらきその窓を愛で

5214 初「国民新聞」大12・8・14精進湖より―与謝野晶子

5215 初「国民新聞」大12・8・14精進湖より―与謝野晶子

5216 初「国民新聞」大12・8・14精進湖より―与謝野晶子

5217 初「国民新聞」大12・8・14精進湖より―与謝野晶子

5218 初「国民新聞」大12・8・14精進湖より―与謝野晶子

5219 初「国民新聞」大12・8・14精進湖より―与謝野晶子

5220 初「国民新聞」大12・8・14精進湖より―与謝野晶子

5221 初「国民新聞」大12・8・14精進湖より―与謝野晶子

5222 初「明星」大12・9・1山影湖光　その一―与謝野晶子

5223 明星は松 籟山《しようらいざん》をよこざまにテラスの角《かど》を曲れば見えぬ

5224 水の上渡りきぬれば島のごと湖畔もさびし精進《しやうじ》の夕

5225 昔よりわが見しものの限り皆雲とし代り山にあるかな

5226 雲去れば翡翠色《かはせみいろ》の富士ありてめでたき朝となりにけるかな

5227 木をわたる裾野おろしの音ききてあらはにものの云はまほしけれ

5228 大月《おほつき》の駅《えき》を出づれば一すぢの信心《しんじん》の道富士につながる

5229 正面に富士を目にする大月の駅のこころのやはらかきかな

5230 富士行者白衣《はくえ》のむれのうづまけばこれも裾野の雲かとぞ見る

5231 やはらかに富士の曳きたる上《かみ》つ代の長き裾かな口づけてまし

5223 初「明星」大12・9・1 山影湖光 その一―
与謝野晶子

5224 初「明星」大12・9・1 山影湖光 その一―
与謝野晶子

5225 初「明星」大12・9・1 山影湖光 その一―
与謝野晶子

5226 初「明星」大12・9・1 山影湖光 その一―
与謝野晶子

5227 初「明星」大12・9・1 山影湖光 その一―
与謝野晶子

5228 初「明星」大12・9・1 山影湖光 その二―
与謝野寛

5229 初「明星」大12・9・1 山影湖光 その二―
与謝野寛

5230 初「明星」大12・9・1 山影湖光 その二―
与謝野寛

5231 初「明星」大12・9・1 山影湖光 その二―
与謝野寛

5232 富士もまた女の線にかたどりて遠き昔に造られしかな

5233 みづからをほのかに責むる思ひあり富士に向へば人小くして

5234 富士の脚いつ起るとも知らぬ間に我は裾野の上に来にけり

5235 富士の裾はやく秋なる草の風よき香を人に傾けて吹く

5236 二十歳《はたち》にて極むべかりし頂を今日となれども裾野より見る

5237 富士を見て煙草を吸へばそのけぶり夏草の香と共になびきぬ

5238 もえもえて富士の四方《しはう》に流れたる青き火と見ゆ夏草の原

5239 万年《まんねん》の焼石原《やけいしはら》をまろくして富士の裾野に盛りあがる草

5240 ここにして雑木も石の一片《いつぺん》も富士の偉大を支《ささ》へぬは無し

5232 与謝野寛 初「明星」大12・9・1山影湖光 その二―

5233 与謝野寛 初「明星」大12・9・1山影湖光 その二―

5234 与謝野寛 初「明星」大12・9・1山影湖光 その二―

5235 与謝野寛 初「明星」大12・9・1山影湖光 その二―

5236 与謝野寛 初「明星」大12・9・1山影湖光 その二―

5237 与謝野寛 初「明星」大12・9・1山影湖光 その二―

5238 与謝野寛 初「明星」大12・9・1山影湖光 その二―

5239 与謝野寛 初「明星」大12・9・1山影湖光 その二―

5240 与謝野寛 初「明星」大12・9・1山影湖光 その二―

5241 二十歳《はたち》にて見し日の如く緑なりわが髪ならぬ川口の水《みづ》

5242 真二つにみづうみを切る早き船富士の北ふく風の涼しさ

5243 帷《とばり》なす雲の切目《きれめ》に片はしの青きを見せて大なる富士

5244 馬載せて板舟《いたぶね》ひとつ山かげの草の間の水よりぞ来る

5245 わが髪をうしろに竪てて入り難し富士の西湖《さいこ》の洞門《とうもん》の風

5246 目のしたにみづうみを見て桑を採る十二峠の赤土の畑

5247 岩山のうへに現れかや草のなかに入り去る朱の色の路

5248 八月の青木が原の木下路《こしたみち》わが馬車すぎて雫するかな

5249 火なりけるむかしの心いま如何に雑木《ざふき》生ひけり富士の焼石《やけいし》

5241 (初)「明星」大12・9・1山影湖光 その二― 与謝野寛
5242 (初)「明星」大12・9・1山影湖光 その二― 与謝野寛
5243 (初)「明星」大12・9・1山影湖光 その二― 与謝野寛
5244 (初)「明星」大12・9・1山影湖光 その二― 与謝野寛
5245 (初)「明星」大12・9・1山影湖光 その二― 与謝野寛
5246 (初)「明星」大12・9・1山影湖光 その二― 与謝野寛
5247 (初)「明星」大12・9・1山影湖光 その二― 与謝野寛
5248 (初)「明星」大12・9・1山影湖光 その二― 与謝野寛
5249 (初)「明星」大12・9・1山影湖光 その二― 与謝野寛

5250 島の岸しろきホテルを載せながら朱の色をして水に欹《そばだ》つ

5251 手荷物を船より上げて思ひけりやがて湖上の山に住まばや

5252 みづうみへ白きホテルをつなぐ路ぶなの木蔭に斜なるかな

5253 桃色をきて水を見る人ありぬ山のホテルの白き切窓《きりまど》

5254 明るさも陰《かげ》も都にことなりぬ山と雲との外に事無し

5255 五千里の長さを持ちて富士のすそ青木が原をわたる白雲

5256 赤松の幹のあひだにその幹の色よりも濃き夕ばえの富士

5257 ゆふばえの富士を見よとてしら鳥に似る船一つ切崖に待つ

5258 焼石のくろく沈めるみぎはにも薔薇いろを置く富士の夕映

5250 与謝野寛 初「明星」大12・9・1山影湖光 その二―

5251 与謝野寛 初「明星」大12・9・1山影湖光 その二―

5252 与謝野寛 初「明星」大12・9・1山影湖光 その二―

5253 与謝野寛 初「明星」大12・9・1山影湖光 その二―

5254 与謝野寛 初「明星」大12・9・1山影湖光 その二―

5255 与謝野寛 初「明星」大12・9・1山影湖光 その二―

5256 与謝野寛 初「明星」大12・9・1山影湖光 その二―

5257 与謝野寛 初「明星」大12・9・1山影湖光 その二―

5258 与謝野寛 初「明星」大12・9・1山影湖光 その二―

5259 水を見る瑞西《スヰス》の宿のここちしてフオクを執りぬ山の食堂

5260 ほととぎす青木が原は暗けれど白き湖水を前にして啼く

5261 天つ風富士の雲をば吹き去りぬ明星きたり近く光れば

5262 思ふこときれぎれなるを我がためにつながんとする山郭公

5263 山の夜や富士を拝する信心《しんじん》はもたぬ枕に蠟の火の燃ゆ

5264 朝早く厩の馬の足《あ》がきにも似る櫓の音すみづうみの上

5265 しら鳥に似る白き船ひとつ浮き濃きみどりしぬ山の湖

5266 赤松の秀でし幹の中ほどに青きころもを掛くるみづうみ

5267 無心にて富士に対する静けさを朝よりゆるす山の窓かな

5259 (初)「明星」大12・9・1山影湖光 その二―
与謝野寛

5260 (初)「明星」大12・9・1山影湖光 その二―
与謝野寛

5261 (初)「明星」大12・9・1山影湖光 その二―
与謝野寛

5262 (初)「明星」大12・9・1山影湖光 その二―
与謝野寛

5263 (初)「明星」大12・9・1山影湖光 その二―
与謝野寛

5264 (初)「明星」大12・9・1山影湖光 その二―
与謝野寛

5265 (初)「明星」大12・9・1山影湖光 その二―
与謝野寛

5266 (初)「明星」大12・9・1山影湖光 その二―
与謝野寛

5267 (初)「明星」大12・9・1山影湖光 その二―
与謝野寛

5268 心をもろともに開けはなつ精進《しやうじ》ホテルのあかつきの風

5269 峰と谷四方《よも》をふさげる甲斐にきて今日は唯読む雲の消息

5270 われ受けん心つかれて大なる富士に縋ると云ふ譏をも

5271 しろき雲二つに裂けてわが前にグロテスクなる富士動き出づ

5272 人の世の受けひきがたき事なども富士を見る日は灰に如《し》かざり

5273 みづからを小《ちさ》しとしたる人の身も忘れて富士と共にあるかな

5274 濡れとほる短き歌をくりかへす我等の如き山ほとときす

5275 わがために馬の轡をとらんなど云ふ人に遇ふ甲州の山

5276 わが家の痩せたる子等も目に見えて細細《ほそぼそ》と立つ山のなでしこ

5268 [初]「明星」大12・9・1山影湖光 その二― 与謝野寛

5269 [初]「明星」大12・9・1山影湖光 その二― 与謝野寛

5270 [初]「明星」大12・9・1山影湖光 その二― 与謝野寛

5271 [初]「明星」大12・9・1山影湖光 その二― 与謝野寛

5272 [初]「明星」大12・9・1山影湖光 その二― 与謝野寛

5273 [初]「明星」大12・9・1山影湖光 その二― 与謝野寛

5274 [初]「明星」大12・9・1山影湖光 その二― 与謝野寛

5275 [初]「明星」大12・9・1山影湖光 その二― 与謝野寛

5276 [初]「明星」大12・9・1山影湖光 その二― 与謝野寛

5277 山かげに散りてはかなき沙羅《しやら》の花手に拾ふとき涙ながれぬ

5278 先生の庭に散りたる沙羅の花甲斐の山路の木蔭にも散る

5279 山のうへ空には淡《あは》き昼の月蔭には白き沙羅の花ちる

5280 夕ばえす焼が岳よりなびきたる煙のうへの一百の峰

5281 下に見る谷間の木末ひとところ白けて立てり鹿の角ほど

5282 をちかたの富士川の水山かげに尽きなんとして白糸を引く

5283 甘《あま》かりしその息絶えぬ沙羅の花わが口づけしひと時の後

5284 富士おろし橅《ぶな》の老木の根と共に山を剝ぎたる太き手の跡

5285 富士にきて咲耶姫には逢はねどもうつぎの枝に赤玉《あかだま》を見る

5277 与謝野寛 初「明星」大12・9・1山影湖光 その二―

5278 与謝野寛 初「明星」大12・9・1山影湖光 その二―

5279 与謝野寛 初「明星」大12・9・1山影湖光 その二―

5280 与謝野寛 初「明星」大12・9・1山影湖光 その二―

5281 与謝野寛 初「明星」大12・9・1山影湖光 その二―

5282 与謝野寛 初「明星」大12・9・1山影湖光 その二―

5283 与謝野寛 初「明星」大12・9・1山影湖光 その二―

5284 与謝野寛 初「明星」大12・9・1山影湖光 その二―

5285 与謝野寛 初「明星」大12・9・1山影湖光 その二―

5286 ゆきずりに手を刺しつるも親しかり山の雑木《ざふき》の人らしき針

5287 富士のすそ本栖《もとす》のみぎはここにして浄罪界に行き着けるかな

5288 半日も千とせの如し富士のすそ本栖のみぎは君と歌へば

5289 今はわれ烏帽子が岳の上に立ち見る世界にも足る心かな

5290 富士晴れて本栖の湖《うみ》は青めども比すべく若き一心《いつしん》を欠く

5291 たのしみを内に求めて静かなる心のごとき本栖湖《もとすこ》の水

5292 日は落ちぬ身延の山へこなたには富士にただよふ薔薇色の赤

5293 また見じと思ふ心も哀れなり本栖《もとす》の水に別れんとして

5294 山山の端をふちどる大空がくちなし色をしたる夕ぐれ

5286 与謝野寛 初「明星」大12・9・1山影湖光 その二―

5287 与謝野寛 初「明星」大12・9・1山影湖光 その二―

5288 与謝野寛 初「明星」大12・9・1山影湖光 その二―

5289 与謝野寛 初「明星」大12・9・1山影湖光 その二―

5290 与謝野寛 初「明星」大12・9・1山影湖光 その二―

5291 与謝野寛 初「明星」大12・9・1山影湖光 その二―

5292 与謝野寛 初「明星」大12・9・1山影湖光 その二―

5293 与謝野寛 初「明星」大12・9・1山影湖光 その二―

5294 与謝野寛 初「明星」大12・9・1山影湖光 その二―

5295 夜となれば富士を守りて金の矢を脇挟《わきばさ》まざる星も無きかな

5296 夕闇の青木が原のほととぎす富士の重みを感じつつ啼く

5297 水色の玻璃《はり》の世界となりゆきぬ富士のゆふべの初秋の空

5298 イギリスの片田舎かとなつかしきラムプともりて山暮れて行く

5299 近き木に山のつむぎは歌へども霧の下《した》なり朝の湖

5300 そこのみは夜のここちしてみづうみの南の磯に黒き焼石

5301 松かげの白きホテルの窓ごとにありて美くし富士と湖

5302 富士および一切尽きてやすらかに有《う》を融かしたり無の霧の中《なか》

5303 松の葉もぶなの円葉《まろは》も霧すぎて雫を落す山の昼かな

5295 初「明星」大12・9・1山影湖光 その二— 与謝野寛

5296 初「明星」大12・9・1山影湖光 その二— 与謝野寛

5297 初「明星」大12・9・1山影湖光 その二— 与謝野寛

5298 初「明星」大12・9・1山影湖光 その二— 与謝野寛

5299 初「明星」大12・9・1山影湖光 その二— 与謝野寛

5300 初「明星」大12・9・1山影湖光 その二— 与謝野寛

5301 初「明星」大12・9・1山影湖光 その二— 与謝野寛

5302 初「明星」大12・9・1山影湖光 その二— 与謝野寛

5303 初「明星」大12・9・1山影湖光 その二— 与謝野寛

5304 言ふ如く万づ世かけて動かずば富士は人より淋しからまし

5305 仰ぎ見て云はんすべ無し富士の嶺は大きく我を圧へたるかな

5306 大地より根ざせるもののたしかさを独り信じて黙《もだ》したる富士

5307 人間を死ぬものとして思ふより淋しきは無し富士を見るにも

5308 雲を見て灰をば思ひ富士を見て墓をば思ふさびしき心

5309 人に似る雲もありけりかの空に奔らんとして富士につまづく

5310 富士も背をこなたに向けてある如し今朝の淋しき我心から

5311 この山になぞらへつべき大きさを心にねがふ富士行者かな

5312 北がはの富士黒くなり三すぢほど残れる雪の光る夕暮

5304 初「明星」大12・9・1山影湖光　その二―与謝野寛

5305 初「明星」大12・9・1山影湖光　その二―与謝野寛

5306 初「明星」大12・9・1山影湖光　その二―与謝野寛

5307 初「明星」大12・9・1山影湖光　その二―与謝野寛

5308 初「明星」大12・9・1山影湖光　その二―与謝野寛

5309 初「明星」大12・9・1山影湖光　その二―与謝野寛

5310 初「明星」大12・9・1山影湖光　その二―与謝野寛

5311 初「明星」大12・9・1山影湖光　その二―与謝野寛

5312 初「明星」大12・9・1山影湖光　その二―与謝野寛

5313 倦怠《けんたい》が割きつるひびを補ひて富士をこの日の心にぞ置く

5314 ホテルよりぶなの木蔭をくだる路みぎはとなりて白き船つく

5315 両わきに力士のごとき雲きたり夕の富士を運ばんとする

5316 みづうみに落つる谷ぞと見えつるはぎぼしの花のむらがれる岸

5317 富士の嶺を甲斐にて見ればたをやめのやさしさこそは此処にありけれ

5318 富士の西遠くそばだつむら山を更に深めてくだる白雲

5319 いつしかと富士に雲無し天の時人のこころも秋に定まる

5320 高きより手をつなぎつつ舞ひくだる青木が原の天人《てんにん》の雲

5321 しら雲は到るところを楽めり野にも富士にも舞の袖振る

5313 初「明星」大12・9・1山影湖光 その二―与謝野寛
5314 初「明星」大12・9・1山影湖光 その二―与謝野寛
5315 初「明星」大12・9・1山影湖光 その二―与謝野寛
5316 初「明星」大12・9・1山影湖光 その二―与謝野寛
5317 初「明星」大12・9・1山影湖光 その二―与謝野寛
5318 初「明星」大12・9・1山影湖光 その二―与謝野寛
5319 初「明星」大12・9・1山影湖光 その二―与謝野寛
5320 初「明星」大12・9・1山影湖光 その二―与謝野寛
5321 初「明星」大12・9・1山影湖光 その二―与謝野寛

5322 焼石の黒き底より湧く水のこぼこぼと鳴る山の初秋

5323 荷を負ひて甲府にかよふ馬ならで嗅ぐ者もなき山の秋草

5324 この夜頃裾野の雲を帷《とばり》とし寝ねてけるかな富士に肌触れ

5325 山にきて折る毒うつぎくれなゐのこの毒にさへ酔ふよしもがな

5326 飛ぶ車うしろにつづく挿翳《さしば》などかぐや姫をば思はする雲

5327 わがホテル真黒き富士の蔭となり水の上より夜の白みゆく

5328 にくまれて昼日中《ひるひなか》にも竹煮草《たけにさう》立ちつつ泣けり山の石原

5329 わが指にうち咽びつつ口づけてみな女なる山の草かな

5330 うきことは深山に捨てんよしも無し帰らんとしてまた負ひて出づ

5322 初「明星」大12・9・1山影湖光 その二―
与謝野寛

5323 初「明星」大12・9・1山影湖光 その二―
与謝野寛

5324 初「明星」大12・9・1山影湖光 その二―
与謝野寛

5325 初「明星」大12・9・1山影湖光 その二―
与謝野寛

5326 初「明星」大12・9・1山影湖光 その二―
与謝野寛

5327 初「明星」大12・9・1山影湖光 その二―
与謝野寛

5328 初「明星」大12・9・1山影湖光 その二―
与謝野寛

5329 初「明星」大12・9・1山影湖光 その二―
与謝野寛

5330 初「明星」大12・9・1山影湖光 その二―
与謝野寛

5331 三人の旅の男女と初秋の富士を載せたるみづうみの船

5332 清らなる白髪《しらが》の翁櫓をとりぬ富士の西湖《さいこ》の初秋の船

5333 板船に黄なる五本の番傘が夕立を受く川口の湖《うみ》

5334 草の香と馬のにほひを打まぜて裾野に吹ける八月の風

5335 高原《たかはら》のつりがね草と月見草ことなる火もて夏祭する

5336 富士いつく祝《はふり》の街の吉田にて行きあふ群《むれ》の鳴《な》らす鈴音

5337 路曲り野をくだるなりその度に異《かは》る会釈をもて送る富士

5338 裾野ゆき富士に濡るると思ひけりその下《お》ろしくる霧雨《きりさめ》のため

5339 霧早し深しをぐらし七尺の前に路消ゆかごさか峠

5331 初「明星」大12・9・1山影湖光 その二― 与謝野寛

5332 初「明星」大12・9・1山影湖光 その二― 与謝野寛

5333 初「明星」大12・9・1山影湖光 その二― 与謝野寛

5334 初「明星」大12・9・1山影湖光 その二― 与謝野寛

5335 初「明星」大12・9・1山影湖光 その二― 与謝野寛

5336 初「明星」大12・9・1山影湖光 その二― 与謝野寛

5337 初「明星」大12・9・1山影湖光 その二― 与謝野寛

5338 初「明星」大12・9・1山影湖光 その二― 与謝野寛

5339 初「明星」大12・9・1山影湖光 その二― 与謝野寛

5340 にはかにも大霧《たいむ》のなかに囲まれぬいかが行くべき籠坂峠《かごさかたふげ》

5341 雨しろく車にあたり裂くる音裾野を隠す霧おろしきて

5342 をちかたの木立の末に山中湖《やまなかこ》なまりの色し霧すこし霽《は》る

5343 生命《いのち》をばまたなく惜《を》しと押《お》しつけにわれも思《おも》へと地《ち》の揺《ゆ》らぐ時《とき》

5344 燃《も》え立《た》ちし三方《はう》の火《ひ》と心《こゝろ》なるわがもの恐《おそ》れ渦巻《うづま》くと知《し》る

5345 人《ひと》は皆亥《みなゐ》の子《こ》の如《ごと》くうつけはて火事《くわじ》と対《たい》する外濠《そとぼり》の土堤《どて》

5346 思ふより見て空しかるものありぬなべてかかるや火事跡のこと

5347 身の弱きわれより早く学院は真白き灰となりぞはてぬる

5348 焦げはてしピアノの骨の幾つをば見ん日なんども誰思ふべき

5340 初「明星」大12・9・1山影湖光 その二——与謝野寛

5341 初「明星」大12・9・1山影湖光 その二——与謝野寛

5342 初「明星」大12・9・1山影湖光 その二——与謝野寛

5343 初『大正大震災大火災』大12・10・1天変動く——与謝野晶子

5344 初『大正大震災大火災』大12・10・1天変動く——与謝野晶子

5345 初『大正大震災大火災』大12・10・1天変動く——与謝野晶子再「サンデー毎日」大12・10・7

5346 初「カメラ」大12・10・1火の後——与謝野晶子

5347 初「カメラ」大12・10・1火の後——与謝野晶子

5348 初「カメラ」大12・10・1火の後——与謝野晶子

5349 東京《とうきやう》を焼《や》ける焔《ほのほ》につづきたる生々《なま〳〵》しかる白雲《しらくも》の空《そら》

5350 都《みやこ》焼《や》く火事《くわじ》の煙《けぶり》に夕映《ゆふばえ》のうつる悲《かな》しき日《ひ》に逢《あ》へるかな

5351 はかなさを常《つね》に覚《おぼ》ゆる心《こゝろ》にも今日《けふ》にまされる日《ひ》を知《し》らぬかな

5352 学院《がくゐん》の焼《や》けおちしなど聞《き》くからにまた醒《さ》めぬべき夢《ゆめ》とたのまる

5353 休《やす》みなく地《ち》の揺《ゆ》れたるは疾風《はやち》の日海《ひうみ》にあるよりあぢきなきかな

5354 うちどよみ地《ち》のわななくはわれのためわがわななくは死《し》の恐《おそ》れゆゑ

5355 死《し》の用意《ようい》いかにすべきと五歳《いつゝ》の子《こ》しづかに聞《き》けば地震《なゐ》しばし止《や》む

5356 三方《ぱう》に火《ひ》あり後《うしろ》に牛込《うしごめ》の濠《ほり》ありくらく死《し》の洞《ほら》のごと

5357 君《くん》王《う》の都《みやこ》　焔《ほのふ》の海《うみ》となりわれは生死《せうし》のさかひにぞ立《た》つ

5349 初「現代」大12・10・1恐《おそ》れの中《ちう》に―与謝野晶子

5350 初「現代」大12・10・1恐《おそ》れの中《ちう》に―与謝野晶子

5351 初「現代」大12・10・1恐《おそ》れの中《ちう》に―与謝野晶子

5352 初「現代」大12・10・1恐《おそ》れの中《ちう》に―与謝野晶子

5353 初「現代」大12・10・1恐《おそ》れの中《ちう》に―与謝野晶子

5354 初「女性」大12・10・1短歌五首―与謝野晶子

5355 初「女性」大12・10・1短歌五首―与謝野晶子

5356 初「女性」大12・10・1短歌五首―与謝野晶子

5357 (1)君《くん》王《う》（ルビママ）　初「女性」大12・10・1短歌五首―与謝野晶子

5358 あさましき夢《ゆめ》かなあはれ目《め》の前《まへ》にひまなく白《しろ》き柩《ひつぎ》運《はこ》ばる

5359 死ぬ人をいかにかすべき東京の燃え立つことはさもあらばあれ

5360 天変に生くるそらなき日の続きえがたくなりぬ我子らの糧《かて》

5361 地震に生き聞くに堪へざる報せのみ聞くべき人となりはてしかな

5362 地にものを語る人のみ過ぐるなり東京の街廃墟となれば

5363 焼土《やけつち》の中をゆきつつ町の名のをりふし胸にうかぶさびしさ

5364 揺《ゆ》るる地《ち》に焔《ほのほ》の波《なみ》の立《た》ち混る未知《みち》のさかひへ入《い》りにけるかな

5365 都《みやこ》をば焼《や》く熱狂《ねつきやう》の度の高《たか》くなりし焔《ほのほ》をうつけてぞ見《み》る

5366 火《ひ》の子《こ》降《ふ》る土堤《どて》の傾斜《けいしや》の上《うへ》に居《ゐ》て此処《ここ》より安《やす》き地《ち》なしとぞする

5358 初「女性」大12・10・1短歌五首—与謝野晶子

5359 初「女性改造」大12・10・1災後—与謝野晶子

5360 初「女性改造」大12・10・1災後—与謝野晶子

5361 初「女性改造」大12・10・1災後—与謝野晶子

5362 初「女性改造」大12・10・1災後—与謝野晶子

5363 初「女性改造」大12・10・1災後—与謝野晶子

5364 初「国民新聞」大12・10・26災余呻吟—与謝野晶子

5365 初「国民新聞」大12・10・26災余呻吟—与謝野晶子

5366 初「国民新聞」大12・10・26災余呻吟—与謝野晶子

5367 江東《かうとう》の人死《ひとし》ぬ地震《なゐ》がつくりつる火《ひ》がもとゐして幾万《いくまん》となく

5368 地獄《ぢごく》をば思《おも》ひやるにも限《かぎ》りこそありつれ地震《なゐ》と大火《たいくわ》の以前《いぜん》

5369 そことなく悪鬼《あくき》の相《さう》の浮《うか》ぶなり都《みやこ》の燃《も》ゆる秋《あき》の月明《げつめい》

5370 東京《とうきやう》の焼《や》け残《のこ》りたる片隅《かたすみ》の地震《なゐ》なほ止《や》まずわれ病《やまい》する

5371 苦《くる》しけれ地震《なゐ》ゆゑ人《ひと》ら宜《よろ》しきに改《あらたま》るてふ二三歩《ぼ》がほど

5372 なゐきたる原人《げんじん》に似る勇猛《いうもう》を失へるやと我を試めして

5373 子等を抱《だ》き自然《しぜん》の暴《ばう》に逆《さか》らひぬ籠《かご》より脆くゆるる家にて

5374 地震《なゐ》すこしたぢろぐ如しこのひまに家を出でよと呼ばはりにけり

5375 子等なくばなゐのなかよりふためきてわれ見苦しく逃れたらまし

5367 初「婦人世界」大12・11・7悪《あく》夢《む》―与謝野晶子

5368 初「婦人世界」大12・11・7悪《あく》夢《む》―与謝野晶子

5369 初「婦人世界」大12・11・7悪《あく》夢《む》―与謝野晶子

5370 初「婦人世界」大12・11・7悪《あく》夢《む》―与謝野晶子

5371 初「婦人世界」大12・11・7悪《あく》夢《む》―与謝野晶子

5372 初「むらさき」大12・11・15災余抄―与謝野寛 再「明星」大13・8・1

5373 初「むらさき」大12・11・15災余抄―与謝野寛 再「明星」大13・8・1

5374 初「むらさき」大12・11・15災余抄―与謝野寛 再「明星」大13・8・1

5375 初「むらさき」大12・11・15災余抄―与謝野寛 再「明星」大13・8・1

5376 何よりも命一つのたふとさをなゐと焔のなかにてぞ知る

5377 地獄絵を正目《まさめ》にしたる火のなかに東京の街夜となれるかな

5378 人あまた焼かれて叫ぶ都をば青ざめて見る火の上の月

5379 三日《みつか》へてまた驚かず猶猛《もう》に地の動くこと海に似たれど

5380 初秋《はつあき》や奥《おく》の箱根の山荘《さんさう》に雨を聞く夜のあはれなるかな

5381 海を負《お》ひ桔梗《ききやう》の色にたそがるゝ秋の初《はじ》めの明星《みやうじやう》が岳《たけ》

5382 いなづまが楢《なら》の木立《こだち》を描《ゑが》くなり初更《しよかう》ばかりの山荘《さんさう》の窓

5383 温泉《をんせん》の湧《わ》き立《た》つ渓《たに》の湯煙《ゆけむり》に追はれていでぬ蜻蛉《あきつ》の如く

5376 初「むらさき」大12・11・15災余抄―与謝野寛

5377 初「むらさき」大12・11・15災余抄―与謝野寛

5378 初「むらさき」大12・11・15災余抄―与謝野寛

5379 初「むらさき」大12・11・15災余抄―与謝野寛

5380 初「むらさき」大12・11・15箱根にて―与謝野晶子

5381 初「むらさき」大12・11・15箱根にて―与謝野晶子

5382 初「むらさき」大12・11・15箱根にて―与謝野晶子

5383 初「むらさき」大12・11・15箱根にて―与謝野晶子

大正十三年（一九二四）

5384 あさましく侘《わび》しきことを見尽《みつ》くして雪《ゆき》も寒《さむ》しとなさぬなりけり

5385 誰《だれ》も皆親《みなした》し今年《ことし》を振《ふ》り返《かへ》り眺《なが》めん筋《すぢ》の相《あひ》も通《かよ》へば

5386 ああ四月空洞《つきうつろ》の中《なか》を歩《あゆ》みこし道《みち》の尽《つ》きんと頼《たの》む春《はる》かは

5387 冬《ふゆ》の夜《よ》の風《かぜ》の心《こゝろ》に近《ちか》きもの地《ち》に満《み》つるまである年《とし》を見《み》ぬ

5388 斯《か》くてこの年《とし》もいつしか暮《く》れ行《ゆ》くか何色《なにいろ》したる春《はる》を見《み》るべき

5389 失《うしな》ひし一万枚《まんまい》の草稿《さうかう》の女《をんな》となりて来《きた》りなげく夜《よ》

5390 少《すこ》しづつ身《み》の健《すこ》やかに生《い》くるをば楽《たのし》むことに心《こゝろ》傾《かたむ》く

5384 初「婦人之友」大13・1・1寒窓集——与謝野晶子

5385 初「婦人之友」大13・1・1寒窓集——与謝野晶子

5386 初「婦人之友」大13・1・1寒窓集——与謝野晶子

5387 初「婦人之友」大13・1・1寒窓集——与謝野晶子

5388 初「婦人之友」大13・1・1寒窓集——与謝野晶子

5389 初「婦人之友」大13・1・1寒窓集——与謝野晶子

5390 初「婦人之友」大13・1・1寒窓集——与謝野晶子

5391 苦《くる》しみを多《おほ》くの人《ひと》と共《とも》にしぬ来《こ》ん楽《たのし》みもまたかかれかし

5392 恋《こひ》するはひがしの海《うみ》の砂山《すなやま》のやはらかきをば踏《ふ》むに似《に》るかな

5393 われもまた甲子《かふし》の春《はる》のしら糸《いと》の端《はし》を得《え》たれば玉《たま》をたぐらむ

5394 我《わ》がためにはた世《よ》のために選《えら》ばれしいみじき春《はる》の心地《こゝち》こそすれ

5395 今朝《けさ》明《あ》けし甲子《かふし》の春《はる》にこころざすいみじきことの違《たが》はずもがな

5396 吉兆《きつてう》は春《はる》新《あたら》しと思《おも》ふことわれ人《ひと》ともに際立《きはだ》てること

5397 こし方《かた》を顧《かへり》みせじと何人《なにびと》も念《ねん》じ終《おは》りて春《はる》となりぬる

5398 年《とし》立《た》つはまことにことの初《はじ》めぞと身《み》に沁《し》むばかり思《おも》ふ春《はる》かな

5399 春《はる》来《こ》しと云《い》ふいみじかることにすら心《こゝろ》の湿《しめ》る人《ひと》もあらまし

5391 初「婦人之友」大13・1・1寒窓集—与謝野晶子

5392 初「九州日日新聞」大13・1・1甲子の春—与謝野晶子

5393 初「九州日日新聞」大13・1・1甲子の春—与謝野晶子 再「国民新聞」大13・1・3

5394 初「国民新聞」大13・1・3新年陳志—与謝野晶子

5395 初「国民新聞」大13・1・3新年陳志—与謝野晶子

5396 初「国民新聞」大13・1・3新年陳志—与謝野晶子

5397 初「国民新聞」大13・1・3新年陳志—与謝野晶子

5398 初「国民新聞」大13・1・3新年陳志—与謝野晶子

5399 初「国民新聞」大13・1・3新年陳志—与謝野晶子

5400 世《よ》の常《つね》の春《はる》の初《はじ》めに似《に》ざること目《め》にうち混《まじ》り見《み》ゆる元日《ぐわんじつ》

5401 年《とし》立《た》ちて身《み》を祝《いは》ふなど云《い》ふことは数《かず》にもあらず世《よ》よ栄《さか》えあれ

5402 わけ歎《なげ》く雑事《ざふじ》積《つも》りて来《こ》ん春《はる》の面影《おもかげ》だにも作《つく》りがたしと

5403 自《みづか》らを弄《もてあそ》ぶごと苦《くる》しけれ春《はる》の来《こ》んなど時《とき》に思《おも》ふは

5404 淋《さび》しくも樫《かし》の板木《いたぎ》の心地《こゝち》する師走《しはす》の月《つき》の光《ひかり》なるかな

5405 或時《あるとき》は苦《くる》しきものの襲《おそ》ひ来《く》ること春立《はるた》つ日《ひ》も思《おも》はれぬ

5406 かの黒《くろ》き大《おほ》きなる手《て》の上《うへ》に無《な》し甲子《かうし》の春《はる》の空《そら》を仰《あふ》げば

5407 春《はる》と知《し》り少《すこ》しふためくこの心《こゝろ》嬉《うれ》しき時《とき》に似《に》るといふべき

5408 帰《かへ》り来《こ》ん幸《さひはひ》ありと思《おも》へるも信《しん》じあたはぬものもある春《はる》

5400 初「国民新聞」大13・1・3新年陳志―与謝野晶子

5401 初「国民新聞」大13・1・3新年陳志―与謝野晶子

5402 初「大阪毎日新聞」大13・1・11冬より春へ（一）―与謝野晶子

5403 初「大阪毎日新聞」大13・1・11冬より春へ（一）―与謝野晶子

5404 初「大阪毎日新聞」大13・1・11冬より春へ（一）―与謝野晶子

5405 初「大阪毎日新聞」大13・1・11冬より春へ（一）―与謝野晶子

5406 初「大阪毎日新聞」大13・1・11冬より春へ（一）―与謝野晶子

5407 初「大阪毎日新聞」大13・1・11冬より春へ（一）―与謝野晶子

5408 初「大阪毎日新聞」大13・1・12冬より春へ（二）―与謝野晶子

5409
春《はる》立《た》てば立《た》つにつけても淋《さび》しきはありつる後《のち》の東京《とうけい》の色《いろ》

5410
見馴《みな》れざる鼠《ねづみ》の色《いろ》の東京《とうけい》にひらめきて散《ち》る昼《ひる》の雪《ゆき》かな

5411
愁《うれ》ひてはしどけなげにもなりぬらん心《こゝろ》も春《はる》の帯《おび》に締《し》めまし

5412
春《はる》立《た》ちぬ目《め》の晦《くら》むとはなさずして愁《うれ》たきまゝにうなだれて居《ゐ》ぬ

5413
東京《とうけい》よわれへりくだり思《おも》へども住《す》みよかりとはなしがたきかな

5414
衣《きぬ》に染《そ》め思《おも》ひかはせる花鳥《はなとり》の優《やさ》しき息《いき》に包《つゝ》まれて居《ゐ》

5415
かぐはしく匂《にほ》ふ未来《みらい》とめでたかるいにしへを持《も》つやまと紫《むらさき》

5416
ひんがしの日《ひ》の出《で》の色《いろ》をわが帯《おび》の一端《はし》にだに置《お》かまほしけれ。

5417
天《あま》つ日《ひ》の光《ひかり》を負《お》ひてよき国《くに》を生《う》みたまふべき二柱《ふたはしら》かな

5409
初「大阪毎日新聞」大13・1・12冬より春へ（二）―与謝野晶子

5410
初「大阪毎日新聞」大13・1・12冬より春へ（二）―与謝野晶子

5411
初「大阪毎日新聞」大13・1・12冬より春へ（二）―与謝野晶子

5412
初「大阪毎日新聞」大13・1・12冬より春へ（二）―与謝野晶子

5413
初「大阪毎日新聞」大13・1・12冬より春へ（二）―与謝野晶子

5414
(5)包《つゝ》まれて居《ゐ》↓包《つゝ》まれて居《ゐ》ん
初「読売新聞」大13・1・18百選会だより―与謝野晶子再〔春の百選会〕第23回大13・3

5415
初「読売新聞」大13・1・18百選会だより―与謝野晶子再〔春の百選会〕第23回大13・3

5416
初「読売新聞」大13・1・18百選会だより―与謝野晶子再〔春の百選会〕第23回大13・3

5417
初「東京朝日新聞」大13・1・26賀頌―与謝野寛再「実業之日本」大13・2・1

5418 思《おも》ふかな身《み》の若《わか》き世《よ》にか丶らん日仰《ひあふ》ぎ見《み》たらばましていかにと

5419 天上《てんじやう》の八千代《よ》の椿《つばき》今年《ことし》より春《はる》の宮居《みやゐ》に花咲《はなさ》くと聞《き》く

5420 昼《ひる》となり麓《ふもと》の雪《ゆき》の立《た》ち去《さ》れば地上《ちじやう》に山《やま》のかへりくるかな

5421 美《うつく》しき羽毛《うまう》の朝《あさ》は生《お》ひいでし雛鳥《ひなどり》としぬわが雪《ゆき》の丘《をか》

5422 乗鞍《のりくら》に日《ひ》の隠《かく》る丶を常《つね》に似《に》ぬ安《やす》き夕《ゆふべ》と思《おも》ひけるかな

5423 その下《もと》に蜀《しよく》より出《い》づる大河《たいが》をばおかましものを信州《しんしう》の山《やま》

5424 水《みづ》も木《き》も仏《ほとけ》など云《い》ふ大《おほ》きなるたなぞこにあるここちす信濃《しなの》

5425 遠山《とほやま》の雪《ゆき》を眺《なが》めて悲《かな》しめる伊那《いな》の大野《おほの》の枯木立《かれこだち》かな

5426 いにしへに通《かよ》ひ未来《みらい》にかがやきぬ限《かぎ》りもあらずめでたき妹背《いもせ》

5418 初「現代」大13・2・1奉祝賀頌—与謝野晶子

5419 初「実業之日本」大13・2・1御成婚を祝し奉りて 奉祝歌—与謝野晶子

5420 初「主婦之友」大13・3・1旅《たび》にありて—与謝野晶子

5421 初「主婦之友」大13・3・1旅《たび》にありて—与謝野晶子

5422 初「主婦之友」大13・3・1旅《たび》にありて—与謝野晶子

5423 初「主婦之友」大13・3・1旅《たび》にありて—与謝野晶子

5424 初「主婦之友」大13・3・1旅《たび》にありて—与謝野晶子

5425 初「主婦之友」大13・3・1旅《たび》にありて—与謝野晶子

5426 初「女性改造」大13・3・1賀牋—与謝野晶子

5427 御《おん》よはひ盛《さか》りの春《はる》をことほぎて相寄《あひよ》り給《たま》ふ太子《たいし》と姫《ひめ》は

5428 この春《はる》よひがしの宮《みや》を夢《ゆめ》みざる男子《をのこ》もあらじ少女《をとめ》もあらじ

5429 君と行き春の初めに目にすなり南信濃の山々の雪

5430 旅人に若き主人《あるじ》の指させる山みな雪を被《かづ》かぬは無し

5431 わがために西石川《にしいしかは》の湯のあるじ名を教へけり雪の峰々

5432 ひと目見て心は飛びぬ槍ケ岳その頂の雲にひとしく

5433 青空に穂高、乗鞍、槍ケ岳みな現れて白き朝かな

5434 うたた寝の夢のなかにも春寒し乗鞍の雪肱《ひぢ》に近くて

5435 大いなる炬燵の上に親と子が打ひろげたる山の地図かな

5427 初「女性改造」大13・3・1賀牋—与謝野晶子

5428 初「女性改造」大13・3・1賀牋—与謝野晶子

5429 初「中央公論」大13・3・1南信州の歌(二百首)其一—与謝野寛

5430 初「中央公論」大13・3・1南信州の歌(二百首)其一—与謝野寛

5431 初「中央公論」大13・3・1南信州の歌(二百首)其一—与謝野寛

5432 初「中央公論」大13・3・1南信州の歌(二百首)其一—与謝野寛

5433 初「中央公論」大13・3・1南信州の歌(二百首)其一—与謝野寛

5434 初「中央公論」大13・3・1南信州の歌(二百首)其一—与謝野寛

5435 初「中央公論」大13・3・1南信州の歌(二百首)其一—与謝野寛

5436 近き木に翼を鳴らす風のあり常念岳《じやうねんだけ》の雪を蹴散らし

5437 山深く入らであるべし遠く見る雪の姿の大いなるかな

5438 たそがれの雪を照して明星は炬火《たいまつ》を置く乗鞍の上

5439 二三片《ぺん》雪をもてくる風ありぬ燕ケ岳の今朝の消息《せうそく》

5440 この里は市と山とに近くして泉に影す綺羅としら雪

5441 幾重にも雪の光れる槍ケ岳穂高の上に青き空かな

5442 山の名は聖者《せいじや》の名より尊かり山を礼《らい》する今日の心に

5443 つつましく山を拝みし古の人ごころにもなりぬべきかな

5444 心先づ麓に寝ねて昂《たか》ぶるは既に穂高の雪に触れけん

5436 初「中央公論」大13・3・1南信州の歌（二百首）其一—与謝野寛

5437 初「中央公論」大13・3・1南信州の歌（二百首）其一—与謝野寛

5438 初「中央公論」大13・3・1南信州の歌（二百首）其一—与謝野寛

5439 初「中央公論」大13・3・1南信州の歌（二百首）其一—与謝野寛

5440 初「中央公論」大13・3・1南信州の歌（二百首）其一—与謝野寛

5441 初「中央公論」大13・3・1南信州の歌（二百首）其一—与謝野寛

5442 初「中央公論」大13・3・1南信州の歌（二百首）其一—与謝野寛

5443 初「中央公論」大13・3・1南信州の歌（二百首）其一—与謝野寛

5444 初「中央公論」大13・3・1南信州の歌（二百首）其一—与謝野寛

5445 蝶ケ岳つばめが岳の名はあれど山はしらしら雪けぶりする

5446 澄みとほる心の上の詩の如く雪をいただく常念ケ岳

5447 雪しろき幾重の山を西にして光る浅間の夕づく日かな

5448 大空もにはかに垂れて岩に触れ吹雪するなり乗鞍の山

5449 田を越えて雪をかづける遠山《とほやま》の頂多く見ゆる里かな

5450 ひるまへに蝶ケ岳よりさらさらと粉雪の降りて日のさせる畑

5451 寒きもの旅の心に先づありて共に泣くなり乗鞍の雪

5452 空遠く飛驒につづける雪の峰けはしく卓《たか》し我師にも似て

5453 十ばかり藍とセピヤの線を引き末の子が描く日本アルプス

5445 初「中央公論」大13・3・1南信州の歌(二百首)其一―与謝野寛

5446 初「中央公論」大13・3・1南信州の歌(二百首)其一―与謝野寛

5447 初「中央公論」大13・3・1南信州の歌(二百首)其一―与謝野寛

5448 初「中央公論」大13・3・1南信州の歌(二百首)其一―与謝野寛

5449 初「中央公論」大13・3・1南信州の歌(二百首)其一―与謝野寛

5450 初「中央公論」大13・3・1南信州の歌(二百首)其一―与謝野寛

5451 初「中央公論」大13・3・1南信州の歌(二百首)其一―与謝野寛

5452 初「中央公論」大13・3・1南信州の歌(二百首)其一―与謝野寛

5453 初「中央公論」大13・3・1南信州の歌(二百首)其一―与謝野寛

5454 はね返す心のありや静かにも山に圧《お》されて旅に眠るや

5455 雪ふれる幾重の山を渡りきて浅間の里の戸を鳴らす風

5456 山は皆われを抱かんとする如し険《けは》しけれども人に似ぬかな

5457 一《ひと》ところ雲を洩りくる冬の日の下《した》に明りぬ松本の城

5458 山々の雪をながめて返す目に青くぬるめる女鳥《めと》羽川《ばがは》かな

5459 風なくて蝶ケ岳より蝶のごと折々ちらす昼のうす雪

5460 雪のせて空に動かぬむら山の縛《いまし》めをさへ解くよしもがな

5461 山を見て打黙したるわが姿痩せたるのみぞかの山に似る

5462 山に問ふ思ふところの拙きは雪に臥せども清むべからず

5454 初「中央公論」大13・3・1南信州の歌(二百首)其一—与謝野寛

5455 初「中央公論」大13・3・1南信州の歌(二百首)其一—与謝野寛

5456 初「中央公論」大13・3・1南信州の歌(二百首)其一—与謝野寛

5457 初「中央公論」大13・3・1南信州の歌(二百首)其一—与謝野寛

5458 初「中央公論」大13・3・1南信州の歌(二百首)其一—与謝野寛

5459 初「中央公論」大13・3・1南信州の歌(二百首)其一—与謝野寛

5460 初「中央公論」大13・3・1南信州の歌(二百首)其一—与謝野寛

5461 初「中央公論」大13・3・1南信州の歌(二百首)其一—与謝野寛

5462 初「中央公論」大13・3・1南信州の歌(二百首)其一—与謝野寛

5463 人知らぬ苦しきことを負ふ身にも比べて山の雪を思ひぬ

5464 冬の山をんなの襟に択ぶべき色は無けれどなつかしきかな

5465 わが旅を伊那の敏弼《としすけ》きて訪ひぬ友の心も淋しかるらん

5466 上伊那の春の谷より来《こ》し友と燕ケ岳のふもとにて逢ふ

5467 信濃路に知る友も無し知るは唯伊那の敏弼《としすけ》外三人《みたり》ほど

5468 若くして我と知りける矢島の子頰鬚《ほひげ》くろぐろ年長《た》けしかな
（以上浅間温泉にて）

5469 筑摩より急ぎて諏訪に越えつれば唯見て止みぬ伊那の片はし

5470 冬木立ほそき流の青みけり天龍川のみなかみの山

5471 山を見て更に上《うへ》なる青空にわが目の行くは快きかな

5463 初「中央公論」大13・3・1南信州の歌（二百首）其一―与謝野寛
5464 初「中央公論」大13・3・1南信州の歌（二百首）其一―与謝野寛
5465 初「中央公論」大13・3・1南信州の歌（二百首）其一―与謝野寛
5466 初「中央公論」大13・3・1南信州の歌（二百首）其一―与謝野寛
5467 初「中央公論」大13・3・1南信州の歌（二百首）其一―与謝野寛
5468 初「中央公論」大13・3・1南信州の歌（二百首）其一―与謝野寛
5469 初「中央公論」大13・3・1南信州の歌（二百首）其一―与謝野寛
5470 初「中央公論」大13・3・1南信州の歌（二百首）其一―与謝野寛
5471 初「中央公論」大13・3・1南信州の歌（二百首）其一―与謝野寛

5472 冬がれの桑の木畑に立ちたるは甲州勢の千本の槍

5473 桑の木は芽をつつめども冬の日の旅に歌なき身は枯れにけん

5474 川ちかく長き丁字《ていじ》の柵《さく》ならび葡萄のおち葉霜に重なる

5475 正面の雪黒くして背の光る諏訪湖のうへの暁の富士

5476 大いなる円《まろ》き不思議の青き紋地に一つあり諏訪の湖

5477 雲すぎて日かげ変れば柔かに湖上の山の黄ばみたるかな

5478 蘆枯れて細き箱舟三つ眠る角間《かくま》の川の落口《おちくち》の砂

5479 なつかしく古りし欅《けやき》の間より路はつづきぬ諏訪の城あと

5480 太き輪のゆるく過ぎたる跡残りみぎはに黄なる冬の草かな

5472 初「中央公論」大13・3・1南信州の歌（二百首）其一―与謝野寛

5473 初「中央公論」大13・3・1南信州の歌（二百首）其一―与謝野寛

5474 初「中央公論」大13・3・1南信州の歌（二百首）其一―与謝野寛

5475 初「中央公論」大13・3・1南信州の歌（二百首）其一―与謝野寛

5476 初「中央公論」大13・3・1南信州の歌（二百首）其一―与謝野寛

5477 初「中央公論」大13・3・1南信州の歌（二百首）其一―与謝野寛

5478 初「中央公論」大13・3・1南信州の歌（二百首）其一―与謝野寛

5479 初「中央公論」大13・3・1南信州の歌（二百首）其一―与謝野寛

5480 初「中央公論」大13・3・1南信州の歌（二百首）其一―与謝野寛

5481 炭竈の青きけぶりの立ちなびき夕山寒しみづうみの上

5482 砂ぼこり広き大手を城あとへ馬のけしきに馳せ通る風

5483 石を置く木《こ》けらの屋根の紫を越えてふくらむ青き湖

5484 諏訪の水今年《ことし》凍らず君きたり手を浸す日を早く知りけん

5485 夜となれど湖水の明りしばらくは白楊の木に消えやらぬかな

5486 たそがれの湖を見るわが影に枯れてまじりぬ一むらの蘆

5487 声たえて更けたる街のともし火のほのかに濡るる諏訪の湖

5488 たそがれの水明りよく吹く風にうら枯れながら鳴れる蘆の葉

5489 諏《す》訪《は》平《だひら》上《かみ》の社の木の間より見ればつづきぬまろき藁塚

5481 初「中央公論」大13・3・1南信州の歌（二一百首）其一―与謝野寛

5482 初「中央公論」大13・3・1南信州の歌（二一百首）其一―与謝野寛

5483 初「中央公論」大13・3・1南信州の歌（二一百首）其一―与謝野寛

5484 初「中央公論」大13・3・1南信州の歌（二一百首）其一―与謝野寛

5485 初「中央公論」大13・3・1南信州の歌（二一百首）其一―与謝野寛

5486 初「中央公論」大13・3・1南信州の歌（二一百首）其一―与謝野寛

5487 初「中央公論」大13・3・1南信州の歌（二一百首）其一―与謝野寛

5488 初「中央公論」大13・3・1南信州の歌（二一百首）其一―与謝野寛

5489 初「中央公論」大13・3・1南信州の歌（二一百首）其一―与謝野寛

5490 われの髪ややうやく寒しみづうみの春の緑《みどり》を借りて塗らまし

5491 隅々に火の祭する街ありと夕は見ゆる諏訪のみづうみ

5492 人の身を山の境にきて置けど愁は消えず雪にあらねば

5493 諏訪の街まれには一つみづうみて向ひて開く門《かど》もあれかし

5494 旅なれぬわが末の子が寝ねかねて母を呼ぶこそ哀れなりけれ

5495 夕闇に隠れたれども一ところさざ波ひかる諏訪の湖

5496 路暮れて諏訪のみぎはにつづきたり桑の立枝《たちえ》の冬枯の中《なか》

5497 美くしき章《しやう》を重ねて読む如く諏訪の旅寝の二夜《ふたよ》となりぬ

5498 夜の更けて戸を叩く客《きやく》汽車の笛廊下の音の多き宿かな

5490 初「中央公論」大13・3・1南信州の歌（二百首）其一—与謝野寛

5491 初「中央公論」大13・3・1南信州の歌（二百首）其一—与謝野寛

5492 初「中央公論」大13・3・1南信州の歌（二百首）其一—与謝野寛

5493 初「中央公論」大13・3・1南信州の歌（二百首）其一—与謝野寛

5494 初「中央公論」大13・3・1南信州の歌（二百首）其一—与謝野寛

5495 初「中央公論」大13・3・1南信州の歌（二百首）其一—与謝野寛

5496 初「中央公論」大13・3・1南信州の歌（二百首）其一—与謝野寛

5497 初「中央公論」大13・3・1南信州の歌（二百首）其一—与謝野寛

5498 初「中央公論」大13・3・1南信州の歌（二百首）其一—与謝野寛

5499 みづうみを更に高きに眺めんと暁に行く諏訪の裏山《うらやま》

5500 遠山《とほやま》の雪のいただきその前に黄なる草山《くさやま》あをき湖

5501 この朝の諏訪の山々やはらかに女となりて水を覗きぬ

5502 心をもそれに染めつつ歌ふなり明るき諏訪のみづうみの青

5503 独楽《こま》となり舞ふ形しぬ日を受けし刈田の上の藁塚のむれ

5504 前山《まへやま》にかくれて諏訪の街よりは見るよしも無し蓼科《たてしな》の山

5505 子ら去りて親の心に上諏訪の駅《えき》にはかにもうつろなるかな

5506 城あとの石垣に立つわが袖を諏訪の水より風きたり吹く

5507 わがこころ牛にひとしく今朝放つ諏訪のみぎはの草山《くさやま》の上

5499 初「中央公論」大13・3・1南信州の歌（二百首）其一―与謝野寛

5500 初「中央公論」大13・3・1南信州の歌（二百首）其一―与謝野寛

5501 初「中央公論」大13・3・1南信州の歌（二百首）其一―与謝野寛

5502 初「中央公論」大13・3・1南信州の歌（二百首）其一―与謝野寛

5503 初「中央公論」大13・3・1南信州の歌（二百首）其一―与謝野寛

5504 初「中央公論」大13・3・1南信州の歌（二百首）其一―与謝野寛

5505 初「中央公論」大13・3・1南信州の歌（二百首）其一―与謝野寛

5506 初「中央公論」大13・3・1南信州の歌（二百首）其一―与謝野寛

5507 初「中央公論」大13・3・1南信州の歌（二百首）其一―与謝野寛

5508
風ふけば冬を憎みて畑に立つ桑も弓をば張るけしきかな

5509
かげろふや諏訪山のうへ紫の板の石にも黄なる草にも

5510
川端の湯の噴く井《ゐ》あり鍋などの打ひたされて猫柳さく

5511
冬晴れて刈田の上の石垣に日のあたりたる諏訪の城あと

5512
みづうみの美くしきかな冬の日も恋に幷《あは》せて共に思へば

5513
初春の湖水につづく田の上に晴れつつ黄なる百の藁塚

5514
水の上に岡谷《をかや》の街のしら壁がひときは光る諏訪の曙

5515
牡丹屋の昇りて降る梯子段踏めば愁のすこし変りぬ

5516
城あとの木立に近く三味鳴りて朝より晴れし湖の街

5508 初「中央公論」大13・3・1南信州の歌（二百首）其一――与謝野寛

5509 初「中央公論」大13・3・1南信州の歌（二百首）其一――与謝野寛

5510 初「中央公論」大13・3・1南信州の歌（二百首）其一――与謝野寛

5511 初「中央公論」大13・3・1南信州の歌（二百首）其一――与謝野寛

5512 初「中央公論」大13・3・1南信州の歌（二百首）其一――与謝野寛

5513 初「中央公論」大13・3・1南信州の歌（二百首）其一――与謝野寛

5514 初「中央公論」大13・3・1南信州の歌（二百首）其一――与謝野寛

5515 初「中央公論」大13・3・1南信州の歌（二百首）其一――与謝野寛

5516 初「中央公論」大13・3・1南信州の歌（二百首）其一――与謝野寛

5517 諏訪に来て心は歌を成し難し今年《ことし》凍らぬみづうみの如

5518 立ちぎはに諏訪に別るる悲しさを遠き友にも告ぐる消息

5519 半時間われに遅れて立つ友も悲しからましみづうみの駅《えき》

5520 よろこびは未だ尽きねど人三人《みたり》わかれを云ひぬ湖のもと

5521 上諏訪を少しはなれて目に白し中天《ちうてん》にある蓼科《たてしな》の山

5522 初春の旅のをはりの感激を高めて白し蓼科の山

5523 いそがしく煙を吐きぬかの汽車もわれの煙草に似たるものかな

5524 山の風こころに霜を吹きつけぬ我をも見るや枯れし木立と

5525 雪白し冬に枯れたる落葉松《からまつ》の林のうへの蓼科の山

5517 初「中央公論」大13・3・1南信州の歌(二百首)其一—与謝野寛

5518 初「中央公論」大13・3・1南信州の歌(二百首)其一—与謝野寛

5519 初「中央公論」大13・3・1南信州の歌(二百首)其一—与謝野寛

5520 初「中央公論」大13・3・1南信州の歌(二百首)其一—与謝野寛

5521 初「中央公論」大13・3・1南信州の歌(二百首)其一—与謝野寛

5522 初「中央公論」大13・3・1南信州の歌(二百首)其一—与謝野寛

5523 初「中央公論」大13・3・1南信州の歌(二百首)其一—与謝野寛

5524 初「中央公論」大13・3・1南信州の歌(二百首)其一—与謝野寛

5525 初「中央公論」大13・3・1南信州の歌(二百首)其一—与謝野寛

5526 やはらかに我の愁とまじるなり入日のなかの甲州の山

5527 日の落ちて猶しばらくは頂にひかりを残す甲斐の峰々

5528 雪の峰青き水をば眺めきて今日の明るき我が心かな

5529 薄雪を枝に置きたる松風を聞き知ることも淋しかりけり

5530 愁をばいまだ忘れず筑摩湯に髪を洗ふとひとしからねば

5531 立ち離れ白馬《はくば》の方《かた》に隠れ行く朝のうす黄の雲のふるまい

5532 自らの時移りぬと信濃路の浅間の湯にて知りぬほのかに

5533 しべりやのかの夕風を知る如し諏訪の湖畔の白楊の枝

5534 大神が白狐《びやこつ》の姿したまはん悲哀もあらず春早く来て

5526 初「中央公論」大13・3・1南信州の歌(二一百首)其一―与謝野寛

5527 初「中央公論」大13・3・1南信州の歌(二一百首)其一―与謝野寛

5528 初「中央公論」大13・3・1南信州の歌(二一百首)其一―与謝野寛

5529 初「中央公論」大13・3・1南信州の歌(二一百首)其二―与謝野晶子

5530 初「中央公論」大13・3・1南信州の歌(二一百首)其二―与謝野晶子

5531 初「中央公論」大13・3・1南信州の歌(二一百首)其二―与謝野晶子

5532 初「中央公論」大13・3・1南信州の歌(二一百首)其二―与謝野晶子

5533 初「中央公論」大13・3・1南信州の歌(二一百首)其二―与謝野晶子

5534 (2)白狐《びやつこ》→白狐《びやこつ》 初「中央公論」大13・3・1南信州の歌(二一百首)其二―与謝野晶子

5535 白楊は皆孤児《みなしご》の相をして諏訪の湖畔に立てる冬かな

5536 楼《ろう》に見て地上とするにやや高き青《あを》よこたはる諏訪の湖

5537 湖に添ひて石切る山ありぬ乾ける坂のあはれ続ける

5538 眺めやる心と諏訪の湖の間にあれど威なし上諏訪

5539 紋つけし旗もおし立て湖心をば襲はんとする岡谷下諏訪《しもすは》

5540 一筋の光道《くわうだう》となり愁をば放つなりけり諏訪の湖

5541 町行きぬ諏訪に生れしわが友の心となりて隅にわたりて

5542 暗き影全《また》くもたざる湖は夕を知らず夜《よる》早く伸ぶ

5543 このさかひ雪氷《ゆきこほり》など云ふものを唯ごとならず思へるも無し

5535 初「中央公論」大13・3・1南信州の歌（二一百首）其二―与謝野晶子

5536 初「中央公論」大13・3・1南信州の歌（二一百首）其二―与謝野晶子

5537 初「中央公論」大13・3・1南信州の歌（二一百首）其二―与謝野晶子

5538 初「中央公論」大13・3・1南信州の歌（二一百首）其二―与謝野晶子

5539 初「中央公論」大13・3・1南信州の歌（二一百首）其二―与謝野晶子

5540 初「中央公論」大13・3・1南信州の歌（二一百首）其二―与謝野晶子

5541 初「中央公論」大13・3・1南信州の歌（二一百首）其二―与謝野晶子

5542 初「中央公論」大13・3・1南信州の歌（二一百首）其二―与謝野晶子

5543 初「中央公論」大13・3・1南信州の歌（二一百首）其二―与謝野晶子

5544 月夜には木曾路の山を層塔に立てし御寺も現れぬべき

5545 幽かにも湖の背の見ゆるなり月光よりもなまめかしけれ

5546 日と雪の合ひて臙《そん》脂《じ》の燃ゆるなり諏訪の湖水をめぐりたる山

5547 氏人の声の外なる声きこゆ諏訪の社のああおん柱

5548 こし方《かた》に劣《おと》る桜《さくら》も未来《みらい》より勝《まさ》れる薔薇《ばら》もあらじとぞ思《おも》ふ

5549 明星《みやうじやう》と茅《かや》の芽《め》のごと細《ほそ》き月《つき》二《ふた》かたに居《ゐ》て春寒《はるさむ》きかな

5550 みなみ風《かぜ》都《みやこ》をなかば失《うしな》ひし武蔵平《むさしだひら》にさまよひて吹《ふ》く

5551 風狂《かぜくる》ふありつる後《のち》の東京《とうきやう》にたづね入《い》るべき宿《やど》あらぬごと

5552 けものにも虫《むし》にもあらぬ焼《や》けし木《き》の到《いた》る処《ところ》に残《のこ》る東京《とうきやう》

5544 初「中央公論」大13・3・1南信州の歌(二百首)其二—与謝野晶子

5545 初「中央公論」大13・3・1南信州の歌(二百首)其二—与謝野晶子

5546 (2)臙《そん》脂《じ》→臙《えん》脂《じ》 初「中央公論」大13・3・1南信州の歌(二百首)其二—与謝野晶子

5547 初「中央公論」大13・3・1南信州の歌(二百首)其二—与謝野晶子

5548 初「婦人倶楽部」大13・3・1恋《こひ》知《し》る頃《ころ》を歌《うた》へる—与謝野晶子

5549 初「国民新聞」大13・3・21春寒し—与謝野晶子

5550 初「国民新聞」大13・3・21春寒し—与謝野晶子

5551 初「国民新聞」大13・3・21春寒し—与謝野晶子

5552 初「国民新聞」大13・3・21春寒し—与謝野晶子

5553 灰色《はいいろ》の砂《すな》の雲《くも》をば先立《さきだ》て、歩《あゆ》む苦行《くぎやう》にまさるものなし

5554 わが家《いへ》の古《ふる》き畳《たたみ》を擦《す》り鳴《な》らす砂風《すなかぜ》により世《よ》もわびしけれ

5555 この年《とし》のやよひの春《はる》に添《そ》ひもこし魔法《まはふ》づかひの古媼《ふるうば》の風《かぜ》

5556 限《かぎ》りなき人間《にんげん》の苦《く》を負《お》ひながら遊《あそ》ぶ心《こゝろ》の知《し》りがたきかな

5557 住《す》める家《いへ》地震《なゐ》に音《おと》すれわが心《こゝろ》朽《く》ちて折《を》れゆく響《ひゞき》のやうに

5558 あはれなり仮家《かりや》の庭《には》の紅梅《こうばい》の丈《たけ》ほどにして花《はな》を零《こぼ》せる

5559 違《たが》ひけりありのすさびの続《つゞ》きなる唯《た》だかりそめの望《のぞみ》なれども

5560 柳《やなぎ》皆枝《みなえだ》つややかに見《み》ゆるなり芽《め》はなさねども三月《やよひ》に入《い》れば

5561 人の見て涙もよほす歌ももちあてに華やぐ半面《はんめん》の味

5553 初「国民新聞」大13・3・21春寒し―与謝野晶子

5554 初「国民新聞」大13・3・21春寒し―与謝野晶子

5555 初「国民新聞」大13・3・21春寒し―与謝野晶子

5556 初「国民新聞」大13・3・21春寒し―与謝野晶子

5557 初「国民新聞」大13・3・21春寒し―与謝野晶子

5558 初「国民新聞」大13・3・21春寒し―与謝野晶子

5559 初「国民新聞」大13・3・21春寒し―与謝野晶子

5560 初「国民新聞」大13・3・21春寒し―与謝野晶子

5561 初「女性」大13・4・1わが春日―与謝野晶子

5562 物思ふことすら忘れはてにけり死を悲しとは覚えたれども

5563 暖き春のけはひをそこはかとなくさとれども楽まぬかな

5564 足踏まば幸の道黄にひらく大地と今はなさぬ国行く

5565 たましひも共に死ぬべき時なれど帰り入るべき心地こそすれ

5566 明日行くは万里《ばんり》の道にあらずしてはても初めもあらぬ旅路ぞ

5567 うきことがあまねく繞る身にあらでそのひまありて死にがたきかな

5568 こは何ぞわが灰色の心より御空にかけて虹立ちにけり

5569 歎くらく春がすなると同じ息蓄へたれど塞がれぬるを

5570 武蔵野の井荻の丘の細流《さいりう》のやや急なれど緩《ゆる》き春風

5562 初「女性」大13・4・1わが春日―与謝野晶子

5563 初「女性」大13・4・1わが春日―与謝野晶子

5564 初「女性」大13・4・1わが春日―与謝野晶子

5565 初「女性」大13・4・1わが春日―与謝野晶子

5566 初「女性」大13・4・1わが春日―与謝野晶子

5567 初「女性」大13・4・1わが春日―与謝野晶子

5568 初「女性」大13・4・1わが春日―与謝野晶子

5569 初「女性」大13・4・1わが春日―与謝野晶子

5570 初「女性」大13・4・1わが春日―与謝野晶子

5571 結晶す緑の麦生かすみたる武蔵の奥の甲州の山

5572 はかなけれ四月の春の曙のうす紫の胸ににじむも

5573 愛欲《あいよく》をいまだ忘《わす》れぬ月《つき》ならん光《ひかり》ほのかに身《み》にも沁《し》むかな

5574 胸《むね》の音《おと》絶《た》えてせぬまで静《しづ》まるも乱《みだ》れ心《ごゝろ》の或時《あるとき》の相《さう》

5575 或時《あるとき》ははかなきことを何一《なにひと》つ知《し》らぬになしてものを云《い》へども

5576 わが泣《な》けば山河《さんが》草木靡《さうもくなび》けども数《かず》の外《ほか》なるかの瞳《ひとみ》かな

5577 宿命《しゆくめい》の人《ひと》に優《まさ》らず恋《こひ》しては氷《こほり》の息《いき》す火《ひ》の涙《なみだ》する

5578 胡蝶《こてふ》こそ恋《こひ》に似《に》たるがめでたけれ舞《ま》へる形《かたち》も死《し》ぬる形《かたち》も

5579 暁《あかつき》も夕《ゆふべ》もあらず我《わが》こころ臙脂《えんし》の波《なみ》をたたへたるかな

5571 初「女性」大13・4・1わが春日―与謝野晶子

5572 初「女性」大13・4・1わが春日―与謝野晶子

5573 初「女性改造」大13・4・1恋の歌―与謝野晶子

5574 初「女性改造」大13・4・1恋の歌―与謝野晶子

5575 初「女性改造」大13・4・1恋の歌―与謝野晶子

5576 初「女性改造」大13・4・1恋の歌―与謝野晶子

5577 初「女性改造」大13・4・1恋の歌―与謝野晶子

5578 初「女性改造」大13・4・1恋の歌―与謝野晶子

5579 初「女性改造」大13・4・1恋の歌―与謝野晶子

5580 唯《たゞ》ごとを人《ひと》と云《い》ひつつ物思《ものおも》ふことのみすればあてに痩《や》せ行《ゆ》く

5581 頭《あたま》をばわれ回《めぐ》らせどいにしへは見《み》えず匂《にほ》ひの立《た》ち昇《のぼ》るのみ

5582 春《はる》の夜《よ》の紫玉《しぎよく》の中《なか》にやすらひて白鷺《しらさぎ》の如恋《ごとこひ》は息《いき》つく

5583 五月雨《さみだれ》やなのりそばかりこちたかる枝《えだ》となりつる加茂川柳

5584 若王寺鹿《しか》が谷などやはらかに若葉《わかば》のおほふ日となりしかな

5585 すゐものを白白《しろじろ》置ける家並をば過ぎて音羽の山近く来ぬ

5586 野薔薇咲く尼君達《あまぎみたち》が白袷したまふ寺《てら》を出でて来つれば

5587 加茂川の松の堤の路長く皐月の午《ひる》にうぐひすぞ啼く

5588 枝かはす野薔薇さんざし潜るなりみたらし川の川下《かはしも》の水

5580 初「女性改造」大13・4・1恋の歌——与謝野晶子

5581 初「女性改造」大13・4・1恋の歌——与謝野晶子

5582 初「女性改造」大13・4・1恋の歌——与謝野晶子

5583 初「技芸」大13・5・1五月の京《きやう》——与謝野晶子

5584 初「技芸」大13・5・1五月の京《きやう》——与謝野晶子

5585 初「技芸」大13・5・1五月の京《きやう》——与謝野晶子

5586 初「技芸」大13・5・1五月の京《きやう》——与謝野晶子

5587 初「技芸」大13・5・1五月の京《きやう》——与謝野晶子

5588 初「技芸」大13・5・1五月の京《きやう》——与謝野晶子

5589 美くしき御仏まして報恩《はうおん》の思ひをおぼゆ西京《さいきやう》の寺

5590 皐月の日星より白し水狭き保津の谿《たに》よりすかして見れば

5591 深き靄《もや》千鳥が淵の白波《しらなみ》の遊ぶところを残してこめぬ

5592 あまつさへ昔《むかし》の春《はる》のおもかげも目《め》に見《み》せしむる紅《くれなゐ》の薔薇《ばら》

5593 心《こゝろ》にはかつ悩《なや》めどもせんなしと思《おも》へる薔薇《ばら》の夕《ゆふ》ぐれの息《いき》

5594 花畑《はなばた》に村雨《むらさめ》の鞭下《むちくだ》りきて薔薇《ばら》も女《をんな》も苦《くろ》しかりけれ

5595 薔薇《ばら》の園《その》出《い》づれば淋《さび》しあるものは鍬《くは》の光《ひかり》の夕明《ゆふあかり》にて

5596 われと居《ゐ》て心《こゝろ》おちいず振《ふる》ふ薔薇風《ばらかぜ》とあるよりはかなかるらん

5597 いつしかとわが若《わか》さをば継《つ》ぐ薔薇《ばら》のたわわに咲《さ》ける春《はる》ともなりぬ

5589 初「技芸」大13・5・1五月の京《きやう》—与謝野晶子

5590 初「技芸」大13・5・1五月の京《きやう》—与謝野晶子

5591 初「技芸」大13・5・1五月の京《きやう》—与謝野晶子

5592 初「婦人グラフ」大13・5・1紅薔薇—与謝野晶子

5593 初「婦人グラフ」大13・5・1紅薔薇—与謝野晶子

5594 初「婦人グラフ」大13・5・1紅薔薇—与謝野晶子

5595 初「婦人グラフ」大13・5・1紅薔薇—与謝野晶子

5596 初「婦人グラフ」大13・5・1紅薔薇—与謝野晶子

5597 初「婦人グラフ」大13・5・1紅薔薇—与謝野晶子

5598 白百合《しらゆり》が指《ゆび》を上《あ》げたり訓《をし》へんとわれを思《おも》ふもあはれなるかな

5599 病院に移されてより病をばつゆもおもはず人を思へり

5600 病熱の少しくだれるしらせにも覗きにきます先生の顔

5601 月ありや無しやも知らず病める夜の十二時過ぎの西風の音

5602 雨降れば待たねど思ふわが友の役所の退《ひ》けて人かへること

5603 こし方にまだ知らぬまで静かなるはた空しかる日かな時かな

5604 この病得たる初めを思ふこと苦しき恋をおもふに勝る

5605 悲みの尽きて死に入る悲しみの終らんとして病には入る

5606 癒えましと一筋にしも願はねど哀れならましかくて生きずば

5598 初「万朝報」大13・5・31(無題)—選者

5599 初「明星」大13・6・1病床にて—与謝野晶子

5600 初「明星」大13・6・1病床にて—与謝野晶子

5601 初「明星」大13・6・1病床にて—与謝野晶子

5602 初「明星」大13・6・1病床にて—与謝野晶子

5603 初「明星」大13・6・1病床にて—与謝野晶子

5604 初「明星」大13・6・1病床にて—与謝野晶子

5605 初「明星」大13・6・1病床にて—与謝野晶子

5606 初「明星」大13・6・1病床にて—与謝野晶子

5607 さびしかる水門《みかど》と知るや忘れしやまたも上総へ急ぐ先生

5608 眠らざるわれを自ら友として夜はあり昼のさびし病室

5609 この病今よりおもき病にもたづね給はじ世にあらぬ人

5610 二十日ほど湯殿の霤に逢はぬなり桜は人の折りて来ぬれど

5611 南窓空を覗きに出づれども焼木《やけき》の幹にこころおかるる

5612 夜《よ》も昼《ひる》も心《こゝろ》に雨《あめ》の沁《し》みて降《ふ》る夏《なつ》の初《はじ》めとなりにけるかな

5613 われよりも甘《あま》き夢《ゆめ》をばもつ如《ごと》し薄墨色《うすずみいろ》のさみだれもまた

5614 或時《あるとき》の男《をとこ》の笑《えみ》のそれよりも冷《つめた》き朝《あさ》の雨《あま》しぶきかな

5615 しみじみと雨《あめ》降《ふ》りつづき思《おも》ふこと悲《かなし》みがちとなりぬ六月《ぐわつ》

5607 初「明星」大13・6・1病床にて―与謝野晶子

5608 初「明星」大13・6・1病床にて―与謝野晶子

5609 初「明星」大13・6・1病床にて―与謝野晶子

5610 初「明星」大13・6・1病床にて―与謝野晶子

5611 初「明星」大13・6・1病床にて―与謝野晶子

5612 初「女性」大13・6・1雨―与謝野晶子

5613 初「女性」大13・6・1雨―与謝野晶子

5614 初「女性」大13・6・1雨―与謝野晶子

5615 初「女性」大13・6・1雨―与謝野晶子

5616 雛罌粟の中に立てども夏の日に逢へども夢の帰りこぬかな

5617 ひなげしが浮き沈みする形すれ水には似ざる微風《そよかぜ》の中《なか》

5618 南国の草木が仮の宿とせる硝子の部屋にわれもあらまし

5619 アカシヤの瑞木《みづき》の下《もと》を歩む身は形の上に変ること無し

5620 聖者の名受けしその日の子の姿悲しく浮ぶ薔薇の花かな

5621 しもふさの松戸におほく楽みて少《すく》な《な》く愁ふ花のかたはら

5622 失はぬ昔もありてひなげしにもの云ひかけんことを思へる

5623 鹿の子草片はし見つつ夏の日の第一の花ひなげしに行く

5624 花続く丘の一つに養はれ香をもてものを告ぐる日もがな

5616 初「明星」大13・7・1松戸の丘―与謝野晶子 再「週刊朝日」大13・7・6

5617 初「明星」大13・7・1松戸の丘―与謝野晶子

5618 初「明星」大13・7・1松戸の丘―与謝野晶子

5619 初「明星」大13・7・1松戸の丘―与謝野晶子

5620 初「明星」大13・7・1松戸の丘―与謝野晶子

5621 初「明星」大13・7・1松戸の丘―与謝野晶子

5622 初「明星」大13・7・1松戸の丘―与謝野晶子

5623 初「明星」大13・7・1松戸の丘―与謝野晶子

5624 初「明星」大13・7・1松戸の丘―与謝野晶子

5625 ひなげしを見に来つる日のわが心終りは云はじ思ひいたらん

5626 夏山《なつやま》を藍《あい》と緑《みどり》が隈《くま》をかく人《ひと》の軽羅《けいら》はむらさきが描《か》く

5627 藍色《あいいろ》のかきつばたより鮮《あざ》やかに起居《たちゐ》するなる二三人《にん》かな

5628 くろがねを衣《ころも》にすると云《い》ふ如《ごと》く重《おも》げに見《み》ゆる紺上布《こんぜうふ》かな

5629 さまあしき根《ね》を何処《いづこ》にも置《お》くとなき花草《はなくさ》めきぬうすものの人《ひと》

5630 うちつけに渋《しぶ》の大湯《おほゆ》の戸口《とぐち》より出《い》でんとしたる明星《めうぜう》に逢《あ》ふ

5631 むすべるは巻紙《まきがみ》ほどの細《ほそ》き帯仙女《おびせんぢよ》に近《ちか》き浴泉《よくせん》の人《ひと》

5632 うす衣《ごろも》瘦《や》せの過《す》ぎたる人《ひと》もまた許《ゆる》すべきかな髪《かみ》の長《なが》くば

5633 真白《ましろ》なるテラスの石《いし》の柱《はしら》より涼《すゞ》しかりけりくれなゐの衣《きぬ》

5625 初「明星」大13・7・1松戸の丘—与謝野晶子

5626 初「女性」大13・7・1夏の女（二十首）—与謝野晶子

5627 初「女性」大13・7・1夏の女（二十首）—与謝野晶子

5628 初「女性」大13・7・1夏の女（二十首）—与謝野晶子

5629 初「女性」大13・7・1夏の女（二十首）—与謝野晶子

5630 初「女性」大13・7・1夏の女（二十首）—与謝野晶子

5631 初「女性」大13・7・1夏の女（二十首）—与謝野晶子

5632 初「女性」大13・7・1夏の女（二十首）—与謝野晶子

5633 初「女性」大13・7・1夏の女（二十首）—与謝野晶子

5634 天界《てんかい》の七少女《せうぢよ》とは思《おも》はねど星《ほし》かと見《み》ゆる銀《ぎん》のたけなが

5635 川《かは》を見《み》る井《ゐ》げたの明石涼《あかしすゞ》しけれ思《おも》ひ上《あが》れる白献上《しろけんぜう》も

5636 少女達《をとめたち》戯《ざ》れて遊《あそ》べば砂山《すなやま》を解《と》けつつ走《はし》るくみひもの帯《おび》

5637 つつましき昼《ひる》のロオブのそれながら白衣《びやくえ》となさず靄《もや》と思《おも》へり

5638 夏《なつ》の子《こ》の次《つ》ぎて来《きた》るを待《ま》つ心《こゝろ》　柳《やなぎ》も持《も》ちぬ銀座《ぎんざ》に立《た》ちて

5639 水色《みづいろ》の麻《あさ》のふすまにふさはしく底《そこ》ひも知《し》らず白《しろ》き人《ひと》かな

5640 磯行《いそゆ》くはうす色《いろ》の帯白《おびしろ》き足高《あしたか》きにあるは夏《なつ》の夜《よ》の星《ほし》

5641 噴水《ふんすい》のしぶきこちたき所《ところ》より百《ひやく》　歩此方《ほこなた》のうす衣《ごろも》かな

5642 あぢきなし籐《とう》のむしろの冷《つめ》たさは渓間《たにま》の石《いし》にまさるといへど

5634 初「女性」大13・7・1夏の女(二十首)—与謝野晶子

5635 初「女性」大13・7・1夏の女(二十首)—与謝野晶子

5636 初「女性」大13・7・1夏の女(二十首)—与謝野晶子

5637 初「女性」大13・7・1夏の女(二十首)—与謝野晶子

5638 初「女性」大13・7・1夏の女(二十首)—与謝野晶子

5639 初「女性」大13・7・1夏の女(二十首)—与謝野晶子

5640 初「女性」大13・7・1夏の女(二十首)—与謝野晶子

5641 初「女性」大13・7・1夏の女(二十首)—与謝野晶子

5642 初「女性改造」大13・7・1夏の家—与謝野晶子

5643 七月《ぐわつ》の朝《あさ》なり白《しろ》き麻《あさ》を着《き》て机《つくゑ》に倚《よ》れば朴《ほゝ》の花《はな》めく

5644 いつしかと葭《よし》の障子《しやうじ》に変《かは》りたる女座敷《をんなざしき》と夕立《ゆふだち》の雨《あめ》

5645 わが窓《まど》は夏《なつ》の木立《こだち》の小暗《をぐら》くて夕月《ゆふづき》めきぬひるの光《ひかり》も

5646 風通《かぜかよ》ひものの哀《あは》れになるものか山《やま》に向《むか》へる窓多《まどおほ》くして

5647 山荘《さんさう》やその客室《きやくしつ》に夕暗《ゆふやみ》の先《さき》がけのごとありぬおのれは

5648 庭《には》の蟬啼《せみな》く日《ひ》はありのすさびにもとるここちせぬ白《しろ》き琴《こと》かな

5649 たそがれの光を負ひし竹藪の清らにそよぐ野方村かな

5650 雨降るとくぬぎの路を走るなりかはづ朧に鳴きいづるころ

5651 小雨降る黄昏にして赤ばめるわが武蔵野の上《うへ》の空かな

5643 初「女性改造」大13・7・1夏の家―与謝野晶子

5644 初「女性改造」大13・7・1夏の家―与謝野晶子

5645 初「女性改造」大13・7・1夏の家―与謝野晶子

5646 初「女性改造」大13・7・1夏の家―与謝野晶子

5647 初「女性改造」大13・7・1夏の家―与謝野晶子

5648 初「女性改造」大13・7・1夏の家―与謝野晶子

5649 初「随筆」大13・7・1野方村―与謝野晶子

5650 初「随筆」大13・7・1野方村―与謝野晶子

5651 初「随筆」大13・7・1野方村―与謝野晶子

5652
美《うつく》しく思《おも》ひ悩《なや》むを許《ゆる》されし花《はな》の雛罌粟《ひなげし》人《ひと》のひなげし

5653
花草《はなくさ》は共《とも》によろこび共《とも》に泣《な》く独《ひとり》愁《うれ》ふるきははすくなし

5654
罌粟《けし》摘《つ》むは秘事《ひじ》にあらねど何人《なにひと》も見《み》ぬさかひをばよしとす今《いま》は

5655
安《やす》からぬところに来《こ》しと雛罌粟《ひなげし》の畑《はたけ》に立《た》ちて歎《なげ》きけるかな

5656
木《こ》の間《ま》よりありつる後《のち》の東京《とうきやう》の見《み》え隠《かく》れして淋《さび》し下総《しもふさ》

5657
雛罌粟《ひなげし》の昨日《きのふ》に増《ま》して紅《あか》きかなわれは盛《さか》りをうしろにすれど

5658
ひなげしは芝居《しばゐ》の席《せき》につく如《ごと》く楽《たの》しみて散《ち》り土《つち》に身《み》を置《お》く

5659
いと多《おほ》く紅《べに》の扇《あふぎ》を地《ち》に撒《ま》きて華奢《くわしや》に終《をは》りぬ雛罌粟《ひなげし》の花《はな》

5660
花下総《はなしもふさ》の松戸《まつど》に見《み》れば散《ち》る雲《くも》も柳絮《りうじよ》の如《ごと》くなつかしきかな

5652 初「週刊朝日」大13・7・6或る日―与謝野晶子

5653 初「週刊朝日」大13・7・6或る日―与謝野晶子

5654 初「週刊朝日」大13・7・6或る日―与謝野晶子

5655 初「週刊朝日」大13・7・6或る日―与謝野晶子

5656 初「週刊朝日」大13・7・6或る日―与謝野晶子

5657 初「週刊朝日」大13・7・6或る日―与謝野晶子

5658 初「週刊朝日」大13・7・6或る日―与謝野晶子

5659 初「週刊朝日」大13・7・6或る日―与謝野晶子

5660 (1)花下総《はなしもふさ》の(ママ) 初「週刊朝日」大13・7・6或る日―与謝野晶子

5661 カルピスを友《とも》は作《つく》りぬ蓬萊《はうらい》の薬《くすり》といふもこれに加《し》かじな

5662 カルピスは奇しき力《ちから》を人《ひと》に置《お》く新《あたら》しき世《よ》の健康《けんかう》のため

5663 みづからの心は紙にあらざれば憎むあまりに裂くべくも無し

5664 気のすこし揚れるときは筆さへも鞭にひとしき心地して執る

5665 にはかにも松を通して朱をながす夕日のなかの街道の雨

5666 罌粟ちりぬわがくづれたる心をも花のすがたにとりなせるかな

5667 塔ひとつ雨を離れて細く見ゆ野の空ひくく白きをちかた

5668 なにゆゑと世に問ふことを忘れたるうつろの心しづかなるかな

5669 憂きことは思はぬごとく馳せながら薔薇を散らしぬ曲馬の女

5661 初「読売新聞」大13・7・24奇しき力―与謝野晶子

5662 初「読売新聞」大13・7・24奇しき力―与謝野晶子

5663 初「明星」大13・8・1愁人雑詠―与謝野寛

5664 初「明星」大13・8・1愁人雑詠―与謝野寛

5665 初「明星」大13・8・1愁人雑詠―与謝野寛

5666 初「明星」大13・8・1愁人雑詠―与謝野寛

5667 初「明星」大13・8・1愁人雑詠―与謝野寛

5668 初「明星」大13・8・1愁人雑詠―与謝野寛

5669 初「明星」大13・8・1愁人雑詠―与謝野寛

5670 そのなかに白き孔雀の誇りもて長く引きたる夕ごろもかな

5671 わが筆もミケランゼロの鑿のごと著くるところに人をあらはせ

5672 いろいろの波斯のきれを切りはめて丘に掛けたる初夏の畑

5673 雨あがり五月の空に飛ぶことよたんぽぽの穂のさびしき音符《おんぷ》

5674 さへぎりし家みな焼けて青空のひろさを増しぬ東京の上

5675 うつくしき男の指を黄に染めぬわりなき恋に似る煙草かな

5676 わが手もて捉ふることの難しとは猶ねがはくは知らであらまし

5677 野にくれば五月のなかに天《てん》と地《ち》と濃き酒のごと融けあへるかな

5678 路尽きて木立も水も暗きまで青めるかげのあぢさゐの花

5670 初「明星」大13・8・1愁人雑詠―与謝野寛

5671 初「明星」大13・8・1愁人雑詠―与謝野寛

5672 初「明星」大13・8・1愁人雑詠―与謝野寛

5673 初「明星」大13・8・1愁人雑詠―与謝野寛

5674 初「明星」大13・8・1愁人雑詠―与謝野寛

5675 初「明星」大13・8・1愁人雑詠―与謝野寛

5676 初「明星」大13・8・1愁人雑詠―与謝野寛

5677 初「明星」大13・8・1愁人雑詠―与謝野寛

5678 初「明星」大13・8・1愁人雑詠―与謝野寛

5679 火のごとき握手はあれど鉄に似る太き握手に逢はぬ旅かな

5680 おほかたの目に見えざれば人知らじ心に祈り血を流せども

5681 大地震《だいぢしん》東京人をいつせいに乞食《こじき》のごとく土に坐せしむ

（以下震災の頃の作より）

5682 土にゐてはらからのごと物云ひぬ地震《なゐ》と焔を逃れこし人

5683 ゆれにゆれ海より険《けは》しあらあらし大地《だいち》も人につらき日となる

5684 土手の木に蚊帳つりわたし草にゐて焼くる都をまもる人の目

5685 人叫び焼くる都の火のうへに白き髑髏をさしかざす月

5686 をちかたに雲の動ける空を見て青き木立のうへにある軒

（以下五首万里君の家にて）

5687 初夏の白金台《しろがねだい》の空の幅《はゞ》われを入れつつ風に坐せしむ

5679 初「明星」大13・8・1愁人雑詠—与謝野寛

5680 初「明星」大13・8・1愁人雑詠—与謝野寛

5681 初「明星」大13・8・1愁人雑詠—与謝野寛

5682 初「明星」大13・8・1愁人雑詠—与謝野寛

5683 初「明星」大13・8・1愁人雑詠—与謝野寛

5684 初「明星」大13・8・1愁人雑詠—与謝野寛

5685 初「明星」大13・8・1愁人雑詠—与謝野寛

5686 初「明星」大13・8・1愁人雑詠—与謝野寛

5687 初「明星」大13・8・1愁人雑詠—与謝野寛

5688 牧に似る柵もの古りて草しげる白金台のむら雨の音

5689 坂ほそく掘り下げられて美くしき木乃伊の箱の思はるる土

5690 去年《こぞ》の火に一切の書を焼きつくし寂しけれども大《だい》なる万里《ばんり》

5691 月見草萎れて甲斐のかつら川雨雲色《あまぐもいろ》の波の立つかな

5692 甲斐の雨河原の濡るるそれよりも早く哀れになりはてし馬

5693 がくの花夕月色になびくなり水車《すゐしや》の渓を下にする路

5694 夕暮の雨にまぎれし瀬の音の準《なぞら》へならぬ甲高《かんだか》き蝉

5695 山国の虹を見よとて子を抱きぬ限りも知らずあてなる夕

5696 瀬の音の恋しきものを山の雨蝉に合《がつ》して聞きわきがたし

5688 初「明星」大13・8・1愁人雑詠—与謝野寛
5689 初「明星」大13・8・1愁人雑詠—与謝野寛
5690 初「明星」大13・8・1愁人雑詠—与謝野寛
5691 初「明星」大13・8・1峡上の雨—与謝野晶子
5692 初「明星」大13・8・1峡上の雨—与謝野晶子
5693 初「明星」大13・8・1峡上の雨—与謝野晶子
5694 初「明星」大13・8・1峡上の雨—与謝野晶子
5695 初「明星」大13・8・1峡上の雨—与謝野晶子
5696 初「明星」大13・8・1峡上の雨—与謝野晶子

5697 わが胸《むね》に高茅《たかがや》を分《わ》け思《おも》ふかな山《やま》に遊《あそ》べば馬《うま》に似《に》たりと

5698 年月《としつき》のあらぬ世《よ》のごと山《やま》なれば彼《か》の日《ひ》に今日《けふ》を継《つ》ぎて遊《あそ》ばん

5699 大海《おほうみ》のごとひろごりてここちよく深《ふか》く繁《しげれ》る山《やま》の草《くさ》かな

5700 なにがしの山荘《さんさう》の燭《しよく》人《ひと》あらで明《あか》し歩《あゆ》むは高萱《たかかや》のみち

5701 明《あか》ければ洞《ほら》の口《くち》なるここちしぬ山《やま》より低《ひく》き金星《きんせい》の空《そら》

5702 わが宿《やど》を中《なか》に囲《かこ》むは石炭《せきたん》の層《そう》よりくらき夜《よ》の山《やま》の層《そう》

5703 あてなれど霧《きり》の彼方《かなた》の月《つき》なれば夜《よ》に立《た》つ人《ひと》の影《かげ》も作《つく》らず

5704 明星《みやうじやう》の輝《かゞや》く空《そら》に彫《く》られたり黒姫山《くろひめやま》のいと長《なが》きすそ

5705 動《うご》く雲《くも》なびける草《くさ》の中《なか》にして頼《たの》み合《あ》ひたる赤倉《あかくら》の杉《すぎ》

5697 初「九州日日新聞」大13・8・23赤倉温泉より―与謝野寛 再「明星」大13・9・1

5698 初「国民新聞」大13・8・26妙高山より―与謝野晶子

5699 初「国民新聞」大13・8・26妙高山より―与謝野晶子

5700 初「国民新聞」大13・8・26妙高山より―与謝野晶子

5701 初「国民新聞」大13・8・26妙高山より―与謝野晶子

5702 初「国民新聞」大13・8・26妙高山より―与謝野晶子

5703 初「国民新聞」大13・8・26妙高山より―与謝野晶子

5704 初「国民新聞」大13・8・26妙高山より―与謝野晶子

5705 初「国民新聞」大13・8・26妙高山より―与謝野晶子

5706 赤倉《あかくら》の毛欅《ぶな》の大樹《おほき》よ雁《かり》がねの北《きた》より来《こ》ずや霧冷《きりつめ》たけれ

5707 杉《すぎ》の青厚《あをあつ》き越路《こしぢ》の赤倉《あかくら》の温泉《いでゆ》に聞《き》けるほととぎすかな

5708 こほろぎや赤倉岳《あかくらだけ》に到《いた》る道岐《みちえだ》にわかるるつばめ湯《ゆ》のみち

5709 雲《くも》ありて導《みちび》くと云《い》ふ仙家《せんか》にはあらざる関《せき》の湯《ゆ》の靄《もや》の立《た》つ

5710 冷熱《れいねつ》を超《こ》えたる滝《たき》と見《み》ゆるかな真白《ましろ》き火《ひ》とも見《み》ゆるものから

5711 その昔《むかし》万里《ばんり》の君《きみ》と踏《ふ》みし路《みち》はたそれならぬ路《みち》も淋《さび》しき

5712 山《やま》かづら蔓《つる》の先《さき》をば直江津《なほえつ》の白帆《しらほ》に並《なら》べ楽《たの》しめるかな

5713 夕霧《ゆふぎり》の動《うご》くに添《そ》ひてわが心《こゝろ》よしなしごとの思《おも》はるゝかな

5714 妙高の山の遊びを二たびす驚くことを世に求めかね

5706 初「国民新聞」大13・8・26妙高山より—与謝野晶子

5707 初「国民新聞」大13・8・26妙高山より—与謝野晶子

5708 初「国民新聞」大13・8・26妙高山より—与謝野晶子

5709 初「国民新聞」大13・8・26妙高山より—与謝野晶子

5710 初「国民新聞」大13・8・26妙高山より—与謝野晶子

5711 初「国民新聞」大13・8・26妙高山より—与謝野晶子

5712 初「国民新聞」大13・8・26妙高山より—与謝野晶子

5713 初「万朝報」大13・8・28(無題)—選者

5714 初「明星」大13・9・1越佐游草 その一—与謝野寛

5715 みづからを未だしとする心より今日となれども危きを行く

5716 にはかにも瑞西《スイス》の北にある如し越後の山に雲の動けば

5717 天《てん》の門《もん》ひとつ開けて前にありうつくしきかな山に立つ虹

5718 妙高の山に降《お》りきて円《まろ》き虹しばらく天《てん》の栄光を描く

5719 山のうへ幾重の山のかなたなる夕焼したる遠山《とほやま》の端《はし》

5720 峰のうへゆふやけ雲のちらしたる赤き糸をば泳ぐ夕月

5721 山をして海たらしめし茅原の凪しづまりて夕焼ぞする

5722 しづかにも夕の草の動かざり山厚くきて寝ねんとすらん

5723 山かげの軒端は暗し裾原のひくきに燃ゆる夕焼の空

5715 与謝野寛 初「明星」大13・9・1越佐游草 その一―

5716 与謝野寛 初「明星」大13・9・1越佐游草 その一―

5717 与謝野寛 初「明星」大13・9・1越佐游草 その一―

5718 与謝野寛 初「明星」大13・9・1越佐游草 その一―

5719 与謝野寛 初「明星」大13・9・1越佐游草 その一―

5720 与謝野寛 初「明星」大13・9・1越佐游草 その一―

5721 与謝野寛 初「明星」大13・9・1越佐游草 その一―

5722 与謝野寛 初「明星」大13・9・1越佐游草 その一―

5723 与謝野寛 初「明星」大13・9・1越佐游草 その一―

5724
四方の峰みな黒くなりゆふやけの明りを残す高原《たかはら》の草

5725
山の影軒より入りて冷やかに赤倉の里たそがれとなる

5726
赤倉の杉ことごとく胸を張り祈るをんなのすがたす夕《ゆふべ》

5727
わが友とまた逢ひにけり赤倉のひと年《とせ》立ちし杉むらのもと

5728
そことなく水の音して燈《とう》一つ秋のここちに点《とも》る高はら

5729
戸あくればやがて朝より風満ちぬ妙高の原わが軒を載せ

5730
杉のうへ関田峠にのぼる日のますぐに照す山の軒かな

5731
ひとむらの杉の大樹《だいじゆ》の立つ外は青くかたぶく妙高の原

5732
みづからを猶すてあへぬ人に似て深山《みやま》うぐひす八月に啼く

5724 与謝野寛 初「明星」大13・9・1越佐游草 その一―

5725 与謝野寛 初「明星」大13・9・1越佐游草 その一―

5726 与謝野寛 初「明星」大13・9・1越佐游草 その一―

5727 与謝野寛 初「明星」大13・9・1越佐游草 その一―

5728 与謝野寛 初「明星」大13・9・1越佐游草 その一―

5729 与謝野寛 初「明星」大13・9・1越佐游草 その一―

5730 与謝野寛 初「明星」大13・9・1越佐游草 その一―

5731 与謝野寛 初「明星」大13・9・1越佐游草 その一―

5732 与謝野寛 初「明星」大13・9・1越佐游草 その一―

5733 はろばろと頸城《くびき》平《だらひ》に雲はへりわがある山の朝風のもと

5734 山の客《きやく》しろき袂をひるがへし緑のうへの風に吹かるる

5735 昼となり赤倉の原陰《かげ》も無くこなおしろいを散らしたる草

5736 にはかにもわがある廊の風変り戸隠山の雲よりぞ吹く

5737 沈みつつ赤き屋根あるをちかたに草よりのぼる原の白雲

5738 山はみな走らんとして能はざるすがたとなりぬ雲の飛ぶ時

5739 しら雲のなかにて聞きぬ妙高の裾野の杉のしづくする音

5740 山の影雲に消えたる麓をばおごそかにする黒き杉むら

5741 あけがたのものを思はぬ静かなるこころの上の妙高の山

5733 (2)平《だらひ》→平《だひら》 初「明星」大13・9・1越佐游草 その一— 与謝野寛

5734 初「明星」大13・9・1越佐游草 その一— 与謝野寛

5735 初「明星」大13・9・1越佐游草 その一— 与謝野寛

5736 初「明星」大13・9・1越佐游草 その一— 与謝野寛

5737 初「明星」大13・9・1越佐游草 その一— 与謝野寛

5738 初「明星」大13・9・1越佐游草 その一— 与謝野寛

5739 初「明星」大13・9・1越佐游草 その一— 与謝野寛

5740 初「明星」大13・9・1越佐游草 その一— 与謝野寛

5741 初「明星」大13・9・1越佐游草 その一— 与謝野寛

5742 世にうとき山にて見れど夕焼の雲のみだれの哀れなるかな

5743 太き手を雲より出だし妙高をつかみて隠すゆふだちの雲

5744 妙高の雑木の原に声をもて夕露をおく山ほととぎす

5745 無口《むくち》にて敷島を吸ひ山を見るわが秋津《あきつ》こそ大男《おほをとこ》なれ

5746 わが言葉重たくなりぬ妙高の山に歌へば山に圧《お》されて

5747 上にきて羽ある虫のつぶやきぬ山の灯《ほ》かげの旅の詠草

5748 戸隠《とがくし》へいたらん路かほそぼそと丹《に》の色をして茅原《かやはら》に消ゆ

5749 赤倉の高き茅原煙草の火ひとつひかりて夕闇となる

（以上赤倉温泉にて）

5750 石を踏みけはしき渓のうへ行きぬ歌のこころと行者《ぎやうじや》の心

5742 初「明星」大13・9・1越佐游草 その一―与謝野寛

5743 初「明星」大13・9・1越佐游草 その一―与謝野寛

5744 初「明星」大13・9・1越佐游草 その一―与謝野寛

5745 初「明星」大13・9・1越佐游草 その一―与謝野寛

5746 初「明星」大13・9・1越佐游草 その一―与謝野寛

5747 初「明星」大13・9・1越佐游草 その一―与謝野寛

5748 初「明星」大13・9・1越佐游草 その一―与謝野寛

5749 初「明星」大13・9・1越佐游草 その一―与謝野寛

5750 初「明星」大13・9・1越佐游草 その一―与謝野寛

5751 一人づつわづかに行くを許されて路はめぐりぬ切厓の上

5752 駄馬ひとつ立ち塞りて路絶えぬ雲のなかなる関の湯の山

5753 切厓に木を横たへて段とせし荒き山をも君と行くかな

5754 つつましく人の語るに似もやらで山鳴りぞする関の大滝

5755 関の湯の渓の上をば馳せとほる天馬の気息《いき》の早き霧かな

5756 盥にも似る蕗の葉のかたぶきて深山《みやま》に残る大雨のあと

5757 霧しろくたえず降りくる高嶺にて首長く伸べ草を食む馬

5758 人ごとに柄杓を手にし湯に入りぬ何の地獄と山に問はまし

（以上関温泉にて）

5759 うしろより我を吸はんとする如し追ひ来る如し妙高の風

5751 初「明星」大13・9・1越佐游草 その一―
与謝野寛

5752 初「明星」大13・9・1越佐游草 その一―
与謝野寛

5753 初「明星」大13・9・1越佐游草 その一―
与謝野寛

5754 初「明星」大13・9・1越佐游草 その一―
与謝野寛

5755 初「明星」大13・9・1越佐游草 その一―
与謝野寛

5756 初「明星」大13・9・1越佐游草 その一―
与謝野寛

5757 初「明星」大13・9・1越佐游草 その一―
与謝野寛

5758 初「明星」大13・9・1越佐游草 その一―
与謝野寛

5759 初「明星」大13・9・1越佐游草 その一―
与謝野寛

5760 妙高を下《お》りて野尻に浮ぶこと蜀より出でし呉の思する

5761 そのなかに野尻の水の桔梗いろ山ことごとく雲を支へて

5762 鴨頭草《つゆくさ》を摘みて浮べししろがねの華盤《はなざら》のごと見ゆる湖

5763 小さなる銀のうつはの七宝の古りし哀れをもてる湖

5764 みづうみの小き桟橋ふめば鳴るさざ波よりは葦の葉に似て

5765 細長きみづいろの舟一つきて野尻のみぎは涼しくなりぬ

5766 ふなばたを叩きて歌ふ少年らまた旁らに我《われ》無き若《ごと》し

5767 風出でて野尻の水の錫箔《すずはく》のうへをすべりぬ桃いろの舟

5768 わがこころ青き野尻のみづうみにやがて染まりぬ鴨頭草《つきくさ》のごと

5760 初「明星」大13・9・1越佐游草 その一 ― 与謝野寛

5761 初「明星」大13・9・1越佐游草 その一 ― 与謝野寛

5762 初「明星」大13・9・1越佐游草 その一 ― 与謝野寛

5763 初「明星」大13・9・1越佐游草 その一 ― 与謝野寛

5764 初「明星」大13・9・1越佐游草 その一 ― 与謝野寛

5765 初「明星」大13・9・1越佐游草 その一 ― 与謝野寛

5766 初「明星」大13・9・1越佐游草 その一 ― 与謝野寛

5767 初「明星」大13・9・1越佐游草 その一 ― 与謝野寛

5768 初「明星」大13・9・1越佐游草 その一 ― 与謝野寛

5769 しら樺の二もと痩せて立つみぎは舟出で去りてさざ波の寄る
（以上野尻湖にて）

5770 立ち寄りて汗を入れたる四五人に一茶《いっさ》の墓の松山の蟬
（柏原にて）

5771 そこまではわが父も来《こ》しなつかしき高田の街に寄らで行くかな

5772 大雪の日には通らで直江津の海の風をばめづる軒下《のきした》

5773 たたずみて煙草の火をばつけかねし人のみ黒き磯の上かな

5774 事好み直江津にきぬいにしへの人買船もあらば乗らまし

5775 鱶の血に染まれるごとき船五つ入日に並ぶ直江津の沖

5776 をちかたに桃の実一つ流したる海かと見えて日の落ちて行く

5777 をちかたに炬火《たきび》祭をする島のありとも見えて日は海に入る

5769 初「明星」大13・9・1越佐游草 その一―与謝野寛
5770 初「明星」大13・9・1越佐游草 その一―与謝野寛
5771 初「明星」大13・9・1越佐游草 その一―与謝野寛
5772 初「明星」大13・9・1越佐游草 その一―与謝野寛
5773 初「明星」大13・9・1越佐游草 その一―与謝野寛
5774 初「明星」大13・9・1越佐游草 その一―与謝野寛
5775 初「明星」大13・9・1越佐游草 その一―与謝野寛
5776 初「明星」大13・9・1越佐游草 その一―与謝野寛
5777 初「明星」大13・9・1越佐游草 その一―与謝野寛

5778 うつくしき入日の浜の砂のいろ降ると思ひぬ火の鳥の灰

5779 直江津の砂浜を行き落つる日をながめて明日は別れんとする

5780 越後までともなひしかどわが秋津今日は筑紫に往ぬと云ふなり

5781 北国《きたぐに》の磯の砂さへ来て踏みし筑紫の友よ別るべからず

（以上直江津にて）

5782 直江津を夜明に立てるわが汽車が蒲原の田に投げゆく煙

5783 指さして我に教へし米山は二たび見れどその友の無き

（柏崎の友人故大矢正修を想ひて）

5784 大海《おほうみ》のあかるき日にも雲たちてわづかに見ゆる米山の肩

5785 長岡に会《ゑ》釈《しやく》して過ぐなつかしきわが大学のふるさとぞ是れ

5786 時無くて人にも逢はずおほかたは山と水とにかかはりて行く

5778 初「明星」大13・9・1越佐游草 その一― 与謝野寛
5779 初「明星」大13・9・1越佐游草 その一― 与謝野寛
5780 初「明星」大13・9・1越佐游草 その一― 与謝野寛
5781 初「明星」大13・9・1越佐游草 その一― 与謝野寛
5782 初「明星」大13・9・1越佐游草 その一― 与謝野寛
5783 初「明星」大13・9・1越佐游草 その一― 与謝野寛
5784 初「明星」大13・9・1越佐游草 その一― 与謝野寛
5785 初「明星」大13・9・1越佐游草 その一― 与謝野寛
5786 初「明星」大13・9・1越佐游草 その一― 与謝野寛

5787 青雲のうへに弥彦《やひこ》を遠く見ぬ行きて小雨に濡れましものを

5788 そのむかし万代橋を渡りつる我にはあらで髪まばらなり

5789 うつくしき柳と橋の街にきぬ和蘭陀ならぬ荒海のうへ

5790 越のはて砂丘の上の点として青き海をば見下ろせる人

5791 北がはの青海を見てこの街の柳の色をさびしとぞ思ふ

5792 橋あまた柳のなかに隠されて水ある街の夕月夜かな

5793 松かげの軒ふかくして舞姫の帯の動くもすずしき夕

5794 軒ふかき奥にきたりて松にある夕月よりも光る舞姫
（以上新潟にて）

5795 船の鐘鳴れば躍りぬ笑ふべき少年の日の心のこりて

5787 初「明星」大13・9・1越佐游草 その一― 与謝野寛
5788 初「明星」大13・9・1越佐游草 その一― 与謝野寛
5789 初「明星」大13・9・1越佐游草 その一― 与謝野寛
5790 初「明星」大13・9・1越佐游草 その一― 与謝野寛
5791 初「明星」大13・9・1越佐游草 その一― 与謝野寛
5792 初「明星」大13・9・1越佐游草 その一― 与謝野寛
5793 初「明星」大13・9・1越佐游草 その一― 与謝野寛
5794 初「明星」大13・9・1越佐游草 その一― 与謝野寛
5795 初「明星」大13・9・1越佐游草 その一― 与謝野寛

5796 しろき船バル・タバランの夜の如き光を放ち川口に浮く

5797 にひがたの大川口を船の出づ濃きむらさきと一線の白

5798 青海の涼風《すずかぜ》ふけば吹かれゐぬ君の思へば思はれてゐぬ

5799 しづかなる朝の甲板四つの椅子歌ふ外には事も無き人

5800 海青く船をめぐりてひろがりぬわが心にも暗き波無し

5801 海に出づ海のうへなる涼風《すずかぜ》にこころを放つ昨日《きのふ》を放つ

5802 見おろして白き舵楼《だろう》に立つ人のわれに言ふこと風半消す

5803 青海の真中《まなか》に来れば西の風飛魚《とびうを》を吹き秋すでに立つ

5804 光りつつ沖を行くなり如何ばかり楽しき夢を載する白帆ぞ

5796 初「明星」大13・9・1越佐游草 その一― 与謝野寛

5797 初「明星」大13・9・1越佐游草 その一― 与謝野寛

5798 初「明星」大13・9・1越佐游草 その一― 与謝野寛

5799 初「明星」大13・9・1越佐游草 その一― 与謝野寛

5800 初「明星」大13・9・1越佐游草 その一― 与謝野寛

5801 初「明星」大13・9・1越佐游草 その一― 与謝野寛

5802 初「明星」大13・9・1越佐游草 その一― 与謝野寛

5803 初「明星」大13・9・1越佐游草 その一― 与謝野寛

5804 初「明星」大13・9・1越佐游草 その一― 与謝野寛

5805 海の上の昼のうたたね我も見んほしいままなる船人の夢

5806 わが船のしろき舳《へ》先《さき》にあらはれぬ遠しとしたる佐渡の島山
（以上大国丸にて）

5807 その上の黒きかたまり船を見て皆手となりぬ島の栈橋

5808 山つねに高き窓をば青くする畑野の家のまろうどとなる

5809 杉古りて七かかへある根がたより山の石段千尺くだる

5810 杉立てる長谷の御《み》山の堂の隅くらきに坐り夕ぐれを愛づ

5811 文三が我らを見んと車より来るに逢ひぬ佐渡の国中《くになか》

5812 いにしへの千日姫は知らねどもおもかげならん桃色の塔

5813 蓮華峰寺《れんげぶじ》古りし五采のあひだより天人《てんにん》が吹く王朝の夢

5805 初「明星」大13・9・1越佐游草 その一― 与謝野寛
5806 初「明星」大13・9・1越佐游草 その一― 与謝野寛
5807 初「明星」大13・9・1越佐游草 その一― 与謝野寛
5808 初「明星」大13・9・1越佐游草 その一― 与謝野寛
5809 初「明星」大13・9・1越佐游草 その一― 与謝野寛
5810 初「明星」大13・9・1越佐游草 その一― 与謝野寛
5811 初「明星」大13・9・1越佐游草 その一― 与謝野寛
5812 初「明星」大13・9・1越佐游草 その一― 与謝野寛
5813 初「明星」大13・9・1越佐游草 その一― 与謝野寛

5814 海べよりやや奥まりて松かげにしばらく白きみささぎの路

5815 文三がしろき袴を著けたるも悲しくなりぬ真野の山路

5816 あなかしこかかる島にも棄てられて若き帝の歌ひたまへり

5817 めでましし「都わすれ」と云ふ草を真野の浦人知るよしもがな

5818 みこころは讃岐の院に反対《うらうへ》す御抄《みせう》は成りぬ島のあけくれ

5819 何ごとぞ三たりの天子三ところの辺土に離れ歎きたまへる

5820 ひんがしに悲しき歌のあることは佐渡の帝に誰かまさらん

5821 何故に御抄《みせう》は成るやひそかにも定家《ていか》の流《りう》に服したまはず

5822 家無くて浪の音しぬ海見えぬ真野の入江は此処と云ふなり

5814 初「明星」大13・9・1越佐游草 その一― 与謝野寛

5815 初「明星」大13・9・1越佐游草 その一― 与謝野寛

5816 初「明星」大13・9・1越佐游草 その一― 与謝野寛

5817 初「明星」大13・9・1越佐游草 その一― 与謝野寛

5818 初「明星」大13・9・1越佐游草 その一― 与謝野寛

5819 初「明星」大13・9・1越佐游草 その一― 与謝野寛

5820 初「明星」大13・9・1越佐游草 その一― 与謝野寛

5821 初「明星」大13・9・1越佐游草 その一― 与謝野寛

5822 初「明星」大13・9・1越佐游草 その一― 与謝野寛

5823 わかくして二十とせあまり真野の浦かかる浪のみ見そなはしけん

5824 真野の浦御《み》船の著きし世の如く猶かなしめり浪白くして

5825 たちまちに我の涙のまじりけん曇りて見ゆる真野の浦波

5826 山門のもとに集り小木《をぎ》の街四角の線《せん》を墨にする屋根

5827 草干せり機《はた》の上なる恋人の窓に入るべき風かをりくる

5828 山臭き絆纏を借り灯を執りてダンテの見たる坑《あな》に入りゆく

5829 手にしたるカンテラの灯のわななきて坑道の闇昼の涼しき

5830 人間の執《しふ》する道もかなしけれ地心に鳴りぬ一千の槌

5831 長坂をゆふべの海へくだる時こころナポリの裏町に出づ

5823 初「明星」大13・9・1越佐游草 その一— 与謝野寛

5824 初「明星」大13・9・1越佐游草 その一— 与謝野寛

5825 初「明星」大13・9・1越佐游草 その一— 与謝野寛

5826 初「明星」大13・9・1越佐游草 その一— 与謝野寛

5827 初「明星」大13・9・1越佐游草 その一— 与謝野寛

5828 初「明星」大13・9・1越佐游草 その一— 与謝野寛

5829 初「明星」大13・9・1越佐游草 その一— 与謝野寛

5830 初「明星」大13・9・1越佐游草 その一— 与謝野寛

5831 初「明星」大13・9・1越佐游草 その一— 与謝野寛

5832 ゆかたきて紋平阪に立つ人もその石段もしろき夕ぐれ

5833 相川の紋平阪に一つ点《つ》く灯よりいよいよ山黒くなる

5834 相川の街にはかにも夕風の涼しく吹けば旅かなしかり

5835 月の夜に木立のなかの上町《うへまち》のをぐらきも好し相川の秋

5836 磯の屋根のせたる石の白くして山よりきたる夕風と月

5837 月涼し磯の男のふとき手の線とひびきの独楽《こま》の舞ふうへ

5838 男のみ磯に踊るを飽かずとし月は女人《にょにん》の舞をして出づ

5839 相川の磯べの砂の清らなり手をすべるにも濡れて光りぬ

5840 光りつつ手をすべれども相川の磯べにあれば砂と云ふなり

5832 初「明星」大13・9・1越佐游草 その一— 与謝野寛

5833 初「明星」大13・9・1越佐游草 その一— 与謝野寛

5834 初「明星」大13・9・1越佐游草 その一— 与謝野寛

5835 初「明星」大13・9・1越佐游草 その一— 与謝野寛

5836 初「明星」大13・9・1越佐游草 その一— 与謝野寛

5837 初「明星」大13・9・1越佐游草 その一— 与謝野寛

5838 初「明星」大13・9・1越佐游草 その一— 与謝野寛

5839 初「明星」大13・9・1越佐游草 その一— 与謝野寛

5840 初「明星」大13・9・1越佐游草 その一— 与謝野寛

5841 砂のうへ磯の宿屋の判のある荒木の下駄をぬぎて語りぬ

5842 相川の月てる磯の砂にゐてかく語らふもひと夜なるべし

5843 夕焼のあかりのなかの岩を見て船よりぞ行く吹上の浜

5844 わが船の上になびけりさまざまの薔薇を抱ける夕映《ゆふばえ》の雲

5845 夕浪のしろきふちとる大岩のひらたき上の初秋の月

5846 海青み鷲の巣なども見出づべき荒き岩立つ北のはてかな

5847 四五軒の島のくるはのをぐらきに夜となり細き糸を引く虫

5848 高田屋の三階にゐて語らへば月も下《お》りきぬ春日崎まで

5849 名を聞けば我事としてさびしかり行けば楽しき鬢白《びんじろ》の阪

5841 初「明星」大13・9・1越佐游草 その一―
与謝野寛

5842 初「明星」大13・9・1越佐游草 その一―
与謝野寛

5843 初「明星」大13・9・1越佐游草 その一―
与謝野寛

5844 初「明星」大13・9・1越佐游草 その一―
与謝野寛

5845 初「明星」大13・9・1越佐游草 その一―
与謝野寛

5846 初「明星」大13・9・1越佐游草 その一―
与謝野寛

5847 初「明星」大13・9・1越佐游草 その一―
与謝野寛

5848 初「明星」大13・9・1越佐游草 その一―
与謝野寛

5849 初「明星」大13・9・1越佐游草 その一―
与謝野寛

5850 こし日にも帰る今日にも瑠璃色す別れを云はん加茂の湖

5851 わが友のさびしき顔の見送るを知り船も泣く佐渡の桟橋
（以上佐渡にて）

5852 山荘の門《もん》を入るより先づ逢ひぬ木立のなかの秋の水おと

5853 山荘の犬よろこびて一こゑしわれに馳せきぬ秋草の中《なか》

5854 山の窓朝のみどりのただよへば濡れんを恐るかたはらの書《ふみ》

5855 やはらかに花の明りと木の青のただよふ窓に水の音する

5856 山に鳴る水も旅路のつづきとて越《こし》の泊《とまり》のここちして聴く

5857 旅にきて人もしばらく荷を負はぬ馬の安さを覚えぬるかな

5858 歌ふこと長しさやけしこの山の水も主人《あるじ》の心なるべし

5850 初「明星」大13・9・1越佐游草 その一―与謝野寛

5851 初「明星」大13・9・1越佐游草 その一―与謝野寛

5852 初「明星」大13・9・1越佐游草 その一―与謝野寛

5853 初「明星」大13・9・1越佐游草 その一―与謝野寛

5854 初「明星」大13・9・1越佐游草 その一―与謝野寛

5855 初「明星」大13・9・1越佐游草 その一―与謝野寛

5856 初「明星」大13・9・1越佐游草 その一―与謝野寛

5857 初「明星」大13・9・1越佐游草 その一―与謝野寛

5858 初「明星」大13・9・1越佐游草 その一―与謝野寛

5859 君に見つ心のうへの貴人《あてびと》のもつてふ高さ清ささびしさ

5860 この国のまた新しき明日のこと君ならずして言ふ人や誰

（以上軽井沢の莫哀山荘にて）

5861 港あり両津の橋の左をばともに手とらん広場《ひろば》に作り

5862 花園を雲ゐる山に作るなり忘れんとする人も忘れず

5863 川に添ひ門に到りて別るべき山荘のみち長くあれかし

5864 くれなゐのわれの涙《なみだ》の雫《しづく》をば宝《たから》とすなるわれもかうかな

5865 望《のぞ》むこといと高《たか》くしてわが姿《すがた》秋《あき》の草《くさ》よりはかなきものか

5866 月《つき》ありぬたうもろこしの畑《はた》を過《す》ぎ浜撫子《はまなでしこ》の路《みち》にいたれば

5867 馬《うま》の背《せ》に浅間《あさま》の山《やま》の煙《けむり》這《は》ひ桔《き》梗《けう》まじりになびく高萱《たかかや》

5859 初「明星」大13・9・1越佐游草 その一―与謝野寛

5860 初「明星」大13・9・1越佐游草 その一―与謝野寛

5861 初「明星」大13・9・1越佐游草 その四―与謝野晶子

5862 初「明星」大13・9・1越佐游草 その四―与謝野晶子

5863 初「明星」大13・9・1越佐游草 その四―与謝野晶子

5864 初「女性」大13・9・1秋草と虫の音―与謝野晶子

5865 初「女性」大13・9・1秋草と虫の音―与謝野晶子

5866 初「女性」大13・9・1秋草と虫の音―与謝野晶子

5867 初「女性」大13・9・1秋草と虫の音―与謝野晶子

5868 こほろぎの家《いへ》を仮寝《かりね》の宿《やど》としてあるここちする秋《あき》の夜半《よは》かな

5869 すゐつちよが心《こゝろ》の上《うへ》に青《あを》き筋《すぢ》引《ひ》くとなす夜《よ》の石《いし》の欄干《らんかん》

5870 船《ふね》にして海《うみ》の上《うへ》なる月《つき》見《み》れば後《うしろ》に鳴《な》きぬあはれこほろぎ

5871 こほろぎのゐんまおかまのことなりを蚊帳吊草《かやつりぐさ》を裂《さ》きつつ語《かた》る

5872 あぢきなしものはかなしと秋《あき》の花前後《はなまへうしろ》よりものをいひかく

5873 東京《とうけう》の蘇生《よみがへ》りたる証《あかし》見《み》ぬなほ人間《にんげん》はたたふべきかな

5874 夜《よ》も昼《ひる》も人等《ひとら》いそしむ帝王《ていおう》の京《けう》を昔《むかし》にかへさんとして

5875 あぢきなき仮屋《かりや》の中《うち》を隅田川《すみだがは》流《なが》るることも改《あらたま》れかし

5876 今日《けふ》を見《み》て都《みやこ》の移《うつ》り変《かは》りなど軽率《かるはづみ》には歎《なげ》かずもがな

5868 初「女性」大13・9・1秋草と虫の音―与謝野晶子
5869 初「女性」大13・9・1秋草と虫の音―与謝野晶子
5870 初「女性」大13・9・1秋草と虫の音―与謝野晶子
5871 初「女性」大13・9・1秋草と虫の音―与謝野晶子
5872 初「女性」大13・9・1秋草と虫の音―与謝野晶子
5873 初「婦女界」大13・9・1新興《しんこう》の歌《うた》―与謝野晶子
5874 初「婦女界」大13・9・1新興《しんこう》の歌《うた》―与謝野晶子
5875 初「婦女界」大13・9・1新興《しんこう》の歌《うた》―与謝野晶子
5876 初「婦女界」大13・9・1新興《しんこう》の歌《うた》―与謝野晶子

5877 天変《てんぺん》のありつる日《ひ》まで金《きん》の戸《と》を出《い》でざりし子《こ》も醒《さ》めぬとか聞《き》く

5878 興《おこ》りこん東京《とうけう》のため人見《ひとみ》ればそれが一人《ひとり》の力頼《ちからたの》まる

5879 一年《ひととせ》の昔《むかし》にあらで一年《ひととせ》の昨日《きのふ》と云《い》はんなほ安《やす》からず

5880 地震《なゐ》の日《ひ》の憂《う》き思《おも》ひ出《で》の中《なか》にさへ忘《わす》れぬことをもつも人間《にんげん》

5881 秋早《あきはや》く立《た》ちて去年《こぞ》をば思《おも》ふ身《み》を寒《さむ》からしむと歎《なげ》きけるかな

5882 あさましく苦《くる》しかりつる地震《なゐ》の日《ひ》を木草《きぐさ》の如《ごと》く忘《わす》れはてまし

5883 地震《なゐ》の後一《のちひと》とせと云《い》ふ日《ひ》に当《あた》る今日《けふ》は今日《けふ》とて恐《おそ》る天変《てんぺん》

5884 去年《こぞ》の今日《けふ》けふにあらずと慰《なぐさ》むる痴愚《ちぐ》のわざをば笑《わら》ひ給《たま》ふな

5885 さすがにも九月一日人《ぐわついちじつひと》の上《うへ》心《こゝろ》に上《のぼ》りあはれなりけれ

5877 初「婦女界」大13・9・1新興《しんこう》の歌《たう》―与謝野晶子

5878 初「婦女界」大13・9・1新興《しんこう》の歌《たう》―与謝野晶子

5879 初「国民新聞」大13・9・1九月朔日―与謝野晶子

5880 初「国民新聞」大13・9・1九月朔日―与謝野晶子

5881 初「国民新聞」大13・9・1九月朔日―与謝野晶子

5882 初「国民新聞」大13・9・1九月朔日―与謝野晶子

5883 初「国民新聞」大13・9・1九月朔日―与謝野晶子

5884 初「国民新聞」大13・9・1九月朔日―与謝野晶子

5885 初「国民新聞」大13・9・1九月朔日―与謝野晶子

5886 忘《わす》れめや逗子《づし》の先生《せんせい》危《あやふ》しと云《い》ふ消息《せうそく》のはられつる塀《へい》

5887 ここちよく水《みづ》の栓《せん》より水出《みづい》づと云《い》ふことにすら我涙《わがなみだ》落《お》つ

5888 去年《こぞ》の今日《けふ》崩《くづ》れんとする大地《だいち》をば侮《あなど》りはてず涙流《なみだなが》せし

5889 立枯や蔵王《ざわう》の山の隔てざる辛《から》き風しも通ふ渓間か

5890 不忘《わすれず》の濁川をばつたひゆく秋の霧こそはかなかりけれ

5891 名取川無き名とりたる苦しさも楽しき方のことも知らざり

5892 北と見え西にも移り地の上の規律によらぬ雲中《うんちゆう》の山

5893 杉の渓斜ならばと歎かれぬ幹より幹に身を投げて行く

5894 花房の木《こ》の間の滝はおどろしく鳴るを好まず分れつつ落つ

5886 初「国民新聞」大13・9・1九月朔日―与謝野晶子

5887 初「国民新聞」大13・9・1九月朔日―与謝野晶子

5888 初「国民新聞」大13・9・1九月朔日―与謝野晶子

5889 初「明星」大13・10・1青根と松島　その二―与謝野晶子

5890 初「明星」大13・10・1青根と松島　その二―与謝野晶子

5891 初「明星」大13・10・1青根と松島　その二―与謝野晶子

5892 初「明星」大13・10・1青根と松島　その二―与謝野晶子

5893 初「明星」大13・10・1青根と松島　その二―与謝野晶子

5894 初「明星」大13・10・1青根と松島　その二―与謝野晶子

5895 青根の湯五十四郡《ぐん》のあるじをばあらしめし世に似たる朝かな

5896 大空の青を含みて出づる湯と古りし浴槽《ゆぶね》と白き人の子

5897 青根湯は出羽《では》みちのくの唯中《ただなか》か海に近きかまどはるるかな

5898 たそがれの灰紫にまみれたる麓のみちの薄《すすき》の穂かな

5899 いたどりや鋼鉄《はがね》の水のつたひつつ赤土山の黄昏れて行く

5900 高山《たかやま》も雲も蔵王《ざわう》の権現に反かぬことを証《あかし》して寝る

5901 燃えはてて灰ともならぬ灰色の炭のここちす松島の岩

5902 松島の岩根なれども羽衣のなびくが如き波の影かな

5903 雁皮紙《がんぴし》をいと美しく折り上げて松をさしたる千賀の浦島

5895 初「明星」大13・10・1青根と松島 その二
—与謝野晶子

5896 初「明星」大13・10・1青根と松島 その二
—与謝野晶子

5897 初「明星」大13・10・1青根と松島 その二
—与謝野晶子

5898 初「明星」大13・10・1青根と松島 その二
—与謝野晶子

5899 初「明星」大13・10・1青根と松島 その二
—与謝野晶子

5900 初「明星」大13・10・1青根と松島 その二
—与謝野晶子

5901 初「明星」大13・10・1青根と松島 その二
—与謝野晶子

5902 初「明星」大13・10・1青根と松島 その二
—与謝野晶子

5903 初「明星」大13・10・1青根と松島 その二
—与謝野晶子

5904 動かざる松島潟とおもひつれあかつきの水さざ波となる

5905 白石の駅にくだれば秋のかぜ旅を知らしめ川よりぞ吹く

5906 痩馬をいざとて附くる馬車も無し秋に下り立つ白石の駅

5907 初秋の白石川を北すれば山かさなりて我が道に在る

5908 秋の靄《もや》山のなかなる遠刈田《とほかた》の湯女《ゆな》の軒にも水色に引く

5909 しづかなる秋に青めるむら山の幾重のうへの蔵王《ざうわう》の山

5910 みちのくの訛《なまり》に云へばいにしへに知られし山もあらぬ名となる

5911 遠きをば望まんとして頂に未だ到らず笹原に落つ

5912 山冷えて草も涙をつづるなりささりんだうと水引の花

5904 初「明星」大13・10・1青根と松島　その二
—与謝野晶子

5905 初「明星」大13・10・1青根と松島　その四
—与謝野寛

5906 初「明星」大13・10・1青根と松島　その四
—与謝野寛

5907 初「明星」大13・10・1青根と松島　その四
—与謝野寛

5908 初「明星」大13・10・1青根と松島　その四
—与謝野寛

5909 初「明星」大13・10・1青根と松島　その四
—与謝野寛

5910 初「明星」大13・10・1青根と松島　その四
—与謝野寛

5911 初「明星」大13・10・1青根と松島　その四
—与謝野寛

5912 初「明星」大13・10・1青根と松島　その四
—与謝野寛

5913 白《しら》枯《が》れて一むらの木の立つところ山傾きて笹原となる

5914 わが肩を熊笹の葉のさへぎりてうしろになりぬ蔵王の峰

5915 大いなる蔵王岳《ざうわうだけ》を雲へだつわれオリンプに到り難きや

5916 雲間なる蔵王山をさせる指渓の朱実《あけび》をぬれて摘む指

5917 しづくしぬ秋の朱実《あけび》と山葡萄ひたひの上の青き蔭より

5918 笹生ひて肩を没しぬ山風はわれの髪をも笹として吹く

5919 くまざさの深きか路の曲れるか先だつ友の帽の影無し

5920 路ほそし人より高き熊笹に山は行けどもまた山を見ず

5921 忘れずと云ふ山の名も哀れなりいつの昔の誰が上のこと

5913 初「明星」大13・10・1青根と松島 その四 —与謝野寛

5914 初「明星」大13・10・1青根と松島 その四 —与謝野寛

5915 初「明星」大13・10・1青根と松島 その四 —与謝野寛

5916 初「明星」大13・10・1青根と松島 その四 —与謝野寛

5917 初「明星」大13・10・1青根と松島 その四 —与謝野寛

5918 初「明星」大13・10・1青根と松島 その四 —与謝野寛

5919 初「明星」大13・10・1青根と松島 その四 —与謝野寛

5920 初「明星」大13・10・1青根と松島 その四 —与謝野寛

5921 初「明星」大13・10・1青根と松島 その四 —与謝野寛

5922 物《もの》見《み》岩《いは》ここにひろがる山と海内《うち》の世界に触れて青かり

5923 物見岩五歩して路はおちいりぬ肩より高き熊笹の中《なか》

5924 かをりつつ雑木のなかに暖かし山の葡萄を染むる秋の日

5925 杖立ててただ仰ぐのみ蔵王の青きを雲のうへに失ひ

5926 物見岩はやぶさに似る心さへしばしは飛ばず羽を収めて

5927 ゐながらに我目の撫づるやはらかさ麓に円き山山《やまやま》の肩

5928 雲出でて七百の峰黄と黒のまだらの馬に変りゆくかな

5929 杉もまた君に貸さんと手を伸べぬ近路をして峰を降れば

5930 ほのかにも川音川の末ひかる青麻《あをそ》の山を出でし月ゆゑ

5922 初「明星」大13・10・1青根と松島 その四 ―与謝野寛

5923 初「明星」大13・10・1青根と松島 その四 ―与謝野寛

5924 初「明星」大13・10・1青根と松島 その四 ―与謝野寛

5925 初「明星」大13・10・1青根と松島 その四 ―与謝野寛

5926 初「明星」大13・10・1青根と松島 その四 ―与謝野寛

5927 初「明星」大13・10・1青根と松島 その四 ―与謝野寛

5928 初「明星」大13・10・1青根と松島 その四 ―与謝野寛

5929 初「明星」大13・10・1青根と松島 その四 ―与謝野寛

5930 初「明星」大13・10・1青根と松島 その四 ―与謝野寛

5931 湯のいづみ広重の絵の滝に似て落つる青根の山の石ぶろ

5932 石ぶろの石も泉も青き夜に人とゆあみぬ初秋の月

5933 パンもありバツカスもあり峰にきて湯ぶねの石に横たはるむれ

5934 山と山秋の夜寒に抱きあへば黒きが如し鉄のかたまり

5935 松島の海よりのぼる火の鳥が百里の羽をひろげたる雲

5936 うらわかきプロメシウスが火を偸み今馳せきたる海のはてより

5937 原人《げんじん》も我等も等しおどろきて海より昇る日に見入ること

5938 海の日が先づささぐるは天地をやがて焼くべき炬火《たいまつ》の尖《さき》

5939 べに萩もおのが心の泣く如し山の別れを路に惜めば

（以上青根温泉にて）

5931 ㊓「明星」大13・10・1青根と松島　その四
——与謝野寛

5932 ㊓「明星」大13・10・1青根と松島　その四
——与謝野寛

5933 ㊓「明星」大13・10・1青根と松島　その四
——与謝野寛

5934 ㊓「明星」大13・10・1青根と松島　その四
——与謝野寛

5935 ㊓「明星」大13・10・1青根と松島　その四
——与謝野寛

5936 ㊓「明星」大13・10・1青根と松島　その四
——与謝野寛

5937 ㊓「明星」大13・10・1青根と松島　その四
——与謝野寛

5938 ㊓「明星」大13・10・1青根と松島　その四
——与謝野寛

5939 ㊓「明星」大13・10・1青根と松島　その四
——与謝野寛

5940 行くほどに奥の細道出であひぬ白石川《しろいしがは》の初秋の水

5941 うつくしき名取の川は今日こえぬうき名あしき名とり尽しきて

5942 塩釜のせまき出口を炭船のふさげば叱るわが船の長《をさ》

5943 甲板に方形の孔《あな》ひとつ開《あ》き覗けばありぬ我船の舵手《だしゅ》

5944 塩釜の出口をふさぐ炭船のあひだに青き松島の端《はし》

5945 松島の海の初秋いかならん千賀の浦より船してぞ行く

5946 うかびつつ五百の牛の遊ぶ図を木炭《もくたん》に描く松島の海

5947 島はみな衣《きぬ》を褰《かか》げて立つごとし松を載せたる白き切厓《きりぎし》

5948 たちまちに松立つ島のなかに入り我船もまたしら鳥となる

5940 初「明星」大13・10・1青根と松島 その四
―与謝野寛

5941 初「明星」大13・10・1青根と松島 その四
―与謝野寛

5942 初「明星」大13・10・1青根と松島 その四
―与謝野寛

5943 初「明星」大13・10・1青根と松島 その四
―与謝野寛

5944 初「明星」大13・10・1青根と松島 その四
―与謝野寛

5945 初「明星」大13・10・1青根と松島 その四
―与謝野寛

5946 初「明星」大13・10・1青根と松島 その四
―与謝野寛

5947 初「明星」大13・10・1青根と松島 その四
―与謝野寛

5948 初「明星」大13・10・1青根と松島 その四
―与謝野寛

5949 船ひくしてすりを越えて下り立てばやがて濡れたる松島の磯

5950 島をもて船となしたる海ならん松を載せつつ青き百艘

5951 磯にある遊覧船のしろきをば一つあませる松島の雨

5952 小雨ふり避暑の季節も過ぎぬらん船のみ白き松島の磯

5953 石室《いしむろ》の由来を云ひてものを乞ふ嫗《おうな》の言葉叱るとぞ聞く

5954 海の風きたりて杉をうごかせば岩屋に涼し千仏《せんぶつ》の顔

5955 仏ある岩屋岩屋をのぞけども末世《まつせ》のこころ置くべくも無し

5956 しろき船ホテルの前の磯にきて女の息《いき》の笛一つ吹く

5957 松島の沖の夕立あわてたる帆一つありていなづまの追ふ

5949 初「明星」大13・10・1青根と松島 その四
—与謝野寛

5950 初「明星」大13・10・1青根と松島 その四
—与謝野寛

5951 初「明星」大13・10・1青根と松島 その四
—与謝野寛

5952 初「明星」大13・10・1青根と松島 その四
—与謝野寛

5953 初「明星」大13・10・1青根と松島 その四
—与謝野寛

5954 初「明星」大13・10・1青根と松島 その四
—与謝野寛

5955 初「明星」大13・10・1青根と松島 その四
—与謝野寛

5956 初「明星」大13・10・1青根と松島 その四
—与謝野寛

5957 初「明星」大13・10・1青根と松島 その四
—与謝野寛

5958 しろき帆がたわわに濡れてかへりきぬ沖に降りたる松島の雨

5959 あることか「親にかんだう裸島」子を持つ親は笑ふ能はず

5960 磯ぬれてこほろぎ鳴けり松島の宵の電車に友の乗る頃

5961 磯の月松島寺《まつしまでら》に昼見たる羅馬の使者のギヤマンの燭《しよく》

5962 三階の夜《よる》の帳《ちやう》にも入りくるをおぼえて涼し松島の波

5963 三艘の前の船よりしろき息《いき》ほのかに昇り磯明けてゆく

5964 あけぼのの紅《べに》さす雲と島の脚しろきと映る入海のうへ

5965 舞ひ下《お》りしべに鶴となり島はみな脛《はぎ》長く立つあけぼのの中《なか》

5966 松島の朝のみどりに染まりたる大気のなかの三階の椅子

5958 [初]「明星」大13・10・1 青根と松島 その四 ―与謝野寛

5959 [初]「明星」大13・10・1 青根と松島 その四 ―与謝野寛

5960 [初]「明星」大13・10・1 青根と松島 その四 ―与謝野寛

5961 [初]「明星」大13・10・1 青根と松島 その四 ―与謝野寛

5962 [初]「明星」大13・10・1 青根と松島 その四 ―与謝野寛

5963 [初]「明星」大13・10・1 青根と松島 その四 ―与謝野寛

5964 [初]「明星」大13・10・1 青根と松島 その四 ―与謝野寛

5965 [初]「明星」大13・10・1 青根と松島 その四 ―与謝野寛

5966 [初]「明星」大13・10・1 青根と松島 その四 ―与謝野寛

5967 うつくしきすべてを見んと思ふ目は妨ぐれども前に好き島

5968 裸にて汗して岩に千仏《せんぶつ》の家をつくりしいにしへの人

5969 縄一つ投ぐれば船のつながれぬ世の楽みの去り行くに似ず

5970 松島の二つの小橋桟ごとに海を見下ろし月の流るる

5971 杉二列空を撫でたる門《もん》のなかふりかへるとき海青く射る

(以上松島にて)

5972 広瀬川みちのくの子が乗り入れて晴れたる秋に洗ふ大馬

5973 むらさきの袂《たもと》の如《ごと》くわれに添《そ》ふ浅間《あさま》が岳《だけ》と思《おも》ひけるかな

5974 数知《かずし》らずわれを中《なか》にも鳴《な》くものか浅間《あさま》の山《やま》のこほろぎの声《こゑ》

5975 浅間山《あさまやま》昔恋《むかしこひ》しき落葉松《からまつ》の森《もり》を見《み》て泣《な》くすすきとわれと

5967 初「明星」大13・10・1青根と松島 その四—与謝野寛

5968 初「明星」大13・10・1青根と松島 その四—与謝野寛

5969 初「明星」大13・10・1青根と松島 その四—与謝野寛

5970 初「明星」大13・10・1青根と松島 その四—与謝野寛

5971 初「明星」大13・10・1青根と松島 その四—与謝野寛

5972 初「明星」大13・10・1青根と松島 その四—与謝野寛

5973 初「婦人グラフ」大13・10・1信濃にて—与謝野晶子

5974 初「婦人グラフ」大13・10・1信濃にて—与謝野晶子

5975 初「婦人グラフ」大13・10・1信濃にて—与謝野晶子

5976 山《やま》の霧息《きりいき》づまるまでひろごれる中《なか》にたどりぬいにしへの夢《ゆめ》

5977 朝《あさ》まだき精進《しやうじん》をして山登《やまのぼ》る人《ひと》と浅間《あさま》の高原《たかはら》の花《はな》

5978 家《いへ》いくつこの高原《たかはら》に置《お》くことはさもあらばあれ灯影《ほかげ》めでたし

5979 はるばると露台《ろたい》の前《まへ》の八《や》つが岳《だけ》越《こ》えてこしごと羽振《はふ》る蟷螂《たうろう》

5980 野平《のだひら》に夕《ゆふべ》の雲《くも》のうつるやと惑《まど》ひぬるかな萩《はぎ》のそよげば

5981 山《やま》に寝《ね》てあはれ涙《なみだ》の零《こぼ》るやよわれもかうほど紅《あか》く苦《くる》しく

5982 山《やま》の方思《かたおも》ふところのあるやうに霧《きり》かき消《け》しぬ沓掛《くつかけ》の駅《えき》

5983 亡《な》き人《ひと》の煙《けむり》となりし山探《やまさぐ》るわれをあはれめ秋《あき》の朝霧《あさぎり》

5984 瀬田の川月の夜遊《やいう》の場となりぬ田上山《たなかみ》の籬《まがき》の此方《こなた》

5976 初「婦人グラフ」大13・10・1信濃にて—与謝野晶子

5977 初「婦人グラフ」大13・10・1信濃にて—与謝野晶子

5978 初「婦人グラフ」大13・10・1信濃にて—与謝野晶子

5979 初「婦人グラフ」大13・10・1信濃にて—与謝野晶子

5980 初「婦人グラフ」大13・10・1信濃にて—与謝野晶子

5981 初「婦人グラフ」大13・10・1信濃にて—与謝野晶子

5982 初「婦人グラフ」大13・10・1信濃にて—与謝野晶子

5983 初「婦人グラフ」大13・10・1信濃にて—与謝野晶子

5984 初「明星」大13・11・1石山より宇治へ　その二—与謝野晶子

5985 東山いづれいづくの火影《ほかげ》ぞと忘れぬことも哀れなるかな

5986 日の出でぬ山と寝ねたる秋の霧別るる際《きは》のおぼろの中《なか》に

5987 京のさま変らぬ中《なか》に変りたることの混《まじ》れば悲しみの湧く

5988 大阪に鞍馬に行くも妬《ね》たけれどわれは眺めん二条の井堰《ゐせき》

5989 秋の日の御所《ごしよ》の築地《ついぢ》に添ひし道真白《ましろ》く長しむら雨もがな

5990 山鼻へ行かんと友の云ふことによらんとすれば小野山《をのやま》も見ゆ

5991 槙の尾の山より出づる霧を負ひ船くだりゆく青き川かな

5992 川霧の茶園《さえん》に這へる中ゆけば波しらじらと遠方《をちかた》に立つ

5993 宇治橋を春日使《かすがづかひ》の練《ね》る日にもあらねど霧を分けて人行く

5985 初「明星」大13・11・1石山より宇治へ その二―与謝野晶子

5986 初「明星」大13・11・1石山より宇治へ その二―与謝野晶子

5987 初「明星」大13・11・1石山より宇治へ その二―与謝野晶子

5988 初「明星」大13・11・1石山より宇治へ その二―与謝野晶子

5989 初「明星」大13・11・1石山より宇治へ その二―与謝野晶子

5990 初「明星」大13・11・1石山より宇治へ その二―与謝野晶子

5991 初「明星」大13・11・1石山より宇治へ その二―与謝野晶子

5992 初「明星」大13・11・1石山より宇治へ その二―与謝野晶子

5993 初「明星」大13・11・1石山より宇治へ その二―与謝野晶子

5994 石山に今宵見ん月近江路に来れば早くもわが汽車に入る

5995 自動車の奥なる吾の手の端と荷物にしろき粟津野の月

5996 きれぎれに黒き木立の中《なか》にあり月をうかべし湖《みづうみ》の末

5997 石山の秋のみぎはに早く来て月とわれとを待てる人人

5998 書《ふみ》好む吉備の敦夫《あつを》の今日の顔人にまじればいたく寂しげ

5999 もの云へば吉備の敦夫は声高しその寂しさを遣らんとすらん

6000 語らへば月は庇《ひさし》の上《うへ》に去り前に明るき瀬田の川かな

6001 かかる夜のまた有りなんや石山の月のみぎはを打むれて行く

6002 豊彦と斉《ひとし》の肩のてらされてわが前を行く石山の月

5994 初「明星」大13・11・1石山より宇治へ その五―与謝野寛

5995 初「明星」大13・11・1石山より宇治へ その五―与謝野寛

5996 初「明星」大13・11・1石山より宇治へ その五―与謝野寛

5997 初「明星」大13・11・1石山より宇治へ その五―与謝野寛

5998 初「明星」大13・11・1石山より宇治へ その五―与謝野寛

5999 初「明星」大13・11・1石山より宇治へ その五―与謝野寛

6000 初「明星」大13・11・1石山より宇治へ その五―与謝野寛

6001 初「明星」大13・11・1石山より宇治へ その五―与謝野寛

6002 初「明星」大13・11・1石山より宇治へ その五―与謝野寛

6003 ゆるされて石山寺《いしやまでら》の小門よりくぐり入る夜の白き月かな

6004 月を見る近江の寺の秋の空杉と御堂の黒くかさなる

6005 石山の秋のうてなの月を見てわれうら悲し足る人のごと

6006 月は我が今宵のほとけ信《しん》無くて石山寺に立つと思ふな

6007 をちかたの水明りよりやや薄き夜霧のうへの二上《ふたがみ》の山

6008 石山の石のきざはし塔のもと月夜に青き水の靄かな

6009 石山の秋の月夜に詠む歌を一部の経《きやう》に代へて書かまし

6010 寝ね難しながめし月は傾《かたぶ》けど瀬田の夜霧や胸に沁むらん

6011 柳屋のまへにきたりて白き船笛ひとつ吹くよき夜明かな

6003 初「明星」大13・11・1石山より宇治へ その五―与謝野寛

6004 初「明星」大13・11・1石山より宇治へ その五―与謝野寛

6005 初「明星」大13・11・1石山より宇治へ その五―与謝野寛

6006 初「明星」大13・11・1石山より宇治へ その五―与謝野寛

6007 初「明星」大13・11・1石山より宇治へ その五―与謝野寛

6008 初「明星」大13・11・1石山より宇治へ その五―与謝野寛

6009 初「明星」大13・11・1石山より宇治へ その五―与謝野寛

6010 初「明星」大13・11・1石山より宇治へ その五―与謝野寛

6011 初「明星」大13・11・1石山より宇治へ その五―与謝野寛

6012 とく起きて石山寺の前に踏む昨夜《ゆうべ》の月のあとに置く霜

6013 おのづから石の屏風の立つ山にならぶ御堂のまろ柱かな

6014 あかつきの瀬田の水より立つ靄に光りてきたる白き川船

6015 黄ばみたる柳のかげに砂よりも一きは白き水明りかな

6016 錆びながら小き篝火《かがり》の枠《わく》ひとつ秋にのこれる瀬田川の岸

6017 黄ばみたるみぎはの木の間しらしらと川より上る瀬田の朝霧

6018 瀬田川の秋のなぎさの草黄ばみ遠く青かり田上《たなかみ》の山

6019 とく起きて去れる繋夫《しげを》やながらん淀のあたりに落ちかかる月

6020 けしきほど波しろく立て石山の秋のみぎはをはなれ去る船

6012 (初)「明星」大13・11・1石山より宇治へ その五―与謝野寛

6013 (初)「明星」大13・11・1石山より宇治へ その五―与謝野寛

6014 (初)「明星」大13・11・1石山より宇治へ その五―与謝野寛

6015 (初)「明星」大13・11・1石山より宇治へ その五―与謝野寛

6016 (初)「明星」大13・11・1石山より宇治へ その五―与謝野寛

6017 (初)「明星」大13・11・1石山より宇治へ その五―与謝野寛

6018 (初)「明星」大13・11・1石山より宇治へ その五―与謝野寛

6019 (3)ながらん(ママ) (初)「明星」大13・11・1石山より宇治へ その五―与謝野寛

6020 (初)「明星」大13・11・1石山より宇治へ その五―与謝野寛

6021 大橋の下《した》をすべりて瀬田の船見わたす水の秋の白さよ

6022 十ばかりまろき白帆の沖にある秋の夜明の琵琶のみづうみ

6023 少し惜ししろき船より下《くだ》ること明るき秋の三井寺の磯

6024 三井寺の奥の御堂にしづかなり杉ともみぢを通す秋の日

6025 貝を吹く大衆《だいしゆう》も無し杉古りておち葉ぬれたる三井の岩坂

6026 近江より京につづける水の路松と尾花を船に見て行く

6027 山の底をぐらき洞《ほら》の船に乗り不思議のごとく京に出できぬ

6028 南禅寺ゆふべの松の靄過ぎて都ホテルの灯の下を行く

6029 川端に芝居の幟立つなかを行けども寒き秋の京かな

6021 初「明星」大13・11・1石山より宇治へ その五―与謝野寛

6022 初「明星」大13・11・1石山より宇治へ その五―与謝野寛

6023 初「明星」大13・11・1石山より宇治へ その五―与謝野寛

6024 初「明星」大13・11・1石山より宇治へ その五―与謝野寛

6025 初「明星」大13・11・1石山より宇治へ その五―与謝野寛

6026 初「明星」大13・11・1石山より宇治へ その五―与謝野寛

6027 初「明星」大13・11・1石山より宇治へ その五―与謝野寛

6028 初「明星」大13・11・1石山より宇治へ その五―与謝野寛

6029 初「明星」大13・11・1石山より宇治へ その五―与謝野寛

6030 十とせ経て京に帰れどあわただしひと夜のみ聴く加茂の水音

6031 ひと目見て御所の木立の秋の色身に沁む京の心なるかな

6032 加茂川の秋の柳の蔭行かじ寒きなみだを今は知るわれ

6033 袖かさね明るきなかに身じろがずしら菊に似る京の舞姫

6034 さかづきはめぐり言葉は多けれど京の一夜《いちや》の酔ふべくも無し

6035 秋晴れて網を干せるもいにしへの旅のこちす宇治橋のもと

6036 宇治川のみぎはの木立秋に染み黄ばむなかより見ゆる石原

6037 水のうへ鳳凰堂にのこりたる王朝の朱のほのかなるかな

6038 をさなくて茶の木畑にあそびしは宇治の何処ぞ母の里方《さとかた》

6030 初「明星」大13・11・1石山より宇治へ その五―与謝野寛

6031 初「明星」大13・11・1石山より宇治へ その五―与謝野寛

6032 初「明星」大13・11・1石山より宇治へ その五―与謝野寛

6033 初「明星」大13・11・1石山より宇治へ その五―与謝野寛

6034 初「明星」大13・11・1石山より宇治へ その五―与謝野寛

6035 (4)旅のこちす→旅のここちす 初「明星」大13・11・1石山より宇治へ その五―与謝野寛

6036 初「明星」大13・11・1石山より宇治へ その五―与謝野寛

6037 初「明星」大13・11・1石山より宇治へ その五―与謝野寛

6038 初「明星」大13・11・1石山より宇治へ その五―与謝野寛

6039 近く来て十三塔の石づたひ浮島の洲にひろがれる月

6040 更くるまま水さかしまに立つと見る白き月夜の宇治川の塔

6041 われならぬ若人《わかうど》は皆なげくこと恋をはなれず宇治の夜がたり

6042 浮舟の秋の寝覚に月かげと共に澄み入る宇治の川音

6043 宇治に寝て水と月とに澄みとほる心のうへのあかつきの鐘

6044 其処の木もしよぼしよぼと立つ寒からん白を混ぜたる青空のもと

6045 嚙みくだきKの音《おん》のみ吐き散らす百舌《もず》一つ来て秋明《あか》り行く

6046 落つる日を歌ひて長き間をおけば——《ダッシュ》を引きぬ近き木の影

6047 船ごとに浅葱《あさぎ》の旗の揚れるを屋根ごしに見て窓にある顔

6039 初「明星」大13・11・1石山より宇治へ その五—与謝野寛

6040 初「明星」大13・11・1石山より宇治へ その五—与謝野寛

6041 初「明星」大13・11・1石山より宇治へ その五—与謝野寛

6042 初「明星」大13・11・1石山より宇治へ その五—与謝野寛

6043 初「明星」大13・11・1石山より宇治へ その五—与謝野寛

6044 初「明星」大13・11・1晩秋雑詠—与謝野寛

6045 初「明星」大13・11・1晩秋雑詠—与謝野寛

6046 初「明星」大13・11・1晩秋雑詠—与謝野寛

6047 初「明星」大13・11・1晩秋雑詠—与謝野寛

6048 草の中《なか》かがみて語る人ごゑの近くきこえてさしのぼる月

6049 みづからを人に比べて思ふことはかなむことも稀になり行く

6050 わが恋を云はんとすれば古るき壁手ずれし金《きん》のほのぼのと見ゆ

6051 借物を着て歩るくなり可笑しきも寒きにまさる市人《いちびと》の中《なか》

6052 みづからの骨に刻める歌なれば朽つべきものに定まれるかな

6053 路すでに寒き木立に入りつれど追ひくる如し青き湖

6054 みづからに呆れし人の行く方を死の谷ぞとは教へずもがな

6055 もの云へば衒《てら》ふに似たり云はざれば我に残りぬ寒き顔のみ

6056 美くしと明日は偏におもはねど植ゑんとすれば薔薇を択びぬ

6048 初「明星」大13・11・1晩秋雑詠—与謝野寛

6049 初「明星」大13・11・1晩秋雑詠—与謝野寛

6050 初「明星」大13・11・1晩秋雑詠—与謝野寛

6051 初「明星」大13・11・1晩秋雑詠—与謝野寛

6052 初「明星」大13・11・1晩秋雑詠—与謝野寛

6053 初「明星」大13・11・1晩秋雑詠—与謝野寛

6054 初「明星」大13・11・1晩秋雑詠—与謝野寛

6055 初「明星」大13・11・1晩秋雑詠—与謝野寛

6056 初「明星」大13・11・1晩秋雑詠—与謝野寛

6057 夜ふかくけものの骨を叩きゆく道化のありて白き月かな

6058 パギヨンの鏡の中に自らを置ける甘さの忘られぬかな

6059 このことに由《よ》りはかなまず目《め》に見《み》ゆるわが階段《きざはし》の尽《つ》きはてしのみ

6060 さばかりのおのれを笑《わら》ふことなども混《まじ》る日《ひ》ごろとなりにけるかな

6061 天地《あめつち》の秋《あき》がわが身《み》をみつめたるこの頃《ごろ》ばかり苦《くる》しきはなし

6062 曙《あけぼの》を覚《おぼ》えて見《み》たる夢《ゆめ》なればうつゝに近《ちか》く思《おも》ひしものを

6063 ゆくりなく机《つくゑ》をつたふ秋《あき》の蟻《あり》見《み》出《い》でてしばし物《もの》を思《おも》はず

6064 山《やま》の洞《ほら》など云《い》ふものに住《す》むこともをかしかるべき中頃《なかごろ》の秋《あき》

6065 蜘蛛《くも》のいを挟《はさ》みて秋《あき》の常磐木《ときはぎ》の二本《ふたもと》立《た》つがあぢきなきかな

6057 初「明星」大13・11・1晩秋雑詠―与謝野寛

6058 初「明星」大13・11・1（無題）―（与謝野晶子）

6059 初「婦人公論」大13・11・1秋より冬へ―与謝野晶子

6060 初「婦人公論」大13・11・1秋より冬へ―与謝野晶子

6061 初「婦人公論」大13・11・1秋より冬へ―与謝野晶子

6062 初「婦人公論」大13・11・1秋より冬へ―与謝野晶子

6063 初「婦人公論」大13・11・1秋より冬へ―与謝野晶子

6064 初「婦人公論」大13・11・1秋より冬へ―与謝野晶子

6065 初「婦人公論」大13・11・1秋より冬へ―与謝野晶子

6066 さはやかに山《やま》が引《ひ》きたる一線《いつせん》の外《ほか》は真白《ましろ》き穂薄《ほすゝき》にして

6067 遠方《をちかた》の海《うみ》の心《こゝろ》にあくがれて山《やま》より出《い》づる温泉《をんせん》の靄《もや》

6068 朝《あさ》の山馬《やまうま》に逢《あ》ふなる数《かず》よりもすこし少《すく》なき人《ひと》に逢《あ》ふ数《かず》

6069 迷路《めいろ》より今一方《いまひとかた》におもむくとかにかく秋《あき》はいはまほしけれ

6070 海《うみ》よりもはた山《やま》よりもいみじかる街《まち》の上《うへ》なる秋《あき》の空《そら》かな

6071 都《みやこ》をばいみじきものゝためしにも引《ひ》き難《がた》き世《よ》の苦《くる》しかりけれ

6072 雑草《ざつさう》の根《ね》の返《かへ》されて雑草《ざつさう》の実《み》はこの日《ひ》より生命初《いのちはじ》まる

6073 山茶花《さざんくわ》の白《しろ》きを見《み》んと開《ひら》きたる窓《まど》にあらねばくちをしきかな

6074 いまだ炉《ろ》を思《おも》はず夏《なつ》の草枕旅寝《くさまくらたびね》の跡《あと》のなつかしきころ

6066 初「婦人公論」大13・11・1秋より冬へ—与謝野晶子

6067 初「婦人公論」大13・11・1秋より冬へ—与謝野晶子

6068 初「婦人公論」大13・11・1秋より冬へ—与謝野晶子

6069 初「婦人公論」大13・11・1秋より冬へ—与謝野晶子

6070 初「婦人公論」大13・11・1秋より冬へ—与謝野晶子

6071 初「婦人公論」大13・11・1秋より冬へ—与謝野晶子

6072 初「婦人公論」大13・11・1秋より冬へ—与謝野晶子

6073 初「婦人公論」大13・11・1秋より冬へ—与謝野晶子

6074 初「婦人公論」大13・11・1秋より冬へ—与謝野晶子

6075
桜葉《さくらば》の転身《てんしん》の術《じゆつ》われ見《み》たり山川《やまかは》に入《い》り魚《うを》となりぬる

6076
目《め》は閉《と》ぢて真白《ましろ》き指《ゆび》を万木《ばんぼく》にあつると見《み》ゆる木枯《こがら》しの風《かぜ》

6077
自《みづか》らを清《きよ》き少女《をとめ》とたのむこと深きに過《す》ぐる白菊《しらぎく》の花《はな》

6078
ひろごりて白菊《しらぎく》咲《さ》ける中《なか》ほどに二《ふた》もと立《た》てるうす紅《べに》の菊《きく》

6079
菊《きく》の香《か》の蓬《よもぎ》に通《かよ》ふことにより少《すこ》し心《こゝろ》の哀《あは》れになりぬ

6080
葉《は》の黒《くろ》み花《はな》といへども熱《ねつ》あらず継《まゝ》娘《むすめ》めく菊《きく》の花《はな》かな

6081
頂《いただき》の松《まつ》の見《み》るらん大海《おほうみ》も尾花《をばな》の渓《たに》に足《た》りて思《おも》はず

6082
相模《さがみ》なる青根《あをね》と聞《き》けば恋《こひ》しけれかのみちのくの青根《あをね》ならねど

6083
大垂水《おほたるみ》桂《かつら》の川《かは》を見《み》に出《い》でし昔《むかし》も思《おも》ふ山《やま》つたふ道《みち》

6075 初「婦人公論」大13・11・1秋より冬へ—与謝野晶子

6076 初「婦人公論」大13・11・1秋より冬へ—与謝野晶子

6077 初「令女界」大13・11・1菊《きく》—与謝野晶子

6078 初「令女界」大13・11・1菊《きく》—与謝野晶子

6079 初「令女界」大13・11・1菊《きく》—与謝野晶子

6080 初「令女界」大13・11・1菊《きく》—与謝野晶子

6081 初「国民新聞」大13・11・13大垂水にて—与謝野晶子

6082 初「国民新聞」大13・11・13大垂水にて—与謝野晶子

6083 初「国民新聞」大13・11・13大垂水にて—与謝野晶子

6084 浅川《あさかは》の駅《えき》に戻《もど》りぬ四里《り》と云《い》ふ寂《さび》しき路《みち》に人死《ひとし》なずして

6085 遠方《をちかた》の桂川《かつらがは》とも見《み》なすべき白雲《しろくも》いでぬ山《やま》の蔭《かげ》より

6086 白《しろ》くしてめでたきものをわれ云《い》はん尾花《をばな》の山《やま》の杉《すぎ》の下《した》みち

6087 甲斐《かひ》の山雲《やまくも》に浮《うか》びて軽《かろ》きかな花《はな》びらよりもうすものよりも

6088 山《やま》の霜昼《しもひる》も残《のこ》れる岩《いは》かげにあはれ見出《みい》でし龍胆《りんたう》の藍《あゐ》

6089 火《ひ》を焚《た》けばお納戸色《なんどいろ》の煙《けむり》立《た》ちうるしの葉《は》など誘《さそ》はれて落《お》つ

6090 われありてあてに覚《おぼ》えぬ朱《しゆ》に照《て》りて落葉《おちば》するなる櫨《はぢ》の木《こ》の本《もと》

6091 あなめでた秋《あき》のものとて少女子《をとめご》もマロンの色《いろ》を許《ゆる》されにけん

6092 かんばしき柑子《かうじ》の朱《しゆ》もて雲《くも》を置《お》く厚織物《あつおりもの》のやや狭《せま》き帯《おび》

6084 初「国民新聞」大13・11・13大垂水にて―与謝野晶子

6085 初「婦人画報」大13・12・1詠帰集―与謝野晶子

6086 初「婦人画報」大13・12・1詠帰集―与謝野晶子

6087 初「婦人画報」大13・12・1詠帰集―与謝野晶子

6088 初「婦人画報」大13・12・1詠帰集―与謝野晶子

6089 初「令女界」大13・12・1落葉《おちば》―与謝野晶子

6090 初「令女界」大13・12・1落葉《おちば》―与謝野晶子

6091 初〔第24回秋の百選会・新聞大案内状〕大13・秋 秋の麗日―与謝野晶子

6092 初〔第24回秋の百選会・新聞大案内状〕大13・秋 秋の麗日―与謝野晶子

6093 洛陽《らくやう》の秋《あき》の友染盛《いうぜんさか》りなり旅《たび》に出《い》でなば恋《こひ》しからまし

6094 橄欖《かんらん》の森《もり》の夜明《よあけ》に逢《あ》ふここちせよと緑《みどり》を著《き》る二三人《にさんにん》

6095 秋袷《あきあはせ》 クロマ小紋《こもん》を著《つ》けたればあまたの色《いろ》の思《おも》ひ出《で》の湧《わ》く

6096 薫衣香《くんえかう》秋《あき》の木《こ》の実《み》の模様《もやう》あるうす紫《むらさき》に燻《た》くべかりけり

6097 秋《あき》の帯《おび》ありし更紗《さらさ》に加《くは》へたりマロンの熱《ねつ》と橄欖《かんらん》の青《あを》

6098 われは著《き》んうす橄欖《かんらん》の華奢《くわしや》にしてすこし淋《さび》しきふらんす模様《もやう》

6099 友染《いうぜん》も少女《をとめ》が著《き》れば菊芙蓉《きくふよう》ゆかたに咲《さ》ける花園《はなぞの》となる

6100 朝《あさ》の衣藍《きぬあい》 紫《むらさき》の地《ぢ》におきぬ秋《あき》の王冠《わうくわん》けいとうの花《はな》

6093 初〔第24回秋の百選会・新聞大案内状〕大13・秋 秋の麗日―与謝野晶子

6094 初〔第24回秋の百選会・新聞大案内状〕大13・秋 秋の麗日―与謝野晶子

6095 初〔第24回秋の百選会・新聞大案内状〕大13・秋 秋の麗日―与謝野晶子

6096 初〔第24回秋の百選会・新聞大案内状〕大13・秋 秋の麗日―与謝野晶子

6097 初〔第24回秋の百選会・新聞大案内状〕大13・秋 秋の麗日―与謝野晶子

6098 初〔第24回秋の百選会・新聞大案内状〕大13・秋 秋の麗日―与謝野晶子

6099 初〔第24回秋の百選会・新聞大案内状〕大13・秋 秋の麗日―与謝野晶子

6100 初〔第24回秋の百選会・新聞大案内状〕大13・秋 秋の麗日―与謝野晶子

大正十四年（一九二五）

6101 極端を好むこころと忌むこころ今日となれども定らぬかな

6102 枯れすすき江戸の芝居の凄味《すごみ》をば黄なる夕の壁に振り撒く

6103 さわがしき夕となりぬ木の上に太き臼をば廻はす風かな

6104 恋すれば素直なりける我にさへ憎むこころの来り働く

6105 身の亡ぶ美くしき世はたなびきぬ猶わが見るはかかる幻

6106 わがために知らぬ世界をさす指か否否すべてあざ笑ふ指

6107 皿まはし目のかがやきぬこの刹那世界も皿も共に廻《まは》れば

6101 初「明星」大14・1・1愁人雑詠―与謝野寛

6102 初「明星」大14・1・1愁人雑詠―与謝野寛

6103 初「明星」大14・1・1愁人雑詠―与謝野寛

6104 初「明星」大14・1・1愁人雑詠―与謝野寛

6105 初「明星」大14・1・1愁人雑詠―与謝野寛

6106 初「明星」大14・1・1愁人雑詠―与謝野寛

6107 初「明星」大14・1・1愁人雑詠―与謝野寛

6108 その事に言ひ及べどもあやにくにふさはしからぬ言葉出できぬ

6109 雲出でてペルシヤの縞の赤さをば吹き流したる夕焼の空

6110 あまりにも万づの変を見つくしてたやすく物の言ひ難きかな

6111 身の老いてよきかな痩せし冬の日の山のすがたの我に現る

6112 棘《とげ》に似る心に倦きて甘き果を言葉のなかに見出でんとする

6113 世の常の尊さは皆ぬぎすてて唯うつくしき身一つの人

6114 しのぶ日は老を忘れぬ誰もみな若くて見たる萩の家の大人《うし》

6115 エジプトの煙トルコの煙など靡くところの去りがたきかな

6116 自らを謀るに似たり恋しなどありのすさびに文字としてわれ

6108 初「明星」大14・1・1愁人雑詠―与謝野寛

6109 初「明星」大14・1・1愁人雑詠―与謝野寛

6110 初「明星」大14・1・1愁人雑詠―与謝野寛

6111 初「明星」大14・1・1愁人雑詠―与謝野寛

6112 初「明星」大14・1・1愁人雑詠―与謝野寛

6113 初「明星」大14・1・1愁人雑詠―与謝野寛

6114 初「明星」大14・1・1愁人雑詠―与謝野寛

6115 (1)エジプト→エジプト
初「明星」大14・1・1晩香抄―与謝野晶子

6116 初「明星」大14・1・1晩香抄―与謝野晶子

6117 世の中と云ふはおのれも加はれるさてはいみじき所なりけれ

6117 初「明星」大14・1・1晩香抄―与謝野晶子

6118 冬の日の思ひやりなく暖し薔薇もうつろひ菊もうつろひ

6118 初「明星」大14・1・1晩香抄―与謝野晶子

6119 海こえて行くべき友の翅のみまばゆく映るこころとなりぬ

6119 初「明星」大14・1・1晩香抄―与謝野晶子

6120 思ふこと相も触れざる恋人に似る無き友の仲のあらやん

6120 初「明星」大14・1・1晩香抄―与謝野晶子

6121 心をば土と藁とに塗られけりいかなる鳥のすることかこれ

6121 初「明星」大14・1・1晩香抄―与謝野晶子

6122 煙の穂彼方《かなた》向けども苦しけれ落葉を焼くが文焼くに似て

6122 初「明星」大14・1・1晩香抄―与謝野晶子

6123 万人に弘通《ぐづう》のみちと聞きつれど友の泣くほど身に沁まぬかな

6123 初「明星」大14・1・1晩香抄―与謝野晶子

6124 屈原の離騒の篇を唯一つ知れる男の浮く大湯《おほゆ》かな

6124 初「明星」大14・1・1晩香抄―与謝野晶子

6125 山と云ふ仮面《かめん》によらぬ大地《おほつち》の心を聞かん温泉に居て

6125 初「明星」大14・1・1晩香抄―与謝野晶子

6126 備はれる南の窓もうづたかく思ひを積めば寒く小暗《をぐら》し

6127 羽《は》子《ご》の音止みて直ちに寒き風吹き出づるなど云ひがひも無し

6128 山国《やまぐに》の信濃《しなの》はいみじ蒼空《あをぞら》を裾濃《すそご》に染《そ》めて峰《みね》のつらなる

6129 めでたかる去年《こぞ》と今年《ことし》のつづくごと御空《みそら》の下《もと》に山青《やまあを》を置《お》く

6130 大空《おほぞら》も遠《とほ》くつらなる山山《やまやま》も限《かぎ》りなきまで青《あを》き春《はる》かな

6131 相模路《さがみぢ》や春《はる》の初《はじ》めの大空《おほぞら》の青《あを》に劣《おと》らぬあしがらの藍《あゐ》

6132 路《みち》のほどうち解《と》けがたき早春《さうしゆん》の岩山《いはやま》を見《み》て湯《ゆ》の町《まち》に着《つ》く

6133 たかむらの草《くさ》の如《ごと》くにまろがれて伏《ふ》したる渓《たに》と早川《はやかは》の水《みづ》

6134 わが温泉《いでゆ》ほのかに白《しろ》き雲《くも》を吐《は》く春《はる》の初《はじ》めの山《やま》をたたへよ

6126 初「明星」大14・1・1晩香抄―与謝野晶子

6127 初「明星」大14・1・1晩香抄―与謝野晶子

6128 初「婦女界」大14・1・1山色《さんしょく》連天《てんにつらなる》―与謝野晶子

6129 初「婦女界」大14・1・1山色《さんしょく》連天《てんにつらなる》―与謝野晶子

6130 初「婦女界」大14・1・1山色《さんしょく》連天《てんにつらなる》―与謝野晶子

6131 初「婦人画報」大14・1・1早春―与謝野晶子

6132 初「婦人画報」大14・1・1早春―与謝野晶子

6133 初「婦人画報」大14・1・1早春―与謝野晶子

6134 初「婦人画報」大14・1・1早春―与謝野晶子

6135 一月《ぐわつ》の箱根《はこね》の山《やま》にくぐもりてをりふし覗《のぞ》く東海《とうかい》の青《あを》

6136 一月《ぐわつ》や温泉《いでゆ》にじみて陽炎《かげろふ》の立《た》つかたはらの箱根路《はこねぢ》の霜《しも》

6137 山《やま》に入《い》り温泉《いでゆ》にありて青《あを》むべき弥生《やよひ》を待《ま》てばのどかなるかな

6138 大海《おほうみ》はなべて思《おも》ひの続《つゞ》きなりあかつきの朱《しゆ》も夕《ゆふべ》の青《あを》も

6139 暁《あかつき》の夢《ゆめ》は大方《おほかた》そよ風《かぜ》の描《ゑが》くものとのみ侮《あなど》りしかな

6140 わが山《やま》の頂《いたゞき》をまた下《くだ》るべき雲《くも》につづけば翅《つばさ》に由《よ》らん

6141 休《やす》みなく動《うご》くやさらに動《うご》かぬやわれも心《こゝろ》の知《し》らまほしけれ

6142 まことわれ幸《さいはひ》無《な》きにあらぬなり今日《けふ》も涙《なみだ》のあたたかく湧《わ》く

6143 わがたのむ死《し》なず老《お》いざる心《こゝろ》にも影《かげ》と光《ひかり》の二《ふた》つそなはる

6135 初「婦人画報」大14・1・1早春―与謝野晶子

6136 初「婦人画報」大14・1・1早春―与謝野晶子

6137 初「婦人画報」大14・1・1早春―与謝野晶子

6138 初「雄弁」大14・1・1暁《げう》霞《か》抄《せう》―与謝野晶子

6139 初「雄弁」大14・1・1暁《げう》霞《か》抄《せう》―与謝野晶子

6140 初「雄弁」大14・1・1暁《げう》霞《か》抄《せう》―与謝野晶子

6141 初「雄弁」大14・1・1暁《げう》霞《か》抄《せう》―与謝野晶子

6142 初「雄弁」大14・1・1暁《げう》霞《か》抄《せう》―与謝野晶子

6143 初「雄弁」大14・1・1暁《げう》霞《か》抄《せう》―与謝野晶子

6144
神父《しんぷ》など木《こ》の節《ふし》をもて作《つく》れかし懺悔《ざんげ》によせて心《こゝろ》やるべし

6145
車《くるま》して春《はる》の初《はじ》めにわが越《こ》ゆる伊豆《いづ》の天城《あまぎ》の渓《たに》のしら雪《ゆき》

6146
月光《げつくわう》の小雪《こゆき》となりて散《ち》りかへる元日《ぐわんじつ》の夜《よ》の伊豆《いづ》の山《やま》かな

6147
正月《しやうぐわつ》や下田《しもた》の街《まち》にうす雪《ゆき》の置《お》くより白《しろ》し遠方《をちかた》の波《なみ》

6148
たわわなる柑子《かうし》の上《うへ》にちるものか南《みなみ》の伊豆《いづ》の正月《しやうぐわつ》の雪《ゆき》

6149
偽《いつは》れば春《はる》の初《はじ》めの言葉《ことば》にも足《た》らふばかりに華《はな》やかにして

6150
動《うご》けるは雲《くも》と知《し》れども元日《ぐわんじつ》に仰《あふ》げば春《はる》の歩《あゆ》むここちす

6151
椿《つばき》をば苛《さいな》むことに飽《あ》きぬらん霰《あられ》は青《あを》き大空《おほそら》に去《さ》る

6152
正月《せうぐわつ》のこれは楽《がく》ぞと聞《き》き呆《ほ》れし子《こ》を忘《わす》れぬや三河万歳《みかはまんさい》

6144 初「雄弁」大14・1・1暁霞抄《げうかせう》—与謝野晶子

6145 初「令女界」大14・1・1正月《しやうぐわつ》の雪《ゆき》—与謝野晶子

6146 初「令女界」大14・1・1正月《しやうぐわつ》の雪《ゆき》—与謝野晶子

6147 初「令女界」大14・1・1正月《しやうぐわつ》の雪《ゆき》—与謝野晶子

6148 初「令女界」大14・1・1正月《しやうぐわつ》の雪《ゆき》—与謝野晶子

6149 初「大阪毎日新聞」大14・1・1温室—与謝野晶子

6150 初「大阪毎日新聞」大14・1・1温室—与謝野晶子

6151 初「大阪毎日新聞」大14・1・1温室—与謝野晶子

6152 初「大阪毎日新聞」大14・1・1温室—与謝野晶子

6153 ありしのち門《かど》の松《まつ》だに低《ひく》くして東京《とうけう》の春《はる》あぢきなきかな

6154 正月《せうぐわつ》や衣《きぬ》の折目《をりめ》のこちたきに見劣《みおと》りすとも男《をとこ》に告《つ》げん

6155 ものゝ音《ね》の夜《よ》は匂《にほ》やかに聞《き》かるゝに似《に》ぬ元旦《ぐわんたん》は夜《よる》ならねども

6156 憂《う》き春《はる》の初《はじ》めなりとは云《い》ひがたしわれも未来《みらい》を頼《たの》むなりけり

6157 天地《あめつち》の息《いき》やはらかに元日《ぐわんじつ》の明《あ》けぬ雪《ゆき》とは思《おも》はずもがな

6158 雪白《ゆきしろ》き南信濃《みなみしなの》の連山《れんざん》のもとに逢《あ》ひつる春《はる》めぐりきぬ

6159 梅《うめ》の花《はな》氷《こほり》ならねど雪《ゆき》よりも冷《つめた》く見《み》えぬ書斎《しよさい》に置《お》けば

6160 正月《しやうぐわつ》も書斎《しよさい》は寂《さび》しわりなけれ若草《わかくさ》の芽《め》はここに出《い》でぬか

6161 わが友《とも》の黒《くろ》き狐《きつね》の革衣《かはごろも》今日《けふ》より春《はる》のものに数《かぞ》へん

6153 (初)「大阪毎日新聞」大14・1・1温室―与謝野晶子

6154 (初)「大阪毎日新聞」大14・1・1温室―与謝野晶子

6155 (初)「大阪毎日新聞」大14・1・1温室―与謝野晶子

6156 (初)「国民新聞」大14・1・1春の初に―与謝野晶子

6157 (初)「国民新聞」大14・1・1春の初に―与謝野晶子

6158 (初)「国民新聞」大14・1・1春の初に―与謝野晶子

6159 (初)「国民新聞」大14・1・1春の初に―与謝野晶子

6160 (初)「国民新聞」大14・1・1春の初に―与謝野晶子

6161 (初)「国民新聞」大14・1・1春の初に―与謝野晶子

6162 灰皿《はいざら》を煙《けむり》の這《は》へる唯《たゞ》ごともわが心《こゝろ》からあてなり春《はる》は

6163 わが胸《むね》に潮《うしほ》の如《ごと》く春《はる》ぞ来《こ》しさしひきはまた免《まぬか》れねども

6164 あらはなる大地《だいち》に春《はる》の来《こ》しなればわがごと時《とき》に悲《かな》しからまし

6165 今一《いまひと》つ恋《こひ》と云《い》へるは忘《わす》れけり専《もつぱ》ら春《はる》に酔《ゑ》はましわれは

6166 春《はる》に由《よ》り天《あめ》を思《おも》へと告《つ》げられて昨日《きのふ》の冬《ふゆ》はかへりみぬかな

6167 来《こ》し春《はる》の二日《ふつか》の朝《あさ》に旅立《たびだ》たん身《み》の元日《ぐわんじつ》に縫《ぬ》ふ衣《ころも》かな

6168 屠蘇《とそ》の香《か》の蓬《よもぎ》に似《に》ると先《ま》づおちし涙《なみだ》もおなじ匂《にほ》ひなりまし

6169 むさし野《の》を春《はる》の初《はじ》めに行《ゆ》きて見《み》る甲州《かふしう》の雪足柄《ゆきあしから》の青《あを》

6170 大御《おほみ》空《そら》青《あを》き山脈《やまなみ》いづくにて一《ひと》つのものとならんとすらん

6162 初「国民新聞」大14・1・1春の初に―与謝野晶子

6163 初「国民新聞」大14・1・1春の初に―与謝野晶子

6164 初「国民新聞」大14・1・1春の初に―与謝野晶子

6165 初「国民新聞」大14・1・1春の初に―与謝野晶子

6166 初「国民新聞」大14・1・1春の初に―与謝野晶子

6167 初「国民新聞」大14・1・1春の初に―与謝野晶子

6168 初「大阪毎日新聞」大14・1・18温室―与謝野晶子

6169 初「大阪毎日新聞」大14・1・18温室―与謝野晶子

6170 初「大阪毎日新聞」大14・1・18温室―与謝野晶子

6171
諏訪の湯の飛驒より早きたそがれは白き我身をぼかしてぞ行く

6172
高山《たかやま》の頂のごと隣をばもたぬいみじき地下《ちか》の浴室

6173
雪したる山のかけても及ばさる青き砥川の上《うへ》の反橋《そりはし》

6174
かたよりて湖の山半輪《はんりん》の白く此方《こなた》はただの枯れ山

6175
諏訪の人声おほらかにもの云へど灯火《ともしび》のみは水にささやく

6176
夕ぐれが剃《そ》りおとしたる雪と見え襞《たひ》も平らに青き山かな

6177
穂高嶺《ほたかね》を筑摩の丘の浅間湯にあらですすきの塩尻に見る

6178
塩尻の峠のうへは平たくてしら雪すなり踊場のごと

6179
塩尻の峠のうへのうす雪にはた山風に興じこそすれ

6171 初「明星」大14・2・1諏訪冬景　その二―
与謝野晶子

6172 初「明星」大14・2・1諏訪冬景　その二―
与謝野晶子

6173 初「明星」大14・2・1諏訪冬景　その二―
与謝野晶子

6174 初「明星」大14・2・1諏訪冬景　その二―
与謝野晶子

6175 初「明星」大14・2・1諏訪冬景　その二―
与謝野晶子

6176 初「明星」大14・2・1諏訪冬景　その二―
与謝野晶子

6177 初「明星」大14・2・1諏訪冬景　その二―
与謝野晶子

6178 初「明星」大14・2・1諏訪冬景　その二―
与謝野晶子

6179 初「明星」大14・2・1諏訪冬景　その二―
与謝野晶子

6180 北に出で南へ走り恋のごとただ一つなる湖を愛づ

6181 から松の落葉ほのかに薫るなりうらやはらかに山を埋めて

6182 虚《うつ》ろなるわれを抱けば安からず休まず変る湖のいろ

6183 美くしく低く並べり山に見る岡谷の町も湖上の船も

6184 砥川なる浮島の木は大地をば捨てて立てるや捨てもかぬるや

6185 手拭の凍てて白帆に似たるをは湯殿にはこぶ諏訪のあかつき

6186 東京を立たんとすれば雨ふりぬ早くも旅に濡るる心よ

6187 寒き夜の都はづれの駅《えき》にまで親を送りて帰る子の影

6188 朝を待つ下諏訪駅の人かげも彼方《かなた》の富士も黒きひと時

6180 初「明星」大14・2・1 諏訪冬景 その二― 与謝野晶子

6181 初「明星」大14・2・1 諏訪冬景 その二― 与謝野晶子

6182 初「明星」大14・2・1 諏訪冬景 その二― 与謝野晶子

6183 初「明星」大14・2・1 諏訪冬景 その二― 与謝野晶子

6184 初「明星」大14・2・1 諏訪冬景 その二― 与謝野晶子

6185 初「明星」大14・2・1 諏訪冬景 その二― 与謝野晶子

6186 初「明星」大14・2・1 諏訪冬景 その五― 与謝野寛

6187 初「明星」大14・2・1 諏訪冬景 その五― 与謝野寛

6188 初「明星」大14・2・1 諏訪冬景 その五― 与謝野寛

6189 いそがしくさなもてなしそ旅人は少しく物を歎《かこ》つ間も欲し

6190 家に居てせぬことながら逢はじとす人より山に親めば今日

6191 はづかしき丹前すがたふところ手湖水を見んと畔路《あぜみち》を行く

6192 凍らざる湖を見る失望になにとなけれどまじるよろこび

6193 丹前を二つかさねてふくれたる男のまへの諏訪の湖

6194 湖水より今引きあげし籠のまま粉雪のなかに光るうろくづ

6195 今は世にわれも目を閉づ信濃路の繭倉《まゆぐら》にある冬の窓ほど

6196 下諏訪のうしろの山の枯木原《かれきはら》朝のひかりに照されて行く

6197 いにしへの建御名方《たけみなかた》も云ひにけりみづうみの国ここを出でじと

6189 初「明星」大14・2・1諏訪冬景 その五― 与謝野寛

6190 初「明星」大14・2・1諏訪冬景 その五― 与謝野寛

6191 初「明星」大14・2・1諏訪冬景 その五― 与謝野寛

6192 初「明星」大14・2・1諏訪冬景 その五― 与謝野寛

6193 初「明星」大14・2・1諏訪冬景 その五― 与謝野寛

6194 初「明星」大14・2・1諏訪冬景 その五― 与謝野寛

6195 初「明星」大14・2・1諏訪冬景 その五― 与謝野寛

6196 初「明星」大14・2・1諏訪冬景 その五― 与謝野寛

6197 初「明星」大14・2・1諏訪冬景 その五― 与謝野寛

6198 鍵の湯の鍵をも買はん唯ひとり心の垢を洗ひ得べくば

6199 スケエトも下手なるほどは踊れると戦《わなな》けるとを分ちがたかり

6200 環ともなり長き線とも身をなして氷をすべる刹那をすべる

6201 粗《あら》けづり諏訪の御はしら尊きも飛鳥《あすか》以往《いわう》にかへるすべ無し

6202 たのむべき新しき世の柱には誰もひとりのみづからを立つ

6203 下諏訪のみたらし川の反橋《そりはし》は屋根を葺きたり御座船のごと

6204 溝の草氷を抱きて光りゐぬわがたのめるもそれほどのこと

6205 みづうみへ諏訪の小川の入るところ平たき砂に舟ありて朽つ

6206 日のなごり伊那の境の山の端に猶しばらくは藁の火を焚《た》く

6198 初「明星」大14・2・1諏訪冬景 その五―
与謝野寛

6199 初「明星」大14・2・1諏訪冬景 その五―
与謝野寛

6200 初「明星」大14・2・1諏訪冬景 その五―
与謝野寛

6201 初「明星」大14・2・1諏訪冬景 その五―
与謝野寛

6202 初「明星」大14・2・1諏訪冬景 その五―
与謝野寛

6203 初「明星」大14・2・1諏訪冬景 その五―
与謝野寛

6204 初「明星」大14・2・1諏訪冬景 その五―
与謝野寛

6205 初「明星」大14・2・1諏訪冬景 その五―
与謝野寛

6206 初「明星」大14・2・1諏訪冬景 その五―
与謝野寛

6207 下諏訪の宿に訪ひきて正月に埴輪《はにわ》の話してかへる人

6208 朝となり刈田のあなたみづうみに椿の花を投げにくる雲

6209 下諏訪の社の太鼓わが歌を催すごとしまた筆を執る

6210 人につれ富士も彼方《かなた》を歩むらん守屋が岳のかげになり行く

6211 釜口《かまくち》のくろきつり橋そのもとの浅きながれの冬の水鳥

6212 千里をも遠しとなさで走り出づ天龍川のおちくちの水

6213 みづうみと湊の村の家木立ななめに見ゆるよき山にきぬ

6214 みづうみの之は如何なる浮城ぞ岡谷《をかや》の街のしろき繭倉

6215 富士よりも勢ありて八が岳髪ふりみだす雪にくるしみ

6207 与謝野寛 初「明星」大14・2・1諏訪冬景 その五―
6208 与謝野寛 初「明星」大14・2・1諏訪冬景 その五―
6209 与謝野寛 初「明星」大14・2・1諏訪冬景 その五―
6210 与謝野寛 初「明星」大14・2・1諏訪冬景 その五―
6211 与謝野寛 初「明星」大14・2・1諏訪冬景 その五―
6212 与謝野寛 初「明星」大14・2・1諏訪冬景 その五―
6213 与謝野寛 初「明星」大14・2・1諏訪冬景 その五―
6214 与謝野寛 初「明星」大14・2・1諏訪冬景 その五―
6215 与謝野寛 初「明星」大14・2・1諏訪冬景 その五―

6216 青空の高きにありて八が岳晴れたる日さへ雪にけぶれり

6217 山のすそ湊の村のしら壁と冬木立とをうつすみづうみ

6218 八が岳雪にくもりぬ美くしき或日の暗さ誰も持つごと

6219 雪をもて鬢科の山天《てん》に書くわが書くことは小きただごと

6220 昼の月蓼科山のうへに出づ雪を巣とするしら鳥のごと

6221 さんぱ舟下《しも》の諏訪より一つ出づ赤魚《あかを》を釣るや薄氷《うすらひ》に乗り

6222 八が岳冬の大地《だいぢ》に坐りたるそのたしかさよ重重《おもおも》しさよ

6223 雪をもて圧《おさ》へて足らず八が岳荒れんとすれば雲厚く降《ふ》る

6224 諏訪郡花岡山の木《こ》のもとにしばしながめて足る心かな

6216 初「明星」大14・2・1諏訪冬景 その五― 与謝野寛

6217 初「明星」大14・2・1諏訪冬景 その五― 与謝野寛

6218 初「明星」大14・2・1諏訪冬景 その五― 与謝野寛

6219 (2)鬢科(ママ) 初「明星」大14・2・1諏訪冬景 その五― 与謝野寛

6220 初「明星」大14・2・1諏訪冬景 その五― 与謝野寛

6221 初「明星」大14・2・1諏訪冬景 その五― 与謝野寛

6222 初「明星」大14・2・1諏訪冬景 その五― 与謝野寛

6223 初「明星」大14・2・1諏訪冬景 その五― 与謝野寛

6224 初「明星」大14・2・1諏訪冬景 その五― 与謝野寛

6225 一むらの白き水鳥さんぱ舟ゆふべの山のかげになりゆく

6226 みづうみの上の草山けしきほど朱を注《さ》すなかに残る白雪《しらゆき》

6227 肩寒し旅の閨にも入りくるやゆふべに見たる蓼科の雪

6228 硝子ごし障子のなかにわななきて炬燵を抱けば枯れし山見ゆ

6229 枯れすすき山を円くし青空と触るるあたりに雪すこし置く

6230 城あとに黒くかたまる冬の木を少しはなれて光る湖

6231 枯やなぎ寺かと思ふしら壁につづきて寒し平たき湖水《こすゐ》

6232 諏訪の川われらに歌のある如く冬も溢れてみづうみに入る

6233 山の坂氷を敷けり恋ゆゑに逐はるる時のきざはしならん

（以下廿一首塩尻峠にて）

6225 初「明星」大14・2・1諏訪冬景 その五― 与謝野寛

6226 初「明星」大14・2・1諏訪冬景 その五― 与謝野寛

6227 初「明星」大14・2・1諏訪冬景 その五― 与謝野寛

6228 初「明星」大14・2・1諏訪冬景 その五― 与謝野寛

6229 初「明星」大14・2・1諏訪冬景 その五― 与謝野寛

6230 初「明星」大14・2・1諏訪冬景 その五― 与謝野寛

6231 初「明星」大14・2・1諏訪冬景 その五― 与謝野寛

6232 初「明星」大14・2・1諏訪冬景 その五― 与謝野寛

6233 初「明星」大14・2・1諏訪冬景 その五― 与謝野寛

6234 荷ぐるまを負ひつつ二人《ふたり》塩尻の氷の坂を越すは誰が子ぞ

6235 山晴れて近き枝より粉雪ちり乾けるおち葉行手に香る

6236 襟さむし峠の木立いつしかと蓼科《たてしな》の雪うしろに覗く

6237 雹のあとから松のさき皆折れてfの字を立つ山に一列

6238 から松の枯れしひまより諏訪の水下《した》に青みて小波《さざなみ》ぞする

6239 山のうへ枯れし芒に雪のこり桔梗のいろの空のひろがる

6240 ちらばりて枯れし芒に足を投げこころごころに穂高をば観る

6241 わが立ちて安曇平《あづみだひら》を中に置き穂高の雪とむかへる峠

6242 塩尻の峠のかなた大いなる山の世界のあるにおどろく

6234 (初)「明星」大14・2・1諏訪冬景　その五―与謝野寛

6235 (初)「明星」大14・2・1諏訪冬景　その五―与謝野寛

6236 (初)「明星」大14・2・1諏訪冬景　その五―与謝野寛

6237 (初)「明星」大14・2・1諏訪冬景　その五―与謝野寛

6238 (初)「明星」大14・2・1諏訪冬景　その五―与謝野寛

6239 (初)「明星」大14・2・1諏訪冬景　その五―与謝野寛

6240 (初)「明星」大14・2・1諏訪冬景　その五―与謝野寛

6241 (初)「明星」大14・2・1諏訪冬景　その五―与謝野寛

6242 (初)「明星」大14・2・1諏訪冬景　その五―与謝野寛

6243 正月に穂高をのぞむ我がつれを雪きたり吹く塩尻峠

6244 うちなびき枯れたる芒そのうへに穂高乗鞍山《やま》しろく乗る

6245 まばらなる芒のなかの雪を踏み四五人くろし塩尻峠

6246 さくさくと山に雪踏むわが靴が獣《けもの》の迹をのこして凹《くぼ》む

6247 枯すすき峠の上の晴れたるに風は穂高の雪よりぞ吹く

6248 むら消えの雪のうへにて吸ふ煙草穂高と同じ高さに煙《けぶ》る

6249 越えがたし信濃の南しらしらと雪を立てたるむら山の壁

6250 誰が手にも芒のかげの雪を採り渇けば嚙みぬ山の日を浴び

6251 乗鞍は芒に隠れから松の枯れたるなかに諏訪のあらはる

6243 初「明星」大14・2・1諏訪冬景 その五―与謝野寛

6244 初「明星」大14・2・1諏訪冬景 その五―与謝野寛

6245 初「明星」大14・2・1諏訪冬景 その五―与謝野寛

6246 初「明星」大14・2・1諏訪冬景 その五―与謝野寛

6247 初「明星」大14・2・1諏訪冬景 その五―与謝野寛

6248 初「明星」大14・2・1諏訪冬景 その五―与謝野寛

6249 初「明星」大14・2・1諏訪冬景 その五―与謝野寛

6250 初「明星」大14・2・1諏訪冬景 その五―与謝野寛

6251 初「明星」大14・2・1諏訪冬景 その五―与謝野寛

6252 八が岳雪にひかるを上に見て諏訪へ下りゆくから松のもと

6253 八が岳みな花籠を抱くごとくひかれる雪を空につらぬる

6254 炬燵板《こたついた》つめたしと見て頬杖《ほほづゑ》をわが突きをれば杯の乗る

6255 諏訪びとの炬燵の板に丁口《ちよく》おかる芒にのこる薄雪のごと

6256 五日ほど炬燵の板を机とし倦めば湖上の山を見に行く

6257 木曾節を諏訪の和代《かずよ》に習ふとて夜寒を忘る湖のもと

6258 口重《くちおも》に諏訪の金吾《きんご》が語ること氷柱《つらら》のしづく解くるが如し

6259 うつくしき竹子の唄の流るれば凍らんとせず諏訪の湖

6260 枯れながら（かの青き木の知らぬこと）氷柱《つらら》を抱きて光る茅草《かやくさ》

6252 初「明星」大14・2・1諏訪冬景 その五― 与謝野寛

6253 初「明星」大14・2・1諏訪冬景 その五― 与謝野寛

6254 初「明星」大14・2・1諏訪冬景 その五― 与謝野寛

6255 初「明星」大14・2・1諏訪冬景 その五― 与謝野寛

6256 初「明星」大14・2・1諏訪冬景 その五― 与謝野寛

6257 初「明星」大14・2・1諏訪冬景 その五― 与謝野寛

6258 初「明星」大14・2・1諏訪冬景 その五― 与謝野寛

6259 初「明星」大14・2・1諏訪冬景 その五― 与謝野寛

6260 初「明星」大14・2・1諏訪冬景 その五― 与謝野寛

6261 わが万里役人なればひまなきか否否はやく歌ひ得て去る

6262 ジユネエヴを過ぎつる冬の心にも似る消息を諏訪に来て書く

6263 帰らんとしてためらひぬ旅の身を山の力のやはらかに抱く

6264 浴室に昼も隣の三味ひびくわが旅今は魯に遠きかな

6265 立ちぎはに人に乞はれて山の歌半凍れる墨のまま書く

6266 一行《いつかう》のわれを送るにあらねどもわれにも云ひぬ身にしむことを

6267 木曾節のよいよいよいと云ふ囃《はやし》こころに残り下諏訪を立つ

6268 雪高く青き大気にひかりたる蓼科の山及ぶべからず

6269 ひざまづく心の外にもの無くて蓼科の山そのふもと行く

6261 初「明星」大14・2・1諏訪冬景 その五―与謝野寛
6262 初「明星」大14・2・1諏訪冬景 その五―与謝野寛
6263 初「明星」大14・2・1諏訪冬景 その五―与謝野寛
6264 初「明星」大14・2・1諏訪冬景 その五―与謝野寛
6265 初「明星」大14・2・1諏訪冬景 その五―与謝野寛
6266 初「明星」大14・2・1諏訪冬景 その五―与謝野寛
6267 初「明星」大14・2・1諏訪冬景 その五―与謝野寛
6268 初「明星」大14・2・1諏訪冬景 その五―与謝野寛
6269 初「明星」大14・2・1諏訪冬景 その五―与謝野寛

6270 家にきて春の寒きを苦となさずしのぶによろし蓼科の雪

6271 なつかしき二月《ぐわつ》の草《くさ》よ春風《はるかぜ》を招《まね》く形《かたち》はまだ備《そな》へねど

6272 木《き》の蔭《かげ》にうす紅《くれなゐ》とむらさきの愁《うれひ》をいだく春《はる》の雪《ゆき》かな

6273 梅《うめ》の花《はな》おのれに添《そ》ひもこぬ春《はる》をつひに恨《うら》みて高《たか》き香《か》を吐《は》く

6274 渓《たに》いまだ朽葉《くちば》の色《いろ》の深《ふか》くして蛇骨《じやこつ》の川《かは》に春風《はるかぜ》ぞ吹《ふ》く

6275 温室《おんしつ》のベコニヤの花《はな》しどけなく零《こぼ》れぬ何《なに》を夢《ゆめ》に見《み》にけん

6276 元旦《ぐわんたん》の都《みやこ》の空《そら》を華《はな》やかにわたる汽笛《きてき》は似《に》るものもなし

6277 花紅《はなあか》き椿《つばき》の島《しま》にあることも覚《おぼ》ゆるほどの日光《につこう》の熱《ねつ》

6278 元日《ぐわんじつ》はたゞの日暮《ひぐれ》のこころよりわれ寂《さび》しけれ春終《はるをは》るごと

6270 初「明星」大14・2・1諏訪冬景 その五―与謝野寛

6271 初「令女界」大14・2・1搖《えう》光《くわう》―与謝野晶子

6272 初「令女界」大14・2・1搖《えう》光《くわう》―与謝野晶子

6273 初「令女界」大14・2・1搖《えう》光《くわう》―与謝野晶子

6274 初「令女界」大14・2・1搖《えう》光《くわう》―与謝野晶子

6275 初「大阪毎日新聞」大14・2・3温室―与謝野晶子

6276 初「大阪毎日新聞」大14・2・3温室―与謝野晶子

6277 初「大阪毎日新聞」大14・2・3温室―与謝野晶子

6278 初「大阪毎日新聞」大14・2・3温室―与謝野晶子

6279 鈍色《にびいろ》の都《みやこ》にありてはやりかに春《はる》の鼓《つゞみ》をうつは誰《た》が胸《むね》

6280 雪《ゆき》消《き》えず余寒《よかん》つゞけば気《き》のおちぬ椿《つばき》の花《はな》は何《なん》と思《おも》ふや

6281 幸《さいはひ》のめぐり来《こ》んなど空《そら》だのめなさで東《ひがし》の海《うみ》を見《み》に行《ゆ》く

6282 まぼろしの船《ふね》をうかべて眺《なが》めまし旅《たび》に出《い》でまし海《うみ》に行《ゆ》かまし

6283 長安《てうあん》の大道《だいどう》よりもかへりみて危《あやふ》きみちはをかしかりけれ

6284 いつしかと心《こゝろ》に反《そむ》く炉《ろ》なれども倚《よ》りてもの読《よ》む夜半《よは》にいたれば

6285 水遠く退《すさ》りし後の三崎とて月夜も影の多き浜かな

6286 鳶二つ黒繻子の輪をいくかへり掛けて三崎の海の若やぐ

6287 船走る淵《ふち》の御所をばさして行く海南宮《かいなんぐう》の使のやうに

6279 初「大阪毎日新聞」大14・2・12残れる雪—与謝野晶子

6280 初「大阪毎日新聞」大14・2・14雪消えず—与謝野晶子

6281 初「大阪毎日新聞」大14・2・18人送る—与謝野晶子

6282 初「大阪毎日新聞」大14・2・28まぼろしの船—与謝野晶子

6283 初「大阪毎日新聞」大14・2・28まぼろしの船—与謝野晶子

6284 初「大阪毎日新聞」大14・2・28まぼろしの船—与謝野晶子

6285 初「明星」大14・3・1早春散策 その一—与謝野晶子

6286 初「明星」大14・3・1早春散策 その一—与謝野晶子

6287 初「明星」大14・3・1早春散策 その一—与謝野晶子

6288 しら波と江の島見えぬ遠方《をちかた》の逗子鎌倉の朱屏《しゆへい》の前に

6289 大山《おほやま》の白はこころをひかねども足柄の雪摘ままほしけれ

6290 自らを島に渡りて三崎をば見るごと見なばあはれならまし

6291 北風《ならひ》吹く遠見番所《とほみばんしよ》の雑役《ざふやく》の赤き顔をばかき消さんため

6292 海の色相模は青く安房の方灰ばみたれどおごそかに見ゆ

6293 水仙は南信濃の山上の雪の味にもかよふ香を吐く

6294 城が島退きゆきぬ朱を押せる七里が浜にわが舳先向く

6295 島の前影の国にも来し如くしづかに船の動く寂しさ

6296 右左海を見れども失ひし若き夢には逢ひがたきかな

6288 初「明星」大14・3・1早春散策 その一―与謝野晶子

6289 初「明星」大14・3・1早春散策 その一―与謝野晶子

6290 初「明星」大14・3・1早春散策 その一―与謝野晶子

6291 初「明星」大14・3・1早春散策 その一―与謝野晶子

6292 初「明星」大14・3・1早春散策 その一―与謝野晶子

6293 初「明星」大14・3・1早春散策 その一―与謝野晶子

6294 初「明星」大14・3・1早春散策 その一―与謝野晶子

6295 初「明星」大14・3・1早春散策 その一―与謝野晶子

6296 初「明星」大14・3・1早春散策 その一―与謝野晶子

6297 わが立てる向ひの浦に洞《ほら》ありぬ霞に押せる墨あとのごと

6298 浦浦の佐渡に似たりと云ふ人に流人《るにん》の情の問はまほしけれ

6299 松原の松の枯木《かれき》を折る音に海も聞き入る早春の昼

6300 興津より羨しなど消息す三浦三崎にふた夜寝《ぬ》るとて

6301 山山は日おちてのちの樺いろの幕に倚れども暗き海かな

6302 信州の一月に似ずひねもすを寒き霞に曇る空かな

6303 金星は三崎の方によりて出づまだ木隠《こがく》るる島の燈台

6304 寒き日に都を立てばゆくりなく同じ車に虚子もあるかな

6305 虚子と乗り物問ふほどに梅しろき木末見えきぬ二月の車

6297 (初)「明星」大14・3・1早春散策 その一― 与謝野晶子

6298 (初)「明星」大14・3・1早春散策 その一― 与謝野晶子

6299 (初)「明星」大14・3・1早春散策 その一― 与謝野晶子

6300 (初)「明星」大14・3・1早春散策 その一― 与謝野晶子

6301 (初)「明星」大14・3・1早春散策 その一― 与謝野晶子

6302 (初)「明星」大14・3・1早春散策 その一― 与謝野晶子

6303 (初)「明星」大14・3・1早春散策 その一― 与謝野晶子

6304 (初)「明星」大14・3・1早春散策 その五― 与謝野寛

6305 (初)「明星」大14・3・1早春散策 その五― 与謝野寛

6306 かかり舟こゑを収めて身じろがず三崎の入江寒き夜となる

6307 のぼりきて白き三崎の月の夜の船より街へなびきたる靄

6308 きはやかに花なる島を黒くして三崎に光る月の夜の潮

6309 海の月岬陽楼《かふやうろや》のがらす戸に夜更けて寒き五人《いつたり》の顔

6310 船はみな魚の眠れるけしきかな三崎の磯の寒き夜の月

6311 燈台と二三の船の灯の外は三崎の月夜凍りたるかな

6312 誰も皆寒き旅寝に夜は明けぬ硝子《がらす》ひと重の入海の月

6313 海あせて地震《なゐ》のなごりの岩ぞ立つ憂きこと早く古《いにしへ》となれ

6314 ただ一つ鴨の羽色《はいろ》をしたるよりみな水鳥と見ゆる友舟《ともぶね》

6306 初「明星」大14・3・1早春散策 その五― 与謝野寛

6307 初「明星」大14・3・1早春散策 その五― 与謝野寛

6308 初「明星」大14・3・1早春散策 その五― 与謝野寛

6309 (2)岬《かふ》陽《やう》楼《ろや》→岬《かふ》陽《やう》楼《ろう》 初「明星」大14・3・1早春散策 その五― 与謝野寛

6310 初「明星」大14・3・1早春散策 その五― 与謝野寛

6311 初「明星」大14・3・1早春散策 その五― 与謝野寛

6312 初「明星」大14・3・1早春散策 その五― 与謝野寛

6313 初「明星」大14・3・1早春散策 その五― 与謝野寛

6314 初「明星」大14・3・1早春散策 その五― 与謝野寛

6315 旅に聞く出船の笛のあはれなり又来んと云ふ約束に似て

6316 風ある日城が島にもわたるなりカプリの島を訪ふ旅のごと

6317 人《ひと》五人《にん》火鉢を抱きて風に坐す三崎の水のきさらぎの舟

6318 島の土くろぐろとして大海《おほうみ》の上に載せたり菜の花の畑

6319 採りに採り薬の草のごとく嗅ぐ東の島の水仙のはな

6320 ほそぼそと島のはづれになびく松いつまた倚らん安房を眺めて

6321 わが手をも春風ふくと思ふらん撫づればそよぐ切厓の笹

6322 燈台を近く見上げて二町ほど乾ける岩のならぶ荒磯

6323 岩ならびその間より青海《あをうみ》の見ゆるところに下りゐる鴉

6315 初「明星」大14・3・1早春散策 その五― 与謝野寛

6316 初「明星」大14・3・1早春散策 その五― 与謝野寛

6317 初「明星」大14・3・1早春散策 その五― 与謝野寛

6318 初「明星」大14・3・1早春散策 その五― 与謝野寛

6319 初「明星」大14・3・1早春散策 その五― 与謝野寛

6320 初「明星」大14・3・1早春散策 その五― 与謝野寛

6321 初「明星」大14・3・1早春散策 その五― 与謝野寛

6322 初「明星」大14・3・1早春散策 その五― 与謝野寛

6323 初「明星」大14・3・1早春散策 その五― 与謝野寛

6324 ひややかに内にうなづく心あり濡れたる磯の藻の香りにも

6325 水仙の束《たば》君が手に成るを見て城《じやう》が島よりまた船に乗る

6326 誰が髪も外套を出て逆立ちぬ島と三崎のなかほどの舟

6327 ゆくところ自然《しぜん》の大《だい》を羨みぬこの心こそ哀れなりけれ

6328 海を見て入日の色に黄ばみたる小笹《をざさ》の丘の高きより行く

6329 ゆくりなく松の間の海に遇ふ高きを行きてきはまる処

6330 幾まがり赤ききりぎし松立ちて春の海あり磯山の中《なか》

6331 ここに来てわが髪もまた青めかし海は香油《かうゆ》に似る色をする

6332 ものの芽のほのかに赤む切厓の末やはらかに青海《あをうみ》となる

6324 初「明星」大14・3・1早春散策 その五― 与謝野寛

6325 初「明星」大14・3・1早春散策 その五― 与謝野寛

6326 初「明星」大14・3・1早春散策 その五― 与謝野寛

6327 初「明星」大14・3・1早春散策 その五― 与謝野寛

6328 初「明星」大14・3・1早春散策 その五― 与謝野寛

6329 初「明星」大14・3・1早春散策 その五― 与謝野寛

6330 初「明星」大14・3・1早春散策 その五― 与謝野寛

6331 初「明星」大14・3・1早春散策 その五― 与謝野寛

6332 初「明星」大14・3・1早春散策 その五― 与謝野寛

6333 舟乗りのわかき毅《つよし》のよろこびも思ひ知らるる青海のいろ

6334 かなたには赤き切厓江に映《うつ》りわが立つ山の下《した》に来る舟

6335 桃の御所椿の御所も訪はで止む荒れて久しき跡と云はずや

6336 万巻《まんぐわん》の君が書庫《ふみぐら》そのうへに更に階《かい》あり天に問ふべく

6337 書庫《しよこ》の棚かなたに見るは武蔵野の遠き木立の春の日の色

6338 がらすごし水色をするたそがれに竹のもとなる一むらの雪

6339 茶の後によき硯出づ武蔵野の春の木立のうへにある家

6340 若草《わかぐさ》の背丈《せたけ》やうやく揃《そろ》ひぬや雪解《ゆきげ》の水《みづ》よいかに鳴《な》るらん

6341 なまめかし椿《つばき》の花《はな》のくづるゝを残《のこ》れる雪《ゆき》の見起《みおこ》せるなど

6333 初「明星」大14・3・1早春散策 その五―与謝野寛

6334 初「明星」大14・3・1早春散策 その五―与謝野寛

6335 初「明星」大14・3・1早春散策 その五―与謝野寛

6336 初「明星」大14・3・1真珠抄―与謝野寛

6337 初「明星」大14・3・1真珠抄―与謝野寛

6338 初「明星」大14・3・1真珠抄―与謝野寛

6339 初「明星」大14・3・1真珠抄―与謝野寛

6340 初「令女界」大14・3・1弥生《やよひ》―与謝野晶子

6341 初「令女界」大14・3・1弥生《やよひ》―与謝野晶子

6342 わが庭《には》に雪《ゆき》のいさゝかとゞまれるうらなつかしき三月朔日《やよひついたち》

6343 春《はる》の夜《よ》は覚《さ》めて思《おも》ふも夢《ゆめ》に居《ゐ》て見《み》るもひとしき桃色《もゝいろ》にして

6344 春雨《はるさめ》や波《なみ》がしらかと雪残《ゆきのこ》る小高《こだか》き丘《をか》もいみじかりけれ

6345 花園《はなぞの》は連翹《れんげう》の先《ま》づ咲《さ》きいでんなどさゝやきぬ鶯《うぐひす》の来《き》て

6346 雛棚《ひなたな》の御所人形《ごしよにんげう》のはだかさへ冷《つめ》たげならぬ春《はる》の雪《ゆき》かな

6347 金色《こんじき》と紫《むらさき》と緋《ひ》の雛《ひな》の棚《たな》の外《そと》には松《まつ》に泡雪《あはゆき》ぞふる

6348 ひいなにはかけてもそれの勝《まさ》らねど春《はる》の雪《ゆき》よし作《つく》り花《はな》より

6349 子《こ》に混《まじ》り雛《ひな》かざりする心《こゝろ》をば半《なかば》ひくなり春《はる》の泡雪《あわゆき》

6350 降《ふ》る雪《ゆき》を雛《ひな》の御前《みまへ》の見《み》そなはすけしきもよしと思《おも》ひぬるかな

6342 初「令女界」大14・3・1弥生《やよひ》―与謝野晶子

6343 初「令女界」大14・3・1弥生《やよひ》―与謝野晶子

6344 初「令女界」大14・3・1弥生《やよひ》―与謝野晶子

6345 初「令女界」大14・3・1弥生《やよひ》―与謝野晶子

6346 初「東京日日新聞」大14・3・2雛と雪―与謝野晶子

6347 初「東京日日新聞」大14・3・2雛と雪―与謝野晶子

6348 初「東京日日新聞」大14・3・2雛と雪―与謝野晶子

6349 初「東京日日新聞」大14・3・2雛と雪―与謝野晶子

6350 初「東京日日新聞」大14・3・2雛と雪―与謝野晶子

6351 若《わか》き日《ひ》の力《ちから》つきぬとわが言《い》ひし戯《たはむ》れごとは信《しん》ぜぬもなし

6352 版成《はんな》りし集《しう》を見《み》つつもあはれなる心《こゝろ》を人《ひと》に知《し》られずもがな

6353 淡《あは》く濃《こ》く軽羅《けいら》をかさぬありぬべき願《ねが》ひの外《ほか》の厚《あつ》き綿入《わたいれ》

6354 城《じやう》が島波《しまなみ》を抑《おさ》へて遠《とほ》く鳴《な》る潮《うしほ》もさびし三崎《みさき》の月夜《つきよ》

6355 石《いし》の段月《だんつき》にあらはれその外《ほか》は暗《くら》き桜《さくら》の御所《ごしよ》の下行《もとゆ》く

6356 岩《いは》くろく捨《す》てつる箱《はこ》と船《ふね》も見《み》えくづれし後《のち》の寂《さび》しき三崎《みさき》

6357 城《じやう》が島向《しまむかひ》が崎《さき》の二《ふた》つの灯相《ひあひ》も寄《よ》らずてあかつきとなる

6358 楼《らう》のもと海《うみ》にもありぬ陸《くが》ならぬ船《ふね》の世界《せかい》の浮《う》き上《あが》りたる

6359 もろもろの果物《くだもの》のごと美《うつ》くしき船《ふね》の間《あひだ》の朝《あさ》のしら波《なみ》

6351 (初)「大阪毎日新聞」大14・3・15若き日―与謝野晶子

6352 (初)「大阪毎日新聞」大14・3・15若き日―与謝野晶子

6353 (初)「大阪毎日新聞」大14・3・15若き日―与謝野晶子

6354 (初)「国民新聞」大14・3・16岬陽二日―与謝野晶子

6355 (初)「国民新聞」大14・3・16岬陽二日―与謝野晶子

6356 (初)「国民新聞」大14・3・16岬陽二日―与謝野晶子

6357 (初)「国民新聞」大14・3・16岬陽二日―与謝野晶子

6358 (初)「国民新聞」大14・3・16岬陽二日―与謝野晶子

6359 (初)「国民新聞」大14・3・16岬陽二日―与謝野晶子

6360 前《まへ》の海寒《うみさむ》き数《かず》には入《い》れどなほ島《しま》の右方《うはう》は青《あを》にひろがる

6361 富士《ふじ》の山色移《やまいろうつ》りして白蘭《びやくらん》が桃《もゝ》の花《はな》ほど人《ひと》に近《ちか》づく

6362 城《じやう》が島丘《しまをか》の菜畑《なばた》に寄《よ》りそひて朝《あさ》は光《ひか》れる足柄《あしがら》の雪《ゆき》

6363 なのりそは砂《すな》にまみれて乾《かは》き行《ゆ》くあはれなることわれに劣《おと》らず

6364 遠方《をちかた》の伊豆《いづ》を眺《なが》めて愁《うれ》ひつゝ酔女《すゐぢよ》が浜《はま》に岩《いは》つたひきぬ

6365 北風《ならひ》の日《ひ》海《うみ》に浮《うか》べり寒《さむ》しなどかりそめごとをなど思《おも》ひけん

6366 油壺《あぶらつぼ》南《みなみ》の口《くち》の松山《まつやま》はさすがにすなり波《なみ》のよる音《おと》

6367 油壺《あぶらつぼ》離《はな》れて見《み》れば松山《まつやま》の緑《みどり》の上《うへ》に青《あを》をかさぬる

6368 松山《まつやま》のいくつが海《うみ》を円《まろ》くはた長《なが》く負《お》ひつゝ浦《うら》に臨《のぞ》める

6360 初「国民新聞」大14・3・16岬陽二日—与謝野晶子

6361 初「国民新聞」大14・3・16岬陽二日—与謝野晶子

6362 初「国民新聞」大14・3・16岬陽二日—与謝野晶子

6363 初「国民新聞」大14・3・16岬陽二日—与謝野晶子

6364 初「国民新聞」大14・3・16岬陽二日—与謝野晶子

6365 初「国民新聞」大14・3・16岬陽二日—与謝野晶子

6366 初「国民新聞」大14・3・16岬陽二日—与謝野晶子

6367 初「国民新聞」大14・3・16岬陽二日—与謝野晶子

6368 初「国民新聞」大14・3・16岬陽二日—与謝野晶子

6369 わが部屋《へや》へ置《お》きぬ弥生《やよひ》の日光《につこう》に上気《ぜうき》しぬべき枝垂桜《しだれさくら》を

6370 窓越《まどこ》えて蝶《てふ》　見《み》に来《こ》ず卓《つくゑ》なる枝垂桜《しだれさくら》はささやかにして

6371 枝《えだ》垂るる二尺《しやく》の桜《さくら》わが肩《かた》を円山《まろやま》と見《み》よより添《そ》ひてゐん

6372 わが部屋《へや》のうす紫《むらさき》のたそがれが桜《さくら》の刺繍《ぬひ》を銀糸《ぎんし》もて置《お》く

6373 もの云《い》はずしはぶきもせずわが室《しつ》の一隅《ぐう》にある盛《さか》りの桜《さくら》

6374 桜《さくら》おき花《はな》に代《かは》りてもの書《か》ける人《ひと》のここちにあてに覚《おぼ》ゆる

6375 荘園《しやうえん》の土《つち》草の芽にふくらみて人を思はん弥生となりぬ

6376 戸を破り出でこしわれも今日見れば一尺の地を纔かに守る

6377 明日の世に君をめぐれる群像の若きが中に我も立たばや

6369 初「東京日日新聞」大14・3・23ひがんざくら―与謝野晶子

6370 (2)蝶《ふて》(欠)見に
初「東京日日新聞」大14・3・23ひがんざくら―与謝野晶子

6371 初「東京日日新聞」大14・3・23ひがんざくら―与謝野晶子

6372 初「東京日日新聞」大14・3・23ひがんざくら―与謝野晶子

6373 初「東京日日新聞」大14・3・23ひがんざくら―与謝野晶子

6374 初「東京日日新聞」大14・3・23ひがんざくら―与謝野晶子

6375 初「明星」大14・4・1三月小集―与謝野晶子

6376 初「明星」大14・4・1三月小集―与謝野寛

6377 初「明星」大14・4・1三月小集―与謝野寛

6378 末の児がつくる紙びな親たちも猶こころにはその遊びする

6379 常に無く心さわぎぬ春となりこれ薔薇の気のつつむなるべし

6380 もの云はで笑みつつあらん云ふ時はすべて寂しき現実となる

6381 山の土青きがうへに梅ちれば額伏せてさへ吸はまほしけれ

6382 つつましく貴女のごとあれ指をもてキスをば投ぐる戯れなせそ

6383 この君は物おもふ日も身に添ひぬ春の空気と見ゆる紫

6384 今日となり猶問はんとす明かに恋の不思議を云ふ人もがな

6385 石ぼとけ痩せたる膝を地に組みて言はねど人は黙《もだ》し得ぬかな

6386 ひとむらの紅き桃かと見ゆる屋根海のおもてを半さへぎる

6378 初「明星」大14・4・1三月小集—与謝野寛

6379 初「明星」大14・4・1三月小集—与謝野寛

6380 初「明星」大14・4・1三月小集—与謝野寛

6381 初「明星」大14・4・1三月小集—与謝野寛

6382 初「明星」大14・4・1三月小集—与謝野寛

6383 初「明星」大14・4・1三月小集—与謝野寛

6384 初「明星」大14・4・1三月小集—与謝野寛

6385 初「明星」大14・4・1三月小集—与謝野寛

6386 初「明星」大14・4・1三月小集—与謝野寛

6387 今日も猶見上ぐる空は紫しいろいろの薔薇行く方に敷く

6388 春の空君が書斎の高き壁灰ばみ雪のはだらなるかな

6389 人なればわれも心の移るなりあはれ死ぬまで終りの日まで

6390 思《おも》ふこと語《かた》らで人《ひと》のさとるてふ世《よ》のこし如《ごと》し桜《さくら》の咲《さ》けば

6391 蜂《はち》ありて八重《やへ》にたわわに花咲《はなさ》ける桜《さくら》の下《もと》に火《ひ》の声《こゑ》を立《た》つ

6392 七《なゝ》八《や》本《もと》物語《ものがたり》絵《ゑ》の花《はな》に似《に》るさくらをおける湘南《しやうなん》の村《むら》

6393 名《な》を知《し》らず桜《さくら》に隣《とな》り青《あを》き戸《と》の家《いへ》ありしなど忘《わす》れぬ里《さと》も

6394 円山《まるやま》の夜《よ》ざくらを見《み》に人通《ひとかよ》ふ二《ふた》つの橋《はし》の中《なか》にある月《つき》

6395 山《やま》ざくらうす紫《むらさき》に降《ふ》るものと雨《あめ》を見《み》せつつおのれは白《しろ》し

6387 初「明星」大14・4・1三月小集—与謝野寛

6388 初「改造」大14・4・1渋谷にて—与謝野晶子

6389 初「改造」大14・4・1渋谷にて—与謝野晶子

6390 初「現代」大14・4・1花《くわ》下《か》愛《あい》慕《ぼ》—与謝野晶子

6391 初「現代」大14・4・1花《くわ》下《か》愛《あい》慕《ぼ》—与謝野晶子

6392 初「現代」大14・4・1花《くわ》下《か》愛《あい》慕《ぼ》—与謝野晶子

6393 初「現代」大14・4・1花《くわ》下《か》愛《あい》慕《ぼ》—与謝野晶子

6394 初「現代」大14・4・1花《くわ》下《か》愛《あい》慕《ぼ》—与謝野晶子

6395 初「現代」大14・4・1花《くわ》下《か》愛《あい》慕《ぼ》—与謝野晶子

6396 桜《さくら》さく日《ひ》は思《おも》ふこと稀《まれ》なりや信濃《しなの》の山《やま》も伊豆《いづ》のいでゆも

6397 春《はる》の人《ひと》あかつき真昼夕《まひるゆふ》ぐれの雲《くも》を見《み》に出《い》づ都《みやこ》の外《ほか》に

6398 何人《なにびと》も旅立《たびだ》つと云《い》ふよき言葉《ことば》云《い》ひて心《こゝろ》のをどらざらめや

6399 そよかぜか都《みやこ》の夢《ゆめ》のやはらかに旅《たび》の心《こゝろ》へ通《かよ》ふ流《なが》れか

6400 旅人《たびびと》は山《やま》を行《ゆ》けども寄辺《よるべ》なし水《みづ》の上《うへ》なる船《ふね》にあるごと

6401 はかなけれ旅《たび》の心《こゝろ》の慰《なぐさ》むも都《みやこ》をいつか忘《わす》れてあるも

6402 板廊下《いたらうか》波《なみ》に濡《ぬ》れたる渚《なぎさ》より冷《つめた》きことのさびし旅《たび》の夜《よ》

6403 かへり見《み》て旅《たび》の七日《なぬか》はただにある幾《いく》とせに増《ま》し恋《こひ》しかりけり

6404 西《にし》の方夕《かたゆふ》やけしつつ微《そよ》かぜに楊貴妃《やうきひ》桜《ざくら》ゆらぐ春《はる》かな

6396 ［初］「現代」大14・4・1花《くわ》下《か》愛《あい》慕《ぼ》―与謝野晶子

6397 ［初］「行楽」大14・4・1旅《たび》―与謝野晶子

6398 ［初］「行楽」大14・4・1旅《たび》―与謝野晶子

6399 ［初］「行楽」大14・4・1旅《たび》―与謝野晶子

6400 ［初］「行楽」大14・4・1旅《たび》―与謝野晶子

6401 ［初］「行楽」大14・4・1旅《たび》―与謝野晶子

6402 ［初］「行楽」大14・4・1旅《たび》―与謝野晶子

6403 ［初］「行楽」大14・4・1旅《たび》―与謝野晶子

6404 ［初］「令女界」大14・4・1さくら―与謝野晶子

6405
下総《しもふさ》の多胡《たこ》の御牧《みまき》のひろくして若駒《わかごま》走《はし》り春《はる》さめ走《はし》る

6406
山《やま》ざくら断崖《きりぎし》青《あを》き杉《すぎ》むらの見《み》ゆるところの春《はる》の水《みづ》おと

6407
二側《ふたがは》のさくらの路《みち》に続《つゞ》けるを夢《ゆめ》のさかひと思《おも》ひならひぬ

6408
川見《かはみ》れば白帆《しらほ》めでたく過《す》ぎ行《ゆ》きぬ八重《やへ》の桜《さくら》の枝《えだ》の後《うしろ》を

6409
もろともに春《はる》の光《ひかり》をめでまして二《は》十《た》五《いつ》とせにいたりし御賀《おんが》

6410
あなめでた帝《みかど》后《きさき》の相見《あひみ》まし第《だい》二十五の春《はる》かさねます

6411
いみじかる鴛《を》鴦《し》を載《の》せたる白銀《しろがね》の春《はる》の水《みづ》見《み》ゆ宮居《みやゐ》おもへば

6412
大君《おほぎみ》と后《きさき》の契《ちぎり》つくるなし四方《よも》の海《うみ》なる銀波《ぎんぱ》のごとく

6413
日《ひ》の本《もと》の父《ちち》と母《はは》との立《た》ちならび時《とき》うつるとも栄《さか》えましませ

6405 初「令女界」大14・4・1さくら―与謝野晶子

6406 初「令女界」大14・4・1さくら―与謝野晶子

6407 初「令女界」大14・4・1さくら―与謝野晶子

6408 初「令女界」大14・4・1さくら―与謝野晶子

6409 初「敬神教育資料」大14・4・25御銀婚式奉祝の歌―与謝野晶子

6410 初「敬神教育資料」大14・4・25御銀婚式奉祝の歌―与謝野晶子

6411 初「敬神教育資料」大14・4・25御銀婚式奉祝の歌―与謝野晶子

6412 初「敬神教育資料」大14・4・25御銀婚式奉祝の歌―与謝野晶子

6413 初「敬神教育資料」大14・4・25御銀婚式奉祝の歌―与謝野晶子

6414 御《み》心《こゝろ》の旧人《きうじん》つねに新《あたら》しく新人年《しんじんとし》とともに旧《ふ》りぬる

6415 仁和寺《にんなじ》の築地《ついぢ》の下《もと》の蘇枋《すはう》をばまねびて咲《さ》けるむらさき躑躅《つゝじ》

6416 うす紅《べに》のしぼりの躑躅《つゝじ》若《わか》やかに歌《うた》ひも出《い》でんこゝちこそすれ

6417 初夏《はつなつ》は嬉《うれ》しかりけれ丹《に》つつじの鉢《はち》を書斎《しよさい》の窓《まど》におくにも

6418 たそがれて白《しろ》き床《ゆか》とも川《かは》なりぬ松《まつ》は動《うご》かず柱廊《ちうらう》のごと

6419 つらなれる棚《たな》無し舟《ふね》の水《みづ》よりも低《ひく》く沈《しづ》める夕月夜《ゆふづくよ》かな

6420 紅《くれなゐ》のしどみの這《は》へるところなどそれとも分《わ》かぬ夕月《ゆふつき》の山《やま》

6421 はても無《な》き草《くさ》の中《なか》にて息《いき》づける橘樹《とうき》郡《こほり》の灯《ひ》も哀《あは》れなり

6422 国低《くにひく》く水《みづ》の彼方《かなた》は安《やす》げなり渡《わた》らばものや忘《わす》れはつべき

6414 初「万朝報」大14・4・5（無題）―選者

6415 初「令女界」大14・5・1躑躅《つゝじ》―与謝野晶子

6416 初「令女界」大14・5・1躑躅《つゝじ》―与謝野晶子

6417 初「令女界」大14・5・1躑躅《つゝじ》―与謝野晶子

6418 初「大阪朝日新聞」大14・5・8暮春散歩―与謝野晶子

6419 初「大阪朝日新聞」大14・5・8暮春散歩―与謝野晶子

6420 初「大阪朝日新聞」大14・5・8暮春散歩―与謝野晶子

6421 初「大阪朝日新聞」大14・5・8暮春散歩―与謝野晶子

6422 初「大阪朝日新聞」大14・5・8暮春散歩―与謝野晶子

6423 多摩川《たまかは》の水《みづ》の明《あか》りの一《ひと》はしの梨《なし》の花《はな》かな月《つき》のいろかな

6424 夕月夜《ゆふづくよ》障子《さうじ》のやうに作《つく》られて花咲《はなさ》く梨《なし》のあぢきなき畑《はた》

6425 亀岡《かめをか》の松《まつ》より白帆《しらほ》出《い》づるなりはかり知《し》られぬ川《かは》の隈《くま》かな

6426 白帆《しらほ》とは思《おも》へど魚《うを》の身《み》のやうに半青《なかばあを》みて夕川《ゆふかは》のぼる

6427 松山《まつやま》の小暗《をぐら》きを巻《ま》く多摩川《たまかは》の春《はる》の夕《ゆふべ》の水《みづ》あかりかな

6428 向《むか》へるは春《はる》の終《をは》りの川《かは》にして夕《ゆふ》ぐれの風白波《かぜしらなみ》を立《た》つ

6429 月宮《げつきう》に銀河《ぎんが》と見《み》る　これならん長《なが》きむさしの多摩川《たまかは》の水《みづ》

6430 つたひゆく調布《てうふ》の丘《をか》のみち暗《くら》くかつ定《さだ》かなり遠《とほ》き多摩川《たまかは》

6431 あえかなる月《つき》の光《ひかり》を補《おぎな》ひて調布《てうふ》の丘《をか》に二三の灯《ひ》点《つ》く

6423 初「大阪朝日新聞」大14・5・8暮春散歩—
与謝野晶子

6424 初「大阪朝日新聞」大14・5・8暮春散歩—
与謝野晶子

6425 初「大阪朝日新聞」大14・5・8暮春散歩—
与謝野晶子

6426 初「大阪朝日新聞」大14・5・8暮春散歩—
与謝野晶子

6427 初「大阪朝日新聞」大14・5・8暮春散歩—
与謝野晶子

6428 初「大阪朝日新聞」大14・5・8暮春散歩—
与謝野晶子

6429 (2)見る（不明）
初「大阪朝日新聞」大14・5・8暮春散歩—
与謝野晶子

6430 初「大阪朝日新聞」大14・5・8暮春散歩—
与謝野晶子

6431 初「大阪朝日新聞」大14・5・8暮春散歩—
与謝野晶子

6432 磨《みが》かれて二十五年《にじふごねん》の光《ひかり》見《み》ゆこの玉作人《たまつくり》もも世あらしめ

6433 難《なん》に堪《た》へよき光 明《くわうみやう》の放《はな》たるゝ日をなし上《あ》げし玉作人《たまつくり》誰《た》れ

6434 唖《をし》の子《こ》も物《もの》を言《い》ふまでなりにけりいみじき人の精進《しやうじん》に由り

6435 教《をし》へつゝ教《をし》へらるゝを忘《わす》れぬがいみじき徳《とく》と教《をし》へられぬる

6436 美《うつ》くしき思《おも》ひ上《あが》りといみじかるへりくだりこそ偉《おほ》いなりけれ

6437 謹みて銀婚盛儀を賀し奉る歌
二柱《ふたはしら》日《ひ》と月《つき》のごとましませば草《くさ》なすわれも御《み》光《ひかり》を讃《ほ》む

6438 君后《きみきさき》めでたき皇子《みこ》の御親《みおや》にて並《なら》びいましぬ天《あま》つ日《ひ》の国《くに》

6439 仰《あふ》ぎ見《み》る帝 后《みかどきさき》のおん仲《なか》のかくの如《ごと》くば人《ひと》やはらがん

6440 思《おも》ふだに心《こゝろ》ときめくうるはしき二十五年《ねん》の大宮《おほみや》の春《はる》

6432 初「婦女新聞」大14・5・10福島氏に―与謝野晶子
6433 初「婦女新聞」大14・5・10福島氏に―与謝野晶子
6434 初「婦女新聞」大14・5・10福島氏に―与謝野晶子
6435 初「婦女新聞」大14・5・10福島氏に―与謝野晶子
6436 初「婦女新聞」大14・5・10福島氏に―与謝野晶子
6437 初「横浜貿易新報」大14・5・10日月双懸―与謝野晶子
6438 初「横浜貿易新報」大14・5・10日月双懸―与謝野晶子
6439 初「横浜貿易新報」大14・5・10日月双懸―与謝野晶子
6440 初「横浜貿易新報」大14・5・10日月双懸―与謝野晶子

6441 夜《よ》の御殿《おとど》日《ひ》の御座《おまし》にも相《あひ》そひて例《ためし》なきまで御代《みよ》しろしめせ

6442 こと祝《ほ》がん瑞樹《みづき》の柏《かしは》さし交《かは》す枝《えだ》のなかなる日《ひ》の光《ひかり》見《み》て

6443 かしこけれ上《かみ》が上《かみ》なる妹《いも》と夫《せ》のめでたきえにし長《なが》き御《み》契《ちぎり》

6444 天上《てんじやう》のちぎりを超《こ》えて栄《さか》えませわが大君《おほぎみ》と光《ひか》る后《きさい》と

6445 猶《なほ》八千代《やちよ》おもひ交《かは》しておはしませ只今《たゞいま》のごと若《わか》やかにませ

6446 天《あま》つ日《ひ》の守《まも》りたまへる雲居《くもゐ》なるおん仲《なか》らひの円《まど》かなるかな

6447 ただふたり並《なら》びたまへるめでたさは大御代《おほみよ》にこそ始《はじ》まりにけれ

6448 祝《ほ》ぎ歌《うた》を何《なに》に結《むす》ばん天雲《あまぐも》のいろにかよへる藤《ふぢ》に結《むす》ばん

6449 人間《にんげん》の子《こ》を尼君《あまぎみ》とことさらに分《わか》ちて言《い》はじ彼《か》のひとの上《うへ》

6441 (初)「横浜貿易新報」大14・5・10日月双懸―与謝野晶子

6442 (初)「横浜貿易新報」大14・5・10日月双懸―与謝野晶子

6443 (初)「横浜貿易新報」大14・5・10日月双懸―与謝野晶子

6444 (初)「横浜貿易新報」大14・5・10日月双懸―与謝野晶子

6445 (初)「横浜貿易新報」大14・5・10日月双懸―与謝野晶子

6446 (初)「横浜貿易新報」大14・5・10日月双懸―与謝野晶子

6447 (初)「横浜貿易新報」大14・5・10日月双懸―与謝野晶子

6448 (初)「横浜貿易新報」大14・5・10日月双懸―与謝野晶子

6449 (初)「女性」大14・6・1偶感十首(舜海尼の手紙をよみて)―与謝野晶子

6450 我等《われら》また犯《をか》すべかりし罪《つみ》をなし悲《かな》しみぬべき涙《なみだ》す彼《かれ》は

6451 尼《あま》ゆゑにその過《あやま》ちもただごともかにかく言《い》はんことのわりなし

6452 世《よ》の女尼《をんなあま》ならぬのみ悔《く》ゆるのみ火《ひ》を放《つ》けぬのみ変《かは》ることなし

6453 舜海尼《しゆんかいに》かつ美《うつ》くしと人《ひと》に由《よ》りかへすがへすも聞《き》くここちする

6454 悟《さと》るなど虚無《きよむ》にひとしき言葉《ことば》をばなさず獄《ひとや》の人《ひと》の消息《せうそく》

6455 かの罪《つみ》はかるはづみのみ獄《ひとや》にて彼《かれ》の書《か》きしは哀《あは》れなる文《ふみ》

6456 罪《つみ》と言《い》ふ不思議《ふしぎ》の中《なか》に投《な》げ入《い》れし身《み》よ光《ひかり》をば得《え》て帰《かへ》れかし

6457 妻子《つまこ》捨《す》て太子《たいし》が山《やま》に入《い》りたりし罪《つみ》に比《くら》べていと小《ちさ》きのみ

6458 年月《としつき》の遥《はる》かなるべき期《ご》を待《ま》てる男《をとこ》を見《み》るがいみじきぞかし

6450 初「女性」大14・6・1偶感十首（舜海尼の手紙をよみて）―与謝野晶子

6451 初「女性」大14・6・1偶感十首（舜海尼の手紙をよみて）―与謝野晶子

6452 初「女性」大14・6・1偶感十首（舜海尼の手紙をよみて）―与謝野晶子

6453 初「女性」大14・6・1偶感十首（舜海尼の手紙をよみて）―与謝野晶子

6454 初「女性」大14・6・1偶感十首（舜海尼の手紙をよみて）―与謝野晶子

6455 初「女性」大14・6・1偶感十首（舜海尼の手紙をよみて）―与謝野晶子

6456 初「女性」大14・6・1偶感十首（舜海尼の手紙をよみて）―与謝野晶子

6457 初「女性」大14・6・1偶感十首（舜海尼の手紙をよみて）―与謝野晶子

6458 初「女性」大14・6・1偶感十首（舜海尼の手紙をよみて）―与謝野晶子

6459 天上《てんじやう》の楽《たのし》みにこれ似《に》たりとて足《た》らへる人《ひと》も見《み》てはかなけれ

6460 地《ち》の上《うへ》の楽園《らくゑん》と云《い》ふ言葉《ことば》などわれは不思議《ふしぎ》の消息《せうそく》と聞《き》く

6461 地《ち》の上《うへ》の愉楽《ゆらく》きはまることとわが思《おも》へることは人《ひと》の見知《みし》らず

6462 翅《つばさ》ありわれは地上《ちじやう》を見歩《みあり》けど人《ひと》の云《い》ふなる楽園《らくゑん》の無《な》し

6463 旅《たび》をする寂《さび》しき中《なか》の楽《たのし》みに通《かよ》ふならぬか天《あめ》の愉楽《ゆらく》は

6464 其処《そこ》となき朝《あさ》の靄《もや》より柏木《かしはぎ》の現《あらは》れいでていみじ六月《ぐわつ》

6465 初夏《はつなつ》のたそがれ方《がた》の横雨《よこあめ》に少《すこ》し濡《ぬ》れたる旅《たび》ごころかな

6466 うぐひすの声《こゑ》を若葉《わかば》の山《やま》にして泉《いづみ》の走《はし》る下《もと》にして聞《き》く

6467 山川《やまかは》は狭《せま》し瀬《せ》に立《た》つ白波《しらなみ》も榛《はん》の若葉《わかば》にけおさるるかな

6459 初「婦人画報」大14・6・1地上―与謝野晶子

6460 初「婦人画報」大14・6・1地上―与謝野晶子

6461 初「婦人画報」大14・6・1地上―与謝野晶子

6462 初「婦人画報」大14・6・1地上―与謝野晶子

6463 初「婦人画報」大14・6・1地上―与謝野晶子

6464 初「令女界」大14・6・1新緑集《しんりよくしふ》―与謝野晶子

6465 初「令女界」大14・6・1新緑集《しんりよくしふ》―与謝野晶子

6466 初「令女界」大14・6・1新緑集《しんりよくしふ》―与謝野晶子

6467 初「令女界」大14・6・1新緑集《しんりよくしふ》―与謝野晶子

6468 初夏《はつなつ》やいみじきこともあるべきにわれは聞《き》くなり箪笥《たんす》の話《はなし》

6469 閉《とざ》したる心もありぬ人住まぬ水荘などは数と思はじ

6470 中宮祠《ちうぐうし》はるかになりぬ忘れざることもありやと白樺の問ふ

6471 主人《あるじ》よび白根の雪の解けん日を問へば大事の如く答ふる

6472 日光の山明るくも野州花《やしうばな》咲ける五月にいつまた逢はん

6473 遠《とほ》く来《き》て男体山《なんたいさん》の裾踏《すそふ》めりわが愁《うれひ》まで明《あか》るき五月《ぐわつ》

6474 なほ岸《きし》に芽生《めば》ひの枝《えだ》の美《うつ》くしき桂《かつら》を見《み》せて湖《みづうみ》 暮《く》れぬ

6475 人界《にんかい》の外《ほか》に心《こゝろ》をかくれども寂《さび》し覗《のぞ》かじみづうみの底《そこ》

6476 雨降《あめふ》れば中禅寺湖《ちゆうぜんじこ》の朝明《あさあけ》も怪《あや》しく暗《くら》しこころのやうに

6468 初「万朝報」大14・6・27（無題）―選者

6469 初「明星」大14・7・1中禅寺湖―与謝野晶子

6470 初「明星」大14・7・1中禅寺湖―与謝野晶子

6471 初「明星」大14・7・1中禅寺湖―与謝野晶子

6472 初「明星」大14・7・1中禅寺湖―与謝野晶子

6473 初「愛の泉」大14・7・1山にて―与謝野晶子

6474 初「愛の泉」大14・7・1山にて―与謝野晶子

6475 初「愛の泉」大14・7・1山にて―与謝野晶子

6476 初「愛の泉」大14・7・1山にて―与謝野晶子

6477 二荒山《ふたあらやま》大《おほ》いなれども朝《あさ》の目《め》に寂《さび》しき母《はゝ》を見《み》るここちする

6478 動《うご》きつつ止《や》むことなきと寂《さび》しきこころに似《に》たる山上《さんじやう》の雲《くも》

6479 夕風《ゆふかぜ》に枝《えだ》の靡《なび》けどなほ小《ちさ》くうら若《わか》き葉《は》の乱《みだ》れぬ楓《かへで》

6480 少女子《をとめご》の歌《うた》へば山《やま》の背《せ》の雲《くも》の耳《みゝ》とく聞《き》きて走《は》せ出《い》づるかな

6481 旅人《たびびと》が皆《みな》する如《ごと》く暫《しばら》くは山《やま》に比《くら》べぬわが寂《さび》しさを

6482 まぼろしの捉《とら》へがたきに勝《まさ》れども雲《くも》より出《い》づる山《やま》ははかなし

6483 睡蓮の花二つ咲く水かほり天の川かととはまほしかり

6484 山幾重囲みたれどもはばかるはかなしごとに涙おつれば

6485 忘れんと思ふ思ひのはてなれど我身のはての旅ごこちする

6477 初「愛の泉」大14・7・1山にて—与謝野晶子

6478 初「愛の泉」大14・7・1山にて—与謝野晶子

6479 初「愛の泉」大14・7・1山にて—与謝野晶子

6480 初「愛の泉」大14・7・1山にて—与謝野晶子

6481 初「愛の泉」大14・7・1山にて—与謝野晶子

6482 初「愛の泉」大14・7・1山にて—与謝野晶子

6483 初「婦人グラフ」大14・7・1七夕—晶子

6484 初「文芸春秋」大14・7・1旅愁—与謝野晶子

6485 初「文芸春秋」大14・7・1旅愁—与謝野晶子

6486 山深く入りて二荒の浄らなり心の奥に似ざるものかな

6487 女貌山あかなぎの山皆見ゆる時もわりなく寂しかりけれ

6488 まだ明けず白根の雪の襞の外煙の色す山も湖水も

6489 もの言はば男体山の夕風にまさりて寒く人ききなまし

6490 下野の白根の雪のかがやきて小雨ぞすなるみづうみの上

6491 対岸に松が崎をば見るころの二荒の神の白樺のみち

6492 湖や虹の窓より出でてこし千鳥の飛べる朝ぼらけかな

6493 朝のほど男体山にありし雲旅の心におちかかりきぬ

6494 深山風やうやく寒し野州花あけぼの色を峰に置けども

6486 子 初「文芸春秋」大14・7・1旅愁―与謝野晶

6487 子 初「文芸春秋」大14・7・1旅愁―与謝野晶

6488 子 初「文芸春秋」大14・7・1旅愁―与謝野晶

6489 子 初「文芸春秋」大14・7・1旅愁―与謝野晶

6490 子 初「文芸春秋」大14・7・1旅愁―与謝野晶

6491 子 初「文芸春秋」大14・7・1旅愁―与謝野晶

6492 子 初「文芸春秋」大14・7・1旅愁―与謝野晶

6493 子 初「文芸春秋」大14・7・1旅愁―与謝野晶

6494 子 初「文芸春秋」大14・7・1旅愁―与謝野晶

6495 何ごころもて旅すらん地の上にめぐり逢はんと頼めるも無く

6496 恋もせず物好き心あとなくて見る初夏の山のしら雪

6497 から松の古葉に山のしづく降る路と湖水とはなれざるかな

6498 湖を掻き濁すこと速かに去ること早き山の雨かな

6499 雨降《あめふ》れどねぐらを持《も》たず翅《つばさ》無《な》くよわく傾《かたむ》く白《しろ》の朝顔《あさがほ》

6500 七月《ぐわつ》の夜明《よあけ》の大地《だいち》潤《うるほ》ひて朝顔《あさがほ》の花《はな》しづかにも咲《さ》く

6501 なつかしき朝顔売《あさがほうり》の車《くるま》かなこちたく土《つち》の香《か》も運《はこ》びきぬ

6502 その期《ご》までわがつまづきし草《くさ》むらに隠《かく》れてありし昼顔《ひるがほ》の姫《ひめ》

6503 山風《やまかぜ》やうき草《くさ》の如《ごと》あはれにも昼顔《ひるがほ》うごくきりぎしの上《うへ》

6495 初「文芸春秋」大14・7・1旅愁―与謝野晶子

6496 初「文芸春秋」大14・7・1旅愁―与謝野晶子

6497 初「文芸春秋」大14・7・1旅愁―与謝野晶子

6498 初「文芸春秋」大14・7・1旅愁―与謝野晶子

6499 初「令女界」大14・7・1朝顔《あさがほ》昼顔《ひるがほ》―与謝野晶子

6500 初「令女界」大14・7・1朝顔《あさがほ》昼顔《ひるがほ》―与謝野晶子

6501 初「令女界」大14・7・1朝顔《あさがほ》昼顔《ひるがほ》―与謝野晶子

6502 初「令女界」大14・7・1朝顔《あさがほ》昼顔《ひるがほ》―与謝野晶子

6503 初「令女界」大14・7・1朝顔《あさがほ》昼顔《ひるがほ》―与謝野晶子

6504 ひるがほの蔓《つる》のひろごり磯松《いそまつ》のむらさきの影《かげ》這《は》へる砂《すな》かな

6505 衰《おとろ》へて久《ひさ》しと云《い》ひぬ盛《さか》りをば見《み》知《し》らぬ人《ひと》のものを問《と》ふゆゑ

6506 むさし野《の》の井荻《ゐをぎ》の丘《をか》の采花荘《さいくわさう》われ出《い》でて摘《つ》むひなげしの花《はな》。

6507 ひなげしは低《ひく》く煙草《たばこ》の花高《はなたか》し相模《さがみ》につゞく山脈《やまなみ》を負《お》ひ。

6508 散《ち》りたるも散《ち》らぬも同《おな》じめでたさと若《わか》さに光《ひか》る雛罌粟《ひなげし》の花《はな》。

6509 ひなげしの花《はな》は血《ち》ゆゑに流《なが》るゝか散《ち》るとも見《み》えず続《つゞ》きて落《お》ちて。

6510 むさし野《の》の風《かぜ》と遊《あそ》べりくれなゐの千羽《せんば》ばかりのコクリコの雛《ひな》。

6511 草《くさ》の葉《は》のもつるゝ如《ごと》くならずしてあてにもつれて雛罌粟《ひなげし》の咲《さ》く。

6512 ひなげしをわが荘園《さうゑん》に作《つく》りたる人海《ひとうみ》こえて何思《なにおも》ふらむ。

6504 初「令女界」大14・7・1朝顔《あさがほ》昼顔《ひるがほ》―与謝野晶子

6505 初「万朝報」大14・7・18(無題)―選者

6506 初「週刊朝日」大14・7・19ひなげし―与謝野晶子

6507 初「週刊朝日」大14・7・19ひなげし―与謝野晶子

6508 初「週刊朝日」大14・7・19ひなげし―与謝野晶子

6509 初「週刊朝日」大14・7・19ひなげし―与謝野晶子

6510 初「週刊朝日」大14・7・19ひなげし―与謝野晶子

6511 初「週刊朝日」大14・7・19ひなげし―与謝野晶子

6512 初「週刊朝日」大14・7・19ひなげし―与謝野晶子

6513 ひなげしの思《おも》ひ乱《みだ》れてあるに似《に》ずことずくななるけふの心《こゝろ》よ。

6514 垂幕《たれまく》の襞《ひだ》より細《ほそ》きひだ作《つく》りひなげしなびく采花荘《さいくわさう》かな。

6515 いふことの多《おほ》きあまりにわれを見《み》て身《み》を散《ち》らしたる雛罌粟《ひなげし》の花《はな》。

6516 三畳《さんでふ》の書斎《しよさい》の前《まへ》にひなげしの光《ひかり》の世《よ》あり郊外《かうぐわい》の夏《なつ》。

6517 その昔《むかし》心《こゝろ》に咲《さ》きしひなげしもかくの如《ごと》くにもろく崩《くづ》れし。

6518 たそがれも近《ちか》づきがたきひなげしの真紅《しんく》の花《はな》と淡《あは》き明星《みやうじやう》。

6519 霞草《かすみさう》添《そ》へぬ恋《こひ》ともいふやうに雛罌粟《ひなげし》の花中《はななか》につゝみて。

6520 ひなげしを采花荘《さいくわさう》より摘《つ》みてきぬ夢《ゆめ》の話《はなし》を誘《さそ》はんがため。

6521 何《なに》見《み》むとあはれ心《こゝろ》の騒《さわ》げるや今日《けふ》降《お》り立《た》ちし小田原《をたはら》の駅《ゑき》

6513 初「週刊朝日」大14・7・19ひなげし―与謝野晶子

6514 初「週刊朝日」大14・7・19ひなげし―与謝野晶子

6515 初「週刊朝日」大14・7・19ひなげし―与謝野晶子

6516 初「週刊朝日」大14・7・19ひなげし―与謝野晶子

6517 初「週刊朝日」大14・7・19ひなげし―与謝野晶子

6518 初「週刊朝日」大14・7・19ひなげし―与謝野晶子

6519 初「週刊朝日」大14・7・19ひなげし―与謝野晶子

6520 初「週刊朝日」大14・7・19ひなげし―与謝野晶子

6521 初「アルス新聞」大14・7・20小田原を訪ねて―与謝野晶子

6522 われもある箱根《はこね》がよひの乗合《のりあひ》の車《くるま》うごかず夏雲走《なつぐもはし》る

6523 石垣《いしがき》の崩《くづ》れし路《みち》に逢《あ》ひてさへ胸《むね》ふさがれど人《ひと》の見知《みし》らず

6524 高《たか》くしてむぐらと見《み》つれ近《ちか》づけばなべて花《はな》をば抱《いだ》く夏草《なつくさ》

6525 岩屋《いはや》など云《い》ふものよりも朝夕《あさゆふ》のつめたかるべき竹林《ちくりん》の窓《まど》

6526 夏草《なつくさ》の囲《かこ》める家《いへ》に見《み》る稚児《ちご》は紅《べに》の芙蓉《ふよう》の頰《ほ》をしたるかな

6527 水《みづ》もまた草《くさ》の蔭《かげ》にてうづくまりものや思《おも》へる涸《か》れやはてぬる

6528 山《やま》に見《み》る三角《かく》にして青《あを》くしてひたなす繻子《しゆす》の小田原《をたはら》の海《うみ》

6529 荒れたるを見《み》ず危《あやふ》きを思《おも》はずて住《す》むてふ友《とも》の山荘《さんさう》の草《くさ》

6530 小田原《をたはら》の白秋荘《しろしうさう》の大屋根《やね》のまたふくらみてわれを待《ま》てかし

6522 初「アルス新聞」大14・7・20小田原を訪ねて―与謝野晶子

6523 初「アルス新聞」大14・7・20小田原を訪ねて―与謝野晶子

6524 初「アルス新聞」大14・7・20小田原を訪ねて―与謝野晶子

6525 初「アルス新聞」大14・7・20小田原を訪ねて―与謝野晶子

6526 初「アルス新聞」大14・7・20小田原を訪ねて―与謝野晶子

6527 初「アルス新聞」大14・7・20小田原を訪ねて―与謝野晶子

6528 初「アルス新聞」大14・7・20小田原を訪ねて―与謝野晶子

6529 初「アルス新聞」大14・7・20小田原を訪ねて―与謝野晶子

6530 初「アルス新聞」大14・7・20小田原を訪ねて―与謝野晶子

6531 山国の温泉町の町近みうす墨色のなつかしきかな

6532 わが園は人の肩より草高し坐れば上に空《そら》細く見ゆ

6533 雑草のなかに坐りて夏を嗅ぎわが目は光る虻の歌にも

6534 身じろげば傍らの草香を立てぬ思へることの片はしのごと

6535 園のぬし雑草のみを茂らせて朝つゆに立つ夕つゆに立つ

6536 たなばたの紙かと見えて草のなか雨に濡れたるひなげしの花

6537 草の上の夏の日あたりわが影とあれち野菊の影と斜す

6538 草の上に小屋を造りてその草も主人《あるじ》も早くうら枯れを待つ

6539 草遠くぬれて動かず武蔵野の上にくもれる陰影《かげ》の涼しさ

6531 初「あさま」大14・7・25浅間—与謝野晶子

6532 初「明星」大14・8・1雑草園—与謝野寛

6533 初「明星」大14・8・1雑草園—与謝野寛

6534 初「明星」大14・8・1雑草園—与謝野寛

6535 初「明星」大14・8・1雑草園—与謝野寛

6536 初「明星」大14・8・1雑草園—与謝野寛

6537 初「明星」大14・8・1雑草園—与謝野寛

6538 初「明星」大14・8・1雑草園—与謝野寛

6539 初「明星」大14・8・1雑草園—与謝野寛

6540 草の色まだらをなして柔かに光れるうへの武蔵野の雨

6541 むさし野のわが軒の西雨の日も草の葉末に白き空ある

6542 竹なびき雨雲ちかく降《くだ》るなどおもしろきかな武蔵野の中《なか》

6543 空と草軒を繞りて夏涼し痩せてわが在る武蔵野の家

6544 わが園は草のみ深し路は無し空よりぞ来るむら雨と月

6545 おのづからあるに任せて我が住めば軒に及びぬ武蔵野の草

6546 夜の海網代の岬《さき》もあるべしや闇にうごくは鴎の羽風

6547 金星が笠を被《かづ》きて湯どころの熱海をのぞく海の上より

6548 安からず太湯の口に立てること人の心の口に立つこと

6540 初「明星」大14・8・1雑草園―与謝野寛
6541 初「明星」大14・8・1雑草園―与謝野寛
6542 初「明星」大14・8・1雑草園―与謝野寛
6543 初「明星」大14・8・1雑草園―与謝野寛
6544 初「明星」大14・8・1雑草園―与謝野寛
6545 初「明星」大14・8・1雑草園―与謝野寛
6546 初「明星」大14・8・1磯の夜―与謝野晶子
6547 初「明星」大14・8・1磯の夜―与謝野晶子
6548 初「明星」大14・8・1磯の夜―与謝野晶子

6549 いさり火は海の上をば仮初《かりそめ》のところとなさず帰りこぬかな

6550 長老は涼しげなれどもの云はず海の岬《みさき》のひとつのやうに

6551 夜のテラス海の方よりこしものは蛾の小き羽もあはれなつかし

6552 星などは五つの部屋に分れずてなほも語りて明さんとする

6553 窓半《なかば》開けて寝つれど異ならぬ夢よりさめし朝ぼらけかな

6554 海にある月のここちに一つ家《や》のホテルに覚めし清き朝かな

6555 白き室《ま》に浴女《よくぢよ》となれど苦しけれ恋を洗はん温泉もがな

6556 笛ならし船の出で入るかたはしを岬《みさき》がくれに見るテラスかな

6557 物懲《ものごり》もしらぬがゆゑにをかしけれ人さし指の真鶴が崎

6549 初「明星」大14・8・1磯の夜―与謝野晶子

6550 初「明星」大14・8・1磯の夜―与謝野晶子

6551 初「明星」大14・8・1磯の夜―与謝野晶子

6552 初「明星」大14・8・1磯の夜―与謝野晶子

6553 初「明星」大14・8・1磯の夜―与謝野晶子

6554 初「明星」大14・8・1磯の夜―与謝野晶子

6555 初「明星」大14・8・1磯の夜―与謝野晶子

6556 初「明星」大14・8・1磯の夜―与謝野晶子

6557 初「明星」大14・8・1磯の夜―与謝野晶子

6558 伊豆山《いづさん》の長き石段走り湯はさもあらばあれ夢を訪はまし

6559 大《なほ》浴《ゆ》漕《ぶね》千人風呂の初春に馴れしひがしの空曇りたり

6560 伊豆の海円石《まろいし》の洲《す》を七八日友と見けらし昔を云へば

6561 雨ふるや森をば深き海としてさざ波つくる近き竹の葉

6562 わが車《くるま》妙高山《めうかうざん》の萱草《かやぐさ》をいないな雲《くも》を分《わ》けて今行《いまゆ》く

6563 遠方《をちかた》の野尻《のじり》の湖水《こすゐ》いつの日《ひ》のわれの涙《なみだ》ぞいつの氷《こほり》ぞ

6564 赤倉《あかくら》に知《し》らぬ温泉《いでゆ》の匂《にほ》ひして月《つき》のぼりきぬ草《くさ》の中《なか》より

6565 雲《くも》垂《た》れて靡《なび》き合《あ》ふとも見《み》るものは北海《ほくかい》の波《なみ》わが山《やま》の萱《かや》

6566 関山《せきやま》に移《うつ》りて見《み》たる赤倉《あかくら》の杉《すぎ》つややけしくろ髪《かみ》のごと

6558 初「明星」大14・8・1磯の夜―与謝野晶子

6559 初「明星」大14・8・1磯の夜―与謝野晶子

6560 初「明星」大14・8・1磯の夜―与謝野晶子

6561 初「明星」大14・8・1磯の夜―与謝野晶子

6562 初「太陽」大14・8・1草枕―与謝野晶子

6563 初「太陽」大14・8・1草枕―与謝野晶子

6564 初「太陽」大14・8・1草枕―与謝野晶子

6565 初「太陽」大14・8・1草枕―与謝野晶子

6566 初「太陽」大14・8・1草枕―与謝野晶子

6567 あな高《たか》し深山《みやま》の鳥《とり》の巣《す》の如《ごと》し渓《たに》の上《うへ》なる関《せき》の温泉《をんせん》

6568 柴《しば》の橋《はし》おぼつかなきをわが踏《ふ》める渓《たに》の奥《おく》にて鳴《な》れる滝《たき》かな

6569 岩《いは》つばめなどいふ鳥《とり》のやうにして人人《ひとびと》ありぬ関山《せきやま》の滝《たき》

6570 黒姫《くろひめ》と戸隠山《とがくしやま》に護《まも》られて月夜《つきよ》を行《ゆ》きぬ初秋《はつあき》にして

6571 八月《ぐわつ》や朝《あさ》の寝《ね》醒《ざ》めに大海《おほうみ》の佐渡《さど》が島《しま》をばめつる山《やま》かな

6572 川広《かはひろ》しかもめの白羽《しらは》這《は》ふやうに低《ひく》く舞《ま》ひつつ船《ふね》彼方《かなた》行《ゆ》く

6573 なでしこと渚《なぎさ》の砂《すな》の思《おも》はるる阿波《あは》のしら浜館山《はまたてやま》の海《うみ》

6574 夕《ゆふ》ぐれは草《くさ》より上《あ》がる風《かぜ》ありてましてはかなきかげろふとんぼ

6575 大空《おほぞら》も冷《つめた》き麻《あさ》の衣《ころも》すとかひなを挙《あ》げて思《おも》ひけるかな

6567 初「太陽」大14・8・1草枕―与謝野晶子
6568 初「太陽」大14・8・1草枕―与謝野晶子
6569 初「太陽」大14・8・1草枕―与謝野晶子
6570 初「太陽」大14・8・1草枕―与謝野晶子
6571 初「太陽」大14・8・1草枕―与謝野晶子
6572 初「令女界」大14・8・1夏《つな》―与謝野晶子
6573 初「令女界」大14・8・1夏《つな》―与謝野晶子
6574 初「令女界」大14・8・1夏《つな》―与謝野晶子
6575 初「令女界」大14・8・1夏《つな》―与謝野晶子

6576 蟬《せみ》の声波《こゑなみ》をつくりてうたたねの身《み》も心《こゝろ》をも流《なが》さんとする

6577 墨《すみ》ひきてとんぼの通《とほ》る細《ほそ》き線《せん》その下《した》を吹《ふ》く夕《ゆふ》ぐれの風《かぜ》

6578 温泉《をんせん》が星《ほし》を眺《なが》めてつぶやけり怪《あや》しき伊《い》豆《づ》の夜《よ》のけしきかな

6579 せんずるに要《えう》なきことを思《おも》ふのみ二なくわりなきことにこそあれ

6580 山田湯の長《ちやう》が仮《か》しつる草枕二ひらづつの畳にぞ寝る

6581 山田湯の雑木の丘に朝立ちて越《こし》の風をばあはれとぞ思ふ

6582 妙高の山近けれどしら雲の底にあるべし水内《みなうち》ごほり

6583 戸隠《とがくし》は紺紙《こんし》に貼りし扇をば見せて涼しき雲の上かな

6584 妙高と野沢の渓をわれ知れど雲掻き乱すをちこちの別《べつ》

6576 初「令女界」大14・8・1夏《なつ》—与謝野晶子

6577 初「令女界」大14・8・1夏《なつ》—与謝野晶子

6578 初「万朝報」大14・8・8（無題）—選者

6579 初「万朝報」大14・8・29（無題）—選者

6580 初「明星」大14・9・1北信旅情 その一—与謝野晶子

6581 初「明星」大14・9・1北信旅情 その一—与謝野晶子

6582 初「明星」大14・9・1北信旅情 その一—与謝野晶子

6583 初「明星」大14・9・1北信旅情 その一—与謝野晶子

6584 初「明星」大14・9・1北信旅情 その一—与謝野晶子

6585
寺の湯のもろこし畑の中に居ぬ妙高の山雲に埋れて

6586
熊の子のけがして脚を洗へるが開祖と云ひて伝はる温泉《いでゆ》

6587
誤りて入りぬと云ふが如くにも俄かに雲の馳せ出づる渓

6588
夕立もいちじろからず冷泉《れいせん》と湯の流れ合ふ音急にして

6589
犬養の湯は湧き出づること烈し滝の街とも云はまほしけれ

6590
山の木は煙の質《しつ》も備ふれば雲に引かれて靡く朝かな

6591
湯の靄のわが寝ねしまも休みなく立ちつるはての朝のしら雲

6592
越《こし》近き信濃の奥の野沢の湯藁屋もおけり雪よけの木を

6593
あけび蔓真白きは編め美くしき涙もつ子の枕の料《れう》に

6585 初「明星」大14・9・1北信旅情 その一― 与謝野晶子

6586 初「明星」大14・9・1北信旅情 その一― 与謝野晶子

6587 初「明星」大14・9・1北信旅情 その一― 与謝野晶子

6588 初「明星」大14・9・1北信旅情 その一― 与謝野晶子

6589 初「明星」大14・9・1北信旅情 その一― 与謝野晶子

6590 初「明星」大14・9・1北信旅情 その一― 与謝野晶子

6591 初「明星」大14・9・1北信旅情 その一― 与謝野晶子

6592 初「明星」大14・9・1北信旅情 その一― 与謝野晶子

6593 初「明星」大14・9・1北信旅情 その一― 与謝野晶子

6594 杉のうへ犬養山の襞《ひだ》ごとにけぶる夜明の日の光かな

6595 大空と地の中にして高山《たかまま》のさかひの広し信濃に見れば

6596 麻釜《をがま》湧《ゆ》に止まず湧き立つ靄なれど閉《とざ》しもはてぬ朝の月かな

6597 辻ごとに大湯おかれぬ山鳥も兎も熊もきて浴びぬべし

6598 一行の風流男《みやびを》に言ふ恋草を野沢の産《さん》の籠に摘めよと

6599 信州の高井郡の奥にありことわりのまま寒き人かな

6600 いかづちや雨雲の層《そう》うすくして青空の洩れ妙高のぞく

6601 飯山の仮橋のうへ秋風と正目《まさめ》に向ふみちに立ちぬる

6602 水内《みなうち》の平《たひら》も山も地のそこへ川に引かれて沈みゆく時

6594 初「明星」大14・9・1北信旅情 その一―
与謝野晶子

6595 (3)高山《たかまま》→高山《たかやま》
初「明星」大14・9・1北信旅情 その一―
与謝野晶子

6596 初「明星」大14・9・1北信旅情 その一―
与謝野晶子

6597 初「明星」大14・9・1北信旅情 その一―
与謝野晶子

6598 初「明星」大14・9・1北信旅情 その一―
与謝野晶子

6599 初「明星」大14・9・1北信旅情 その一―
与謝野晶子

6600 初「明星」大14・9・1北信旅情 その一―
与謝野晶子

6601 初「明星」大14・9・1北信旅情 その一―
与謝野晶子

6602 初「明星」大14・9・1北信旅情 その一―
与謝野晶子

6603 車待つ千曲の川辺秋さらに深きところへ送らんとして

6604 夕ぐれや千曲の水に近き山墨にけぶりて秋風ぞ吹く

6605 渋のおく上林《かんばやし》にて見し山と千曲の川に逢へる秋かな

6606 言ふことの寂しきことをはかなめり豊野の駅のくらがりに立ち

6607 信濃路の山に別れて帰るべき旅の終りとなりにけるかな

6608 山荘の林の中に沙羅咲けり昼の星とも云ひつべきかな

6609 沙羅白し経典《きやうてん》にある沙羅なるや知らねど咲けり朴《ほほ》の隣に

6610 友とわれ軽井沢にて夜《よる》わかれ朝山に立ち遠く眺むる

6611 むらさきの榛名の北に位して翡翠の色の赤城山《あかぎやま》かな

6603 初「明星」大14・9・1北信旅情　その一―与謝野晶子
6604 初「明星」大14・9・1北信旅情　その一―与謝野晶子
6605 初「明星」大14・9・1北信旅情　その一―与謝野晶子
6606 初「明星」大14・9・1北信旅情　その一―与謝野晶子
6607 初「明星」大14・9・1北信旅情　その一―与謝野晶子
6608 初「明星」大14・9・1北信旅情　その一―与謝野晶子
6609 初「明星」大14・9・1北信旅情　その一―与謝野晶子
6610 初「明星」大14・9・1北信旅情　その一―与謝野晶子
6611 初「明星」大14・9・1北信旅情　その一―与謝野晶子

6612 うぐひすや大和の若子《わくご》常陸をば見て泣きしてふ碓氷の峠

6613 美くしき信濃の国は雲の居てわれかみつけの山を見る台

6614 遠近《をちこち》の木の間の明り秋を帯び人は流にこころ傾く

6615 さびしさを懐《ふとこ》ろにして行くほどに路は浅間の高原《たかはら》に入る

6616 山の湯の街《まち》四角なり車みな内庭《うちには》に来てとどまると見ゆ

（以下信州山田温泉にて）

6617 山に来て物を憎まず昼寝しぬ頬《ほ》にも脛《はぎ》にも蠅をとまらせ

6618 三方《さんぱう》を山のふさげば西のかた明《あ》きたる空の夕風ぞ吹く

6619 軒ごとにひたと迫れる奥山の緑《みどり》を見つつ空《そら》を見ぬ渓

6620 金堂《こんだう》の剝《は》げたる如きここちして山田の外湯《そとゆ》その前に立つ

6612 初「明星」大14・9・1北信旅情 その一― 与謝野晶子

6613 初「明星」大14・9・1北信旅情 その一― 与謝野晶子

6614 初「明星」大14・9・1北信旅情 その一― 与謝野晶子

6615 初「明星」大14・9・1北信旅情 その四― 与謝野寛

6616 初「明星」大14・9・1北信旅情 その四― 与謝野寛

6617 初「明星」大14・9・1北信旅情 その四― 与謝野寛

6618 初「明星」大14・9・1北信旅情 その四― 与謝野寛

6619 初「明星」大14・9・1北信旅情 その四― 与謝野寛

6620 初「明星」大14・9・1北信旅情 その四― 与謝野寛

6621 裸をば山の大湯の板じきにわれも横たへ聞く泉かな

6622 夏山《なつやま》やむしろを背にし鎌を執る若きをのこと杉の刈枝《かりえだ》

6623 稀に着く都の人の馬車の幌《ほろ》のぞくも山の湯場《ゆば》のならはし

6624 山国《やまぐに》の諸国ばなしを聴かんとて渓の板屋《いたや》の外湯《そとゆ》にぞ行く

6625 吊橋《つりばし》に二つの峰をつなぎたる百尺したの松川のおと

6626 虹の機《はた》山に織るなり歌ひつつ泉に遊ぶ君がうすぎぬ

6627 山くろく軒より立ちて重《かさ》なれば片はし見ゆる天の川かな

6628 柄杓もて熱きいづみを身に浴びぬ深山の宵の明星のもと

6629 人の世の須臾《しゆゆ》なることを又おもふ山深く来て静なるにも

6621 初「明星」大14・9・1北信旅情 その四― 与謝野寛

6622 初「明星」大14・9・1北信旅情 その四― 与謝野寛

6623 初「明星」大14・9・1北信旅情 その四― 与謝野寛

6624 初「明星」大14・9・1北信旅情 その四― 与謝野寛

6625 初「明星」大14・9・1北信旅情 その四― 与謝野寛

6626 初「明星」大14・9・1北信旅情 その四― 与謝野寛

6627 初「明星」大14・9・1北信旅情 その四― 与謝野寛

6628 初「明星」大14・9・1北信旅情 その四― 与謝野寛

6629 初「明星」大14・9・1北信旅情 その四― 与謝野寛

6630 四人《よたり》臥す山の二階に寒きまで夜更けて白くさし入れる月

6630 初「明星」大14・9・1北信旅情 その四― 与謝野寛

6631 薬草《やくさう》を掛けつらねたる軒すだれ夜明の山を入れざるは無し

6631 初「明星」大14・9・1北信旅情 その四― 与謝野寛

6632 留まらん心もありて朝立てば山田のひと夜あはれなるかな

6632 初「明星」大14・9・1北信旅情 その四― 与謝野寛

6633 妙高を前に見わたす宿なきか野沢の里に入りて先づ問ふ

（以下野沢温泉にて）

6633 初「明星」大14・9・1北信旅情 その四― 与謝野寛

6634 一日も山を目にせであり得んや山にきたりて心変りぬ

6634 初「明星」大14・9・1北信旅情 その四― 与謝野寛

6635 渓鳴りて湯のけぶり立ち杉むらを離れて干せる繭と蕎麦がら

6635 初「明星」大14・9・1北信旅情 その四― 与謝野寛

6636 そのうへを夕立雲の黒く圧し山の重さの加はるゆふべ

6636 初「明星」大14・9・1北信旅情 その四― 与謝野寛

6637 つかのまも古き色無し雲つねに信濃に下りて山を拭《のご》へば

6637 初「明星」大14・9・1北信旅情 その四― 与謝野寛

6638 木がくれて又あらはれて路一つ雲に従ひのぼりくる路

6638 初「明星」大14・9・1北信旅情 その四― 与謝野寛

6639 湯の山のうらの通りの厩《うまや》より夕やみを見る大馬の首

6640 涼しくも越後ざかひに及びけり山を尋ねて遠く来《こ》しかな

6641 もの書きぬ宿の浴衣を二枚きて野沢の山の水おとの中《なか》

6642 筆とりて四人《よたり》が更かす灯のもとに野沢の渓のあつまれる音

6643 山の軒ちかく過ぎゆくあかつきの雲のしづくを吹き入るる風

6644 杉のもと石垣のはしをちかたに青き夜明の妙高の山

6645 岩魚《いはな》をば芒《すすき》にぬきて浸したる山の厨の朝の水おと

6646 朝のもや桔梗のいろに山を匍ひなかに幾すぢ湯の煙立つ

6647 しろき雨山を吹きぬく横降《よこぶ》りに十二の雷《らい》の光りつつ鳴る

6639 初「明星」大14・9・1北信旅情 その四― 与謝野寛

6640 初「明星」大14・9・1北信旅情 その四― 与謝野寛

6641 初「明星」大14・9・1北信旅情 その四― 与謝野寛

6642 初「明星」大14・9・1北信旅情 その四― 与謝野寛

6643 初「明星」大14・9・1北信旅情 その四― 与謝野寛

6644 初「明星」大14・9・1北信旅情 その四― 与謝野寛

6645 初「明星」大14・9・1北信旅情 その四― 与謝野寛

6646 初「明星」大14・9・1北信旅情 その四― 与謝野寛

6647 初「明星」大14・9・1北信旅情 その四― 与謝野寛

6648 まじめなる山の雷雨《らいう》に可笑しさをこらへかねたる渓渓《たにだに》の声

6649 ふきぬきの五色《ごしき》のごとき虹立ちて猶雨ながら山明りゆく

6650 おそろしき地獄のけぶり信濃路の麻釜《をがま》の上に幾すぢを立つ

6651 麻釜湯《をがまゆ》を見て歌多しわが友は地獄より引く熱に触れけん

6652 山のかげ真昼となればくろぐろと林に隠れ草の明るき

6653 午《ひる》すぎの空気おもたくけぶりたる草地《くさち》の上に山趺坐《あぐら》くむ

6654 ことわりや少しく疲るわが旅は信濃の山を負ひつつぞ行く

6655 若人と山路を行きてをりふしに身の弱さなど思はずもがな

6656 峰はみな墨絵のごとく黒く立ち上に星ある湯の渓の空

6648 初「明星」大14・9・1北信旅情 その四―
与謝野寛

6649 初「明星」大14・9・1北信旅情 その四―
与謝野寛

6650 初「明星」大14・9・1北信旅情 その四―
与謝野寛

6651 初「明星」大14・9・1北信旅情 その四―
与謝野寛

6652 初「明星」大14・9・1北信旅情 その四―
与謝野寛

6653 初「明星」大14・9・1北信旅情 その四―
与謝野寛

6654 初「明星」大14・9・1北信旅情 その四―
与謝野寛

6655 初「明星」大14・9・1北信旅情 その四―
与謝野寛

6656 初「明星」大14・9・1北信旅情 その四―
与謝野寛

6657 つつましく真瓜《まくは》二つを皿に盛り山に語りぬ夕食《ゆふしよく》の後《のち》

6658 遠くこし我等を泊《と》めて代《しろ》とらず歌のみを乞ふ湊屋の刀自《とじ》

6659 飯山を汽車の出づれば見え初めぬ千曲の川の長き洲と水
（以下飯山鉄道の汽車にて）

6660 年たけて越後ざかひの千曲川《ちくまがは》三たびとなりぬ我が渡ること

6661 山も野も黒き夜にしてほのかなる千曲の川の水明りかな

6662 山いく重《へ》大部《たいぶ》の経《きやう》を積むごとし名は問はずして拝む一一《いちいち》
（以下碓氷の頂にて）

6663 碓氷より妙義を見れば夢としておもふ世界も隣なるかな

6664 天つかぜ妙義の峰の青めるを日本武《やまとたける》も吹かれつつ見し

6665 若くして戦ひを知り恋を知りかなしき歌をとどめつる皇子《みこ》

6657 初「明星」大14・9・1北信旅情　その四― 与謝野寛
6658 初「明星」大14・9・1北信旅情　その四― 与謝野寛
6659 初「明星」大14・9・1北信旅情　その四― 与謝野寛
6660 初「明星」大14・9・1北信旅情　その四― 与謝野寛
6661 初「明星」大14・9・1北信旅情　その四― 与謝野寛
6662 初「明星」大14・9・1北信旅情　その四― 与謝野寛
6663 初「明星」大14・9・1北信旅情　その四― 与謝野寛
6664 初「明星」大14・9・1北信旅情　その四― 与謝野寛
6665 初「明星」大14・9・1北信旅情　その四― 与謝野寛

6666 「吾妻《あづま》はや」おもはず此処に泣きにけん山は見るべし人は見難し

6667 わが前に黒き槙の葉その下にけぶる妙義のむら山の青

6668 長短句《ちやうたんく》飛鳥以前の節を持ち妙義の峰の空に書く歌

6669 蟬の音を碓氷の峰の西がはの林に聞けばすでに初秋

（以下軽井沢の莫哀山荘にて）

6670 近づきていよいよ清くそばだつは妙義の峰とこの荘《さう》の大人《うし》

6671 山かげの広葉の朴《ほほ》のしろき幹そのかなたより水の音する

6672 ゆきずりの山の草にも名を問ひぬ人と花とを分ち得ずして

6673 沙羅の花まひるの渓に落つる頃雲もしばらく飛ぶことに倦む

6674 しろき雨日に一たびは草高き浅間のふもと濡らしてぞ行く

6666 初「明星」大14・9・1北信旅情　その四―与謝野寛

6667 初「明星」大14・9・1北信旅情　その四―与謝野寛

6668 初「明星」大14・9・1北信旅情　その四―与謝野寛

6669 初「明星」大14・9・1北信旅情　その四―与謝野寛

6670 初「明星」大14・9・1北信旅情　その四―与謝野寛

6671 初「明星」大14・9・1北信旅情　その四―与謝野寛

6672 初「明星」大14・9・1北信旅情　その四―与謝野寛

6673 初「明星」大14・9・1北信旅情　その四―与謝野寛

6674 初「明星」大14・9・1北信旅情　その四―与謝野寛

6675 霧すぎて素焼の鉢の十ばかり猶濡れわたる草の上かな

6676 べにを注《さ》すあわもり草が芽《かや》まじり斑《まだら》をつくり路狭くなる

6677 行くかたに白きかひなをさしのべて百合あまた立つ夕月夜かな

6678 沙羅の花草に落つれどしばらくは夜明の星の色に匂へり

6679 山に来てあわもり草の桃色をあまたは摘まず唯に一もと

6680 沙羅の花ゆふべの雨に散りたれば猶一《ひと》ところ白き木のもと

6681 信濃路に見つる人ゆゑ別れ憂し今日《けふ》は山にも草の花にも

6682 おほかたは人に通ぜぬ言葉のみ山に向ひて歌ひしなれば

6683 大空をはろばろと見て泣くことは四五歳よりの習ひなるかな

6675 [初]「明星」大14・9・1北信旅情 その四―与謝野寛

6676 (3)芽《かや》まじり→茅《かや》まじり [初]「明星」大14・9・1北信旅情 その四―与謝野寛

6677 [初]「明星」大14・9・1北信旅情 その四―与謝野寛

6678 [初]「明星」大14・9・1北信旅情 その四―与謝野寛

6679 [初]「明星」大14・9・1北信旅情 その四―与謝野寛

6680 [初]「明星」大14・9・1北信旅情 その四―与謝野寛

6681 [初]「明星」大14・9・1北信旅情 その四―与謝野寛

6682 [初]「明星」大14・9・1北信旅情 その四―与謝野寛

6683 [初]「明星」大14・9・1折折の歌―与謝野寛

6684 若き人いのちを賭けて言ふことす行ふことす我も昨日は

6685 初秋のゆふべの月のほそきごとみづから恃む時は未《いま》だし

6686 むさし野の草の上なる片びさし痩せたる膝を抱きて見る月

6687 秋づける入日の後の夕明り藍《あゐ》いろをして草に虫啼く

6688 わが知らぬをちかたなれど月しろく照る夜は見ゆる長江《ちやうこう》の船

6689 こころよく人も獣《けもの》も汗をかき裸の子等の乗るはだか馬

6690 今日までも猶あるべくて早く亡きわが師と友と文月九日《ふづきここのか》

6691 かなしみを直ちに云へる歌よりは花一つある露草《つゆくさ》ぞよき

6692 後に来んわかき聖《ひじり》が唯だひと目あはれと言ひて見るふしもがな

6684 初「明星」大14・9・1折折の歌―与謝野寛

6685 初「明星」大14・9・1折折の歌―与謝野寛

6686 初「明星」大14・9・1折折の歌―与謝野寛

6687 初「明星」大14・9・1折折の歌―与謝野寛

6688 初「明星」大14・9・1折折の歌―与謝野寛

6689 初「明星」大14・9・1折折の歌―与謝野寛

6690 初「明星」大14・9・1折折の歌―与謝野寛

6691 初「明星」大14・9・1折折の歌―与謝野寛

6692 初「明星」大14・9・1折折の歌―与謝野寛

6693 友去りて猶しばらくは葉巻の香のこれるままに寂しからざり

6694 夏中《なつぢゆう》に読むべかりつる三四の書九月に入れば他人《たにん》の如し

6695 種ゑしまま草をも抜かぬ一畝《ひとうね》に西瓜ぞ光る園の片隅

6696 くろぐろと向日葵《ひまはり》の実の鉄《かな》くそが四尺の草の上に立つ秋

6697 問《と》ひ給《たま》ふわが値《あたひ》をば知《し》らぬなり思《おも》ひ上《あが》りて云《い》ふならねども

6698 百年《ひやくねん》の後《のち》を心《こゝろ》にかくるごとかけぬが如《ごと》くいたづらに生《い》く

6699 なすすぢのめでたきこともこれはまたわが値《あたひ》にはならぬなりけり

6700 まことには何《なに》に生《うま》れてこしことも今日《けふ》まだ知《し》らぬわれと思《おも》へり

6701 跡見《あとみ》れば今日《けふ》の昨日《きのふ》に続《つゞ》かざる動《うご》き易《やす》かるわれと知《し》らるる

6693 初「明星」大14・9・1折折の歌―与謝野寛
6694 初「明星」大14・9・1折折の歌―与謝野寛
6695 初「明星」大14・9・1折折の歌―与謝野寛
6696 初「明星」大14・9・1折折の歌―与謝野寛
6697 初「婦人画報」大14・9・1わが上―与謝野晶子
6698 初「婦人画報」大14・9・1わが上―与謝野晶子
6699 初「婦人画報」大14・9・1わが上―与謝野晶子
6700 初「婦人画報」大14・9・1わが上―与謝野晶子
6701 初「婦人画報」大14・9・1わが上―与謝野晶子

6702 初秋《はつあき》の野《の》のあかつきの長《なが》き川《かは》かすかに見《み》せぬ他界《たかい》の白《しろ》を

6703 誰《たれ》よりも初秋風《はつあきかぜ》をきき分《わ》くること速《すみや》かにならひたるかな

6704 朝霧《あさぎり》に桔梗《ききやう》にじみてなまめかし浅間《あさま》のふもと高原《たかはら》にして

6705 あざやかに甲斐《かひ》の境《さかひ》の連山《れんざん》の浮《うか》べるもとの初秋《はつあき》の街《まち》

6706 草《くさ》の葉《は》を鳴《なら》し初《そ》めたる夜《よ》の風《かぜ》を親《した》しきものとなして歌書《うたか》く

6707 日《ひ》ぐるまの花《はな》のあらはに衰《おとろ》へしその下《もと》に咲《さ》く松虫草《まつむしさう》は

6708 今日《けふ》もなほ待《ま》つ人《ひと》のあるここちする軽井沢《かるゐざは》より出《い》づる霧《きり》かな

6709 奥山《おくやま》の湯場《ゆば》に通《つう》ずる高井橋水《たかゐばしみづ》を忘《わす》れて空《そら》に懸《かゝ》れり

6710 仄白《ほのじろ》く目《め》に見《み》ゆるより聞《き》く音《おと》の過《す》ぎて悲《かな》しき松川《まつかは》の水《みづ》

6702 初「令女界」大14・9・1初秋《はつあき》―与謝野晶子

6703 初「令女界」大14・9・1初秋《はつあき》―与謝野晶子

6704 初「令女界」大14・9・1初秋《はつあき》―与謝野晶子

6705 初「令女界」大14・9・1初秋《はつあき》―与謝野晶子

6706 初「令女界」大14・9・1初秋《はつあき》―与謝野晶子

6707 初「令女界」大14・9・1初秋《はつあき》―与謝野晶子

6708 初「国民新聞」大14・9・2信濃を巡りて―与謝野晶子

6709 初「国民新聞」大14・9・2信濃を巡りて―与謝野晶子

6710 初「国民新聞」大14・9・2信濃を巡りて―与謝野晶子

6711 山田《やまだ》の湯《ゆ》妙高山《めうかうざん》の頂《いただき》のやや傾《かたむ》きて見《み》ゆるわりなさ

6712 枕上《まくらがみ》しら根《ね》の山《やま》の裾山《すそやま》が影《かげ》を投《な》げくるあり明月夜《あけづくよ》

6713 連山《れんざん》の青《あを》きところは大空《おほぞら》に消《き》えて雪《ゆき》のみ白《しろ》き筋《すぢ》引《ひ》く

6714 戸隠《とがくし》は女雛《めびな》の肩《かた》に似《に》てをかし妙高山《めうかうざん》と飯綱《いひづな》のなか

6715 別《わか》れこし山田《やまだ》の里《さと》の撫子《なでしこ》もをりふし思《おも》ふ犬養《いぬかひ》の真湯《まゆ》

6716 赤倉《あかくら》の湯《ゆ》の東《ひがし》なる信濃路《しなのぢ》の犬養山《いぬかひやま》に朝霧《あさぎり》をめづ

6717 雲切《くもき》れて越《こし》の高嶺《たかね》のほの見《み》ゆるあかつき時《どき》の水《みづ》の音《おと》かな

6718 物思《ものおも》ひいつしか作《つく》り奥山《おくやま》の野沢《のざは》の渓《たに》のいかづちに死《し》ぬ

6719 いかづちがはがねの雨《あめ》を撒《ま》くことを知《し》るや知《し》らぬや麻釜湯《をがまゆ》の靄《もや》

6711 初「国民新聞」大14・9・2信濃を巡りて—
与謝野晶子

6712 初「国民新聞」大14・9・2信濃を巡りて—
与謝野晶子

6713 初「国民新聞」大14・9・2信濃を巡りて—
与謝野晶子

6714 初「国民新聞」大14・9・2信濃を巡りて—
与謝野晶子

6715 初「国民新聞」大14・9・2信濃を巡りて—
与謝野晶子

6716 初「国民新聞」大14・9・2信濃を巡りて—
与謝野晶子

6717 初「国民新聞」大14・9・2信濃を巡りて—
与謝野晶子

6718 初「国民新聞」大14・9・2信濃を巡りて—
与謝野晶子

6719 初「国民新聞」大14・9・2信濃を巡りて—
与謝野晶子

6720 犬養《いぬかひ》の山《やま》に虹《にじ》立《た》ち水内《みなうち》は晴《は》れ越路《こしぢ》にていかづちするも

6721 雑菜《ざつさい》を煮《に》るに疲《つか》れて溝《みぞ》に出《い》づ熱《あつ》きに過《す》ぐる麻釜《をがま》の大湯《おほゆ》

6722 浅間山霧《あさまやまきり》の中《なか》にて摘《つ》む花《はな》は皆濃《みなこ》くうすき紫《むらさき》にして

6723 峠《たうげ》なるうぐひすの声山山《こゑやまやま》の重《かさな》るやうに波《なみ》をつくれり

6724 山山《やまやま》は雲《くも》の中《なか》より浮《うか》びたる睡蓮《すゐれん》のごとめだたかりけれ

6725 培《つちか》ひて思《おも》ふ昔《むかし》もありぬべき碓氷《うすひ》の裾《すそ》の山荘《さんさう》の花《はな》

6726 山風《やまかぜ》にやや黄《き》なる日《ひ》におどろかず朴《ほう》の広葉《ひろば》は水《みづ》の音聞《おとき》く

6727 狭《せま》き渓一《たにひと》つの山《やま》の襞《ひだ》なれど君花植《きみはなう》ゑてたのしめるかな

6728 高《たか》き木《き》は隣《となり》とすなる林《はやし》無《な》くさびしけれども空《そら》を楽《たの》しむ

6720 初「国民新聞」大14・9・2信濃を巡りて—与謝野晶子

6721 初「国民新聞」大14・9・2信濃を巡りて—与謝野晶子

6722 初「東京」大14・10・1軽井沢雑詠—与謝野晶子

6723 初「東京」大14・10・1軽井沢雑詠—与謝野晶子

6724 初「東京」大14・10・1軽井沢雑詠—与謝野晶子

6725 初「東京」大14・10・1軽井沢雑詠—与謝野晶子

6726 初「東京」大14・10・1軽井沢雑詠—与謝野晶子

6727 初「東京」大14・10・1軽井沢雑詠—与謝野晶子

6728 初「東京」大14・10・1軽井沢雑詠—与謝野晶子

6729 散《ち》りし沙羅《さら》倦《う》みしはてにはあらずしてなほ木《き》を仰《あふ》ぐ草《くさ》の間《あひだ》に

6730 花《はな》の籠《かご》にかけて尼《あま》にして降《お》りなばいかに青深《あをふか》きみち

6731 帰《かへ》るべき夕《ゆふべ》に霧《きり》のなびかざれ友《とも》をわが置《お》く軽井沢駅《かるゐざはえき》

6732 いつしかと薄《すゝき》は僧《そう》の姿《すがた》にも似《に》たる真白《ましろ》き穂《ほ》となりにけり

6733 かの高《たか》き空《そら》より降《ふ》りてつつみたる穂《ほ》すすき山《やま》と思《おも》ひけるかな

6734 秋《あき》の長《た》け薄《すゝき》のこころたかぶりて雲《くも》を友《とも》ぞと思《おも》へるごとし

6735 しらじらと薄《すゝき》が隠《かく》す水《みづ》の音《おと》女《をんな》のやうにはかなげに鳴《な》る

6736 山里《やまざと》の薄《すゝき》がつなぐ小家《こいへ》など思《おも》ひやられぬ秋風《あきかぜ》吹《ふ》けば

6737 天《あま》の川《かは》薄《すゝき》の白《しろ》に勝《まさ》らねど身《み》に沁《し》む風《かぜ》のそこよりぞ吹《ふ》く

6729 初「東京」大14・10・1軽井沢雑詠―与謝野晶子

6730 初「東京」大14・10・1軽井沢雑詠―与謝野晶子

6731 初「東京」大14・10・1軽井沢雑詠―与謝野晶子

6732 初「令女界」大14・10・1すすき―与謝野晶子

6733 初「令女界」大14・10・1すすき―与謝野晶子

6734 初「令女界」大14・10・1すすき―与謝野晶子

6735 初「令女界」大14・10・1すすき―与謝野晶子

6736 初「令女界」大14・10・1すすき―与謝野晶子

6737 初「令女界」大14・10・1すすき―与謝野晶子

6738 わが友《とも》の一人《り》鴻《こう》巣山人《さんじん》もまた世《よ》に在《あ》らずなりにけるかな

6739 わが涙《なみだ》尽《つ》きず流《なが》るゝ心《こゝろ》いとめでたき人《ひと》も死《し》ぬことわりに

6740 よき心《こゝろ》玉《たま》の如《ごと》しと云《い》はれたる多《おほ》くの人《ひと》にまさる山人《さんじん》

6741 山人《さんじん》を論ひえずまぼろしの山人《さんじん》の目《め》のなほも笑《わら》へば

6742 山人《さんじん》を中《なか》に絵《ゑ》を描き歌《うた》を詠み楽《たの》しみし世《よ》も無《な》くなりにけり

6743 帰《かへ》りこぬ人《ひと》と思《おも》はず戯れのここちこそすれわが山人《さんじん》よ

6744 山人《さんじん》がわが亡骸の通夜《つや》に来《こ》んさまも思《おも》ひき身《み》の弱《よわ》くして

6745 駅亭《えきてい》に絵《ゑ》の道具《だうぐ》もち先《ま》づ立《た》てる君《きみ》を混へし旅《たび》もしがたし

6746 仄ぐらくいとも艶《えん》なるところにて亡き山人《さんじん》の何思《なにおも》ふらむ

6738 (初)「読売新聞」大14・10・5鴻巣山人の死—与謝野晶子

6739 (初)「読売新聞」大14・10・5鴻巣山人の死—与謝野晶子

6740 (初)「読売新聞」大14・10・5鴻巣山人の死—与謝野晶子

6741 (初)「読売新聞」大14・10・5鴻巣山人の死—与謝野晶子

6742 (初)「読売新聞」大14・10・5鴻巣山人の死—与謝野晶子

6743 (初)「読売新聞」大14・10・5鴻巣山人の死—与謝野晶子

6744 (初)「読売新聞」大14・10・5鴻巣山人の死—与謝野晶子

6745 (初)「読売新聞」大14・10・5鴻巣山人の死—与謝野晶子

6746 (初)「読売新聞」大14・10・5鴻巣山人の死—与謝野晶子

6747 大きなる真白《ましろ》き鴻《こう》の巣の中《なか》に隠《かく》れはてぬと思《おも》ひなすべき

6748 最上川《もがみがは》 車《くるま》の窓《まど》へしらじらと寄《よ》り添《そ》ふ秋《あき》の暁《あかつき》にして

6749 鳥海《てうかい》の山北海《やまほくかい》に立《た》つことを思《おも》ひ知《し》れよと秋風《あきかぜ》の吹《ふ》く

6750 陸奥《みちのく》の山《やま》の白埴皿《しらはにさら》となるいみじき秋《あき》がなすわざのごと

6751 紅葉《もみぢ》しぬ発荷《はつか》の五十六 曲《ごじふろくきよく》を十和田《とわだ》の湖《うみ》にくだるきざはし

6752 湖《みづうみ》と共《とも》に愁《うれ》ふるはらからの秋《あき》の空《そら》かなうす墨《ずみ》にして

6753 大《おほ》きなる波《なみ》の立《た》ちぬと見《み》えたるは水《みづ》に続《つゞ》ける雲《くも》なりしかな

6754 美《うつ》くしき岬 島々《みさきしま〴〵》わが船《ふね》も洲浜《すはま》の台《だい》に据《す》ゑられたるや

6755 三艘《さんさう》の鱒船帰《ますぶねかへ》るしらじらと雲《くも》の端《はし》まで網《あみ》にすくひて

6747 初「読売新聞」大14・10・5鴻巣山人の死—与謝野晶子

6748 初「国民新聞」大14・10・17草枕—与謝野晶子

6749 初「国民新聞」大14・10・17草枕—与謝野晶子

6750 初「国民新聞」大14・10・17草枕—与謝野晶子

6751 初「国民新聞」大14・10・17草枕—与謝野晶子

6752 初「国民新聞」大14・10・17草枕—与謝野晶子

6753 初「国民新聞」大14・10・17草枕—与謝野晶子

6754 初「国民新聞」大14・10・17草枕—与謝野晶子

6755 初「国民新聞」大14・10・17草枕—与謝野晶子

6756 旅人《たびびと》は湖上《こじやう》の雨《あめ》に傘《かさ》すれど生出《おひで》の紅葉《もみぢ》日《ひ》をかざすかな

6757 湖《みづうみ》と云《い》ふきはよりも清《きよ》ければ泉《いづみ》となさん方《はう》四里《り》の水《みづ》

6758 湖《みづうみ》をめぐれる山《やま》の高《たか》き木《き》の鳴《な》りわたる音雨《おとあめ》に混《まじ》れり

6759 青《あを》き淵《ふち》桂《かつら》のもみぢ中山《なかやま》のおうらなひ場《ば》のかねの桟通《さんだう》

6760 湖《みづうみ》の風《かぜ》の騒《さわ》げば十和田山《とわだやま》隠《かく》るゝことも見知《みし》りたりわれ

6761 しづかなる山《やま》の色《いろ》かなとどまらん日数《ひかず》つきんとすなる夕《ゆふ》ぐれ

6762 友《とも》を呼《よ》び窓《まど》より山《やま》を見《み》よと云《い》ふいとおろかなる慰《なぐさ》めなれど

6763 夕山の滝は簾帷《れんゐ》のうすきをばこころとしつつひろがれるかな

6764 玉川は鳩の巣岬《ざき》をなかにして動くすがたの銀環をおく

6756 初「国民新聞」大14・10・17草枕—与謝野晶子

6757 初「国民新聞」大14・10・17草枕—与謝野晶子

6758 初「国民新聞」大14・10・17草枕—与謝野晶子

6759 初「国民新聞」大14・10・17草枕—与謝野晶子

6760 初「国民新聞」大14・10・17草枕—与謝野晶子

6761 初「国民新聞」大14・10・17草枕—与謝野晶子

6762 初「万朝報」大14・10・17(無題)—選者

6763 初「明星」大14・10・19氷川の一夜 その二—与謝野晶子

6764 初「明星」大14・10・19氷川の一夜 その二—与謝野晶子

6765 眺めこし滝の数をば子に問ひぬ氷川の宿《しゆく》の灯に逢ひて後《のち》

6766 家を出で偶ま山にいぬる夜は夢見ずもがな雲の如くに

6767 川二つ合ひて響けば昨日より声の世界はこちたかりけれ

6768 西風す甲斐路の山の声かとてそぞろに行きぬ氷川を離れ

6769 霧の夜に立つ人よりもかにかくに冷き橋の木の手すりかな

6770 橋こえぬ夜能猿楽《やのうさるがく》しらねどもはやしに引かれ月に引かれて

6771 かずかずに峰の分れて立つならん一つと思ふ心なんども

6772 霧のぼる仁原の渓にならふなり氷川少女の繭を煮る釜

6773 子は先に宿屋の裏のもろこしの茂みへ入りぬわれ岩根踏み

6765 初「明星」大14・10・19氷川の一夜 その二
—与謝野晶子

6766 初「明星」大14・10・19氷川の一夜 その二
—与謝野晶子

6767 初「明星」大14・10・19氷川の一夜 その二
—与謝野晶子

6768 初「明星」大14・10・19氷川の一夜 その二
—与謝野晶子

6769 初「明星」大14・10・19氷川の一夜 その二
—与謝野晶子

6770 初「明星」大14・10・19氷川の一夜 その二
—与謝野晶子

6771 初「明星」大14・10・19氷川の一夜 その二
—与謝野晶子

6772 初「明星」大14・10・19氷川の一夜 その二
—与謝野晶子

6773 初「明星」大14・10・19氷川の一夜 その二
—与謝野晶子

6774 山と云ふものの形も織られたる錦のごとし霧のかかれば

6775 身禊《みそぎ》して忘れ去らんも惜しければ見つつわれ立つ棚沢の川

6776 渓のうへ山に散らばる大岩の尖《とが》りに触れて裂くるしら雲

6777 渓のおと岩の白きを底として杉の木末を路めぐりゆく

6778 いにしへの数馬《かずま》の老《おい》の手《た》ぢからを我肩に吹く洞門《とうもん》の風

6779 峰峰の秋をつなぎてそこかしこ糸を引きたる渓のかけ橋

6780 二歳にて君に抱かれし己が子も今日はまじりて奥山を踏む
（万里君に）

6781 玉川のみなもとの山くろぐろと日の暮れゆけば増さる水音

6782 月もきて夜霧にまじりしづくしぬ氷川の里の板橋のうへ

6774 初「明星」大14・10・19氷川の一夜　その二
—与謝野晶子

6775 初「明星」大14・10・19氷川の一夜　その二
—与謝野晶子

6776 初「明星」大14・10・19氷川の一夜　その四
—与謝野寛

6777 初「明星」大14・10・19氷川の一夜　その四
—与謝野寛

6778 初「明星」大14・10・19氷川の一夜　その四
—与謝野寛

6779 初「明星」大14・10・19氷川の一夜　その四
—与謝野寛

6780 初「明星」大14・10・19氷川の一夜　その四
—与謝野寛

6781 初「明星」大14・10・19氷川の一夜　その四
—与謝野寛

6782 初「明星」大14・10・19氷川の一夜　その四
—与謝野寛

6783 やはらかに山の月夜を融かしたる日原川《につぱらがは》の銀の一すぢ

6784 奥山の氷川まつりの里しばゐ筏師《いかだし》木こり馬方もする

6785 山ふけて杉生も渓も板橋もすべて月夜のうす霧に満つ

6786 峰の月かなたに去れば寂しとす五人あれども階上の客《かく》

6787 夜は更けぬ障子を立てよわれ痩せて深山の霧の多きを怖る

6788 山に来て秋を歌へば玉川のみなもとの水まじりてぞ鳴る

6789 合宿《あひやど》の知らざる人の蚊帳に入り一人は臥しぬ奥山の秋

6790 一方の窓をひらけばこけらぶき朽ちて載せたり甲州の山

6791 かぐはしき山の味噌汁川の海苔《のり》日原川《につぱらがは》に洗ひつる米《よね》

6783 [初]「明星」大14・10・19氷川の一夜 その四
―与謝野寛

6784 [初]「明星」大14・10・19氷川の一夜 その四
―与謝野寛

6785 [初]「明星」大14・10・19氷川の一夜 その四
―与謝野寛

6786 [初]「明星」大14・10・19氷川の一夜 その四
―与謝野寛

6787 [初]「明星」大14・10・19氷川の一夜 その四
―与謝野寛

6788 [初]「明星」大14・10・19氷川の一夜 その四
―与謝野寛

6789 [初]「明星」大14・10・19氷川の一夜 その四
―与謝野寛

6790 [初]「明星」大14・10・19氷川の一夜 その四
―与謝野寛

6791 [初]「明星」大14・10・19氷川の一夜 その四
―与謝野寛

6792 ありと云ふ鍾乳洞も観に行かず雲のなかなるものとして聞く

6793 初めなりまた終りなり棚沢の石川に立ち身を洗ふこと

6794 わが遊び猶足らざるや夏休み過ぎて十和田《とわだ》の湖《うみ》を観にゆく

6795 門《もん》をわれ出でんとすれば信次《しんじ》きて十和田に行かぬ悲しみを言ふ

6796 わが光《ひかる》親より優《やさ》しそれゆゑに幼《をさな》きものを留めてぞ行く

6797 精一はもてあますごと両の手を隠しに入れて見送れるかな

6798 精一と云ふこと無きか云はざるは共になみだのまじらんが為め

6799 一行《いつかう》に万里を載せずさびしきは板屋峠を越ゆる夜の二時

6800 童《わらは》にて吉備《きび》の山辺に物を読み吸ひし日おぼゆ稲の穂の風

6792 初「明星」大14・10・19氷川の一夜　その四―与謝野寛

6793 初「明星」大14・10・19氷川の一夜　その四―与謝野寛

6794 初「明星」大14・10・19十和田湖其他(上)その一―与謝野寛

6795 初「明星」大14・10・19十和田湖其他(上)その一―与謝野寛

6796 初「明星」大14・10・19十和田湖其他(上)その一―与謝野寛

6797 初「明星」大14・10・19十和田湖其他(上)その一―与謝野寛

6798 初「明星」大14・10・19十和田湖其他(上)その一―与謝野寛

6799 初「明星」大14・10・19十和田湖其他(上)その一―与謝野寛

6800 初「明星」大14・10・19十和田湖其他(上)その一―与謝野寛

6801 はろばろと出羽の稲田《いなだ》の黄ばめるに最上の川のうつす青空

6802 清平《せいへい》と立ちて云ふこと人生《じんせい》のただ五分のみ新庄《しんじやう》の駅《えき》

6803 歌ありや清平《せいへい》の云ふ花の実のとりいれ忙し近く歌無し

6804 秋なれば蓑《みの》がんじきを著けねども荒野より来て若き清平《せいへい》

6805 わが見てもわれ既に老ゆ若き人おどろく歌をわれに教へよ

6806 鳥海も羽黒も見えず秋の雲出羽を白くし雨寒く降る

6807 汽車にゐて薄著《うすぎ》を歎くおそらくは妻に好からじ出羽の秋雨《あきさめ》

6808 雪国に入りて人みな汽車を去り雪かと思ふしろき空椅子《あきゐす》

6809 今日の日も古事《ふるごと》とせずかなしきは鹿角《かづの》の国の錦《にしき》木の塚

6801 初「明星」大14・10・19十和田湖其他(上)その一—与謝野寛

6802 初「明星」大14・10・19十和田湖其他(上)その一—与謝野寛

6803 初「明星」大14・10・19十和田湖其他(上)その一—与謝野寛

6804 初「明星」大14・10・19十和田湖其他(上)その一—与謝野寛

6805 初「明星」大14・10・19十和田湖其他(上)その一—与謝野寛

6806 初「明星」大14・10・19十和田湖其他(上)その一—与謝野寛

6807 初「明星」大14・10・19十和田湖其他(上)その一—与謝野寛

6808 初「明星」大14・10・19十和田湖其他(上)その一—与謝野寛

6809 初「明星」大14・10・19十和田湖其他(上)その一—与謝野寛

6810 込みあへる誰が上衣《うはぎ》にもしづくして大館の駅雨の吹き入る

6811 毛馬内《けまない》の雨もなつかし諏訪夫人大湯《おほゆ》より来て迎へたまへば

6812 池ごしに見る山青し田の黄なり寺の書院に似たる長廊《ながらう》

6813 稲の香と内の湯の香としめやかに鹿角《かづの》の秋をわが閨《ねや》に置く

6814 身ひとつに鹿角《かづの》郡をゆたかにす新しき世を早く知る君

（以下二首諏訪富多氏に）

6815 世の常の長者《ちやうじや》には似ず農人《のうにん》と共に汗するよろこびを抱く

6816 山かげの秋の木の間の石だたみ苔青くして池にみちびく

6817 幹しろき楢《なら》のもみぢを打見上げまた石を撫づ池のかたはら

6818 遠くきて鹿倉《かぐら》の山の水おとの明るき秋に立てるひと時

6810 初「明星」大14・10・19十和田湖其他(上)その一―与謝野寛

6811 初「明星」大14・10・19十和田湖其他(上)その一―与謝野寛

6812 初「明星」大14・10・19十和田湖其他(上)その一―与謝野寛

6813 初「明星」大14・10・19十和田湖其他(上)その一―与謝野寛

6814 初「明星」大14・10・19十和田湖其他(上)その一―与謝野寛

6815 初「明星」大14・10・19十和田湖其他(上)その一―与謝野寛

6816 初「明星」大14・10・19十和田湖其他(上)その一―与謝野寛

6817 初「明星」大14・10・19十和田湖其他(上)その一―与謝野寛

6818 初「明星」大14・10・19十和田湖其他(上)その一―与謝野寛

6819 この次は雪ある冬に来あはせて鹿角《かづの》の橇《そり》を駆るよしもがな

6820 明日はいざ十和田に行かん初秋の大湯の泉われを洗へり

6821 山国に行き著きぬれば静かなり山に抱かれてある心かな

6822 大湯川しだいに山となるほどにうすき紅葉を岩岩におく

6823 幹しろく枝まばらなる楢の葉の先づ秋を知り黄なる峰かな

6824 山青く十和田の水を抱きたるその上《うへ》に出づ夕の峠

6825 山いくへ攀ぢきはめたる目のしたに湖《みづうみ》ひとつ青む夕ぐれ

6826 峠より世界かはりぬ木ずゑ皆うす紅葉して湖を載せ

6827 しろき幹黄なる広葉《ひろは》の入りみだれ峠のひがし路急《きふ》となる

6819 初「明星」大14・10・19十和田湖其他(上)その一―与謝野寛
6820 初「明星」大14・10・19十和田湖其他(上)その一―与謝野寛
6821 初「明星」大14・10・19十和田湖其他(上)その一―与謝野寛
6822 初「明星」大14・10・19十和田湖其他(上)その一―与謝野寛
6823 初「明星」大14・10・19十和田湖其他(上)その一―与謝野寛
6824 初「明星」大14・10・19十和田湖其他(上)その一―与謝野寛
6825 初「明星」大14・10・19十和田湖其他(上)その一―与謝野寛
6826 初「明星」大14・10・19十和田湖其他(上)その一―与謝野寛
6827 初「明星」大14・10・19十和田湖其他(上)その一―与謝野寛

6828 路くだり峠をめぐる隈《くま》ごとに秋の木立を透《とほ》すみづうみ

6829 下もみぢ九月なかばに火の如し十和田の奥のつつじ、錦木《にしきぎ》

6830 とりかぶと濃き七尺のむらさきをしばらく分けて湖に出づ

6831 しろき船旗ひるがへり人を待ちうすむらさきに暮るる湖

6832 妻を載せさて我が乗りて行く船の一つ白かり山の湖

6833 みづうみへ桟橋ひとつ斜なり浮舟《うきふね》の巻《まき》読むここちする

6834 山の秋こき瑠璃いろに夜となりぬいづれか木立いづれ湖

6835 雲おりて水牛の背のうごくごと山消えてゆくみづうみの上

6836 風ぐるま近き棟《むね》にてひひと鳴り山の夜あらし湖に入る

6828 初「明星」大14・10・19十和田湖其他（上）その一―与謝野寛

6829 初「明星」大14・10・19十和田湖其他（上）その一―与謝野寛

6830 初「明星」大14・10・19十和田湖其他（上）その一―与謝野寛

6831 初「明星」大14・10・19十和田湖其他（上）その一―与謝野寛

6832 初「明星」大14・10・19十和田湖其他（上）その一―与謝野寛

6833 初「明星」大14・10・19十和田湖其他（上）その一―与謝野寛

6834 初「明星」大14・10・19十和田湖其他（上）その一―与謝野寛

6835 初「明星」大14・10・19十和田湖其他（上）その一―与謝野寛 再「女性」大15・1・1「九州日日新聞」大15・2・28

6836 初「明星」大14・10・19十和田湖其他（上）その一―与謝野寛

6837 灯は揺れぬ夜は幾時《いくじ》ぞやにはかにも山の戸を打つ湖の雨

6838 くらき夜に十和田の峰の棚雲《たなぐも》を風やぶり入り湖の鳴る

6839 天つ雲すべて疾風《はやち》に裂けて落ち湖しろし山の真夜中

6840 みづうみを疾風《はやち》の吹けば怒る浪南祖《なんそ》の坊《ばう》の大音を揚ぐ

6841 夜の二時に湖を観る隙間《すきま》より雨《あま》しぶきして濡れし君が頰《ほ》

6842 雨ふれば白けし樺も鷹の巣も如何に寒きと山に思ひぬ

6843 山の夜に秋の暴雨《ばうう》を寝て聞けばこころは寒し榧《かや》の殻《から》ほど

6844 みづうみの暴雨に声す「つつしみて龍《りゅう》のなみだを詩人に贈る」

6845 山の水こほりの如く手に痛し妻のためには湯を少し給《た》べ

6837 初「明星」大14・10・19十和田湖其他(上)その一―与謝野寛

6838 初「明星」大14・10・19十和田湖其他(上)その一―与謝野寛

6839 初「明星」大14・10・19十和田湖其他(上)その一―与謝野寛

6840 初「明星」大14・10・19十和田湖其他(上)その一―与謝野寛

6841 初「明星」大14・10・19十和田湖其他(上)その一―与謝野寛

6842 初「明星」大14・10・19十和田湖其他(上)その一―与謝野寛

6843 初「明星」大14・10・19十和田湖其他(上)その一―与謝野寛

6844 初「明星」大14・10・19十和田湖其他(上)その一―与謝野寛

6845 初「明星」大14・10・19十和田湖其他(上)その一―与謝野寛

6846 めしひしは湖なるか人の目か今朝は見がたし瑠璃色の水

6847 あかつきの網に光りぬ初秋の月より細きみづうみの魚

6848 ひとところ御倉の島の赭土《そぼつち》のぬれたる赤を載する湖

6849 中山《なかやま》の前なる小島秋に痩せ松も巌《いはほ》もほそぼそと立つ

6850 きりぎしの白きが濡れて水に立ち上《うへ》には黄なり桂《かつら》椽《とち》の木

6851 船移るしろき切厓楢《なら》もみぢさてまた移る赤松のもと

6852 みづうみのひと夜の雨にぬれながら木立かがやく中山《なかやま》の秋

6853 船を出で中山の洲を行くほどに明るき秋の木がくれとなる

6854 をかしくも鉄の鞋《わらぢ》を納めたる祠《ほこら》のありて島のけはしき

6846 初「明星」大14・10・19十和田湖其他(上)その一―与謝野寛

6847 初「明星」大14・10・19十和田湖其他(上)その一―与謝野寛

6848 初「明星」大14・10・19十和田湖其他(上)その一―与謝野寛

6849 初「明星」大14・10・19十和田湖其他(上)その一―与謝野寛

6850 初「明星」大14・10・19十和田湖其他(上)その一―与謝野寛

6851 初「明星」大14・10・19十和田湖其他(上)その一―与謝野寛

6852 初「明星」大14・10・19十和田湖其他(上)その一―与謝野寛

6853 初「明星」大14・10・19十和田湖其他(上)その一―与謝野寛

6854 初「明星」大14・10・19十和田湖其他(上)その一―与謝野寛

6855 中山《なかやま》に君が穿きたる緒の切れぬ恋せし日にも知らぬ岩坂

6856 雨ののちえびづるの葉の朱にまじり朴《ほほ》の青葉も石に散る島

6857 青淵《あをぶち》のうへに御倉《みくら》の島を見て踏めばけはしき岩根杉の根

6858 青淵《あをぶち》に鉄のはしごを掛けおろし占問《うらと》ふことす山のきりぎし

6859 水のうへ日暮崎《ひぐらしざき》の岩壁《いはかべ》のうすき臙脂《えんじ》に染《そ》みて雨降る

6860 雲を見て妻とふたりが船に坐す陸奥《むつ》の十和田の秋の湖

6861 遊びつつ広きを乗ればしら鳥のこころとなりぬ湖の船

6862 舟夫《かこ》の云ふ沖青黒し風出でん生出《おひで》の磯に船をかへさん

6863 浪高し船出でがたし好しと云ふ奥入瀬《おいらせ》の渓見ずなりぬべし

6855 初「明星」大14・10・19十和田湖其他(上)その一――与謝野寛
6856 初「明星」大14・10・19十和田湖其他(上)その一――与謝野寛
6857 初「明星」大14・10・19十和田湖其他(上)その一――与謝野寛
6858 初「明星」大14・10・19十和田湖其他(上)その一――与謝野寛
6859 初「明星」大14・10・19十和田湖其他(上)その一――与謝野寛
6860 初「明星」大14・10・19十和田湖其他(上)その一――与謝野寛
6861 初「明星」大14・10・19十和田湖其他(上)その一――与謝野寛
6862 初「明星」大14・10・19十和田湖其他(上)その一――与謝野寛
6863 初「明星」大14・10・19十和田湖其他(上)その一――与謝野寛

6864 山寒しもろくなりたる朴《ほほ》の葉を今朝は霰の峰に打たずや

6865 みづうみの上《うへ》なる山の秋に寝て身も橡《とち》の木の冷たさを知る

6866 あけがたに引く鱒網《ますあみ》を見んとして山の入江を船よりぞ行く

6867 さし櫛の銀のひかりを持つ魚の七八つ跳りしづくする網

6868 船のしり網に入りたるうろくづと同じく光る秋のさざ波

6869 日を受けて中に三四の笑める顔みな山を見るみづうみの船

6870 板じきに赤玉に似る豆干され晴るれば山も猶仲つ秋

6871 山に来て山の葡萄をあましとす露霜に沁む心なるべし

6872 あかつきの冷たき指を組みながら十和田の奥に見入る湖

6864 初「明星」大14・10・19十和田湖其他(上)その一―与謝野寛

6865 初「明星」大14・10・19十和田湖其他(上)その一―与謝野寛

6866 初「明星」大14・10・19十和田湖其他(上)その一―与謝野寛

6867 初「明星」大14・10・19十和田湖其他(上)その一―与謝野寛

6868 初「明星」大14・10・19十和田湖其他(上)その一―与謝野寛

6869 初「明星」大14・10・19十和田湖其他(上)その一―与謝野寛

6870 初「明星」大14・10・19十和田湖其他(上)その一―与謝野寛

6871 初「明星」大14・10・19十和田湖其他(上)その一―与謝野寛

6872 初「明星」大14・10・19十和田湖其他(上)その一―与謝野寛

6873 しら雲と水のけぶりとまじりたる十和田の秋の朝ぼらけかな

6874 如何にして十和田の秋を尽さまし今日昨日すら言ふに余りぬ

6875 わが帰る前の夜となり天の川陸奥の十和田のみづうみに満つ

6876 ひと夜島われは十和田に三夜《みよ》寝ねて猶別れをば水に歎きぬ

6877 （鹿野宏氏に会ふ）
詩を知れる県《あがた》のつかさ十和田にてわれに物言ふ忘れがたかり

6878 別れ憂《う》し秋の十和田の紺青《こんじやう》に染《そ》むこころより涙こぼるる

6879 桟橋の人と船なる両人《りやうにん》と湖上《こじやう》のわかれ言ひかはし去る

6880 峠路《たうげぢ》の秋の木かげに振りかへり心は泣きぬみづうみの上

6881 うしろより十和田の水の見送れば秋の峠の険《けは》しとも無し

6873 初「明星」大14・10・19十和田湖其他（上）その一―与謝野寛

6874 初「明星」大14・10・19十和田湖其他（上）その一―与謝野寛

6875 初「明星」大14・10・19十和田湖其他（上）その一―与謝野寛

6876 初「明星」大14・10・19十和田湖其他（上）その一―与謝野寛

6877 初「明星」大14・10・19十和田湖其他（上）その一―与謝野寛

6878 初「明星」大14・10・19十和田湖其他（上）その一―与謝野寛

6879 初「明星」大14・10・19十和田湖其他（上）その一―与謝野寛

6880 初「明星」大14・10・19十和田湖其他（上）その一―与謝野寛

6881 初「明星」大14・10・19十和田湖其他（上）その一―与謝野寛

6882 車きて峠のうへにわれを待つ十和田の水よ今は別れん

6883 初秋の岩木の山に落つる日のひかりに行きぬくだものの畑
（以下津軽の板柳町にて）

6884 秋晴れて岩木の山をわたる日の林檎を染むる野にも来《こ》しかな

6885 林檎畑くだものの頬《ほ》も人の頬《ほ》も津軽の秋に酔はざるは無し

6886 天の川高く冴ゆれば林檎畑つぎの日晴れて色まさりゆく

6887 津軽野の林檎の畑のひろ庭に獅子の踊をてらすかがり火
（以下四首安田元吉翁の家にて）

6888 津軽野の林檎の秋の酒ほがひ安田の老《おい》を中《なか》にして飲む

6889 われもまた安田の子らに打まじり家の翁に杯を挙ぐ

6890 いにしへの津軽男子《をのこ》をつたへたる安田の太郎大気《たいき》なるかな

6882 (初)「明星」大14・10・19十和田湖其他(上)その一―与謝野寛
6883 (初)「明星」大14・10・19十和田湖其他(上)その一―与謝野寛
6884 (初)「明星」大14・10・19十和田湖其他(上)その一―与謝野寛
6885 (初)「明星」大14・10・19十和田湖其他(上)その一―与謝野寛
6886 (初)「明星」大14・10・19十和田湖其他(上)その一―与謝野寛
6887 (初)「明星」大14・10・19十和田湖其他(上)その一―与謝野寛
6888 (初)「明星」大14・10・19十和田湖其他(上)その一―与謝野寛
6889 (初)「明星」大14・10・19十和田湖其他(上)その一―与謝野寛
6890 (初)「明星」大14・10・19十和田湖其他(上)その一―与謝野寛

6891 洞窟《どうくつ》の大《だい》なるごとき醤油ぐら石のはしらと見ゆる樽ども

（以下四首松山鉄三郎氏の家に宿りて）

6892 なつかしき古筆《こひつ》の源氏そへたるは岩木の山の秋草の花

6893 妻とわれ津軽の家に客《きやく》となり秋をうたへば物語めく

6894 友の家清き噴井《ふきゐ》に顔あらひ二日《ふつか》となれば旅と思《おも》はず

6895 庵のぬしわれより五つ若けれど一切を知り蕭然と坐す

（以下三首旧友安田秀二郎氏の草庵にて）

6896 めぐし子とそこばくの書を入るる庵まばらなる木と秋に咲く薔薇

6897 畑ごとに林檎あかみてそのうへに岩木の山の裾青く曳く

6898 岩木川尾花のうへの大橋を見んとゆふべの裏畑《うらばた》に立つ

6899 猶しばし岩木の山の右の肩とほく匂ひて焼くる夕雲

6891 (初)「明星」大14・10・19十和田湖其他(上)その一―与謝野寛

6892 (初)「明星」大14・10・19十和田湖其他(上)その一―与謝野寛

6893 (初)「明星」大14・10・19十和田湖其他(上)その一―与謝野寛

6894 (初)「明星」大14・10・19十和田湖其他(上)その一―与謝野寛

6895 (初)「明星」大14・10・19十和田湖其他(上)その一―与謝野寛

6896 (初)「明星」大14・10・19十和田湖其他(上)その一―与謝野寛

6897 (初)「明星」大14・10・19十和田湖其他(上)その一―与謝野寛

6898 (初)「明星」大14・10・19十和田湖其他(上)その一―与謝野寛

6899 (初)「明星」大14・10・19十和田湖其他(上)その一―与謝野寛

6900 暮れて来《き》ぬ岩木の山の刈柴《かりしば》を高く載せる大馬のむれ

6901 川長く蘇枋《すはう》のいろす秋の雲岩木の山の西に燃ゆれば

6902 雪国の軒したの廊《らう》秋なれば雪には行かず夕月に行く

6903 見送りて松山の刀自《とじ》をとめたち猶われと乗る野の車かな

6904 送られて岩木の山の西ふもと猶語ること尽くべくも無し

6905 むらさきの笹りんだうに声放つ岩木の山を秋に踏む人

6906 三日《みか》ありて人と別れを惜むなり岩木の山の秋かぜの中《なか》

6907 岩木川とほきより来て青き色津軽の城の夕靄となる

6908 大円寺津軽の旅のいやはてにわが見る塔の美くしきかな

6900 初「明星」大14・10・19十和田湖其他(上)その一―与謝野寛

6901 初「明星」大14・10・19十和田湖其他(上)その一―与謝野寛

6902 初「明星」大14・10・19十和田湖其他(上)その一―与謝野寛

6903 初「明星」大14・10・19十和田湖其他(上)その一―与謝野寛

6904 初「明星」大14・10・19十和田湖其他(上)その一―与謝野寛

6905 初「明星」大14・10・19十和田湖其他(上)その一―与謝野寛

6906 初「明星」大14・10・19十和田湖其他(上)その一―与謝野寛

6907 初「明星」大14・10・19十和田湖其他(上)その一―与謝野寛

6908 初「明星」大14・10・19十和田湖其他(上)その一―与謝野寛

6909 岩木山なほしばらくは見えしかど行けば日は落つ秋の津軽に

6910 手にするは岩木の山の草もみぢ別れし人を思ひつつ行く

6911 今日の日は浅虫《あさむし》に着き夜の更けぬをぐらき海のさそふ悲しみ

6912 浅虫のいでゆは熱し水は無し湯の冷《さ》めゆくを待つ夜寒かな

6913 浅虫の海にのぞめる板びさし霧のなかにて雨の音する

6914 若くして都に読みし書《ふみ》などは共に忘れて老をよろこぶ

（以下五戸町の大竹保順師の寺に宿りて）

6915 大寺の仮の御堂《みだう》のみほとけと唯だ一重なるわが旅寝かな

6916 秋にきて五戸《ごのへ》の川の板橋をその里人と共に行くかな

6917 坂おほき五戸《ごのへ》の町の夕月夜ひとつの坂に踊る声する

6909 初「明星」大14・10・19十和田湖其他（上）その一—与謝野寛

6910 初「明星」大14・10・19十和田湖其他（上）その一—与謝野寛

6911 初「明星」大14・10・19十和田湖其他（上）その一—与謝野寛

6912 初「明星」大14・10・19十和田湖其他（上）その一—与謝野寛

6913 初「明星」大14・10・19十和田湖其他（上）その一—与謝野寛

6914 初「明星」大14・10・19十和田湖其他（上）その一—与謝野寛

6915 初「明星」大14・10・19十和田湖其他（上）その一—与謝野寛

6916 初「明星」大14・10・19十和田湖其他（上）その一—与謝野寛

6917 初「明星」大14・10・19十和田湖其他（上）その一—与謝野寛

6918 館岡《たてをか》の木立のおくに町古りて踊をてらす初秋の月

6919 抱き来てめでたき鶏《かけ》を人見せぬ南部《なんぶ》の秋の大寺の庭

6920 八戸《はちのへ》の海をもすでに見る如し君に訪はれしよろこびの中《なか》
（和田とよ子氏に）

6921 馬市場南部の馬の飼ひ草に掛けてかをれる秋萩の花

6922 秋のかぜ奥入瀬川《おいらせがは》を朝吹けり南部の馬のいなきを交《ま》ぜ

6923 朝ゆけば広野《ひろの》のなかの三本本かをる牧場《まきば》の風迎へ吹く

6924 人五人乗りこぼれたるわが車おいらせ川の靄深く駆る

6925 長き渓木《こ》かげを透《とほ》す秋の日に岩も早瀬も濃き緑する

6926 山の秋朱《しゆ》と白緑《びやくろく》の蔭《かげ》つくり渓に明るき瑠璃いろの水

6918 初「明星」大14・10・19十和田湖其他(上)その一―与謝野寛

6919 初「明星」大14・10・19十和田湖其他(上)その一―与謝野寛

6920 初「明星」大14・10・19十和田湖其他(上)その一―与謝野寛

6921 初「明星」大14・10・19十和田湖其他(上)その一―与謝野寛

6922 初「明星」大14・10・19十和田湖其他(上)その一―与謝野寛

6923 (3)三本本（ママ）
初「明星」大14・10・19十和田湖其他(上)その一―与謝野寛

6924 初「明星」大14・10・19十和田湖其他(上)その一―与謝野寛

6925 初「明星」大14・10・19十和田湖其他(上)その一―与謝野寛

6926 初「明星」大14・10・19十和田湖其他(上)その一―与謝野寛

6927 峰せまり渓ながながと瑠璃いろを秋の木立と岩かげに引く

6928 秋の渓翡翠《ひすゐ》の帯を瀬に浸《ひた》し岩には掛けぬしら糸の機

6929 岩立ちて渓にはかにも白くなる上《うへ》の朽木とうす紅葉かな

6930 見ざりつる十和田の湖《うみ》の片《かた》おもて鏡の箱を子《ね》の口に解く

6931 えにしあり世にも十和田の秋の水七日《なぬか》の後《のち》に再びぞ見る

6932 湖の深きを聞きて恋と云ふものにあてつつうなづくは誰

6933 峰《みね》かへで臙脂《えんじ》に枝の末を染め雨とあれども青雲を待つ

6934 かきくらし雨の隔つる八甲田故郷《はつかふだふるさと》ならば悲しからまし

6935 山の木の桂がほどの島多し二《ふた》ひろ三《み》ひろ波を隔てて

6927 初「明星」大14・10・19十和田湖其他(上)その一―与謝野寛

6928 初「明星」大14・10・19十和田湖其他(上)その一―与謝野寛

6929 初「明星」大14・10・19十和田湖其他(上)その一―与謝野寛

6930 初「明星」大14・10・19十和田湖其他(上)その一―与謝野寛

6931 初「明星」大14・10・19十和田湖其他(上)その一―与謝野寛

6932 初「明星」大14・10・19十和田湖其他(上)その二―与謝野晶子

6933 初「明星」大14・10・19十和田湖其他(上)その二―与謝野晶子

6934 初「明星」大14・10・19十和田湖其他(上)その二―与謝野晶子

6935 初「明星」大14・10・19十和田湖其他(上)その二―与謝野晶子

6936 雲よりも発荷《はつか》の岸の水の色わがしらぬ世に続けるごとし

6937 陸奥《むつ》の国林檎と云へる赤光《しやくくわう》を放ちて北の海に及べり

6938 七宝のあるが中にもめでたかる林檎の木をば植うる国かな

6939 高岡の渓が流せる涙をば人の受くればしらじらと散る

6940 君侯《くんこう》はさておき渋江抽斎のむかしをおもふ弘前《ひろさき》の城

6941 陸奥《むつ》のはて麻蒸《あさむし》の湯にわがあればやがて嵐の夜となりしかな

6942 朝もなほうづくまりたる湯の島を秋の風打つ白波《しらなみ》となり

6943 戸来《ひらい》岳《だけ》波形をしてほのかなる五戸《ごのへ》の庄《しやう》をたそがれに行く

6944 馬市場萩の枯枝《かれえ》をかけわたすうまやのあれど南部駒《なんぶごま》無し

6936 初「明星」大14・10・19十和田湖其他(上)その二―与謝野晶子

6937 初「明星」大14・10・19十和田湖其他(上)その二―与謝野晶子

6938 初「明星」大14・10・19十和田湖其他(上)その二―与謝野晶子

6939 初「明星」大14・10・19十和田湖其他(上)その二―与謝野晶子再「万朝報」大14・10・24

6940 初「明星」大14・10・19十和田湖其他(上)その二―与謝野晶子

6941 初「明星」大14・10・19十和田湖其他(上)その二―与謝野晶子

6942 初「明星」大14・10・19十和田湖其他(上)その二―与謝野晶子

6943 初「明星」大14・10・19十和田湖其他(上)その二―与謝野晶子

6944 初「明星」大14・10・19十和田湖其他(上)その二―与謝野晶子

6945 馬市の広場を過ぎて林泉《りんせん》の優《いう》なるを吹く秋の風かな

6946 市川はいとみやびかに冷かに御館《みたて》の丘をめぐりたりけれ

6947 高雲寺《かううんじ》仮の御堂とききしかどあはれたふとき朝の勤行《ごんぎやう》

6948 町角《まちかど》の店障子より追分の洩れつつ暗くなる五戸《ごのへ》かな

6949 心にて思ふことより数多く南部の山は重《かさな》れるかな

6950 渓暗し水の上には秋と云ふ白き光のただよひながら

6951 おいらせの雲井の滝の烈しさにたじろぐ心ありてまた行く

6952 木の間をば月の光の通ふごと清き水行くおいらせの渓

6953 繋ぎたる波間の船に身をおくも十和田の名残尽きざるがため

6945 初「明星」大14・10・19十和田湖其他(上)その二—与謝野晶子

6946 初「明星」大14・10・19十和田湖其他(上)その二—与謝野晶子

6947 初「明星」大14・10・19十和田湖其他(上)その二—与謝野晶子

6948 初「明星」大14・10・19十和田湖其他(上)その二—与謝野晶子

6949 初「明星」大14・10・19十和田湖其他(上)その二—与謝野晶子

6950 初「明星」大14・10・19十和田湖其他(上)その二—与謝野晶子

6951 初「明星」大14・10・19十和田湖其他(上)その二—与謝野晶子

6952 初「明星」大14・10・19十和田湖其他(上)その二—与謝野晶子

6953 初「明星」大14・10・19十和田湖其他(上)その二—与謝野晶子

6954 十月《ぐわつ》の末雨《すゑあめ》多《おほ》し房州《ぼうしう》の鴨川《かもがは》に病《や》む人《ひと》いかならん

6955 客人《まろうど》にうす紫《むらさき》のにじみたる栗《くり》の飯《いひ》をば先《ま》づまゐらせむ

6956 嬉《うれ》しかる栗《くり》の並木《なみき》よしかすがにいがの積《つも》れば爪立《つまだ》てて行《ゆ》く

6957 秋《あき》の昼栗《ひるくり》の実《み》をもて輪《わ》をば描《か》き一人《ひとり》づつ居《ゐ》ぬ女《をんな》ともだち

6958 烏《からす》かとわれ驚《おどろ》けば栗《くり》の実《み》の高《たか》き枝《えだ》よりむらさきに落《お》つ

6959 実無《みな》し栗白《ぐりしろ》き口《くち》して人《ひと》を見《み》ぬ深山《みやま》の鳥《とり》のけうときやうに

6960 門川《かどがは》と菊《きく》の白《しろ》きを見《み》つつ食《は》む駅路《えきろ》の茶屋《ちやや》のよきささ栗《ぐり》よ

6961 あぢきなし炉《ろ》に親《した》しまん心《こころ》をばいまだ教《をし》へぬ冬《ふゆ》の夜《よ》の雨《あめ》

6962 さざ波《なみ》の宮《みや》のあと所《どころ》おくて田《だ》の黄《き》なるあなたに湖《うみ》は光《ひか》れり

6954 初「万朝報」大14・10・31（無題）――選者

6955 初「令女界」大14・11・1栗《くり》――与謝野晶子

6956 初「令女界」大14・11・1栗《くり》――与謝野晶子

6957 初「令女界」大14・11・1栗《くり》――与謝野晶子

6958 初「令女界」大14・11・1栗《くり》――与謝野晶子

6959 初「令女界」大14・11・1栗《くり》――与謝野晶子

6960 初「令女界」大14・11・1栗《くり》――与謝野晶子

6961 初「万朝報」大14・11・21（無題）――選者

6962 初「万朝報」大14・11・24（無題）――選者

をしへまつれるえにしにて

6963 おもひでのなかに笑みつゝ生きたまひその名のごとくすがすがし君

須賀子の君を惜しみて

6964 死につきし日の静かなるさまを聞き及びがたかる神の子としぬ

6965 小さき苗君がおくりしこすもすの花の中にて逢ふよしもがな

6966 絵を描かせ歌の作者になさましを聖天使には今ならずとも

6967 病《やまひ》してあなづりはしきわが顔《かほ》を少年《せうねん》の描《か》く冬《ふゆ》の灯《ひ》のもと

6968 心をば置かんところも斯かれかし柴の煙のあたたむる床《ゆか》

6969 旅人よ眠れと告げてそののちは一人愁ふる山の雨かな

6970 空青くもみぢのうへに打ち開け路は碓氷の頂《いただき》に出づ

6971 わかき子ら我に先だち山を行き紅葉の奥にどよむ靴音

6963 初「秋の花束」大14・11・25故越川須賀子の君に捧ぐ―与謝野寛

6964 初「秋の花束」大14・11・25故越川須賀子の君に捧ぐ―与謝野晶子

6965 初「秋の花束」大14・11・25故越川須賀子の君に捧ぐ―与謝野晶子

6966 初「秋の花束」大14・11・25故越川須賀子の君に捧ぐ―与謝野晶子

6967 初「万朝報」大14・11・28（無題）―選者

6968 初「明星」大14・12・1山の一夜―与謝野晶子

6969 初「明星」大14・12・1山の一夜―与謝野晶子

6970 初「明星」大14・12・1愁人雑詠―与謝野寛

6971 初「明星」大14・12・1愁人雑詠―与謝野寛

6972 から松と紅葉のひまに見るは皆秋のひかりに微笑める峰

6973 ともなひて碓氷に来れば大学も恋を忘れてしら雲を説く

6974 はろばろとならぶ妙義のいただきを桔梗の色に染むる秋の気《き》

6975 碓氷嶺《うすひね》の雑木もみぢに射しとほり西日《にしび》あかるき渓の路かな

6976 碓氷嶺《うすひね》の半けぶれる西のかた夕もみぢして光る裾原

6977 しばらくは碓氷の峰のもみぢ葉の夕明りにも君と立つかな

6978 もみぢする碓氷の峰のそこかしこ黒き岩にも光る秋の日

6979 子らはみな熊の平に降《お》り去りて五人《ごにん》に赤き峰のゆふばえ

6980 山の蔓《つる》もろくなりたる黄なる葉を少しとどめて日に透《す》けるかな

6972 初「明星」大14・12・1愁人雑詠—与謝野寛

6973 初「明星」大14・12・1愁人雑詠—与謝野寛

6974 初「明星」大14・12・1愁人雑詠—与謝野寛

6975 初「明星」大14・12・1愁人雑詠—与謝野寛

6976 初「明星」大14・12・1愁人雑詠—与謝野寛

6977 初「明星」大14・12・1愁人雑詠—与謝野寛

6978 初「明星」大14・12・1愁人雑詠—与謝野寛

6979 初「明星」大14・12・1愁人雑詠—与謝野寛

6980 初「明星」大14・12・1愁人雑詠—与謝野寛

6981 をちかたの木曾路に落つる秋の日を碓氷の上に望むひと時

6982 夕明り紅葉にありて碓氷嶺《うすひね》の坂下《お》りゆけば砂のこぼるる

6983 秋の水碓氷の渓にうつすなりまばらなる木と黄なるもみぢ葉

6984 秋ふけて碓氷の山に聞く水も春ごこちする温突《をんどる》のうへ

6985 碓氷嶺《うすひね》の秋の夜寒に大人《うし》の歌先づ成り我等なほ筆を執る

6986 わが大人の歌に比べよもみぢする碓氷の峰の十月の霜

6987 心みな深山の秋に澄みとほる莫哀荘《ばくあいさう》の大人とまろうど

6988 窓にある楓《かへで》のいろと似かよへる深山の閨の秋のともし火

6989 空遠く瑠璃いろをして朝の霜碓氷の山のもみぢ葉に降る

6981 初「明星」大14・12・1愁人雑詠―与謝野寛
6982 初「明星」大14・12・1愁人雑詠―与謝野寛
6983 初「明星」大14・12・1愁人雑詠―与謝野寛
6984 初「明星」大14・12・1愁人雑詠―与謝野寛
6985 初「明星」大14・12・1愁人雑詠―与謝野寛
6986 初「明星」大14・12・1愁人雑詠―与謝野寛
6987 初「明星」大14・12・1愁人雑詠―与謝野寛
6988 初「明星」大14・12・1愁人雑詠―与謝野寛
6989 初「明星」大14・12・1愁人雑詠―与謝野寛

6990 大人《うし》とゐて碓氷の山の炉に倚りぬもみぢの中《なか》の暁の窓

6991 山の窓もみぢのなかに朝となり榾《ほだ》うつくしく燃ゆる石の炉

6992 長き竿木《こ》の間に動き大人《うし》の手に濡れて落ちきぬ紫の朱実《うべ》

6993 くれなゐの山桑の実を拾ふとて濡れし落葉の霜に手をつく

6994 霜ふりてあけび、山桑、五味子など碓氷の渓に採れば甘《あま》かり

6995 鳴る水を山の紅葉の奥に聞き少しく昼の冷たきに立つ

6996 いち早く朴《ほほ》のひろ葉の黄に散れる山の木の間の秋の水音

6997 大人《うし》の手に折りてたまへる碓氷嶺《うすひね》のまゆみ錦木紅き枝枝《えだえだ》

（以上莫哀山荘に宿りて）

6998 叩けども起きぬ旅籠《はたご》の戸の前に月も我等も寒き街かな

6990 初「明星」大14・12・1 愁人雑詠—与謝野寛
6991 初「明星」大14・12・1 愁人雑詠—与謝野寛
6992 初「明星」大14・12・1 愁人雑詠—与謝野寛
6993 初「明星」大14・12・1 愁人雑詠—与謝野寛
6994 初「明星」大14・12・1 愁人雑詠—与謝野寛
6995 初「明星」大14・12・1 愁人雑詠—与謝野寛
6996 初「明星」大14・12・1 愁人雑詠—与謝野寛
6997 初「明星」大14・12・1 愁人雑詠—与謝野寛
6998 初「明星」大14・12・1 愁人雑詠—与謝野寛

6999 駅《えき》まへの寒き旅籠の枕べに夜の更けしまま解かぬ手荷物

7000 更けたれば火も無き旅籠《はたご》唯だ寝よと堅き蒲団を敷く夜寒かな

7001 足曲げて寝たる蒲団に幾すぢも戸の裂目より霜を引く月

（右四首陸中平泉にて）

7002 逗子《づし》にして子《こ》の病《や》むと聞《き》き夜《よる》こゆる鎌倉山《かまくらやま》のこほろぎの声《こゑ》

7003 母《はゝ》よりもよき医師《くすし》をば待《ま》ちたりしなど賢《さか》しがる七《なゝ》つの子《こ》かな

7004 月《つき》もうし子《こ》の病《やまひ》して細《ほそ》やかになりつるさまと似通《にかよ》ひたれば

7005 わが藤子《ふぢこ》藤娘《ふぢむすめ》にもならずして真白《ましろ》く痩《や》せて死《し》なんとすらん

7006 秋風《あきかぜ》や病《や》む昨日《きのふ》までつけたりし子《こ》の日記《につき》をばはたはたと吹《ふ》く

7007 子《こ》の病《や》めば相模《さがみ》の海《うみ》の藍色《あゐいろ》の限《かぎ》りも知《し》らず寂《さび》しかりけれ

6999 初「明星」大14・12・1愁人雑詠—与謝野寛

7000 初「明星」大14・12・1愁人雑詠—与謝野寛

7001 初「明星」大14・12・1愁人雑詠—与謝野寛

7002 初「婦人倶楽部」大14・12・1我《わ》が子《こ》病《や》む—与謝野晶子

7003 初「婦人倶楽部」大14・12・1我《わ》が子《こ》病《や》む—与謝野晶子

7004 初「婦人倶楽部」大14・12・1我《わ》が子《こ》病《や》む—与謝野晶子

7005 初「婦人倶楽部」大14・12・1我《わ》が子《こ》病《や》む—与謝野晶子

7006 初「婦人倶楽部」大14・12・1我《わ》が子《こ》病《や》む—与謝野晶子

7007 初「婦人倶楽部」大14・12・1我《わ》が子《こ》病《や》む—与謝野晶子

7008 子《こ》の病《やまひ》篤《あつ》き日《ひ》われの立《た》ちて見《み》る海《うみ》は他界《たかい》のここちするかな

7009 この国《くに》の一《いち》の医師《くすし》の名《な》を言《い》へと病《や》む子《こ》の云《い》ふも哀《あは》れなりけり

7010 病《や》みてのち仮名《かな》づかひをば忘《わす》れぬとうちつけに泣《な》く子《こ》の悲《かな》しけれ

7011 母《はゝ》の顔《かほ》云《い》はねど知《し》れと云《い》ふやうに病《や》む子《こ》の見《み》れば苦《くる》し切《せつ》なし

7012 雪雲《ゆきぐも》の走《はし》る音《おと》とも云《い》ひつべき園《その》のおちばの軽《かろ》き足《あし》どり

7013 柿《かき》の尽《つ》き細《ほそ》き落葉《おちば》となりにけり渓《たに》はた狭《せま》くなりにけるかな

7014 広《ひろ》くして黄《き》なるおち葉《ば》の虫喰《むしく》ひのいと艶《ゑん》なれば机《つくゑ》にぞ置《お》く

7015 雀子《すゞめこ》が落葉《おちば》の下《した》をくぐることあまたになれば日《ひ》も笑《わら》ふかな

7016 思《おも》ひをばおちばに続《つゞ》く落葉《おちば》とも云《い》はまほしけれ落葉《おちば》ひまなし

7008 初「婦人倶楽部」大14・12・1我《わ》が子《こ》病《や》む―与謝野晶子

7009 初「婦人倶楽部」大14・12・1我《わ》が子《こ》病《や》む―与謝野晶子

7010 初「婦人倶楽部」大14・12・1我《わ》が子《こ》病《や》む―与謝野晶子

7011 初「婦人倶楽部」大14・12・1我《わ》が子《こ》病《や》む―与謝野晶子

7012 初「令女界」大14・12・1おち葉《ば》―与謝野晶子

7013 初「令女界」大14・12・1おち葉《ば》―与謝野晶子

7014 初「令女界」大14・12・1おち葉《ば》―与謝野晶子

7015 初「令女界」大14・12・1おち葉《ば》―与謝野晶子

7016 初「令女界」大14・12・1おち葉《ば》―与謝野晶子

7017 故郷《ふるさと》のおちば二《ふた》ひら三《み》ひらだに送《おく》らん心《こゝろ》誰《たれ》もてかし

7018 何《なに》にまれ言葉《ことば》とするにふさはざる心《こゝろ》を人《ひと》に知《し》られずもがな

7019 木《き》の枝《えだ》が心苦《こゝろぐる》しき葉《は》をおとし子《こ》の咳《せき》をする夕《ゆふ》まぐれかな

7020 極東《きよくとう》の百種《ひやくしゆ》の美《び》をば人選《ひとえら》ぶ行事《ぎやうじ》かさなる二十五《にじふご》かへり

7021 幻《まぼろし》にあらぬめでたき人《ひと》の子《こ》は著《き》よこの春《はる》の紅《べに》ざくら色《いろ》

7022 春《はる》の家《いへ》うしほ緑《みどり》をうすく濃《こ》く掛《か》け重《かさ》ねたる衣桁《いかう》を立《た》てん

7023 揚羽蝶《あげはてふ》大《おほ》むらさきのその外《ほか》の蝶《てふ》とならまし京橋《きやうばし》に行《ゆ》き

7024 西陣《にしぢん》のクロマの花鳥《くわてう》垂《た》れたれば春《はる》おもりかに窓《まど》に籠《こも》りぬ

7025 この春《はる》は夜《よる》も影《かげ》無《な》し少女達《をとめたち》菜《な》の花《はな》いろの帯《おび》をしたれば

7017 初「令女界」大14・12・1おち葉《ば》―与謝野晶子

7018 初「万朝報」大14・12・12（無題）―選者

7019 初「万朝報」大14・12・19（無題）―選者

7020 初〔第25回春の百選会・春の百選会グラフ〕大14・春　開花季（フロ・レエゾン）―与謝野晶子

7021 初〔第25回春の百選会・春の百選会グラフ〕大14・春　開花季（フロ・レエゾン）―与謝野晶子

7022 初〔第25回春の百選会・春の百選会グラフ〕大14・春　開花季（フロ・レエゾン）―与謝野晶子

7023 初〔第25回春の百選会・春の百選会グラフ〕大14・春　開花季（フロ・レエゾン）―与謝野晶子

7024 初〔第25回春の百選会・春の百選会グラフ〕大14・春　開花季（フロ・レエゾン）―与謝野晶子

7025 初〔第25回春の百選会・春の百選会グラフ〕大14・春　開花季（フロ・レエゾン）―与謝野晶子

7026
いにしへの清女《せいぢよ》も書《か》きぬわれも言《い》ふ春《はる》は曙《あけぼの》むらさきの佳《よ》し

7027
鹿《か》の子《こ》刺繍《ぬひ》しぼり摺箔《すりはく》古代《こだい》をばひとり忘《わす》れぬ高島屋《たかしまや》かな

7028
東海《とうかい》のうしほの緑《みどり》あざやかに夜《よ》明《あ》くと思《おも》ふ振袖《ふりそで》のまへ

7029
新《あたら》しき小袖《こそで》模様《もやう》をそよかぜの吹《ふ》く日《ひ》の料《しろ》に当《あ》てて染《そ》めつる

7030
今様《いまやう》のクロマ模様《もやう》の奥深《おくふか》さ限《かぎ》りも知《し》らず思《おも》はるるかな

7031
少女《をとめ》達《たち》弥生《やよひ》結《むす》びにせよと云《い》ふ愛《あい》の花《はな》をば唐織《からおり》にして

7032
歌《うた》の姫鳥《ひめとり》の少女《をとめ》のよそほひも百選会《ひやくせんくわい》に求《もと》むべきかな

7033
つぎつぎの百選会《ひやくせんくわい》を待《ま》つに由《よ》り洛陽《らくやう》の子《こ》と云ふを許《ゆる》さる

7034
仏蘭西《ふらんす》座《ざ》その夜《よ》の廓《らう》に見《み》し色《いろ》を作《つく》る日《ひ》となる東《ひがし》の少女《をとめ》

7026 初〔第25回春の百選会・春の百選会グラフ〕大14・春　開花季（フロ・レエゾン）―与謝野晶子

7027 初〔第25回春の百選会・春の百選会グラフ〕大14・春　開花季（フロ・レエゾン）―与謝野晶子

7028 初〔第25回春の百選会・春の百選会グラフ〕大14・春　開花季（フロ・レエゾン）―与謝野晶子

7029 初〔第25回春の百選会・春の百選会グラフ〕大14・春　開花季（フロ・レエゾン）―与謝野晶子

7030 初〔第25回春の百選会・春の百選会グラフ〕大14・春　開花季（フロ・レエゾン）―与謝野晶子

7031 初〔第25回春の百選会・春の百選会グラフ〕大14・春　開花季（フロ・レエゾン）―与謝野晶子

7032 初〔第25回春の百選会・春の百選会グラフ〕大14・春　開花季（フロ・レエゾン）―与謝野晶子

7033 初〔第25回春の百選会・春の百選会グラフ〕大14・春　開花季（フロ・レエゾン）―与謝野晶子

7034 初〔第25回春の百選会・春の百選会グラフ〕大14・春　開花季（フロ・レエゾン）―与謝野晶子

大正十五年（一九二六）

7035 わがために地上《ちじやう》の春《はる》のあることを皆《みな》疑《うたが》はぬ日《ひ》となりにけり

7036 立《た》ち並《なら》ぶ真白《ましろ》き山《やま》を目《め》に見《み》てもつゆ寒《さむ》からぬ正月《しやうぐわつ》来《きた》る

7037 すめらぎの御《おん》うまごにて姫親王《ひめみこ》の生《うま》れ給《たま》ひぬ天《あま》つ日《ひ》の本《もと》

7038 君《きみ》を祝《ほ》ぎ八十氏人《やそうぢびと》は自《みづか》らの身《み》の栄《さか》えなど今日《けふ》は祈《いの》らず

7039 日《ひ》の姫《ひめ》の生《うま》れましつと今日《けふ》知《し》ればまだきに春《はる》のここちする

7040 めでたけれわが今日《けふ》仰《あふ》ぐ御《み》光《ひかり》は日《ひ》の御末《おんすゑ》の姫親王《ひめみこ》にして

7041 姫親王《ひめみこ》は光《ひかり》の中《なか》に生《うま》れまし花《はな》よりあてに清《きよ》かりぬべし

7035 初「キング」大15・1・1春の心—与謝野晶子

7036 初「キング」大15・1・1雪《せつ》景《けい》五題《だい》—与謝野晶子

7037 初「婦人公論」大15・1・1奉祝皇孫御生誕—与謝野晶子

7038 初「婦人公論」大15・1・1奉祝皇孫御生誕—与謝野晶子

7039 初「婦人公論」大15・1・1奉祝皇孫御生誕—与謝野晶子

7040 初「婦人公論」大15・1・1奉祝皇孫御生誕—与謝野晶子

7041 初「婦人公論」大15・1・1奉祝皇孫御生誕—与謝野晶子

7042 太陽《たいやう》の今朝《けさ》めでたけれ世《よ》に出《い》でしかしこき君《きみ》を見《み》んと上《のぼ》れば

7043 目開《ひら》けばいときはやかに雪《ゆき》の山立《た》てる国にて春《はる》を迎《むか》ふる

7044 つつましく守《もり》屋の岳《だけ》の裾《すそ》山に見《み》なせと並《なら》ぶ東海の富士《ふし》

7045 朝うれし日の光《ひかり》をばたたへんと山国に来し人ならねども

7046 信濃路《しなのぢ》のあけぼのの雲《くも》その中に富士《ふし》も靡《なび》けり一月にして

7047 一隅《すみ》の鴨《かも》浮《う》く水の青《あを》きをばわれこそ覗《のぞ》け諏訪《すは》の花丘《をか》

7048 日昇《のぼ》りぬ乗鞍岳《のりくらたけ》の襞《ひだ》の角《かど》深雪《みゆき》の襞《ひだ》の角《かど》燃《も》ゆるかな

7049 雪《ゆき》の山はてなく続《つゞ》き湖青《うみあを》しきよきここちす新しき年

7050 山国の客《かく》とて衣《きぬ》を数《かず》しらず重《かさ》ねて歩《ある》く初春《はつはる》の雪《ゆき》

7042 初「婦人公論」大15・1・1奉祝皇孫御生誕
―与謝野晶子

7043 初「大阪朝日新聞」大15・1・1諏訪の春―
与謝野晶子

7044 初「大阪朝日新聞」大15・1・1諏訪の春―
与謝野晶子

7045 初「大阪朝日新聞」大15・1・1諏訪の春―
与謝野晶子

7046 初「大阪朝日新聞」大15・1・1諏訪の春―
与謝野晶子

7047 初「大阪朝日新聞」大15・1・1諏訪の春―
与謝野晶子

7048 初「大阪朝日新聞」大15・1・1諏訪の春―
与謝野晶子

7049 初「大阪朝日新聞」大15・1・1諏訪の春―
与謝野晶子

7050 初「大阪朝日新聞」大15・1・1諏訪の春―
与謝野晶子

7051 絵《ゑ》をば描《か》き本を読《よ》みつつ初春《はつはる》の旅《たび》人達《たち》のなすそぞろ言《こと》

7052 降《ふ》る雪《ゆき》とつながる空《そら》を昨日より親《した》しく思《おも》ふ初春《はつはる》の楼《ろう》

7053 郷《さと》の人皐月《さつき》を待《ま》ちて咲《さ》くといふ梅《うめ》を語《かた》れば都恋《こひ》しき

7054 繭倉《まゆくら》を横《よこ》に見《み》なしてたどる路《みち》北信濃《しなの》より山風《かぜ》ぞ吹《ふ》く

7055 飛騨《ひだ》ざかひ雪《ゆき》ぐもりして塩尻《しほしり》の桔梗《ききやう》が原《はら》の明き一月

7056 守《もり》屋岳《だけ》白く温泉《いでゆ》の靄《もや》なびく町のはてなる砥《と》川にいたる

7057 雪雲《ゆきくも》の飛騨《ひだ》よりこえて来しゆゑに少し寂《さび》しき元《ぐわん》日の暮《くれ》

7058 利根川《とねがは》の水清《みづきよ》らかに東《ひがし》していみじき年《とし》の春《はる》立《た》ちにけり

7059 利根川《とねがは》や船《ふね》を浮《うか》べしよき水《みづ》のはつるところは東海《とうかい》の天《てん》

7051 初「大阪朝日新聞」大15・1・1諏訪の春―与謝野晶子

7052 初「大阪朝日新聞」大15・1・1諏訪の春―与謝野晶子

7053 初「大阪朝日新聞」大15・1・1諏訪の春―与謝野晶子

7054 初「大阪朝日新聞」大15・1・1諏訪の春―与謝野晶子

7055 初「大阪朝日新聞」大15・1・1諏訪の春―与謝野晶子

7056 初「大阪朝日新聞」大15・1・1諏訪の春―与謝野晶子

7057 初「大阪朝日新聞」大15・1・1諏訪の春―与謝野晶子

7058 初「国民新聞」大15・1・1新春の川―与謝野晶子

7059 初「国民新聞」大15・1・1新春の川―与謝野晶子

7060 川《かは》流《なが》る春《はる》の戸《と》開《あ》けて出《い》でこしや水若《みつわか》やかに清《きよ》く溢《あふ》るる

7061 鶺鴒《せきれい》のつたひ遊《あそ》べる影《かげ》ならで芹《せり》ぞ青《あを》める清《きよ》き流《なが》れに

7062 水清《みづきよ》し両《ふた》つの岸《きし》に正《たゞ》しくも長《なが》き川《かは》あり楼《ろう》のよこ側《がは》

7063 水清《みづきよ》き川《かは》にうつれば白《しろ》き倉底《くらそこ》つ宮居《みやゐ》の廊《ろう》とし見《み》ゆる

7064 神《かみ》います国《くに》に来《き》つれば行《ゆ》く水《みづ》のあてに清《きよ》かる五十鈴川《いすずがは》かな

7065 水下《みづしも》も神《かみ》の宮居《みやゐ》のにほひして白《しろ》くめでたき五十鈴川《いすゞがは》かな

7066 われもまた橋《はし》を渡《わた》りて水《みづ》きよき春《はる》の初《はじ》めの大川《おほかは》を愛《め》づ

7067 天龍《てんりう》の川水《かはみづ》いとも清《きよ》らなる印《しる》しに神《かみ》のおきしかもめ子《こ》

7068 山影《やまかげ》の濃《こ》き縹《はなだ》してその外《ほか》はしろがね色《いろ》に流《なが》れ行《ゆ》く川《かは》

7060 初「国民新聞」大15・1・1新春の川―与謝野晶子

7061 初「国民新聞」大15・1・1新春の川―与謝野晶子

7062 初「国民新聞」大15・1・1新春の川―与謝野晶子

7063 初「国民新聞」大15・1・1新春の川―与謝野晶子

7064 初「国民新聞」大15・1・1新春の川―与謝野晶子

7065 初「国民新聞」大15・1・1新春の川―与謝野晶子

7066 初「国民新聞」大15・1・1新春の川―与謝野晶子

7067 初「国民新聞」大15・1・1新春の川―与謝野晶子

7068 初「国民新聞」大15・1・1新春の川―与謝野晶子

7069
川《かは》すでに浅《あさ》みどりして美《うつく》しく大神《おほかみ》のます山《やま》つたひ行《ゆ》く

7070
利《と》根川《ねがは》の心《こゝろ》のやうに船《ふね》の笛清《ふえきよ》くひびきて夜《よ》の明《あ》けしかな

7071
枝《えだ》ごとに春《はる》を含《ふく》める川楊《かはやなぎ》雪《ゆき》の山《やま》ありきよき川《かは》づら

7072
川底《かはぞこ》に美《うつ》くしき石多《いしおほ》かれど水《みづ》の清《きよ》さの立《た》ちまさるかな

7073
雪《ゆき》と云《い》ふ白《しろ》き毛衣《けごろも》なほまとふ春《はる》の形《かたち》もおかしかりけれ

7074
暁《あかつき》の雲《くも》の翅《つばさ》のかず知《し》らず重《かさ》なるもとにうごく波《なみ》かな

7075
正月《せうぐわつ》の雪《ゆき》とおもへど夜半《よなか》より風《かぜ》の調《しら》べの寂《さび》しくなりぬ

7076
書斎《しよさい》にもしめかけわたすわざをしてかつ穢《え》に触《ふ》れんこともこそ書《か》け

7077
ともすれば紙《かみ》とりいでて恋《こひ》しなど元《ぐわん》三日《じつ》もあらぬこと書《か》く

7069 初「国民新聞」大15・1・1新春の川―与謝野晶子
7070 初「国民新聞」大15・1・1新春の川―与謝野晶子
7071 初「国民新聞」大15・1・1新春の川―与謝野晶子
7072 初「国民新聞」大15・1・1新春の川―与謝野晶子
7073 初「時事新報」大15・1・1春立つ―与謝野晶子
7074 初「時事新報」大15・1・1春立つ―与謝野晶子
7075 初「時事新報」大15・1・1春立つ―与謝野晶子
7076 初「時事新報」大15・1・1春立つ―与謝野晶子
7077 初「時事新報」大15・1・1春立つ―与謝野晶子

7078 羽子《はご》の鳥水鶏《とりくひな》と云《い》へるものよりもはやりかに鳴《な》く都大路《みやこおほぢ》よ

7079 朝《あさ》のほど軒端《のきば》の板《いた》にすがれるが裏白《うらしろ》の葉《は》ここちする雪《ゆき》

7080 子《こ》のためにいろいろ紙《かみ》を切《き》る音《おと》にあられの響《ひゞき》混《まじ》る正月《せうぐわつ》

7081 万歳《さい》が袴《はかま》の腰《こし》のをかしとてまねびて笑《わら》ふ春《はる》の雪《ゆき》かな

7082 正月《せうぐわつ》の伊豆《いづ》の温泉《いでゆ》に降《ふ》る雪《ゆき》は若《わか》くめでたしもの云《い》はねども

7083 元《ぐわん》日や人のいみじき文集《ぶんしう》の表紙《へうし》に手をばおくこゝちする

7084 ささめきて松《まつ》立てに来しその日よりたゞにもあらず春《はる》を思ひし

7085 正月の日のほのかなる暖《あたゝ》かさ真白き梅《うめ》を抱く如きかな

7086 降る雪《ゆき》の音も聞くまでしづかなる元《ぐわん》日こそはめでたかりけれ

7078 初「時事新報」大15・1・1春立つ―与謝野晶子

7079 初「時事新報」大15・1・1春立つ―与謝野晶子

7080 初「時事新報」大15・1・1春立つ―与謝野晶子

7081 初「時事新報」大15・1・1春立つ―与謝野晶子

7082 初「時事新報」大15・1・1春立つ―与謝野晶子

7083 初「東京日日新聞」大15・1・3王の正月―与謝野晶子

7084 初「東京日日新聞」大15・1・3王の正月―与謝野晶子

7085 初「東京日日新聞」大15・1・3王の正月―与謝野晶子

7086 初「東京日日新聞」大15・1・3王の正月―与謝野晶子

7087
つぎつぎに九つの雛松《ひなまつ》立てし鶏舎《とりや》の口より出づるめでたさ

7088
旅《たび》衣よそほひし人例《れい》のごと出よと促《うなが》す元《ぐわん》日のあさ

7089
春《はる》となり年改《としあらた》まりわが上のつゆ変《かは》らねば旅《たび》に出で立つ

7090
うち日さす都《みやこ》の道《みち》の元朝《ぐわんてう》に踏《ふ》みてこれよりわれ旅《たび》に出づ

7091
正月を旅《たび》に出で立ついづ方も皆蓬萊《みなほうらい》と思ひなしつつ

7092
袴《はかま》しておのれの子等の書くことよ王《おう》の正月少年《せうねん》の春《はる》

7093
古への春のここちに呉《くれ》竹のそよげる奥《おく》の伊豆の海かな

7094
伊豆に来て日の膝《ひざ》によるここちすれ真白き稚《ち》児の身《み》のここちすれ

7095
わたつみは天城《き》おろしにあふならん鵠の舞《ま》ひ立つさまに似《に》る時

7087 初「東京日日新聞」大15・1・3王の正月―与謝野晶子
7088 初「東京日日新聞」大15・1・3王の正月―与謝野晶子
7089 初「東京日日新聞」大15・1・3王の正月―与謝野晶子
7090 初「東京日日新聞」大15・1・3王の正月―与謝野晶子
7091 初「東京日日新聞」大15・1・3王の正月―与謝野晶子
7092 初「東京日日新聞」大15・1・3王の正月―与謝野晶子
7093 初「報知新聞」大15・1・3伊豆の春(上)―与謝野晶子
7094 初「報知新聞」大15・1・3伊豆の春(上)―与謝野晶子
7095 初「報知新聞」大15・1・3伊豆の春(上)―与謝野晶子

7096 初春のしののめ時の大島を黄金のくしといふ少女達

7097 ひんがしの海に次ぎたる大浴ぶねもや立ちのぼる朝ぼらけかな

7098 菜園《さいえん》を水美くしくはひ歩りくとくうぐひすよ伊豆になけかし

7099 きりぎしを椿ののぞく百尺の下にいざよふ春のしら波《なみ》

7100 混《まじ》り合ふ照《てる》日の光大海《おほうみ》のうしほの煙《けぶり》いでゆのけぶり

7101 あけぼのの少女《をとめ》の雲の舞《まひ》入りしその後《のち》の空《そら》青くゆたけし

7102 恋《こひ》をする外に思へることも無き二十《はたち》ばかりの伊豆の海かな

7103 目に見るはありなしの波《なみ》音聞けばときめく波《なみ》の遊《あそ》ぶ入海

7104 めでたけれ伊豆の大島初春の夜明の海のただ中に立つ

7096 初「報知新聞」大15・1・3伊豆の春(上)―与謝野晶子
7097 初「報知新聞」大15・1・3伊豆の春(上)―与謝野晶子
7098 初「報知新聞」大15・1・3伊豆の春(上)―与謝野晶子
7099 初「報知新聞」大15・1・3伊豆の春(上)―与謝野晶子
7100 初「報知新聞」大15・1・4伊豆の春(下)―与謝野晶子
7101 初「報知新聞」大15・1・4伊豆の春(下)―与謝野晶子
7102 初「報知新聞」大15・1・4伊豆の春(下)―与謝野晶子
7103 初「報知新聞」大15・1・4伊豆の春(下)―与謝野晶子
7104 初「報知新聞」大15・1・4伊豆の春(下)―与謝野晶子

7105 みづからの温泉《いでゆ》にひたるところより高くも朝の白波《なみ》ぞ立つ

7106 大海《おほうみ》へ川流れ入る美くしくはた哀《あは》れなる姿《すがた》つくりて

7107 正月や時にさびしき心などすこしことなる旅《たび》の国《くに》かな

7108 今更《さら》に時の流に漂《たゞよ》へるあはれなる身《み》と知る師《し》走《し》かな

7109 夢《ゆめ》を見《み》て泣《な》かまほしかる朝《あさ》にして思《おも》ひ出《で》といふものを人問《ひとと》ふ。

7110 春《はる》の雪厚《ゆきあつ》し雲《くも》をば踏《ふ》むここちこれぞとなしてわれは丘行《をかゆ》く

7111 伊豆《いづ》にしておち椿《つばき》をば踏《ふ》みしかど泡雪《あわゆき》ちりぬ都《みやこ》に入《い》れば

7112 とかくして崩《くづ》れやすかるしら雪《ゆき》をすこし恨《うら》める春《はる》の松《まつ》かな

7113 日《ひ》かげ射《さ》し春《はる》の雪《ゆき》ぞととりなせどあやにく寂《さび》しわが思《おも》ふこと

7105 初「報知新聞」大15・1・4伊豆の春(下)—与謝野晶子

7106 初「報知新聞」大15・1・4伊豆の春(下)—与謝野晶子

7107 初「報知新聞」大15・1・4伊豆の春(下)—与謝野晶子

7108 初「万朝報」大15・1・9(無題)—選者

7109 初「キング」大15・2・1思ひ出—与謝野晶子

7110 初「令女界」大15・2・1二月の雪—与謝野晶子

7111 初「令女界」大15・2・1二月の雪—与謝野晶子

7112 初「令女界」大15・2・1二月の雪—与謝野晶子

7113 初「令女界」大15・2・1二月の雪—与謝野晶子

7114 門《かど》のうち傘《かさ》の雪《ゆき》などおとす音《おと》よろしと思《おも》ふ町住居《まちずまひ》かな

7115 この年《とし》の立春《りつしゆん》ののち白雪《しらゆき》を寒《さむ》しと見《み》るも黄昏《たそがる》るため

7116 故さとの桂の川の清さをばこころにしつゝ世にありし君

7117 農人《のうにん》の家に生れて土を愛《め》で土より更に世の人を愛づ

7118 種徳堂その名のごとくまどかにも行ひ得たる君なりしかな

7119 み子たちは正《ただ》しく育ち家は富む善くいそしみて善く酬いらる

7120 合乗の車を撰《え》りて師の大人《うし》を暑き日ごとに相訪ひしこと

7121 街にきて住めど忘れぬ君なりき遠つ祖《おや》より親みし土

7122 かなしくも物のたまはぬみ枕にこし方のみを語る夜となる

7114 初「令女界」大15・2・1 二月の雪―与謝野晶子

7115 初「令女界」大15・2・1 二月の雪―与謝野晶子

7116 初『桂川遺響』大15・2・2 十二月三日の夜―与謝野寛

7117 初『桂川遺響』大15・2・2 十二月三日の夜―与謝野寛

7118 初『桂川遺響』大15・2・2 十二月三日の夜―与謝野寛

7119 初『桂川遺響』大15・2・2 十二月三日の夜―与謝野寛

7120 初『桂川遺響』大15・2・2 十二月三日の夜―与謝野寛

7121 初『桂川遺響』大15・2・2 十二月三日の夜―与謝野寛

7122 初『桂川遺響』大15・2・2 十二月三日の夜―与謝野寛

7123 世のかぎり善くいそしみて自らを人と国とに捧げつる君

7124 師の大人のいまさぬのちの二十年《はたとせ》に大人をよく知る君も又亡し

7125 この世にはめづらしきまでなさけあり書《ふみ》かく人をたふとびし君

7126 わがことを悪しきもよきも知れる友にはかに無くて寒き冬かな

7127 正しさをほど〳〵に持《も》つ人《ひと》ならんさなり程々《ほど〳〵》人《ひと》の程々《ほど〳〵》

7128 黄昏の中につつまれ恨めしと烈しく思ふことも忘れぬ

7129 山風に泉ぞ騒ぐ沖つ波立つあたりにもまして淋しき

7130 浅みどり篠《ささ》を敷きたる山も皆寂しくなりぬ照る日の去りて

7131 海を吹く山おろしともならずして未《いま》だ渦巻く足柄の渓

7123 初『桂川遺響』大15・2・2十二月三日の夜
—与謝野寛

7124 初『桂川遺響』大15・2・2十二月三日の夜
—与謝野寛

7125 初『桂川遺響』大15・2・2十二月三日の夜
—与謝野寛

7126 初『桂川遺響』大15・2・2十二月三日の夜
—与謝野寛

7127 初「万朝報」大15・2・27(無題)—選者

7128 初「明星」大15・3・1箱根の冬 その一—
与謝野晶子

7129 初「明星」大15・3・1箱根の冬 その一—
与謝野晶子

7130 初「明星」大15・3・1箱根の冬 その一—
与謝野晶子

7131 初「明星」大15・3・1箱根の冬 その一—
与謝野晶子

7132 うら山を水つたふ音涙にはあらねど寒し夜半に至れば

7133 いかづちに胆《きも》消ゆるなど思ひけり山の嵐もありけるものを

7134 箱根をば人の出づるにくぐるなる洞門《とうもん》に似ぬ雲のかよひぢ

7135 雪を撒く神に忘られあな寂し箱根はただに風の渦巻く

7136 山の日のまだ衰へずしかすがに風運び入るみづうみの霧

7137 解きがたき不思議の如く空明く山里くらき午後の四時かな

7138 西の方長尾の山のあるかぎり箱根はもたじ春の永日《えいじつ》

7139 この人等元三日《ぐわんさんにち》を常住《じやうぢゆう》の家に離れて山のみぞ見る

7140 雪の雲山の斜面へ寄せきたるキユビストの絵のくさびの型《かた》に

7132 与謝野晶子 初「明星」大15・3・1 箱根の冬 その一―

7133 与謝野晶子 初「明星」大15・3・1 箱根の冬 その一―

7134 与謝野晶子 初「明星」大15・3・1 箱根の冬 その一―

7135 与謝野晶子 初「明星」大15・3・1 箱根の冬 その一―

7136 与謝野晶子 初「明星」大15・3・1 箱根の冬 その一―

7137 与謝野晶子 初「明星」大15・3・1 箱根の冬 その一―

7138 与謝野晶子 初「明星」大15・3・1 箱根の冬 その一―

7139 与謝野晶子 初「明星」大15・3・1 箱根の冬 その一―

7140 与謝野晶子 初「明星」大15・3・1 箱根の冬 その一―

7141 原の上白のうるめど裂きぬべき限りにあらず降る雪の幕

7142 思ふより烈しかりけれ山を行き箱根に逢へる春の初雪

7143 山の雪時も所もわきがたし立ち留まらん足定まらず

7144 三国山山伏岳《やまふしだけ》のつづけるに多く劣らぬ毛欅《ぶな》の列かな

7145 わが身をば埋めんと降る雪よりも氷れる雪はすさまじきかな

7146 頂に海の青しと夫子《せこ》の云ふこれといづれぞ山陰の雪

7147 敷居より外《そと》の二尺の板簀子《いたすのこ》風よりさむき色する夕

7148 日没に切られて残る明き空それを知らざる山あひの霧

7149 奥箱根窓にみちたる山山の青春いかにめざましからん

7141 初「明星」大15・3・1箱根の冬　その一——与謝野晶子

7142 初「明星」大15・3・1箱根の冬　その一——与謝野晶子

7143 初「明星」大15・3・1箱根の冬　その一——与謝野晶子

7144 初「明星」大15・3・1箱根の冬　その一——与謝野晶子

7145 初「明星」大15・3・1箱根の冬　その一——与謝野晶子

7146 初「明星」大15・3・1箱根の冬　その一——与謝野晶子

7147 初「明星」大15・3・1箱根の冬　その一——与謝野晶子

7148 初「明星」大15・3・1箱根の冬　その一——与謝野晶子

7149 初「明星」大15・3・1箱根の冬　その一——与謝野晶子

7150 面影の変りはてたる箱根路にわれも枯れたる心をば置く

7151 紫の伊豆の天城の山なみを消すほどならぬ夕ぐれの雨

7152 海のおとありし箱根の山風の音と変りて眠の成りぬ

7153 曇る海くもれる空の奥にして一筋赤し夕ぐれのいろ

7154 奥箱根地震に落ちしきりぎしの猶あらはにて冬枯となる

7155 山の上つやつやとして黒く濡れきやべつの花の霜柱立つ

7156 冬枯の奥の箱根に年こえぬ風と氷柱にわがこころ責め

7157 冬枯の箱根のうへの岩山も草山も笑むあけぼのの中《なか》

7158 日は落ちて空は浅葱に澄みながら箱根の奥の山黒くなる

7150 与謝野晶子 初「明星」大15・3・1箱根の冬 その一—

7151 与謝野晶子 初「明星」大15・3・1箱根の冬 その一—

7152 与謝野晶子 初「明星」大15・3・1箱根の冬 その一—

7153 与謝野晶子 初「明星」大15・3・1箱根の冬 その一—

7154 与謝野寛 初「明星」大15・3・1箱根の冬 その六—

7155 与謝野寛 初「明星」大15・3・1箱根の冬 その六—

7156 与謝野寛 初「明星」大15・3・1箱根の冬 その六—

7157 与謝野寛 初「明星」大15・3・1箱根の冬 その六—

7158 与謝野寛 初「明星」大15・3・1箱根の冬 その六—

7159 つらする岩にならびて霜ばしら枯れたる茅にまじる山坂

7160 冬の峰痩せたる馬の形して笹原のかぜ吹けばいななく

7161 山寒し宵の障子のしきゐにも氷の針のはこばるるまで

7162 山の笹更けてほのかに伝ふるはみづうみを踏む月の足音

7163 そのうへに冬の日すべる奥箱根笹原に立つまろき峰峰

7164 冠岳《かむりだけ》かなた向けるもわが背《せよ》もおなじく円き冬の日あたり

7165 笹原を五尺はなれてわが枕こほらんとする山の宿かな

7166 山の窓笹原を見てわが机また置きかへつ日あたりのもと

7167 冬の日が前なる池を照りかへし二室《ふたま》の障子山に明るし

7159 初「明星」大15・3・1箱根の冬 その六―与謝野寛

7160 初「明星」大15・3・1箱根の冬 その六―与謝野寛

7161 初「明星」大15・3・1箱根の冬 その六―与謝野寛

7162 初「明星」大15・3・1箱根の冬 その六―与謝野寛

7163 初「明星」大15・3・1箱根の冬 その六―与謝野寛

7164 (3)わが背《よせ》も(ルビママ) 初「明星」大15・3・1箱根の冬 その六―与謝野寛

7165 初「明星」大15・3・1箱根の冬 その六―与謝野寛

7166 初「明星」大15・3・1箱根の冬 その六―与謝野寛

7167 初「明星」大15・3・1箱根の冬 その六―与謝野寛

7168 温泉に水さし過ぎてしばらくは肩を出ださずひとり可笑しき

7169 峰痩せて馬を思はせ夕かぜは笹の葉に置くたつがみの音

7170 笹原に冬の日あたるやはらかきけしきのなかの湯の山の橋

7171 日は西し大湧谷に立つ靄のひときは白く山寒くなる

7172 あきらかに冬を載せつつ目に見えぬ百の輪きたる笹原の風

7173 一尺の炬燵を抱きぬこころさへ深山に来れば寒く細りて

7174 このあたり吹きて抜くべき岩なきか笹原にのみ荒き山かぜ

7175 昼の月おほわく谷の湯の雲の一つちぎれて凍る色する

7176 灯のつけば深山の宿の長廊《ながらう》も池にうつりぬ宇治殿《どの》のごと

7168 与謝野寛 初「明星」大15・3・1箱根の冬 その六―

7169 与謝野寛 初「明星」大15・3・1箱根の冬 その六―

7170 与謝野寛 初「明星」大15・3・1箱根の冬 その六―

7171 与謝野寛 初「明星」大15・3・1箱根の冬 その六―

7172 与謝野寛 初「明星」大15・3・1箱根の冬 その六―

7173 与謝野寛 初「明星」大15・3・1箱根の冬 その六―

7174 与謝野寛 初「明星」大15・3・1箱根の冬 その六―

7175 与謝野寛 初「明星」大15・3・1箱根の冬 その六―

7176 与謝野寛 初「明星」大15・3・1箱根の冬 その六―

7177 火を焚かぬ鼎のごとし青錆びて箱根をめぐる冬枯の峰

7178 冬の山人に異なり退屈を感ずるひまも無くて氷りぬ

7179 風のなか恥かしとせず山を匍ふあな痛《いた》うばら笹の刈りばね

7180 足柄の冬の刈りくい尖《とが》るなり五人《ごにん》いつしか四所《よところ》に立つ

7181 足柄の碓氷の峰の笹はらの雪に濡れたる塚の古石

7182 足柄の一方《いっぱう》に出すわが顔と対してかなた富士の現はる

7183 風ふけば帽をおさへて枯れすすき根にも縋りぬ山の切崖

7184 山の底刈田のなかに川ながれ関所の跡と云ふ石の立つ

7185 青き空山にひろがりその下《もと》に原ひとところ黄なる冬枯

7177 初「明星」大15・3・1箱根の冬　その六―
与謝野寛

7178 初「明星」大15・3・1箱根の冬　その六―
与謝野寛

7179 初「明星」大15・3・1箱根の冬　その六―
与謝野寛

7180 初「明星」大15・3・1箱根の冬　その六―
与謝野寛

7181 初「明星」大15・3・1箱根の冬　その六―
与謝野寛

7182 初「明星」大15・3・1箱根の冬　その六―
与謝野寛

7183 初「明星」大15・3・1箱根の冬　その六―
与謝野寛

7184 初「明星」大15・3・1箱根の冬　その六―
与謝野寛

7185 初「明星」大15・3・1箱根の冬　その六―
与謝野寛

7186 方二里に裂けたる山を枯れすすき埋めて足らず薄き日を置く

7187 風のなか枯れしすすきの原に入る冠が岳の北がはの路

7188 むら鳥の心となりて人も行く枯れしすすきに日のあたる原

7189 身を以て冬のしら髪をかき乱しすすきの山をたてよこに行く

7190 雪おろし見る見る布をくりひろげ白し箱根の台岳《だいだけ》の西

7191 峰の西天《てん》の門《もん》とも見るばかり余して青し雪雲《ゆきぐも》の末

7192 みづうみの上なる原に黒きかげ四人《よにん》を残し俄かなる雪

7193 うしろより雪に追はれて路分かる姥子と湖尻《こじり》茅原の上

7194 中空に冬の日さえて山暗し聞くはすすきに雪の鳴る音

7186 (初)「明星」大15・3・1 箱根の冬 その六— 与謝野寛

7187 (初)「明星」大15・3・1 箱根の冬 その六— 与謝野寛

7188 (初)「明星」大15・3・1 箱根の冬 その六— 与謝野寛

7189 (初)「明星」大15・3・1 箱根の冬 その六— 与謝野寛

7190 (初)「明星」大15・3・1 箱根の冬 その六— 与謝野寛

7191 (初)「明星」大15・3・1 箱根の冬 その六— 与謝野寛

7192 (初)「明星」大15・3・1 箱根の冬 その六— 与謝野寛

7193 (初)「明星」大15・3・1 箱根の冬 その六— 与謝野寛

7194 (初)「明星」大15・3・1 箱根の冬 その六— 与謝野寛

7195 高原《たかはら》のすすきを踏めば雪に遇ふまた少年の頰《ほ》は持たねども

7196 泉わく冠が岳の青き洞あらへば身をも琅玕にする

7197 この二階坐りて見るは冬木立山の一列そのうへの富士

7198 冬枯のまろき木立に雪うすくのこり山に入日するかな

7199 かたときの後に雲去る峰は皆うす雪を載せみづうみに立つ

7200 桟橋に船ひとつ来て五六人降りつるあとの寒き湖

7201 日を受けてみづうみを抱く冬枯のまろきすすきの丘《をか》のかたまり

7202 ばら色に仙石原の枯れすすき夕明りして山くらくなる

7203 すすき原みづうみの末かむり岳寒きすべてを抱く夕映《ゆふばえ》

7195 初「明星」大15・3・1箱根の冬 その六―与謝野寛

7196 初「明星」大15・3・1箱根の冬 その六―与謝野寛

7197 初「明星」大15・3・1箱根の冬 その六―与謝野寛

7198 (4)のこり山に(ママ) 初「明星」大15・3・1箱根の冬 その六―与謝野寛

7199 初「明星」大15・3・1箱根の冬 その六―与謝野寛

7200 初「明星」大15・3・1箱根の冬 その六―与謝野寛

7201 初「明星」大15・3・1箱根の冬 その六―与謝野寛

7202 初「明星」大15・3・1箱根の冬 その六―与謝野寛

7203 初「明星」大15・3・1箱根の冬 その六―与謝野寛

7204 うしろより三国峠の日はさしぬ踏みつつ帰る茅原の雪

7205 楽音《がくおん》の正《たゞ》しさもたず奥山《おくやま》の嵐《あらし》も恋《こひ》のあらしのやうに

7206 山《やま》見《み》ても不思議《ふしぎ》を覚《おぼ》ゆ自《みづか》らの知《し》りつくせるは恋《こひ》のことわり

7207 誰《たれ》恋《こ》ふや行方《ゆくへ》も知《し》らぬ心《こゝろ》ぞとよき偽《いつは》りを聞《き》かずこの頃《ごろ》

7208 天地《あめつち》に片恋《かたこひ》をせぬものやある月日《つきひ》を引《ひ》くはおほけなけれど

7209 今《いま》ならぬ後《のち》を思《おも》へば御《み》仏《ほとけ》を信《しん》ずる道《みち》に恋《こひ》の変《かは》らず

7210 恨《うら》めしと多《おほ》く思《おも》はぬ日《ひ》になりて飽《あ》きも足《た》らぬははた恋《こひ》にして

7211 知《し》らぬまに或日《あるひ》は人《ひと》の思《おも》ふらむとしも覚《おぼ》ゆる淡雪《あはゆき》散《ち》る日《ひ》

7212 恋《こ》はるてふことに因《もとづ》くもの思《おも》ひわれも作《つく》りて夢《ゆめ》の騒《さわ》がし

7204 初「明星」大15・3・1箱根の冬 その六―与謝野寛

7205 初「婦人画報」大15・3・1山《やま》と恋《こひ》―与謝野晶子

7206 初「婦人画報」大15・3・1山《やま》と恋《こひ》―与謝野晶子

7207 初「婦人画報」大15・3・1山《やま》と恋《こひ》―与謝野晶子

7208 初「婦人画報」大15・3・1山《やま》と恋《こひ》―与謝野晶子

7209 初「婦人画報」大15・3・1山《やま》と恋《こひ》―与謝野晶子

7210 初「婦人画報」大15・3・1山《やま》と恋《こひ》―与謝野晶子

7211 初「婦人画報」大15・3・1山《やま》と恋《こひ》―与謝野晶子

7212 初「婦人画報」大15・3・1山《やま》と恋《こひ》―与謝野晶子

7213 一筋《ひとすぢ》に気《き》の病《やまひ》など作《つく》るにも妨《さまた》げ多《おほ》き心《こゝろ》と知《し》りぬ

7214 いつしかと根《ね》なき花《はな》しも咲《さ》きにけれ紅《あか》きなりねば咎《とが》なきかこれ

7215 三月《ぐわつ》の微風《そよかぜ》匂《にほ》ひくる時《とき》に面杖《つらづえ》つきてわがおもふこと

7216 恋《こひ》しては殊更《ことさら》ものの思《おも》はれぬ身《み》の畏《かしこ》さの知《し》らるるがゆゑ

7217 自《みづか》らを人《ひと》の恋《こひ》しと思《おも》ふほど定《さだ》かならざる春《はる》の夜《よ》の月《つき》

7218 な寄《よ》りそと茨《いばら》を植《う》ゑん心《こゝろ》をば人《ひと》の覗《のぞ》きに来《きた》らざるため

7219 手《て》の指《ゆび》の美《うつ》くしかりし人《ひと》ほめて目《め》の前《まへ》にあり源氏《げんじ》の君《きみ》は

7220 作《つく》りごとわがする罪《つみ》はまことをば言《い》はん罪《つみ》よりいと軽《かる》きなり

7221 涙《なみだ》おつまことは遠《とほ》きいにしへを今《いま》と思《おも》ひて恋《こひ》を歌《うた》へば

7213 初「婦人画報」大15・3・1山《やま》と恋《こひ》―与謝野晶子

7214 初「婦人世界」大15・3・1恋《こひ》の歌《うた》十首《しゆ》―与謝野晶子

7215 初「婦人世界」大15・3・1恋《こひ》の歌《うた》十首《しゆ》―与謝野晶子

7216 初「婦人世界」大15・3・1恋《こひ》の歌《うた》十首《しゆ》―与謝野晶子

7217 初「婦人世界」大15・3・1恋《こひ》の歌《うた》十首《しゆ》―与謝野晶子

7218 初「婦人世界」大15・3・1恋《こひ》の歌《うた》十首《しゆ》―与謝野晶子

7219 初「婦人世界」大15・3・1恋《こひ》の歌《うた》十首《しゆ》―与謝野晶子

7220 初「婦人世界」大15・3・1恋《こひ》の歌《うた》十首《しゆ》―与謝野晶子

7221 初「婦人世界」大15・3・1恋《こひ》の歌《うた》十首《しゆ》―与謝野晶子

7222 心《こゝろ》より靄《もや》のすがたに立《た》ち昇《のぼ》るおもひもありて三月《ぐわつ》となる

7223 そよ風《かぜ》の音《おと》が描《か》くなるまぼろしの姿《すがた》とおもふひるの月《つき》かな

7224 そよ風《かぜ》の白《しろ》き梅《うめ》をば散《ち》らす日《ひ》は春《はる》のさかりにまさるこの頃《ごろ》

7225 まだ若《わか》き柳《やなぎ》の枝《えだ》の中《なか》を出《い》で浴《ゆあ》びしのちのここちこそすれ

7226 遠山《とほやま》の雪《ゆき》ほのかにも紫《むらさき》す三月《ぐわつ》の日《ひ》のおちんとしつつ

7227 微風《そよかぜ》や門《かど》にあれども外《ほか》ざまに心《こゝろ》をよする若《わか》き柳《やなぎ》よ

7228 ふるさとの籬《まがき》につづく伊賀の嶺《ね》を越えて探れる梅の歌日記《うたにき》

7229 梅しろくつらなりて咲く親まつる日のはらからのまとゐの如く

7230 こし方のいくその花のまぼろしもそひてめでたき春のそのかな

7222 初「令女界」大15・3・1—微《び》風《ふう》—与謝野晶子

7223 初「令女界」大15・3・1—微《び》風《ふう》—与謝野晶子

7224 初「令女界」大15・3・1—微《び》風《ふう》—与謝野晶子

7225 初「令女界」大15・3・1—微《び》風《ふう》—与謝野晶子

7226 初「令女界」大15・3・1—微《び》風《ふう》—与謝野晶子

7227 初「令女界」大15・3・1—微《び》風《ふう》—与謝野晶子

7228 初『詠帰集』大15・3・25（無題）—与謝野晶子

7229 初『詠帰集』大15・3・25（無題）—与謝野晶子

7230 初「婦人画報」大15・4・1（無題）—与謝野晶子

7231 わが身とも鬼とも男をんなとも覚えぬまでに物思ふかな

7232 なつかしく昨日の如く涙おつ七八年《ななやとせ》にもなりぬるものを

7233 何時《いつ》ぞなど月日をくるも狂ほしやただ思ひ出の世のことにして

7234 そこはかと物思ふこと忘れなば大事《だいじ》ならまし老いやはてまし

7235 山を行きこれに勝《まさ》りてなつかしき境を今は見ぬなりと泣く

7236 園のうち花まだ咲かず常磐木のつやつや見ゆる三月の春

7237 梅の花弄ぶには足らずして哀れと云ふにふさはしきかな

7238 路行けば能の役者の言葉もて梅の迎ふる金沢の里

7239 何の木か琥珀の玉をつらねつつ昇天山の高さに及ぶ

7231 初「不同調」大15・4・1わがやよひ―与謝野晶子
7232 初「不同調」大15・4・1わがやよひ―与謝野晶子
7233 初「不同調」大15・4・1わがやよひ―与謝野晶子
7234 初「不同調」大15・4・1わがやよひ―与謝野晶子
7235 初「不同調」大15・4・1わがやよひ―与謝野晶子
7236 初「不同調」大15・4・1わがやよひ―与謝野晶子
7237 初「明星」大15・4・7早春行 その四―与謝野晶子
7238 初「明星」大15・4・7早春行 その四―与謝野晶子
7239 初「明星」大15・4・7早春行 その四―与謝野晶子

7240 金沢の干潟の水脈《みを》のいかばかりひろがりぬらん夜の暗くして

7241 玉川の秋かと思ふ海見えぬ雨にとざせる戸の隙間より

7242 称名寺文庫も同じ春雨につつまるるやとなつかしきかな

7243 梅よりも冷き春の朝に逢ふ水の上なる総宜楼かな

7244 春雨はつつまんとする心なく浮びもはてぬ野島高島

7245 草わかく緑をつらね幾すぢの電線ひかる春の野の路

7246 地震より三とせ経つれど横浜の水の都の猶荒れてのみ

7247 みづいろに小家かすみて梅さけば車をとどむ江の上の路

7248 磯寺の紅梅のうへ石の段《だん》入江のひかり岡にあつまる

7240 初「明星」大15・4・7早春行 その四―与謝野晶子

7241 初「明星」大15・4・7早春行 その四―与謝野晶子

7242 初「明星」大15・4・7早春行 その四―与謝野晶子

7243 初「明星」大15・4・7早春行 その四―与謝野晶子

7244 初「明星」大15・4・7早春行 その四―与謝野晶子

7245 初「明星」大15・4・7早春行 その八―与謝野寛

7246 初「明星」大15・4・7早春行 その八―与謝野寛

7247 初「明星」大15・4・7早春行 その八―与謝野寛

7248 初「明星」大15・4・7早春行 その八―与謝野寛

7249 しづかなる入江のうへの岡寺に紅き網《あみ》とも見ゆる梅かな

7250 坊が妻入江の四方《よも》を指さして名をあまた云ふ島のいただき

7251 磯山にすゑし四尺の遠目鏡知らぬ夢さへ見ゆと云へかし

7252 潮落ちて入江の底のあらはせる一里の泥《どろ》にうつる磯の灯

7253 橋ばしら干潟の泥《どろ》にあらはるる夕の磯を曇る日に行く

7254 夕鴉ひとつ過ぎたるそのあとに干潟の泥の遠く青みぬ

7255 沖とほく潮おち去りて泥ひかる入江のうへのあゐ色の山

7256 大いなる干潟につづく磯の家くろき泥より寒き夜となる

7257 雨のおと夜明の磯の軒にあり山も入江も青き靄《もや》して

7249 謝野寛 初「明星」大15・4・7早春行 その八―与

7250 謝野寛 初「明星」大15・4・7早春行 その八―与

7251 謝野寛 初「明星」大15・4・7早春行 その八―与

7252 謝野寛 初「明星」大15・4・7早春行 その八―与

7253 謝野寛 初「明星」大15・4・7早春行 その八―与

7254 謝野寛 初「明星」大15・4・7早春行 その八―与

7255 謝野寛 初「明星」大15・4・7早春行 その八―与

7256 謝野寛 初「明星」大15・4・7早春行 その八―与

7257 謝野寛 初「明星」大15・4・7早春行 その八―与

7258 あらはにも松立つ堤《つつみ》板の橋海をつなぎて雨寒く降る

7259 見て過ぐる我が心こそ空しけれ花を満たせる藪《やぶ》なかの梅

7260 曇る日の枯生《かれふ》に落ちし藪椿《やぶつばき》手に拾はねど赤く重たし

7261 潮落ちて春の夜となり幾すぢの水脈《みを》ほの白き平潟《ひらかた》の泥《どろ》

7262 若き人歌へば多し寒き日の黒き干潟のうへに宿れど

7263 あけがたの入江に来《きた》る雨荒し潮のさすやと目の覚めて聞く

7264 磯の山けぶる木の間《こま》に鐘鳴りて海明りゆく春雨の中《なか》

7265 まばらなる堤《つつみ》の松の彼方《かなた》にも更に入江の見ゆるあけがた

7266 朝となりまた筆とりぬ春の磯ひと夜の旅も事の身に沁む

7258 謝野寛 初「明星」大15・4・7早春行 その八―与

7259 謝野寛 初「明星」大15・4・7早春行 その八―与

7260 謝野寛 初「明星」大15・4・7早春行 その八―与

7261 謝野寛 初「明星」大15・4・7早春行 その八―与

7262 謝野寛 初「明星」大15・4・7早春行 その八―与

7263 謝野寛 初「明星」大15・4・7早春行 その八―与

7264 謝野寛 初「明星」大15・4・7早春行 その八―与

7265 謝野寛 初「明星」大15・4・7早春行 その八―与

7266 謝野寛 初「明星」大15・4・7早春行 その八―与

7267 水脈《みを》の笹とほく煙れる入江をば朝の小雨にぬれて来る船

7268 春さむき磯のやどりに大男《おほをとこ》新居格《にゐかく》の肩見ゆる石風呂

7269 金沢にわが来るときに満ちし潮わが去る時に又落ちて行く

7270 金沢の入江の奥の瀬戸の橋春のゆふべとなりも行くかな

7271 磯に来てゆふべ載せ去る車より猶ふりかへる金沢の水

7272 武蔵尽き相模に入れど藻風《さうふう》の家を思ひぬ似る木立ゆゑ

7273 むさし野《の》の野方《のかた》の寺《てら》の地つゞきの画房《ぐわばう》の人《ひと》は花《はな》の画《ゑ》を描《か》く

7274 悩《なや》ましく優《やさ》しきものの寄《よ》り添《そ》ひて一人《ひとり》あるにも似《に》ぬ夕《ゆふべ》かな

7275 紫《むらさき》と銀糸《ぎんし》をよれる初夏《はつなつ》は暗《くら》し明るし清《きよ》しなやまし

7267 初「明星」大15・4・7早春行 その八―与謝野寛

7268 初「明星」大15・4・7早春行 その八―与謝野寛

7269 初「明星」大15・4・7早春行 その八―与謝野寛

7270 初「明星」大15・4・7早春行 その八―与謝野寛

7271 初「明星」大15・4・7早春行 その八―与謝野寛

7272 初「明星」大15・4・7早春行 その八―与謝野寛

7273 初「万朝報」大15・4・24（無題）―選者

7274 初「万朝報」大15・5・15（無題）―選者

7275 初「万朝報」大15・5・22（無題）―選者

7276 雪《ゆき》ながら身《み》をそばめつつ降《ふ》るものか然《し》かも寒《さむ》かる三月《ぐわつ》にして

7277 道《みち》の上《うへ》春《はる》の雪《ゆき》とて沁《し》み入《い》れば五日《さ》雨《みだれ》よりもあはれなりけれ

7278 願《ねが》へらくいと香《かぐ》はしき文《ふみ》書《か》かん病《やまひ》はすともあてやかにして

7279 静《しづ》かにも世《よ》を思《おも》はまし歌《うた》はましそこはかとなく病《や》ままほしけれ

7280 降《ふ》る雨《あめ》も風《かぜ》のけしきも病《や》まぬ日《ひ》に知《し》るより心《こゝろ》深《ふか》く覚《おぼ》えん

7281 幸《さいはひ》とかかはりなきを病《やまひ》とし今《いま》いにしへの書《ふみ》を読《よ》めかし

7282 見《み》えねども病《や》める枕《まくら》に花《はな》を置《お》くかかる心《こゝろ》も哀《あは》れなるかな

7283 ふらんすの冊子《さうし》の色の月ありぬホテルの庭の芝山の上

7284 すでにして山の苺の酸き味になじみ初むれば立ちぬ秋風

7276 初「キング」大15・6・1春《はる》の雪《ゆき》―与謝野晶子

7277 (4)五日《さ》雨《みだれ》→五月《さ》雨《みだれ》 初「キング」大15・6・1春《はる》の雪《ゆき》―与謝野晶子

7278 初「婦女界」大15・6・1そこばくの花《はな》―与謝野晶子

7279 初「婦女界」大15・6・1そこばくの花《はな》―与謝野晶子

7280 初「婦女界」大15・6・1そこばくの花《はな》―与謝野晶子

7281 初「婦女界」大15・6・1そこばくの花《はな》―与謝野晶子

7282 初「婦女界」大15・6・1そこばくの花《はな》―与謝野晶子

7283 初「明星」大15・7・1朴の花―与謝野晶子

7284 初「明星」大15・7・1朴の花―与謝野晶子

7285
霧迷ひ平穏《ひらを》がよひの馬車並ぶ豊野の駅にいつ立ちぬべき

7286
貴《あて》ならぬ一茶の句にも親めりわれをわれともなさぬこのごろ

7287
みづからのたづさはること大方《おほかた》は心の外に成りもゆくかな

7288
秋かぜに古き瓦を叩くのみ白《しら》枯《が》れし木をひとり嗅ぐのみ

7289
わが摘めばはかなき花も手のうへに金《きん》の涙す共に泣くらん

7290
嫌ひなる茶の色も着る匿名の批評、窒《チ》扶《プ》斯《ス》の注射をも受く

7291
むすめたち端近《はしぢか》く居て墨をするそのかたはらのあぢさゐの花

7292
人の目の注ぐ浜辺に赤を着る昨日《きのふ》と同じ海の夫人よ

7293
三ときほど海に吹かれてくさめして立てば膝より砂のこぼるる

7285 初「明星」大15・7・1朴の花―与謝野晶子

7286 初「明星」大15・7・1朴の花―与謝野晶子

7287 初「明星」大15・7・1折折の歌―与謝野寛

7288 初「明星」大15・7・1折折の歌―与謝野寛

7289 初「明星」大15・7・1折折の歌―与謝野寛

7290 初「明星」大15・7・1折折の歌―与謝野寛

7291 初「明星」大15・7・1折折の歌―与謝野寛

7292 初「明星」大15・7・1折折の歌―与謝野寛

7293 初「明星」大15・7・1折折の歌―与謝野寛

7294 うすものの軽さを持ちて罌粟《けし》まじり露ある草にひろがれる風

7295 他を見つつ咎むるこころ猶すこし我に残るも哀れなるかな

7296 渓のうへ谺《こだま》の如く木隠《こがく》れて引けるころもの光りたる月

7297 一冊を抱きて命の躍りつるはげしき書《ふみ》は今も有らぬか

7298 みづからを焼く火ひそめばみづからも手を触れずして怖るる心

7299 たかだかと木間《このま》に透きて朴《ほほ》の花しろし重たし似る花も無し

7300 身を置くは薔薇を出でこし風の中《なか》このひと時の後《のち》はともあれ

7301 七月のひろ葉を叩くしろき雨深山《みやま》と思ふ朝の軒かな

7302 海暮れてホテルの庭の芝のはて暗きなかより昇る夕月
（以下熱海にて）

7294 初「明星」大15・7・1折折の歌―与謝野寛
7295 初「明星」大15・7・1折折の歌―与謝野寛
7296 初「明星」大15・7・1折折の歌―与謝野寛
7297 初「明星」大15・7・1折折の歌―与謝野寛
7298 初「明星」大15・7・1折折の歌―与謝野寛
7299 初「明星」大15・7・1折折の歌―与謝野寛
7300 初「明星」大15・7・1折折の歌―与謝野寛
7301 初「明星」大15・7・1折折の歌―与謝野寛
7302 初「明星」大15・7・1折折の歌―与謝野寛

7303 顔ひとつ白きホテルの窓に出し海の夜明の霧に吹かるる

7304 きりぎしの下《もと》に路あり海を見て肘をつくべく白き石垣

7305 夜となれど磯のホテルの石ばしら内の光を受けて白かり

7306 何となく軽きよろこび身にありて磯の上なる芝に横たふ

7307 初夏の海よりのぼる月を見てホテルの庭の芝にある人

（以上）

7308 かかる歌をりをり詠みぬ愚かとは我を云ふらん如何に世の人

7309 友死にぬ先だつ人の安さよと今は思ひて多く歎かず

7310 二つある一つの吾も悲めば今は抱きて寒く澄み入る

7311 わが妻と書《しょ》を中《なか》にして夜の二時に猶読むことも家のならはし

7303 (初)「明星」大15・7・1折折の歌―与謝野寛
7304 (初)「明星」大15・7・1折折の歌―与謝野寛
7305 (初)「明星」大15・7・1折折の歌―与謝野寛
7306 (初)「明星」大15・7・1折折の歌―与謝野寛
7307 (初)「明星」大15・7・1折折の歌―与謝野寛
7308 (初)「明星」大15・7・1折折の歌―与謝野寛
7309 (初)「明星」大15・7・1折折の歌―与謝野寛
7310 (初)「明星」大15・7・1折折の歌―与謝野寛
7311 (初)「明星」大15・7・1折折の歌―与謝野寛

7312 外目《よそめ》には高きを行くと見えねども心は山と雲に遊べり
（高木藤太郎氏の杖に題す）

7313 わかき人相思ひつつ華やかに住む心こそ弥生なりけれ
（或人の賀に）

7314 花萎《しを》る猶捨てがたし紫は褪《あ》せたるのちも身に沁むものを

7315 肱つけば下《した》の木末と野にかけて朝の青める高《たか》き窓かな

7316 引きずりて父の前をば行けるより桃色も好し末の子の帯

7317 書斎の書《しよ》また取り乱し読むほどに友を迎へて延《ひ》く方も無し

7318 薔薇の花とばりを透きてやはらかき夕となりぬ庭の木立も

7319 ほととぎす朝《あさ》すさまじく夜《よ》は悲《かな》しひるは心《こゝろ》の慰《なぐさ》めとなる

7320 青銅《せいどう》のここちするまで静《しづ》かなる夕《ゆふべ》の木立山《こだちやま》ほととぎす

7312 初「明星」大15・7・1折折の歌―与謝野寛
7313 初「明星」大15・7・1折折の歌―与謝野寛
7314 初「明星」大15・7・1折折の歌―与謝野寛
7315 初「明星」大15・7・1折折の歌―与謝野寛
7316 初「明星」大15・7・1折折の歌―与謝野寛
7317 初「明星」大15・7・1折折の歌―与謝野寛
7318 初「明星」大15・7・1折折の歌―与謝野寛
7319 初「女性」大15・7・1杜鵑二十首―与謝野晶子
7320 初「女性」大15・7・1杜鵑二十首―与謝野晶子

7321 何《なに》ものか失《うしな》ひし故《ゆゑ》ほととぎす奥山《おくやま》に入《い》り夜深《よふか》きに鳴《な》く

7322 杜鵑《とけん》啼《な》く山《やま》の夕日《ゆふひ》の赤《あか》きことつかのまにして悲《かな》しと云《い》へば

7323 奥山《おくやま》をほととぎすゆゑ踏《ふ》むごとしものを忘《わす》れて仙女《せんによ》に至《いた》る

7324 湖《みづうみ》に山《やま》のうつれるさびしさを思《おも》へと鳴《な》きしほととぎすかな

7325 われ出《い》でてほととぎす聞《き》く坂《さか》にありぎぼしの花《はな》をはた摘《つ》むところ

7326 浅《あさ》みどり毛欅《ぶな》の枝《え》の先《さき》ゆらぐなりほととぎす聞《き》くわが船《ふね》の上《うへ》

7327 ほととぎす山《やま》に馴《な》れたる後《のち》もなほ旅《たび》の初《はじ》めの心《こゝろ》となりぬ

7328 風寒《かぜさむ》し赤倉《あかくら》の山夜明《やまよあ》くるとほととぎす鳴《な》く黒雲《くろくも》の中《なか》

7329 いなづまの如《ごと》く鋭《するど》くわたつみのごとおほらかに鳴《な》くほととぎす

7321 晶子 初「女性」大15・7・1杜鵑二十首―与謝野

7322 晶子 初「女性」大15・7・1杜鵑二十首―与謝野

7323 晶子 初「女性」大15・7・1杜鵑二十首―与謝野

7324 晶子 初「女性」大15・7・1杜鵑二十首―与謝野

7325 晶子 初「女性」大15・7・1杜鵑二十首―与謝野

7326 晶子 初「女性」大15・7・1杜鵑二十首―与謝野

7327 晶子 初「女性」大15・7・1杜鵑二十首―与謝野

7328 晶子 初「女性」大15・7・1杜鵑二十首―与謝野

7329 晶子 初「女性」大15・7・1杜鵑二十首―与謝野

7330 ほがらかに心《こゝろ》のなりぬほととぎす山《やま》のホテルの丸木《まろき》の臥床《ふしど》

7331 ひるがほのあまねく咲《さ》ける野《の》を行《ゆ》きぬ哀《あは》れなれどもあぢきなしとて

7332 東京《とうきやう》の町《まち》のゆふ風《かぜ》あさかぜに草《くさ》のにほひの混《まじ》る七月《ぐわつ》

7333 洞門《とうもん》を出《い》でつる前《まへ》の湖《みづうみ》に舟《ふね》うごくとておどろきぬわれ

7334 おく山《やま》の石《いし》の質《しつ》にはあらねども冷《つめ》たかりけり麻《あさ》のかたびら

7335 まのあたり涼《すゞ》しきことを言《い》ふ萱《かや》と同《おな》じ形《かたち》になびくしら雲《くも》

7336 葦《あし》かびの入江《いりえ》の方《かた》に風《かぜ》うごき遠山《とほやま》の富士《ふじ》隠《かく》れぬるかな

7337 朝《あさ》がほの土《つち》より二尺《しやく》高《たか》く咲《さ》く七月《ぐわつ》くれば蟬《せみ》朝《あさ》も鳴《な》く

7338 ひぐらしを野《の》の逍遥《せうえう》にたづさへて帰《かへ》り行《ゆ》くかとをかしかりけれ

7330 初「女性」大15・7・1杜鵑二十首―与謝野晶子

7331 初「婦人之友」大15・7・1夏十首―与謝野晶子

7332 初「婦人之友」大15・7・1夏十首―与謝野晶子

7333 初「婦人之友」大15・7・1夏十首―与謝野晶子

7334 初「婦人之友」大15・7・1夏十首―与謝野晶子

7335 初「婦人之友」大15・7・1夏十首―与謝野晶子

7336 初「婦人之友」大15・7・1夏十首―与謝野晶子

7337 初「婦人之友」大15・7・1夏十首―与謝野晶子

7338 初「婦人之友」大15・7・1夏十首―与謝野晶子

7339 蟷螂《たうらう》の羽《はね》かと見《み》えて七月《ぐわつ》の昼《ひる》の光《ひかり》の中《なか》にふる雨《あめ》

7340 山《やま》に来《き》ぬあはれ淋《さび》しき水《みづ》の音《おと》つきず聞《きこ》ゆる夜《よ》かな朝《あさ》かな

7341 仄《ほの》かなる南《みなみ》信濃《しなの》の八つが岳《たけ》そこまで続《つゞ》　薄《すゝき》ならまし

7342 空《そら》のみの曇《くも》らず見《み》ゆる限《かぎ》り皆《みな》うす墨《ずみ》となる春《はる》の雪《ゆき》の日《ひ》

7343 箱根《はこね》なる峠《たうげ》に逢《あ》ひし白雪《しらゆき》に似《に》ぬ東京《とうきやう》の三月《ぐわつ》の雪《ゆき》

7344 三月《ぐわつ》の春《はる》の雪《ゆき》さへあさましや路作《みちつく》りする都《みやこ》に降《ふ》れば

7345 試みに堪へんと言ふはあぢきなし恋しけれども忘れぬべかり

7346 うすらかに透りたる綾などもとばりは帷二人は二人

7347 わが待つは恋にはあらぬ翅ある軽き心の来て誘ふこと

7339 初「婦人之友」大15・7・1夏十首—与謝野晶子

7340 初「婦人之友」大15・7・1夏十首—与謝野晶子

7341 (4)そこまで続《つゞ》(欠) 初「万朝報」大15・7・10(無題)—選者

7342 初「キング」大15・8・1雪《ゆき》—与謝野晶子

7343 初「キング」大15・8・1雪《ゆき》—与謝野晶子

7344 初「キング」大15・8・1雪《ゆき》—与謝野晶子

7345 初「随筆」大15・8・1心の塵—与謝野晶子

7346 初「随筆」大15・8・1心の塵—与謝野晶子

7347 初「随筆」大15・8・1心の塵—与謝野晶子

7348 いつしかとわれは心に見ることを忘れて眠る伊豆のホテルに

7349 岬の灯夢まぼろしの世にあらぬ証をなして明かにつく

7350 故郷《ふるさと》の白《しろ》き砂浜《すなはま》あはれなる娘《むすめ》は踏《ふ》まず店番《みせばん》をして

7351 わが昔姉《むかしあね》が嫁《とつ》ぎし十三《じふさん》の春《はる》よりつけし店《みせ》の帳面《ちやうめん》

7352 机《つくゑ》にてもの読《よ》まんなどありうべき行末《ゆくすゑ》としも思《おも》はざりける

7353 なつかしや家《いへ》の横町追分《よこまちおひわけ》も子守《こもり》の歌《うた》も雑音《ざつおん》も皆《みな》

7354 堺《さかひ》なる妙国寺《めうこくじ》とて腹切《はらきり》の寺《てら》へは入《い》らず人《ひと》の誘《さそ》へど

7355 寺町《てらまち》になにがし寺《でら》の四《よ》つ上《うへ》の女《むすめ》の君《きみ》の外《ほか》に友無《ともな》し

7356 かくてわれ読《よ》める書物《しよもつ》にゆかりなき堺《さかひ》の子《こ》なる悲《かな》しみをしぬ

7348 初「随筆」大15・8・1心の塵―与謝野晶子

7349 初「随筆」大15・8・1心の塵―与謝野晶子

7350 初「婦人世界」大15・8・1ふるさと―与謝野晶子

7351 初「婦人世界」大15・8・1ふるさと―与謝野晶子

7352 初「婦人世界」大15・8・1ふるさと―与謝野晶子

7353 初「婦人世界」大15・8・1ふるさと―与謝野晶子

7354 初「婦人世界」大15・8・1ふるさと―与謝野晶子

7355 初「婦人世界」大15・8・1ふるさと―与謝野晶子

7356 初「婦人世界」大15・8・1ふるさと―与謝野晶子

7357 草の上一ひろばかり残せども暗き雨かなくらき空かな

7358 臼引くと云ひしいかづち荒び出でわれすらものを忘れんとする

7359 いかづちの音痛げなる草原の杉のここちす子とありてわれ

7360 恐れては心と云へるやはらかきものも作りぬ針の形を

7361 天上にいくさもありぬ囚獄《ひとや》さへありとあざみぬいかづちする日

7362 いかづちや一事《いちじ》に心使へればこれさへ恋の苦しきに似る

7363 月光《こう》のまことに草《くさ》に沁《し》みわたるむさし野《の》なりや山遠《やまとほ》くして

7364 をしへ子よ過去につゞかぬ世なけれど今日は別るゝここちしぬべし

7365 わがそのゝ花とも天の星ぞともめでうやまひて四年見し子ら

7357 初「明星」大15・8・10驟雨抄―与謝野晶子

7358 初「明星」大15・8・10驟雨抄―与謝野晶子

7359 初「明星」大15・8・10驟雨抄―与謝野晶子

7360 初「明星」大15・8・10驟雨抄―与謝野晶子

7361 初「明星」大15・8・10驟雨抄―与謝野晶子

7362 初「明星」大15・8・10驟雨抄―与謝野晶子

7363 初「万朝報」大15・8・21（無題）―選者

7364 初『文化学院卒業アルバム「こくりこ」』大15・8―晶子

7365 初『文化学院卒業アルバム「こくりこ」』大15・8―晶子

7366 生《い》きてわれ子《こ》を思《おも》ふこと万《よろづ》にも勝《まさ》ると知《し》れど云《い》ふべきならず

7367 子等《こら》のある真白《ましろ》き蚊帳《かや》の並《なら》ぶ家苦《いへくる》しかりけれをかしかりけれ

7368 秋《あき》に着《き》ん子《こ》の振袖《ふりそで》の色思《いろおも》ひ山《やま》に遊《あそ》ばず水無月《みなづき》にして

7369 末《すゑ》の子《こ》の前歯《まへば》の二《ふた》つ抜《ぬ》けたるが全《また》くならではなほ死《し》なじわれ

7370 親添《おやそ》ひて海山《うみやま》に行《ゆ》く人《ひと》ありとまだ末《すゑ》の子《こ》は知《し》らぬ夏《なつ》かな

7371 心《こゝろ》いと正《たゞ》しき人《ひと》になりたらば或《ある》ひはよけん弱《よわ》き子供《こども》も

7372 丈《たけ》のびし子供《こども》の語《かた》る世話《よばなし》も友《とも》の話《はなし》のこゝちして聞《き》く

7373 郊外《かうぐわい》の荘園《さうゑん》に住《す》み母《はゝ》のため子《こ》の切《き》りてこし夏草《なつくさ》の花《はな》

7374 一の子《こ》は病《やまひ》がちにてありつれば中《なか》にも親《おや》としたしめるかな

7366 初「婦人画報」大15・9・1 母《はゝ》—与謝野晶子

7367 初「婦人画報」大15・9・1 母《はゝ》—与謝野晶子

7368 初「婦人画報」大15・9・1 母《はゝ》—与謝野晶子

7369 初「婦人画報」大15・9・1 母《はゝ》—与謝野晶子

7370 初「婦人画報」大15・9・1 母《はゝ》—与謝野晶子

7371 初「婦人画報」大15・9・1 母《はゝ》—与謝野晶子

7372 初「婦人画報」大15・9・1 母《はゝ》—与謝野晶子

7373 初「婦人画報」大15・9・1 母《はゝ》—与謝野晶子

7374 初「婦人画報」大15・9・1 母《はゝ》—与謝野晶子

7375 小床《をどこ》敷きかしら痛《いた》しと子《こ》の臥《ふ》しぬ十四になれば母《はゝ》を呼《よ》ばずて

7376 秋風《あきかぜ》は二階《かい》の戸《と》のみ鳴《な》らすなりわれに寄《よ》るとも驚《おどろ》かじとて

7377 一筋《ひとすぢ》のアカシヤ続《つゞ》く上《うへ》の空夕焼《そらゆふやけ》のして秋風《あきかぜ》ぞ吹《ふ》く

7378 秋風《あきかぜ》や中《なか》に寂《さび》しく痩《や》せ枯《か》れて目《め》の黒《くろ》ずめる向日葵《ひまはり》の草《くさ》

7379 机《つくゑ》にて虻《あぶ》の羽音《はおと》を聞《き》かぬさへ秋《あき》となりぬる寂《さび》しさにして

7380 一の子《こ》は鴨居《かもゐ》と同《おな》じ身《み》たけすれ少《すこ》しや知《し》れる秋《あき》の寂《さび》しさ

7381 草《くさ》の中《なか》七面鳥《めんてう》が水色《みづいろ》になりて尾《を》ひろぐ風《かぜ》に覗《のぞ》けば

7382 筆《ふで》とりぬ秋《あき》の仕事《しごと》にあたることこれかと見《み》ゆる細《ほそ》き文字《もじ》かな

7383 暫《しばら》くも立《た》ちて寂《さび》しく坐《すわ》りては哀《あは》れになりぬ初秋《はつあき》の人《ひと》

7375 初「婦人画報」大15・9・1母《はゝ》—与謝野晶子

7376 初「万朝報」大15・9・4（無題）—選者

7377 初「万朝報」大15・9・18（無題）—選者

7378 初「若草」大15・10・1秋立つ—与謝野晶子

7379 初「若草」大15・10・1秋立つ—与謝野晶子

7380 初「若草」大15・10・1秋立つ—与謝野晶子

7381 初「若草」大15・10・1秋立つ—与謝野晶子

7382 初「若草」大15・10・1秋立つ—与謝野晶子

7383 初「若草」大15・10・1秋立つ—与謝野晶子

7384 秋《あき》の雨《あめ》新《あたら》しき芽《め》に変《かは》るべき草《くさ》の種《たね》をば袋《ふくろ》にぞする

7385 秋立《あきた》ちぬ隣《となり》の家《いへ》の煙《けぶり》にも恋《こひ》しき山《やま》の朝《あさ》ぎりのいろ

7386 工事《こうじ》小屋《ごや》昼《ひる》も萌葱《もえぎ》の蚊帳《かや》を垂《た》れ撫子《なでしこ》なびく市《いち》が谷《や》の土堤《どて》

7387 こすもすはまだ葉《は》のみにて桔《き》梗《きやう》など衰《おとろ》へはてし寂《さび》しき九月《ぐわつ》

7388 秋深《あきふか》し奥山《おくやま》を踏《ふ》むこゝちする夕《ゆふべ》の路となりにけるかな

7389 涙《なみだ》おつ伊《い》豆《づ》の天城《あまぎ》の峰《みね》見《み》ゆと雑木林《ざふきばやし》をいでて思《おも》へば

7390 何事《なにごと》も思《おも》ひ捨《す》てたる落葉《おちば》とは見《み》なしがたかる桜《さくら》の葉《は》かな

7391 涙《なみだ》ほど白《しろ》からずして且《か》つ重《おも》き雨《あめ》ふる秋《あき》のわびしかりけれ

7392 夕《ゆふ》ぐれに人踏《ひとふ》みて来《き》ぬむさし野《の》の井荻《ゐをぎ》の丘《をか》の銀杏《い》散《ち》る路《みち》

7384 初「若草」大15・10・1秋立つ―与謝野晶子

7385 初「若草」大15・10・1秋立つ―与謝野晶子

7386 初「若草」大15・10・1秋立つ―与謝野晶子

7387 初「若草」大15・10・1秋立つ―与謝野晶子

7388 初「万朝報」大15・10・9(無題)―選者

7389 初「万朝報」大15・10・16(無題)―選者

7390 初「万朝報」大15・10・23(無題)―選者

7391 初「万朝報」大15・10・30(無題)―選者

7392 初「読売新聞」大15・11・12落葉の郊外―与謝野晶子

7393
顔寄《かほよ》せてありし二木《き》の銀杏《い》さへうとげになりぬ寂《さび》しき冬《ふゆ》よ

7394
くさむらのもみぢしたれば紛《まぎ》れつる濃き紅の菊《きく》七本《もと》八本《もと》

7395
足柄《あしがら》を見《み》よと云《い》ふべき窓《まど》をさへ冬《ふゆ》のあるじは閉しもはてつる

7396
冬《ふゆ》の日《ひ》の落葉《おちば》なほよく備《そな》へたり艶《なま》めかしさも遊《あそ》び心《ごころ》も

7397
いと寒《さむ》き土《つち》の上《うへ》にて笛《ふえ》を吹《ふ》く落葉《おちば》もありぬ暫《しばら》く聞《き》けば

7398
落桐《おちぎり》の大《おほ》きなる葉《は》の隠《かく》れ行《ゆ》く垣《かき》もをかしき冬《ふゆ》の夕風《ゆふかぜ》

7399
入《い》りぬるは年《とし》の極月《ごくげつ》落葉《おちば》なほ微《かす》かに青《あを》を混《ま》ぜて敷《し》けども

7400
今日《けふ》となり枝《えだ》が保《たも》てる七八つのいてふは蝶《てふ》にならんとすらん

7401
裾山《すそやま》の落葉《おちば》の波《なみ》にたゞよへる月《つき》の光《ひかり》と思《おも》ひけるかな

7393 初「読売新聞」大15・11・12落葉の郊外―与謝野晶子

7394 初「読売新聞」大15・11・12落葉の郊外―与謝野晶子

7395 初「読売新聞」大15・11・12落葉の郊外―与謝野晶子

7396 初「女性」大15・12・1冬の歌―与謝野晶子

7397 初「女性」大15・12・1冬の歌―与謝野晶子

7398 初「女性」大15・12・1冬の歌―与謝野晶子

7399 初「女性」大15・12・1冬の歌―与謝野晶子

7400 初「女性」大15・12・1冬の歌―与謝野晶子

7401 初「女性」大15・12・1冬の歌―与謝野晶子

7402 落葉《おちば》ども石《いし》に留《とま》るは稀《まれ》にして土《つち》に変《かは》らんことを急《いそ》げり

7403 おのづから連《つらな》り歩《ある》くいろいろの落葉《おちば》は雲《くも》に通《かよ》ひたるかな

7404 落葉《おちば》をば薬《くすり》にせんと思《おも》はねど寂《さび》しき色《いろ》に変《かは》りてぞ行《ゆ》く

7405 心《こゝろ》にも家《いへ》のうちにも散《ち》ることを銀杏《いてふ》忘《わす》れずうす青《あを》くして

7406 月《つき》の夜《よ》に見附《みつけ》を入《い》りて帰《かへ》るなどをかしかりける富士見《ふじみ》町かな

7407 一すぢの糸のやうなる風通ふ心と恋に覚えけるかな

7408 知らねども既に形を捨てぬらん有りとし人のなさぬなりけり

7409 まことには我れは我れをば見るべしや痛ましやとも尊しやとも

7410 絵筆には紅葉の色の余るとぞわが筆も持つ書きがたきこと

7402 (初)「女性」大15・12・1冬の歌―与謝野晶子

7403 (初)「女性」大15・12・1冬の歌―与謝野晶子

7404 (初)「女性」大15・12・1冬の歌―与謝野晶子

7405 (初)「女性」大15・12・1冬の歌―与謝野晶子

7406 (初)「万朝報」大15・12・18（無題）―選者

7407 (初)「明星」大15・12・20遥青書屋集―与謝野晶子

7408 (初)「明星」大15・12・20遥青書屋集―与謝野晶子

7409 (初)「明星」大15・12・20遥青書屋集―与謝野晶子

7410 (初)「明星」大15・12・20遥青書屋集―与謝野晶子

7411 逆《さか》しまにまた華やがん日を仮《かり》にありとなしても慰まぬかな

7412 山の土弾《はじ》く力の若しあらばをかしからまし落葉する頃

7413 云ふことの菊の匂ひに通ひたりこし方《かた》をのみ持ち給ふらん

7414 おふけなく見も馴れにけり足柄を家の鴨居《かもゐ》の一つのやうに

7415 年月をいろいろの紙つぎたるに比《くら》べぬものの身に沁まぬらし

7416 なにがしが一期《いちご》の涙とか云ひしものにいとよく似る笑ひかな

7417 薔薇を盛るものを瓶《かめ》とし心とす今日《けふ》と云へどもなほ然《しか》りとす

7418 月光の真白けれどもいと堅し富士の風吹け銀杏の上に

7419 二十《はたち》して子の嫁《とつ》ぐ日の母の目に映り来るは遠き世のこと

7411 初「明星」大15・12・20 遥青書屋集―与謝野晶子
7412 初「明星」大15・12・20 遥青書屋集―与謝野晶子
7413 初「明星」大15・12・20 遥青書屋集―与謝野晶子
7414 初「明星」大15・12・20 遥青書屋集―与謝野晶子
7415 初「明星」大15・12・20 遥青書屋集―与謝野晶子
7416 初「明星」大15・12・20 遥青書屋集―与謝野晶子
7417 初「明星」大15・12・20 遥青書屋集―与謝野晶子
7418 初「明星」大15・12・20 遥青書屋集―与謝野晶子
7419 初「明星」大15・12・20 遥青書屋集―与謝野晶子

7420 御《み》堂《だう》よりまかりも出でぬ王役者《わうやくしや》女王役者《によわうやくしや》と今はなりぬる

7421 荒らかに刈ることなかれ草とても人にて云へば己がともがら

7422 一ふしの謡《うたひ》おこりてつと止みぬ隣の大人《うし》の何思ひけん
（戸川秋骨先生と隣す）

7423 やはらかに草うら枯れていろいろの斑《まだら》をつくる霧のもとかな

7424 夕焼の雲のもとなる野の上の杉黒くなり秋のかぜ吹く

7425 草ひかり階《かい》の下《もと》よりつづく外《ほか》ものの隈《くま》なき夕月夜《ゆふづくよ》かな

7426 子等のため妻が図を引き建てし家紙の家かと見えて白かり

7427 親は猶借り住《ず》みながら子らのため家一つ建てここに読ましむ

7428 三尺の階《かい》のもとより草立ちて月のきたればひかる夕露

7420 初「明星」大15・12・20遥青書屋集—与謝野晶子
7421 初「明星」大15・12・20愁人雑詠—与謝野寛
7422 初「明星」大15・12・20愁人雑詠—与謝野寛
7423 初「明星」大15・12・20愁人雑詠—与謝野寛
7424 初「明星」大15・12・20愁人雑詠—与謝野寛
7425 初「明星」大15・12・20愁人雑詠—与謝野寛
7426 初「明星」大15・12・20愁人雑詠—与謝野寛
7427 初「明星」大15・12・20愁人雑詠—与謝野寛
7428 初「明星」大15・12・20愁人雑詠—与謝野寛

7429 わが子らが白き二階の窓ごとに出だせる顔も月の色する

7430 月更けて夜床《よどこ》に近く虫鳴きぬ未だ眠らぬ我を知るらん

7431 目ざむれば窓にさし入るしろき月夜明の船にある心地する

7432 わが庭に友あつまりて木を植ゑぬ空のみを見て歎くなかれと

7433 萩寺の萩さく秋にわが大人を語らふことも二十《はた》とせを過ぐ

7434 大人なくて二十とせ後《のち》の今日までも寂しき我を守りこしかな

7435 君が子と我子と住まん新らしき光の世界今日《けふ》に創《はじ》まる

7436 わが少女《をとめ》人に祝はれ今日嫁《とつ》ぐ親が忍びし恋に似ぬかな

7437 嫁ぐ子の後ろを見つつ喜びにその母の目も泣けば美くし

7429 初「明星」大15・12・20愁人雑詠―与謝野寛

7430 初「明星」大15・12・20愁人雑詠―与謝野寛

7431 初「明星」大15・12・20愁人雑詠―与謝野寛

7432 初「明星」大15・12・20愁人雑詠―与謝野寛

7433 初「明星」大15・12・20愁人雑詠―与謝野寛

7434 初「明星」大15・12・20愁人雑詠―与謝野寛

7435 初「明星」大15・12・20婚莚の歌―与謝野寛

7436 初「明星」大15・12・20婚莚の歌―与謝野寛

7437 初「明星」大15・12・20婚莚の歌―与謝野寛

7438 薔薇をもて若き妹脊の手に置けば人と花とを分ち得ぬかな

7439 よき夫子《せこ》と白き衣《きぬ》引くわが少女《をとめ》堂に入る時弥撒《ミサ》の鐘鳴る

7440 みづからの外をたのまぬ我なれど今日は子の為め神に引かるる

7441 被《かつ》きたる白きうすもの白き花わが子なれども天《てん》のよそほひ

7442 わが聖母さしもやさしきおん目もて思ふ二人《ふたり》をとはに見たまへ

7443 クリストを信ぜぬ我も今日ここに誓へる子等のとこしへを知る

7444 年老いし異国の司祭《しさい》云ふことの妹背《いもせ》のために匂ひあるかな

7445 その夫子《せこ》ぞ頼むに余るまして其の父母《ちちはは》たちのやさしきものを

7446 若き手に新らしき世を開くとも愛し合へるは親に劣るな

7438 初「明星」大15・12・20婚莚の歌—与謝野寛

7439 初「明星」大15・12・20婚莚の歌—与謝野寛

7440 初「明星」大15・12・20婚莚の歌—与謝野寛

7441 初「明星」大15・12・20婚莚の歌—与謝野寛

7442 初「明星」大15・12・20婚莚の歌—与謝野寛

7443 初「明星」大15・12・20婚莚の歌—与謝野寛

7444 初「明星」大15・12・20婚莚の歌—与謝野寛

7445 初「明星」大15・12・20婚莚の歌—与謝野寛

7446 初「明星」大15・12・20婚莚の歌—与謝野寛

7447 子らがこと妻と在りつつ歌ふこともごも楽しさばれ余のこと

7448 子らあまた匂へるなかに梅の花先づ咲く如く人妻となる

7447 [初]「明星」大15・12・20婚莚の歌―与謝野寛

7448 [初]「明星」大15・12・20婚莚の歌―与謝野寛

解題

大正一〇年は六九一首（寛290・晶子401）、晶子の「女学生」掲載の「新春の歌」一〇首から始まる。前年暮れから正月にかけて（12・31～1・6）の伊豆方面（伊東、熱海、初島）への旅を二人は歌う。

3615 元日《ぐわんじつ》や雪《ゆき》ちりかかり口《くち》づけす極《きは》めて若《わか》き春《はる》の少女《をとめ》に　晶子

3774 初島《はつしま》へ我等《われら》を渡《わた》す船《ふね》の人《ひと》伊豆《いづ》の海辺《うみべ》に櫓《ろ》を立《た》て、待《ま》つ　寛

三月の箱根、堂が島の旅を晶子は「箱根にて」八首に歌う。

3852 夕月《ゆふづき》の空《そら》と天地《てんち》と半《なかば》分《わ》く箱根《はこね》のおくの明星《みやうぜう》が岳《だけ》

この後晶子は「伊豆に遊びて」七首、「伊豆山温泉」三首、他に「旅の歌」と題するものもあった。寛は「浴泉雑詠」六三首（星野温泉にて・赤倉温泉にて・上林温泉にて・高尾山にて・上野原にて）。このように旅の歌が非常に多くなる。

四月の銚子行きは白仁秋津あて寛・晶子絵葉書（4・13）の消印に「銚子」とあって三首あり、それは「国民新聞」（4・24）に晶子の「銚子に遊びて」一〇首あり。

3911 この国《くに》のひがしのはてと呼《よ》ばれたる犬吠岬《いぬばうざき》に立てば悲《かな》しき

「現代」（8月）に晶子の「旅の歌」四首あり。

3985 海《うみ》に入《い》る大利根川《おほとねがは》のみんなみの岸《きし》の宿屋《やどや》の春雨《はるさめ》の音《おと》

また「子を思ひて」一一首には晶子の母親らしい思いが歌われている。

4031 温泉《おんせん》の石《いし》の階段《きざはし》手《て》をとりて下《くだ》る四人《たり》はわれの思《おも》ひ子《ご》

4033 アウギユスト海描《うみゑが》くらん恋《こひ》しさにそが妹《いもうと》の顔《かほ》を描《か》くらん

この年の四月に与謝野夫妻の協力による文化学院が西村伊作により創立し、また一一月に「明星」が復刊したが、それらについての拾遺歌はない。

「東宮を迎へ奉る歌」一〇首には皇室尊厳の晶子の熱い思いが込められている。

4061 新《あたら》しき白玉《しらたま》を皆御《みなみ》冠《かむり》の玉《たま》としたまふ君《きみ》はめでたし

4063 初秋《はつあき》や蒼海《あをうみ》越《こ》えてうら若《わか》きわが大皇子《おほみこ》の船《ふね》のかへる日《ひ》

また「薔薇の歌」と題して晶子四首・六首、寛二二首を始め、他にも「薔薇」の歌が非常に多い。

大正一一年は六六八首（寛413・晶子255）、晶子の「海藻集」から始まる。

4306 いと軽き雲の一つと見ゆるゆゑ富士をめでたく安房に思ひぬ

これは前年の一〇月一九日から一泊で房州の北条に同人らとの歌作りの旅の歌である。「いと軽き雲」を「富士」のように感じたのを「めでたく」と詠んでいるのは興趣深い。一月に二人はそれぞれに歌う。

4334 恥をのみ先づ世に思ふ哀れなる四十男となりにけるかな　寛

4348 君《きみ》とわが作《つく》りいでたる心地《こゝち》する春《はる》の世界《せかい》に羽子《はご》の音立《おとた》つ　晶子

この年の一月初めからの伊豆、湯河原の旅を、二月の「明星」の「山泉海景」に晶子は一五首、寛は六七首を掲載、寛の歌には「伊豆山温泉にて・熱海にて・湯河原にて」と添書きがあり、二人はおのおの感性こめて歌う。

4399 噴泉《ふんせん》の飛沫《しぶき》に凍る木の枝の端《はし》と見たりし湯河原の月　晶子

4413 わが夢を海が優しき腕《かひな》もてゆすると見つつ明けし伊豆の夜　寛

その後も二月初めの伊豆の畑毛温泉行きもあって寛の「続山泉海景」六〇首あり。晶子は「雪」七首、「伊豆山温泉」四首、「草枕」一三首に旅の歌も入れている。四月の「女性讃仰」九首、「踊の靴」八首、「紫のつばさ」九首あり。

この年の七月九日に他界した森鷗外の挽歌は晶子の「うたかた」六首と寛の「涕涙行」四四首の拾遺歌に見る。

4656　君なくてうつけし身をば君なくてうつろとなりしこの世にぞ置く　晶子

4666　おん顔はいよよ気高しいたましく二夜《ふたよ》のほどに痩せたまへども　寛

八月四日から九日までの四万温泉の旅を晶子は「旅の詠草より」一三首、寛は「四万遊草」七五首に歌う。晶子はその後の「赤倉温泉」六首、「途上」八首や「山霧抄」七首にも旅の歌が見られる。寛の「渓声集」七六首にも旅の歌は詠まれている。

4715　四万《しま》の渓砂湯《たにすなゆ》に立《た》てる陽炎《かげらふ》の仄《ほの》かに靡《なび》く朝《あさ》ぼらけかな　晶子

4734　山かげの重なる上に月ありて四万《しま》の川原のましろき夕　寛

九月の寛の「半面像」に「以下相模の尾花峠に宿りて」と添書きして二〇首あり。

4842　石割けて暴雨の後のいちじるき尾花峠を初秋に行く

一一月の箱根行きは一一月六日の有島信子あて晶子書簡に「一昨日より強羅の星氏の別荘へまゐり居り候」とあり、晶子の「薄」一一首に

4955　山蔭《やまかげ》の大涌谷《おほわくだに》の湯《ゆ》の靄《もや》とともに靡《なび》きてしろき穂薄《ほすすき》

とある。この年に晶子の「源氏物語礼讃」歌が成立したが、それに関する拾遺歌はない。

大正一二年は四一一首（寛166・晶子245）である。この年の六月九日に有島武郎の人妻波多野秋子との心中事件があり、晶子にとってこの上ない悲痛を「泉」（8月）に二〇首掲載、そのうち『瑠璃光』（大14・1）に一五首

採られ、拾遺歌は五首あり。

5204 生死《いきしに》のことなる道をえらべどもなつかしさのみ離れざるかな

この年は晶子の「落葉の賦」三首から始まる。それは一月一日から八日までの伊豆方面の旅の歌である。

4997 初春《はつはる》のあけぼのの雲足柄《くもあしがら》の明神岳《みやうじんだけ》をへだてて見《み》る（「暁雲」）

三月も伊豆山温泉、熱海ホテルへ泊まる。二人は「熱海遊草」（晶子7首、寛28首）に歌う。

5047 わが伴《つれ》のひとり鴻巣山人の描く蘇鉄と大海のおと　晶子

5048 夕風に押されて渓に溜りたる温泉《いでゆ》の靄の見ゆる窓かな　晶子

5070 天城をばかしこと覗く三人の顔のあつまる夕焼の窓　寛

5076 また此処に別れを惜む日となりぬ在りてたのしき伊豆の磯かな　寛

四月、再び熱海へ―四月三〇日の白仁秋津あて寛・晶子絵葉書（熱海温泉熱海ホテル）に「先日こゝに遊び二泊致し申候」とある。五月一一、一二日に静岡の静浦へ文化学院の写生旅行へ。

5119 静浦を江の浦に行き多比に行き口野行くなり初夏の馬車　晶子

八月二日から五日までの富士五湖巡りは晶子の「精進湖より」一三首、「山影湖水」六首、寛の一一五首あり。

5224 水の上渡りきぬれば島のごと湖畔もさびし精進《しやうじ》の夕　晶子

5296 夕闇の青木が原のほととぎす富士の重みを感じつつ啼く　寛

この年の最後は九月一日の関東大震災の歌で、晶子のみの「天変動く」三首、「火の後」三首、「恐れの中に」五首、「短歌五首」五首、「災後」五首、「災余呻吟」三首、「悪夢」五首がある。

5347 身の弱きわれより早く学院は真白き灰となりぞはてぬる

5355 死《し》の用意《ようい》いかにすべきと五歳《いつゝ》の子《こ》しづかに聞《き》けば地震《なゐ》しばし止《や》む

5366 火《ひ》の子《こ》降《ふ》る土堤《どて》の傾斜《けいしや》の上《うへ》に居《ゐ》て此処《ここ》より安《やす》き地《ち》なしとぞする

など。この災害で長年かけた小林天眠依頼の「源氏口語訳」の原稿は文化学院と共に全焼したが、それらについてこの年には拾遺歌はない。

大正一三年は七一七首（寛409・晶子308）。晶子の「寒窓集」八首より始まる。この年には震災回顧の三首の中に「源氏口語訳」焼失を詠んだのは、左の有名な一首（5389）のみである。

5389 失《うしな》ひし一万枚《まんまい》の草稿《さうかう》の女《をんな》となりて来《きた》りなげく夜《よ》

5390 少《すこ》しづつ身《み》の健《すこ》やかに生《い》くるをば楽《たの》しむことに心《こゝろ》傾《かたむ》く

5391 苦《くる》しみを多《おほ》くの人《ひと》と共《とも》にしぬ来《こ》ん楽《たの》しみもまたかかれかし

と苦難を越えて「楽み」へ、それは

5392 恋《こひ》するはひがしの海《うみ》の砂山《すなやま》のやはらかきをば踏《ふ》むに似《に》るかな

とも歌う。この年の寛の拾遺歌には震災歌はなく、晶子は震災の恐ろしさを「東京」について歌う。

5413 東京《とうけう》よわれへりくだり思《おも》へども住《す》みよかりとはなしがたきかな

一月上旬二人は二児を伴い、浅間と上諏訪温泉へ。晶子の「旅にありて」六首、寛の「南信州の歌」一〇〇首、その中の「以上浅間温泉にて」寛四〇首、晶子の「南信州の歌」一九首の中より見る。

5429 君と行き春の初めに目にすなり南信濃の山々の雪　寛

5546 日と雪の合ひて臙脂《えんじ》の燃ゆるなり諏訪の湖水をめぐりたる山　晶子

三月末に晶子は中耳炎のため森鷗外の親友賀古鶴所の病院に入院、「病床にて」一三首あり。

5604 この病得たる初めを思ふこと苦しき恋をおもふに勝る

5606 癒えましと一筋にしも願はねど哀れならましかくて生きずば

など。また晶子は初夏の雨を

5612 夜《よ》も昼《ひる》も心《こゝろ》に雨《あめ》の沁《し》みて降《ふ》る夏《なつ》の初《はじ》めとなりにけるかな

5614 或時《あるとき》の男《をとこ》の笑《えみ》のそれよりも冷《つめた》き朝《あさ》の雨《あま》しぶきかな

と多様な観点からみている。

寛の「以下震災の頃の作より」五首の中から見る。

5681 大地震《だいぢしん》東京人をいつせいに乞食《こじき》のごとく土に坐せしむ

5684 土手の木に蚊帳つりわたし草にゐて焼くる都をまもる人の目

など、晶子以上に焼土と化した東京を具体的に歌っている。

八月六日から一四日まで赤倉温泉、佐渡、相川などの新潟方面へ旅する。晶子は「妙高山より」一五首、「越佐遊草」は寛一四七首、晶子三首あり。寛は歌う。

5718 妙高の山に降《お》りきて円《まろ》き虹しばらく天《てん》の栄光を描く

5726 赤倉の杉ことごとく胸を張り祈るをんなのすがたす夕《ゆふべ》

5733 はろばろと頸城平《くびきだいら》に雲はへりわがある山の朝風のもと

5746 わが言葉重たくなりぬ妙高の山に歌へば山に圧《お》されて

一五、六日の一泊の軽井沢の歌は寛の「越佐遊草」中の「以上軽井沢の莫哀山荘にて」九首、晶子の「秋草と虫の音」九首にあり。

5858 歌ふこと長しさやけしこの山の水も主人《あるじ》の心なるべし　寛

5868 こほろぎの家《いへ》を仮寝《かりね》の宿《やど》としてあるここちする秋《あき》の夜半《よは》かな　晶子

晶子の「新興の歌」六首には震災を回顧して

5873 東京《とうけう》の蘇生《よみがへ》りたる証《あかし》見ぬなほ人間はたたふべきかな
5876 今日《けふ》を見て都《みやこ》の移《うつ》り変《かは》りなど軽率《かるはづみ》には歎《なげ》かずもがな

など一年前の災害から今の東京を観察している。

九月六日から九日までの松島行きは「青根と松島」と題し、晶子一六首、寛六八首あり。

5902 松島の岩根なれども羽衣のなびくが如き波の影かな　晶子
5957 松島の沖の夕立あわてたる帆一つありていなづまの追ふ　寛

一〇月一二日から一六日まで関西方面へ旅す。「石山より宇治へ」は晶子一〇首、寛五〇首あり。

5993 宇治橋を春日使《かすがづかひ》の練《ね》る日にもあらねど霧を分けて人行く　晶子
6009 石山の秋の月夜に詠む歌を一部の経《きやう》に代へて書かまし　寛
6028 南禅寺ゆふべの松の靄過ぎて都ホテルの灯の下を行く　寛

この年の終り近くになって「恋」の歌は寛に一首みられたが、晶子にはない。

6050 わが恋を云はんとすれば古るき壁手ずれし金《きん》のほのぼのと見ゆ

と寛は「わが恋」を顧みて苦難の多かった人生だったが、仄かに「金《きん》」の明るさの見えて来たとも詠み、そんなことから、この頃になって寛の歌が多くなって来たのも当然のように思われる。

大正一四年は九三四首（寛432・晶子502）。この年は寛の「愁人雑詠」一四首から始まる。「愁人」である寛は自らを歌う。

6106 わがために知らぬ世界をさす指か否否すべてあざ笑ふ指
6113 世の常の尊さは皆ぬぎすてて唯うつくしき身一つの人

など、晶子もまた「晩香抄」一三首中で自らを歌う。

6116 自らを謀るに似たり恋しなどありのすさびに文字としてわれ
6117 世の中と云ふはおのれも加はれるさてはいみじき所なりけれ

一月の初めに下諏訪への旅を「諏訪冬景」に晶子一五首、寛八五首あり。

6171 諏訪の湯の飛騨より早きたそがれは白き我身をぼかしてぞ行く　晶子
6209 下諏訪の社の太鼓わが歌を催すごとしまた筆を執る　寛

三月一〇、一一日、同人らと相模の三浦三崎へ一泊す。「早春散策」に晶子一九首、寛三一首あり

6300 興津より美しなど消息す三浦三崎にふた夜寝《ぬ》るとて　晶子
6310 船はみな魚の眠れるけしきかな三崎の磯の寒き夜の月　寛

五月一七日から一九日まで二泊、文化学院の学生らと日光へ写生旅行す。晶子は「山にて」一〇首歌う。

6476 雨降《あめふ》れば中禅寺湖《ちゅうぜんじこ》の朝明《あさあけ》も怪《あや》しく暗《くら》しこころのやうに
6477 二荒山大《ふたらやまおほ》いなれども朝《あさ》の目《め》に寂《さび》しき母《はゝ》を見《み》るここちする

七月一八日より文化学院の教授らと熱海ホテルに一泊。晶子は「磯の夜」一六首中に歌う。

6547 金星が笠を被《かづ》きて湯どころの熱海をのぞく海の上より

八月八日から一三日まで信州の山田、野沢温泉へ、帰りに軽井沢の尾崎咢堂（行雄）の莫哀荘へ寄る。「北信旅情」は晶子三五首、寛六八首あり。他に晶子の「信濃を巡りて」、「軽井沢雑詠」などあり。

6584 妙高と野沢の渓をわれ知れど雲掻き乱すをちこちの別《べつ》　晶子
6663 碓氷より妙義を見れば夢としておもふ世界も隣なるかな　寛

九月一五日より二九日まで東北地方へ、「十和田湖其他」に寛一三八首、晶子二二首あり。

6838 くらき夜に十和田の峰の棚雲《たなぐも》を風やぶり入り湖の鳴る　寛

6932 湖の深きを聞きて恋と云ふものにあてつつうなづくは誰　晶子

一〇月一七日、文化学院の学生らを伴い碓氷峠での観楓の写生旅行へ。一二月三一日から翌年の一月六日まで箱根仙石原の俵石閣で年を越す。

6983 秋の水碓氷の渓にうつすなりまばらなる木と黄なるもみぢ葉

この年の一〇月一日に自称素人芸術家、レストラン「メェゾン」の主人奥田鴻巣死す。晶子の「鴻巣山人の死」一〇首中の一首をあげる。

6740 よき心玉《こゝろたま》の如《ごと》しと云《い》はれたる多《おほ》くの人《ひと》にまさる山人《さんじん》

最後に晶子の「春の百選会グラフ」の歌一五首をあげる。

大正一五年は四一四首（寛150・晶子264）。晶子の「キング」掲載の二首から始まり、

7035 わがために地上《ちじやう》の春《はる》のあることを皆疑《みなうたが》はぬ日《ひ》となりにけり

とあり、その後に「奉祝皇孫御生誕」六首あり。

7041 姫親王《ひめみこ》は光《ひかり》の中《なか》に生《うま》れまし花《はな》よりあてに清《きよ》かりぬべし

一月は晶子の「諏訪の春」一五首、「新春の川」一五首、「春立つ」一〇首、「王の正月」一〇首、「伊豆の春」上下一五首、「二月の雪」六首あり。その中の一首をあげる。

7111 伊豆《いづ》にしておち椿《つばき》をば踏《ふ》みしかど泡雪《あわゆき》ちりぬ都《みやこ》に入《い》れば

寛の『桂川遺響』に「十二月三日の夜」と題して一一首あり。ここにある『桂川遺響』とは三樹退三（明治書院創立者三樹一平の長男）編の著書で、大正一五年二月二日刊行、全三六三頁のうちの124〜125頁に、この「十二月三日の夜」の拾遺歌が載っているのは三樹一平への挽歌である。それは

7116 故さとの桂の川の清さをばこころにしつゝ世にありし君

7124 師の大人《うし》のいまさぬのちの二十年《はたとせ》に大人をよく知る君も又亡し

7126 わがことを悪しきもよきも知れる友にはかに無くて寒き冬かな

など、一平への温情溢るる心情は師落合直文への追慕にまで及んでいる。

二月一二日から一四日まで、箱根、小田原へ末女藤子を伴い、箱根の湯本館に二泊す。「箱根の冬」は晶子二六首、寛の六〇首あり。

7134 箱根をば人の出づるにくぐるなる洞門《とうもん》に似ぬ雲のかよひぢ　晶子

7151 紫の伊豆の天城の山なみを消すほどならぬ夕ぐれの雨　晶子

7154 奥箱根地震に落ちしきりぎしの猶あらはにて冬枯となる　寛

7156 冬枯の奥の箱根に年こえぬ風と氷柱にわがこころ責め　寛

旅と関わりない晶子の「恋の歌」八首、「微風」六首、「わがやよひ」六首などあり。

三月三、四日の一泊は伊豆の伊東の抛書山荘へ、三月七、八日は武蔵金沢八景へ同人らと吟行。「早春行」は晶子八首、寛二八首に

7240 金沢の干潟の水脈《みを》のいかばかりひろがりぬらん夜の暗くして　晶子

7270 金沢の入江の奥の瀬戸の橋春のゆふべとなりも行くかな　寛

四月二二日から三〇日まで芦屋、有馬温泉、須磨、鞍馬山、天の橋立へ行く。

旅と関わりのない晶子の「春の雪」二首中の

7276 雪《ゆき》ながら身《み》をそばめつつ降《ふ》るものか然《し》かも寒《さむ》かる三月《ぐわつ》にして

また「そこばくの花」五首中の

7279 静《しづ》かにも世《よ》を思《おも》はまし歌《うた》はましそこはかとなく病《や》ままほしけれ

「朴の花」四首中の

7286 貴《あて》ならぬ一茶の句にも親めりわれをわれともなさぬこのごろ

五月下旬に文化学院の修学旅行に熱海へ行く。寛の「折々の歌」三二首中に「以下熱海にて」と添書きがあって六首中の一首を見る。

7306 何となく軽きよろこび身にありて磯の上なる芝に横たふ

また旅と関わりのない晶子の歌は「杜鵑二十首」一二首、「夏十首」一〇首、「雪」三首、「ふるさと」七首、「驟雨抄」六首、「こくりこ」二首、「母」一〇首、「秋立つ」四首などがあり、その後晶子の「落葉の郊外」四首、「冬の歌」一〇首、「遥青書屋集」一四首。寛の「愁人雑詠」一五首、「婚莚の歌」一四首で大正期は終わる。印象的な寛の歌として

7435 君が子と我子と住まん新らしき光の世界今日《けふ》に創《はじ》まる

7442 わが聖母さしもやさしきおん目もて思ふ二人《ふたり》をとはに見たまへ

7443 クリストを信ぜぬ我も今日ここに誓へる子等のとこしへを知る

などが長女七瀬（双生児）の受洗への父親としての感慨と、山本直正と結婚した七瀬夫婦を祝う思いを歌う。

最後に髙島屋「百選会」の歌の掲載にあたり、髙島屋史料館の多大なるご協力を得たことを感謝したい。また、史料館には本全集に収録したもの以外にも直筆の色紙集や図録が存在し、それらには漢字、ひらがな等の異同が見られるという指摘が、同館からあったことを付記しておきたい。

（逸見久美）

鉄幹晶子全集　別巻　4

著者　与謝野　寛
　　　与謝野　晶子
発行者　池嶋洋次
発行所　勉誠出版㈱
〒101-0051東京都千代田区神田神保町三-一〇-二
電話（〇三）五二一五-九〇二一（代）

平成三十一年四月十五日　初版発行

装幀　舟橋菊男
印刷
製本　㈱太平印刷社

ISBN978-4-585-01089-0　C0392　Printed in Japan